La Esquina de los Ojos Rojos

Rafael Ramírez Heredia

La Esquina de los Ojos Rojos

LA ESQUINA DE LOS OJOS ROJOS
D. R. © Rafael Ramírez Heredia 2006.

MR

De esta edición:
    D. R. © Santillana Ediciones Generales, S.A. de C.V., 2006
    Av. Universidad 767, Col. del Valle
    México, D.F. 03100, Teléfono 5420 7530
    www.alfaguara.com.mx

- Distribuidora y Editora Aguilar, Altea,Taurus, Alfaguara, S.A.
  Calle 80 No. 10-23. Santafé de Bogotá, Colombia.
  Tel.: 6 35 12 00
- Santillana S.A.
  Torrelaguna, 60-28043. Madrid.
- Santillana S.A.
  Avda. San Felipe 731. Lima.
- Editorial Santillana S.A.
  Av. Rómulo Gallegos, Edif. Zulia 1er. piso
  Boleita Nte. Caracas 1071. Venezuela.
- Editorial Santillana Inc.
  P.O. Box 5462 Hato Rey, Puerto Rico, 00919.
- Santillana Publishing Company Inc.
  2043 N. W. 86th Avenue Miami, Fl., 33172 USA.
- Ediciones Santillana S.A. (ROU)
  Javier de Viana 2350, Montevideo 11200, Uruguay.
- Aguilar, Altea, Taurus, Alfaguara, S.A.
  Beazley 3860, 1437. Buenos Aires.
- Aguilar Chilena de Ediciones Ltda.
  Dr. Aníbal Ariztía 1444.
  Providencia, Santiago de Chile. Tel.: 600 731 10 03
- Santillana de Costa Rica, S.A.
  Apdo. Postal 878-150, San José 1671-2050, Costa Rica.

Primera edición: febrero de 2006

ISBN: 970-770-391-1

D. R. © Diseño de cubierta: Everardo Monteagudo

Impreso en México

Me verás volar / por la ciudad de la furia / donde nadie sabe de mí / y yo soy parte de todos. / Nada cambiará / con un aviso de curva. / En sus caras veo el temor. / Ya no hay fábulas /en la ciudad de la furia. / Me verás caer / como un ave de presa. / Me veras caer / sobre terrazas desiertas. / Te desnudaré / por las calles azules. / Me refugiaré / antes que todos despierten /… Me verás volar / por la ciudad de la furia /donde nadie sabe de mí / y yo soy parte de todos. / Con la luz del sol / se derriten mis alas. / Sólo encuentro en la oscuridad / lo que me une / con la ciudad de la furia. / Me verás caer / como una flecha salvaje. / Me verás caer / entre vuelos fugaces. /… Me verás volver / a la ciudad de la furia.
GUSTAVO CERATI, *En la Ciudad de la Furia*

Viene la muerte luciendo mil llamativos colores;
ven dame un beso, pelona, que ando huérfano de amores.
TOMÁS MÉNDEZ, *La muerte*

Ya chole chango chilango,
¡qué chafa chamba te chutas!
No checa andar de tacuche
¡y chale con la charola!
Tan choncho como una chinche,
más chueco que la fayuca…
JAIME LÓPEZ, *Chilanga banda*

Para:
Jorge Ramírez Heredia.
Joaquín Zarco Méndez.
Antonio Brú Espino.
Antonio Salas Velasco.

Trazo

Atención, escuchen esto, tienen que saberlo:

Quien cuenta la historia es el graffiti,

...en el bote de aerosol están escondidos los signos y tintes describiendo proezas que de tan conocidas nadie frecuenta,

...dibuja el peregrinaje de rostros y malos sueños,

...sucesos que serán leídos por sabios aceptantes de la verba geográfica de una ciudad que sólo tolera ser narrada por las manos de los grafiteros.

Atención, sólo por ellos.

Absténganse los marchitos y los insomnes.

Que huyan los iletrados del graffiti.

Y los descreídos acuchillen sus ojos.

Óiganlo, estas hazañas relatadas con aerógrafo no existirán para ellos.

Serán los ilustrados quienes de luz colmen el muraje grafítico de la ciudad,

rapsodas los que carguen la memoria colectiva,

juglares quienes reivindiquen los hechos,

cantantes aquellos que poseen el descaro en el lenguaje de las líneas.

Ellos que a destiempo de coros cuentan historias, todos ellos,

aquellos y los solitarios, quienes a puntal de gruñidos envuelven hechos deslucidos de pendones blasonados.

Desconocidos y fraternos serán los que loen las patrañas grafiteadas una vez más sobre la Medusa que enreda al Barrio,

...a este Barrio que alguien dibuja con fatcaps de sombras, con crayón de uni reproducido en las bardas, trepado en los postes de luz, en los andenes del metro, en las glorietas, en las barracas, en las avenidas y basurales, en las fontanas y tugurios...

...el mismo que aspira aplastado en las bocacalles y en los templos, y es repintado en la copla sin luna de los charcos porque, atención, quien conoce la historia es el graffiti y nadie más.

Uno

Las líneas en los muros dicen que, ganosos, los dos chavos saben que colgarse de una oportunidad significa el despegue. La chanza se tiene que cazar al vuelo cuando la competencia hierve esperando la ocasión, una sola, la que sea y de a como se dé; de donde salga y a lo que tope; una solita capaz de hacerlos trepar a la fortuna; una oportunidad parecida a esta que después de un buen de buscarla por fin les ha llegado, porque en el Barrio las puertas se abren o se clausuran dependiendo del primer trabajo gordo, y éste lo es.

Uno de los chavos es ancho; el otro, espigado y con las mechas pintadas. Uno usa chaleco de cuero; el otro, camiseta deportiva. Están trabajando el mejor lance que hasta la fecha hayan tenido: su debut en las grandes rolas, y cuando se llega a las mayores hay que andar con los pies firmes en el pavimento; ninguna precaución es chiquita. La Yamaha se ha quedado de lado para no hacerlos ostentosos, mejor a pie, los dos vigilan al tipo que días antes conocieran en la fotografía que el Jitomate les puso enfrente.

El hombre de la foto llega al estacionamiento de los hermanos Berna a eso de las siete y media de la mañana. Deja su automóvil: Honda Accord color dorado. Junto a él se cambia de ropa; con mucho cuidado guarda en la cajuela el traje marrón, los zapatos italianos, y ya con el atuendo de mezclilla y su sombrero gris de fieltro sobre el filo de la ceja derecha camina rumbo a su puesto de aparatos electrónicos; lo abre antes de las ocho de la mañana y desde esa hora hasta el cierre, casi a las ocho de la noche, el Sombrerito —como los dos le pusieron para referirse al tipo— manda recados a sus otras cinco tiendas, atendidas por sus sobrinos.

—No sale ni a comer —informó Golmán la noche anterior.

—Come solito —acompletó Fer Maracas.

Dos los vigilantes, dos: Golmán y Fer Maracas. Con sigilo y sin hacerla de pex han ido entrando a la rutina del vigilado: cerca de las tres de la tarde, una muchacha delgadita y gris como rata, que después la pareja de vigilantes supo que era la hija menor, de un portaviandas saca guisos, calienta tortillas en un comal colocado sobre una parrilla eléctrica; el hombre almuerza a solas.

Protegidos por el vaivén de la gente, los vigilantes ven comer a Sombrerito; Fer escucha el guólcman, mueve las manos siguiendo el ritmo, no pierde de vista al comerciante, habla con su compañero, que juega con los colgajos que, para afinar la buena suerte, adornan su brazo derecho.

Golmán juega, sí, pero con un ojo puesto en el comerciante; no se pregunta las razones de estar ahí, nel, desde su llegada al Barrio supo que pasarse de listo pa conocer de más era vivir de menos, y como si buscara entretenerse en esas esperas tan aburridas, hace a un lado el trajín del mercado para meterse en los vericuetos de su misma historia y le llegan los consejos la mañana en que el Bos le encargó éste que es su primer trabajo importante; puede ver la cara del Jitomate, los ojos ensueñados, la voz pastosa:

—Si no le buscas motivos a las órdenes, va a pasar mucho pa que tu nombre aparezca en la Cruz de la Esquina de los Ojos.

Con menos palabras, Golmán lo repitió a Fer Maracas como si fuera una película que se mira varias veces, una repetición con variantes. Meses atrás, los dos se pusieron de acuerdo en trabajar juntos; sí era una pareja bien chida:

—Yo no me agacho —dijo Fer, que tripulaba una Yamaha de campeonato.

—Me cáe que no, mai.

Golmán, revisa los colgajos en su brazo; la espera cansa, hace que las vibras malas o buenas se dejen caer cuando se está al borde de subir de rango, ahí está el peligro de distraerse, si él y Maracas empezaron desde abajo: en esto la paciencia es parte del oficio, las prisas son espidbol que la noche vomita; Golmán empezó a viajar atrás de la motoneta, Maracas como chofer; aceptaron que ellos, la pareja, ya tenía capacidad para hacer trabajos que primero les encargó la señora Burelito después de una serie de preguntas, un interrogatorio de lo que todos sabían en el Barrio, donde no hay secreto que se oculte, una declaración de lealtad antes de encomendar algunos asuntos:

…que hay que bajarle la bolsa a unos güeyes,

y venga, Golmán y Fer cumplían sin que se les atorara ningún tropiezo,

…hay que darle de madrazos a unos cábulas que no quieren dar la cuota,

y órale, buscaban el momento y con furia, como si de verdad fueran sus enemigos, les caían a los señalados,

…desde las azoteas hay que vigilar pa que los de la tira no se pasen de lanzas,

y chale, ahí trepados se podían estar horas sin preguntar nada,

…hay que echar de balazos al aire,

vengan los carajazos, pa qué averiguar la razón de los disparos, de la bulla, el motivo para madrear a desconocidos o a un tipo que parecía ser muy amigo de la señora Burelito.

—Aquí, el que anda de averiguoso se va pabajo.

…y ninguno de los dos quería irse pabajo sin antes gozarla como la gozaban los jefes, entre ellos la señora Burelito, a quien ni siquiera cuando ya las órdenes las daba el Jitomate y les encargaba asuntos más gordos, ni siquiera en esos momentos en su cara jamás le dijeron la Rorra.

Desde lejos ven al Sombrerito caravanear a los clientes, con cara agria discutir con comerciantes vecinos, prender la tele sin verla para no descuidar nada, lo escuchan gritar la palabrita esa de versus…

Golmán bosteza, se deja ir por el ruideral del mercado, por ahí anda la carota de Simancas dando órdenes a los novatos, Algeciro Simancas, muy risueño, oliendo a loción dulzona, con sus camisas floreadas, echándoles miraditas con ganas de encuerarlos,

pinche Simancas,

y de Luis Rabadán, secote mal genioso, siempre quejándose porque un día Algeciro los iba a meter en una bronca por andar de puñal sin tapaduras.

Golmán puede reconstruir las miraditas que al principio Simancas les echaba y de las que no pasó, quizá porque la pareja de la Yamaha gris metálico, entre bromas y risas fingidas, comentó pa que todos lo oyeran:

Con ellos las puterías por amistad valen madres, si alguien quiere esculcarles la bragueta, en la mesa debe estar un fajo de dólares, y si no les llegan al precio mejor ni buscarle, porque les encabronan las joterías gratuitas.

—Cuando Golmán se enfurece, no hay Dios que le coloque freno, la neta —dijo Fer sin ponerle los ojos a nadie pero con la voz echada pal lado donde estaba parado Simancas.

…y durante los meses que estuvieron a las órdenes del trío, al tipo de las camisas floreadas como que se le bajaron las ganas, de reojo los miraba hasta que la Rorra dijo que el Bos los iba a necesitar, felicitándolos por haber ascendido de grado que no pueden perder; ya están arriba de muchos que darían lo que fuera porque el Jitomate les encargara algo.

Al Sombrerito le fueron pastoreando cachos de su vida, sus malos humores y sus mañas, sus aburriciones porque cuidado que el cabrón es aburrido, así que cuando al tipo —de quien ya sabían era Miguel Tello, rechoncho, capaz de tumbarle las comisiones a su misma mamá, lo escuchaban gritarle versus a los empleados, la pareja atómica, como ya Fer y Golmán se nombraban, se miraba entre sí buscando la clave:

—No se agüeven, versus.

...versus era la palabrita,

—¿Qué querrá decir versus?

...al oírla, el dueto sabía que el tipo andaba de malas, o tal vez la palabreja era una clave secreta, a lo mejor una forma de decirle a los empleados que el jefe nunca los perdía de vista, o quizá, vayan ustedes a saber, a Miguel Tello le gustaba el versus como remate a sus insultos.

Con versus o sin versus, Golmán y Fer Maracas se han pasado horas dando vueltas alrededor del negocio de Tello, mimetizados en el bonche de personas que trajinan; los dos han fingido pláticas con los demás ñeros de las motonetas; uno cada ocasión pa no desproteger la guardia tragaron mariscos vendidos en carritos de supermercado, elotes y esquites; han mirado las nubes; al anochecer, siempre unos minutos después de las ocho, desde lejos, uno atrás y el otro en la acera contraria, siguieron a Miguel Tello hasta el estacionamiento de los hermanos Berna para ver cómo el tipo, sin ocultar su gusto, se cambiaba de ropa por otra limpita, fina, y sin apearse el sombrerito arrancaba rumbo al sur de la ciudad.

—Lo siguen hasta el estacionamiento, ya después que se vaya solito —dice el Jitomate con voz débil.

Acompañada la orden con preguntas:

¿Cerca del estacionamiento no ve a nadie?

¿Quién lo acompaña?

¿Qué armas lleva?

Nada, Tello camina tranquilo, con el mismo paso. Nunca cambia la jugada. Bueno, por lo menos durante los días en que fue vigilado por los atómicos, quienes un jueves por la noche, al regresar al departamento oficina del Jitomate, que para esas épocas era ya quien sin intermediarios daba las órdenes, el Bos los colocó frente a él, que bebía tequila acompañado con rodajas de naranja, y les dijo así, sin más:

—Mañana en la noche el Tello se tiene que ir pabajo.

Fer Maracas movió las manos y Golmán se quedó quietecito como hielo.

—Lo esperan antes del estacionamiento.

La pareja atómica siguió en silencio. El Jitomate se metió un buche de tequila y se lo bajó con el chupetazo a una rodaja de naranja, después una pizca de sal y el ¡aaah! salido de la panza le picó lo sabroso al gusto.

—Tiene que quedarse entre la esquina y el estacionamiento.

El Jitomate los miró con la cara hacia arriba, como esperando otro trago, pero éste del cielo. Fer veía parte de la cara y el grueso de la papada del hombre, sentado sobre un sillón café. Golmán jugaba con el cierre de su chaleco de cuero.

—Que se caiga antes de llegar al estacionamiento, ¿entendieron?

Se miran los tres en la sala desordenada. Golmán repasa los cuadros y calendarios, la Guadalupana inmensa con sus veladoras blancas, las fotos del América con los jugadores en la clásica pose al centro del campo.

Los dos chavos observan los recortes de periódico con una mujer bailando en bikini. Al fondo, un enorme calendario de luz fosforescente, a un lado la Santa Muerte resguardada con veladoras negras.

Con cuidado Maracas pasa los dedos sobre la cubierta plástica de los muebles. Golmán mueve los hombros.

Los tres hablan en voz baja y en la otra habitación, la que da al exterior, se pueden oír las voces de la Rorra, Rabadán y Simancas. Las calles sin ruidos, el olor a fruta se mete como arpía, el sonido de una televisión en el cuarto de atrás que el Jitomate usa como oficina, la botella de Cazadores sobre la mesa; sin convidar, el gordo colorado vuelve a servirse el caballito, lo hace hasta la línea de la copa, sin derramar nada.

—Que el equipo esté bien chido, ¿eh?

Con la mano simula una arma. Después, con las dos, hace como que tripula una motoneta.

La pareja atómica oscila la cabeza de arriba a abajo; es un dueto que bajo las luces del escenario se desplaza con movimientos rítmicos y coordinados; se mueve dócil, seguro de su entrenamiento mientras el espectador, antes de beber tequila y chupar naranja, se prepara a aplaudir la gracia de los danzantes.

—¿Preguntitas?

Como si lo hubieran ensayado, los dos vuelven a mover la cabeza, ahora hacia los lados: giro a la derecha, pausa, giro a la izquierda, pausa.

El gordo rojizo traga tequila, lo paladea, se rasca la cabeza, entrecierra los ojos. Los abre y les pone la mirada a cada uno de los chavos que tiene enfrente…

…estos gandallas cada vez son más chavitos, menos controlables, con la prisa que se les sale por la mirada; así los revisa, nota que Fer no puede ocultar una mueca de aburrimiento, es ancho, de piernas gruesas, le ve los tobillos que al sentarse el pantalón deja descubiertos, viste con ropas oscuras y holgadas, un verdoso jersey de los Jets de Nueva York, por eso hay que repetir las cosas, estos chavos se sienten dueños del planeta, hay que saber cómo aprovechar su impulso.

—Nada de voltiar pa tras —insiste.

El tequila le retimbra en el gustito pero no le desflora las ganas, el Jitomate sabe que cuando se va a dar el primer trancazo fuerte, los chavos tienen que estar bien chidos pa que no se les vaya a raspar el atole, la neta, al Jitomate le gustan los nervios, que la gente esté más brava que león hambriento, la nerviosidad canta rancheras y mantiene bien punzado el pensamiento,

…y Golmán está frío como nube de espidbol, ni siquiera mueve las manos, no se las restriega en el chaleco de cuero, en la camiseta blanca, en los pelos pintados, en la oscuridad de la piel, en las botas cortas, en los pantalones ajustados, como si ambos chavos trataran de ser diferentes hasta en su vestimenta.

—No la vayan a cagar porque no se la acaban, ¿eh?, neta, no se la acaban.

A Fer Maracas le valía madre el tal Sombrerito, se lo dijo al Golmán desde el momento en que se inició la vigilancia, lo repitió una noche antes al entrar a los Baños Aurora:

—Chale, lo que haya hecho este ojete, a mí me vale.

—Iguanas, mai.

Con furia Golmán se restriega con el zacate rasposo para que el jabón le quite las manchas. Tiene dos tatuajes en la espalda, uno en cada lado, simétricos, protegiendo cada pulmón, las figuras de la Santa Muerte que Golmán ama y luce en los baños públicos sabiendo que los otros clientes lo admiran; tanto que le costó mandarlas poner, línea a línea, trazo doloroso, piquete de aguja; la grandeza de los tatuajes hizo que las sesiones para marcar su espalda fueran muchas, a sangre que se escapa como ofrenda a la Señora; se enjabona el pecho, las axilas de pelos ralones, se talla los dedos de los pies, donde la mugre es tan obstinada.

—Órale, lo que sea que salga, pa qué andar de meticnes —escucha a Maracas; le ve la pinga medio levantada, el jabón cubriendo el cabello.

Entre la bruma del vapor del agua caliente, en el espejo, Golmán se mira la espalda, goza de saber que a la retaguardia, como doble ángel custodio, trae de guarura a la figura pareada de la Señora Blanca, le agrada que los otros hombres, desnudos, le admiren los tatuajes,

...que el Jitomate, aunque jamás haya visto encuerado al chavo, bien sabe que en duplicada posición están pegados al cuerpo del que se levanta y sin dar la mano sale seguido del otro, del tal Fer Maracas, quien mañana manejará la Yamaha antes que Golmán, con la Mágnum, le tumbe las ganas de crecer a Miguel Tello, al que la pareja atómica llama el Sombrerito.

—Chale, lástima que el bautizo le vaya a durar tan poco a este güey, mai.

Aunque los minutos valuados como escasos existan en alguna parte del cosmos, los segundos llegan con la última espera que parece alargarse hasta el fin de la respiración; eso estaba en las entrañas de la pareja atómica ese viernes en que Tello tomó rumbo a su Honda dorado, quizá para él se tratara de un día igual, pero no para los atómicos, que dividieron fuerzas: Golmán, como si fuera jugando, caminó atrás del Sombrerito por si en el último momento algo distinto pasaba. Fer Maracas avanzó para buscar la Yamaha que había dejado en el taller de Román.

Después del pericazo que Golmán se diera en el baño público, camina al ritmo de los pasos del hombre que sigue, no lo distraen ni los ruidos ni las voces de un mercado que va perdiendo su vibra al mismo tiempo que la noche de invierno se hace profunda. No es su primera ejecución, qué va, pero es la inicial en el Barrio, las otras fueron pa darse él mismo la medalla de ejecutor sin chofer, digamos que cascareos de futbolito llanero. Ahora va a debutar con los profesionales, los que cobran por partido y por goles metidos. Tan lo sabe que odia el traca pum que se le mete en las manos sudadas como si el Sombrerito algo le estuviera cobrando por adelantado en la secura de la boca dentro de un odio que parece nuevo hacia el imbécil ese que va tan tranquilo. Golmán anda con los meados que se le atoran en alguna parte de la vejiga, con las ganas de jalarse otro par de rayas; la rabia crece sin saber la razón por la cual odia al cabrón Tello, que sigue su camino saludando y quizá diciendo versus sin ton ni son hasta llegar al trampolín de su última alberca. Golmán se soba los omóplatos, donde sabe que Ella está tatuada. Ella, la que lo cuida mientras Tello, Miguel de nombre, con el sombrero calado sobre la ceja derecha, muy gallo que se siente, apenas va a cruzar la Avenida del Trabajo.

Fer Maracas camina hacia el taller. Sabe que Román a esa hora está escuchando los discos de la Sonora Santanera porque el tipo dice que se parece a uno de los cantantes de la orquesta; el mecánico, en plena actuación, finge cantar frente a un improvisado micrófono, se dirige hacia un público de autos despintados y llantas rotas, y sin decir buenas noches, sin fijarse en nada más que en su actuación, cobrará por haberle cuidado la Yamaha sin importarle que en un rinconcito, por aquello de bajar los nervios, el chofer se meta tres líneas y después Fer, con el encendido automático, arranque la motoneta, pruebe que el motor se escuche ronroneante —chida la maquinita— y salga despacio rumbo al parquecito trasero al frontón que a veces sirve de caballeriza a los pencos de la policía montada.

Espera el paso de Tello y la llegada de Golmán, que se trepará a la moto dando la orden, carajo, desde que formaba parte de Los Pingüinos a Maracas las órdenes le desagradan pero sabe que así es la jugada; cada quien tiene su papel en las películas que ve en los cines del Eje Central: lo mismo vale un Demián Bichir que un Bruno Bichir, los dos son artistas bien chidos los güeyes, en las películas le rajan la madre o todos, hermanitos de verdad que son los actores Bichir; Golmán no es su hermano pero tiene que aceptar que anda más seguido con él que con su mismo bróder de sangre, a quien no ha vuelto a ver desde que se fue a trabajar en las pizcas del otro lado de la frontera.

Suena el motor, se oye parejito, siente el poder de la máquina, pequeña la moto pero muy buena pa la chamba, las grandes estorban, son muy vistosas pa los ojos de la envidia. Como el motor de la Yamaha, su pulso está a ritmo; él va a manejar, a dejarse ir por el gusto chido de llevar a todo trapo a su grisesita del alma, la que tantos gustos le ha dado. Fer nomás va a manejar, el plomo va a salir de la pistola del Golmán; siente bajo el asiento que el motor responde; es un viernes, hace frío. Maracas espera que todo se acabe rápido pa regresar a ver el juego de los Cargadores contra los Vikingos de Minnesota.

Miguel Tello goza cuando llega el viernes. Deleitoso se siente desde que sale de casa y toma rumbo al negocio: los seis puestos de aparatos, ropa, juegos de video, lentes, plumas, artículos chinos, botellas de marca y cigarrillos, bien distribuidos en varias calles para darle valor a la mercadotecnia, como dice su compadre Martín Becerril, que tan buenos consejos le ha dado siempre. Tello goza porque mañana es sábado y se puede levantar un poco más tarde; hoy, al regresar a casa, hay tele pa muchas horas y el traguito de brandy.

Tello no es de los que pierden el tiempo en lo que no da dinero: desde niño puso su primer negocio en el deportivo de La Magdalena; a trasmano aceptó la concesión del restaurante del centro recreativo, Miguelito puso los contactos con funcionarios pa obtener las licencias y además los datos que permitían saber en qué lugar de La Magdalena iba a celebrarse una fiesta; el socio puso la vajilla, sillas, manteles, meseros, la comida, los tragos, ¡chale que era buen negocio!

Lo recuerda ahora que la mañana del viernes va adelantada; Miguelito anda alegre, recuerdoso. Las nostalgias no le quitan la costumbre de mandarles recados a sus empleados: ¡versus!

...y los empleados, que a su vez son sus familiares qué carajos con darle confianzas a desconocidos, están enterados: con el versus les está diciendo no me vayan a robar porque se los lleva el chamuco.

Tellito no confía en nadie, por supuesto que no, menos en estos rumbos de la capital diferentes a lo montañoso de La Magdalena. Sí señor, todos saben que la ciudad es diferente en cada rumbo, y aunque se viva en la misma, para los magdalenos el territorio de más allá del periférico es de otros que no entienden a los serranos, como lo es Miguel Tello, que tiene que poner cara de estar a gusto y decir que ama al Barrio como a su misma sangre cuando a él le repugna ese sitio, sin decírselo más que a su esposa pa no meterse en líos.

De nuevo le entra esa nostalgia que le sorprende; a él, que no es romántico, le intriga que hoy tenga ganas de repasar algo de su vida en este viernes, que pinta como el mejor. No hay amenaza de lluvia y en el Barrio no se esparce esa nerviolera que se olfatea cuando algún operativo policiaco se va a dar. No se vislumbra el desmadre organizado para que los dueños de los supermercados grandotes suban sus ganancias. Sí señores, bien lo sabe Miguelito, pero ni modo, él tiene que aguantarse cuando los Boses fabrican la escandalera para sacarles más dinero a los dueños de los súpers.

No quiere borrar el gusto de recordar: los triunfos de hoy se deben a los porrazos del pasado, cuando le quitaron los negocios en casi todas las oficinas de la delegación. Ante eso, supo que La Magdalena, pese a ser su cuna, pa los negocios ya estaba salada y se fue a buscar los bisnes en otros lugares cuando su compadre Martín Becerril, zorruno, con su vocecita de muñeco de ventrílocuo, le dijo que mejor debían poner otra clase de bisnes, que en La Magdalena corrían el riesgo de parar en la cárcel, mejor que su compadre pusiera unos puestos en el Barrio, que aunque lejos de su terruño, era oportunidad de oro:

—Hoy o nunca, compadre —insistía Martín y Miguel no lo pensó dos veces, con las recomendaciones de un licenciado amigo de Becerril, y además, por supuesto, bien cimentado con un buen fajo de los ahorros en la mano, se fue a parlamentar con los gallones del Barrio.

Al recordarlo le da risa, cuando los problemas pasan nomás dan risa. Con cuidado pa no mancharse la ropa de trabajo, come mole de olla. Tello ve el reloj, hoy trae ganas de tirarse en la cama desde temprano, saborear el negociote donde por fin le pudo dar un quiebre al Jitomate. Al saberlo, el compadre Martín movió la cabeza, peló los ojos, medio chilleteó: plis, esas transas no quería ni oírlas, capaz que lo podían acusar de estar envuelto en un enjuague en el que ni vela tenía:

—Vete despacio, compadre, más vale estar en segunda fila que en la primera del panteón.

Nunca nadie le había podido quitar ni un solo peso al Jitomate, nadie y mucho menos la cantidad que su compadre Tello se estaba enbuchacando.

—Uh, compadre, por menos el viejo arde de muina, imagínate con lo que le quitaste.

Miguel contestó que él tenía cubierta cualquier revisión que le quisiera hacer el Jitomate:

—Si no soy pendejo, compadre, además, ladrón que se trinca a un colega no tiene por qué darle cuentas a nadie.

Fer Maracas siente el rumorcillo de la moto calentarle las nalgas y el cuerpo del Golmán apretarse en el asiento de atrás antes de acelerar con mucho cuidado para no romper la tranquilidad de la noche.

Fer jala aire frío, siente los movimientos del Golmán que ya con la Mágnum en las manos se acomoda en el asiento.

La avenida, pringada con algunos pequeños focos, es un desoladero. Tello vuelve la cara a ambos lado de la calle y avanza hacia la acera contraria.

Fer mantiene a la moto con las luces apagadas; un pie va tocando el pavimento. El tiempo ha pasado, ya no es parte de Los Pingüinos, tan lejos que palpa aquellos ayeres, carajo.

Sin hablar, que al fin y al cabo en este momento ya nada tienen que decirse, Golmán se chupa el bigote ralo.

El Sombrerito va a medio arroyo y ni siquiera ha vuelto la cara para mirar la luna destilada entre las nubes y el polvo.

A Fer no le importan los ladridos de los perros ni las figuras plomizas de los teporochos que, después de sus oraciones en la Capilla de la Esquina de los Ojos, empiezan a acomodarse bajo la basura.

Golmán siente que el sudor de la mano le moja el arma, gira la cara para revisar si hay alguien más que los borrachines.

Tello empieza a silbar, aún le faltan un par de metros para subir a la acera.

Fer tensa los músculos, escucha la respiración agitada del de atrás.

A Golmán le crece un odio como si algún gandalla le hubiera borroneado las Santas Figuras dobles de su espalda.

El Sombrerito sigue chiflando, al llegar al borde de la banqueta alza el pie izquierdo, que tan de mala suerte es y por eso lo cambia al derecho.

Fer hace que la Yamaha avance otro poco y apenas vira el rostro para buscarle los ojos a Golmán, que mueve la cara y en un susurro de aire le dice que aguante un poquito; pese al frío de la noche se pasa el antebrazo por la mejilla, quizá para limpiarse algo que podría ser sudor.

Tello vuelve la cabeza, mira que a unos diez o doce metros una moto va como si estuviera paseando a unos enamorados.

Fer siente en la panza el quejidito de algunos gases tercos.

Golmán dice: ¡Sale!, y con la pistola le pica las costillas al que maneja la moto.

Miguel Tello deja de silbar, abre los ojos buscando que alguna gente rompa con la soledad del rumbo.

Fer detiene la motoneta, con los dos pies en el suelo espera que Golmán diga algo.

Tello los ve de nuevo, respira hasta adentro, se mueve para huir al tiempo que Golmán dice órale. Fer hace que la moto respingue y se vaya contra la oscuridad.

Tello avienta el paquetito que llevaba en las manos y corre quizá buscando la protección del estacionamiento,

Golmán apunta con el arma, Fer sigue con los ojos puestos en la calle, Tello siente que el frío se hace más pesado, nadie se asoma por las ventanas que de pronto se han oscurecido, Golmán dispara una vez contra el tipo que al parecer por algo se ha detenido, con las manos extendidas da el frente a los de la moto, trata de hablar, Fer ve que el hombre tiene los ojos llenos de espanto y ahí mismo, en ese panorama de miedos, Golmán le atiza el segundo, el sombrero se ha ido rumbo a las coladeras como si a la sangre y a los sesos también les repugnara ver que la cabeza se ha destapado.

El tipo se va para atrás como flor podrida y antes de caer recibe el tercer plomazo, que se confunde con el ruido de la motoneta Yamaha perdiéndose por el rumbo contrario donde brillante está la Capilla en la Esquina de los Ojos Rojos.

Dos

Quizá las plegarias a la Santa Muerte le hicieron ver que un par de semanas antes de lo que Laila Noreña viuda de Callagua calificara como de terrible desgracia, la desazón ya se le iba revolviendo en presagios y le barruntó en el pecho al mirar a Linda Stefanie alisándose el cabello antes de salir del cuarto de atrás del departamento. Fue en ese preciso instante cuando ella, la madre, escuchó desde la calle un ruido parecido al estallido de un cristal.

Linda Stefanie se detiene como si algo se le hubiera olvidado, o sorprendida por un ruido del que nadie pudiera asegurar su existencia. No vuelve la cara para ver a su mamá, que a su vez la mira sabiendo que romper un espejo trae siete años de mala suerte.

La señora pensó que un crujido tan fuerte no podía venir de un espejo sino de algo más grande, quizá de un enorme vidrio colocado en alguna imprecisa parte de la calle, de su mismo departamento, de su cabeza, de los pensamientos de su hija.

¿De qué lugar podría venir el estallido?

Días después, cargada de un dolor desesperado, con las flores en la mano para dejarlas en el santuario de la Santa Señora, Laila supo que aquel fragor había sido un aviso al que aquella tarde no le dio valor, pues sin hacer caso del estruendo se siguió arreglando, movió la cabeza como para desechar ruideros internos y siguió el caminado de su hija, quien no dio muestras de haberle afectado el restallido.

Qué suave lentitud en los movimientos de la señora para maquillarse, para tocarse el rostro que se duplica en el espejito de mano y así, con una mirada en el delineado de sus labios, con otra mide el perfil del cuerpo de Linda Stefanie.

Por su posición, la mujer sólo puede admirar el manantial oscuro del cabello de su hija, y si bien no la puede ver de frente, la costumbre le dibuja lo conocido, claro que lo conoce, si desde la nacencia le fue cuidando el crecimiento, midiendo el grosor de la carnadura, el sonido de las risas, los tropezones en el aprendizaje del caminar, la salud, todo cobijado en las consultas con pediatras y no curanderos, aunque sufriera su gasto diario.

—Qué importa si es para el bien de nuestra niña —le decía al marido.

Y de pronto así, a manera de otro sonido de quiebre, de un purrum pum pum humoso, igual a un acto de prestidigitación que alguna vez vio en el circo en Insurgentes Norte, la luz de la tarde se traslapó, se remarcó intensa, le hizo ver la aparición de una niñita de palabras atropelladas, de sueños coloreados, que se lanzaba del columpio de los juegos de junto al frontón de Las Águilas; ahora mismo lo puede ver: la pequeñita sentada en la tabla del columpio viaja de arriba a abajo una y otra vez más, se oye la voz de la señora, de ella, de una mujer mucho más joven, por supuesto, échate, yo te agarro, y esa misma chiquilla, aún con la risa de la diversión y la carita tímida, sale de la tabla, vuela como hada y llega a los brazos de ella, de su mamá que la abraza y nota que le empiezan a crecer las tetitas sin que Laila Noreña viuda de Callagua recordara con precisión el paso de cada uno de los meses, Dios mío, qué rapidez de los años, los que pasaron por la escuela primaria del otro lado de la colonia Morelos y un par de ciclos de la secundaria, sólo dos porque Linda Stefanie se entercó en ya no seguir, si nada entendía, se levantaba tarde, no hacía las tareas y como si fuera poco, la joven siempre dijo:

—Me cáe, los maestros me train de encargo…

Las calificaciones eran pésimas, los cuadernos sucios, don Rito no sabía cómo ayudarla, menos Laila que apenas si llevaba las cuentas del negocio,

—Me train de encargo, güey.

Por el edificio corría el rumor de que las amigas con que se juntaba la chavita eran de las que los vecinos calificaban de pirujitas amateur en las fiestas.

Con música de clarines, arpas, timbales y campanitas, que son los sonidos que la velocidad de la magia tiene y que nadie mide por más que muchos presuman de entenderla, la muchachita de blusa ombliguera, ayudas en las copas del sostén, mechas con rayos verdes, aros en la nariz y en el ombligo, ya andaba con los destemplares de la regla tiempito antes de que a su papá don Rito, se le atravesara un suplicio en el pecho que ni la Santa Señora Guapa pudo remediar.

Ay, su pobre esposo Rito, tan manso, tan sumiso que era pa todo, hasta pa atraer a la clientela sin jamás reaccionar ante las pullas que la esposa, ella misma, Laila, doña Laila, le ponía como banderillas negras:

—Ándale Rito, en mi puesto ya saqué el doble y en el tuyo ni lo de la inversión.

Rito meneaba la cabeza, se pasaba los dedos por el pelo entrecano, se masajeaba el rostro rasposo de la barba de días, cerraba los ojos chiquitos sin que saliera la casta que todo varón debe tener, igual que si se le fuera apagando el piloto del bóiler pa que una tarde de martes en que el Barrio descansaba del trajín de las ventas, y mientras unos le daban al deporte a pura mano limpia en el frontón donde las estatuas de las enormes águilas llamaron siempre la atención a la niña Linda Stefanie, su papá, el marido de doña Laila de Callagua, quedó como mastuerzo sin agua antes que la hija lo descubriera y pegara de gritos, no por la muerte, que eso era como un juego de muñecas, sino porque nadie le había explicado la existencia y el fin de los humanos, verdad de algo tan misterioso que la chica nunca adivinó, ni siquiera unos segundos antes de sentir que el aire frío de la azotea marcaba el fin de su huida.

Si eso no lo sabía, en su niñez tampoco nadie le dijo que normales eran las manchas en la ropa, que la menstruación era como una garita en la frontera de las mujeres, asuntos que se aparejaron toditos en una misma fecha, igualito que si el papá, en un acto de valor que jamás tuvo en vida, hubiera esperado ese acontecimiento, precisamente la tarde en que a Linda Stefanie le bajara la regla, pa agarrar su verdadero rumbo, llevando de guardia a su costado nada menos que a la mismísima Santa Guapa.

Con los ojos puestos en los recuerdos y en los palpitares del hoy mismo, las manos rutinarias de Laila Noreña maquillan con mucha calma, que al fin ella no es de las que les gusta andar como muñeca de circo, por eso usa tan poco color, las cejas con un leve trazo oscuro, los labios que no se vean apresurados de rojo, un leve tinte en los cachetes, nada que haga decir a la gente que la señora del 6B es una buscona sin marido.

Huele su entorno, lo revisa pese a conocer cada pedacito, sentada en la orilla de la cama, en la esquina de la habitación del fondo, la que el matrimonio usó como refugio de las timideces de Rito y la aceptación de Laila como parte de una vida que no se debe cambiar, sabiendo de lo peligroso que resulta enredarse en las ventoleras que anidan en la calle.

Con las manos puestas en los botecillos de pintura y cremas, observa los movimientos que Linda Stefanie hace, va midiendo ese girar de músculos antes de que la hija se largue a la calle; porque se va a ir, de eso no hay duda, a esos recorridos de los que jamás le ha dado cuenta y que bien se acuerda se iniciaron unas semanas después de fallecido su marido.

Cómo no se va a acordar, hay fechas que jamás se borran, los fallecimientos sobre todo, pero en la vida diaria lo más difícil ha sido soportar el calvario de ser madre sin pareja que la apoye y ayude, a la doña le punza la idea de haber sido siempre una mujer sin marido aunque lo tuviera al lado, sacando la cara por el esposo sin aceptar que los otros comerciantes, sabedores de la timidez de don Rito, la relegaran tratando de ponerle trampas en los negocios; será mansita, pero cuando de proteger a la familia se trata, se puede convertir en leona con las garras echando lumbre.

Esas ganas, esos esfuerzos por más humilditos, eran valederos, tan es así que con todo y broncas, amenazas, a veces gritos y peleas contra los que se quieren aprovechar de cualquier desnivel en la vida ajena, pese a la muerte de Rito Callagua, que por lo menos como figura decorativa servía, madre e hija siguen siendo dueñas de los dos puestos de ropa, aunque la señora se machaque el espaldar por cuidarlos, tener la mercancía de moda, los anaqueles bien surtidos, que no en vano paga sus cuotas semanales a los líderes y a los que cobran por la seguridad, le entra a las cooperachas cuando los organizadores juntan dinero y pagan los tráileres desde la frontera.

Ah, y pese a todo ese trabajajal, su hija nunca le ha reconocido la friega que a diario se da, desde muy niña Linda le hacía fuchis y ya más grandecita los pleitos fueron del diario:

No son horas de llegar,
Te vieron más allá de Reforma,
Andas en malas compañías, mijita,
Si tu santo padre viviera.

La señora Laila sigue con el maquillaje pese a que el rostro está cubierto de afeites. La hija está en la habitación de la salida. La señora no quiere hablar, si al fin está segura de que a su hija los consejos le entran por una oreja y se le desparraman por el pelo. El cabello tan largo, tan sedoso, cómo se lo chulean en la calle.

Mirándose al espejo, Linda Stefanie lo alisa; hace gestos, guiñitos risueños y monerías, pasa y pasa el cepillo porque seguro se va a reunir con el vago ese que doña Laila odia, el mentado Yube que tiene facha de degenerado, que Dios la proteja del peligrero que la rodea, quién sabe qué le ve la niña, Dios mío, qué le puede ver a ese pelagatos.

Laila sabe que las trampas vienen de donde sea, de los competidores y de todo individuo, forastero o lugareño que sin hora merodea por el Barrio, no sólo en las noches cuando dicen que por la oscuridad vaga lo peor de lo peor, eso no es cierto, doña Laila sabe que la maldad no tiene horarios; en esta ciudad las horas nunca cargan etiqueta de amable, aquí es andar con el Jesús en la boca, lista pa echar la carrera o sacar los colmillos si algún disparatado quiere hacerle daño a dos mujeres solas pero no maneadas, como vulgarmente se dice. Laila Noreña viuda de Callagua, esposa fiel de Rito, de don Rito Callagua, aunque se oiga más largo el apelativo, podrá ser esclava del trabajo, hormiga sube y baja, lloricosa tapadera de las diabluras de su hija, pero nadie se atrevería a negar que se ha batido como tigresa pa darle a su familia al menos lo indispensable, y que bajo ninguna circunstancia ha pensado, siquiera pensado, en meterse con algunos igualados que le rondaban las tiricias del viudaje; si el tipo es joven le va a servir de criada, y si es viejo, de enfermera; no, pa qué, con ese lema la señora le ha dado esquinazos a los hombres, ni que le hubiera ido muy bien en el matrimonio, Diosito Santo la perdone si reniega un poquito, o sea, pero fueron tantos años que a veces las muinas añejas vienen a cobrar facturas, pero, ¿qué va a obtener de un pasado que apenas tiene un ligerísimo olor marchito? Ella no quiere permitirse ningún alboroto, las poquísimas veces que tuvo algo así como una rebatinga de sentir la cama muy ancha pa ella sola, pensó en lo que diría su marido, en lo que iban a decir los vecinos, sus familiares aunque poco la visitaban, porque el Barrio impone a los que no lo conocen.

¿Qué cosa le iría a reclamar su hija? Laila no iba a ser tan tonta de caer en la trampa de la muchachita:

—¿Por qué no se consigue un marido, mami, a poco cree que mi papá la anda vigilando?

Laila estaba segura de que la chava nada más la quería calar, su hija se hacía la comprensiva nomás pa probarla, o pa tener contrapesos a la hora de los regaños y las cachetadas.

—Oiga mami, ya vi que el Domador le anda arrastrando el ala.

La chica mueve la panza, semeja una bailarina en pleno escenario. Las palabras se meten en el ritmo del baile. La hija sonríe y Laila no quiere notar lo malicioso en la risita que no se oculta.

—El Domador no le quita los ojos de encima, mami —insiste Linda Stefanie.

El Domador es solitario, pero no se ve mal. Anda solo porque a lo mejor le afectan los chismes que se dan acerca de su trabajo, pero la señora no cree que sea un hombre mañoso. A través de la figura de su hija mira al hombre grueso que camina con paso ondulado; lejanos se escuchan los ladridos de los perros porque los animales no se atreven a acercarse, y así como entrara el recuerdo del alto y robusto Domador, Laila decide echarlo fuera porque no es momento de iniciar romances con nadie, sería tanto como insultar la memoria de Rito, aunque algunos digan que es una tontería andar cuidando la reputación sólo para quedar bien con un fantasma.

Nada de eso, la desaparición física, ¿física?, qué chistoso se oye lo de física, como si alguna vez la hubiera tenido, bueno, la ausencia, ¿ausencia?, caray, mejor decir el fallecimiento de su señor, le dobleteó la responsabilidad: viuda y mamá, y que pase lo que pase, a la hora buena de todos los humanos que es la de dar cuentas y no antes, ella, la viuda a mucha honra, sin tener vergüenza por algo oscuro, se podrá ver de tú a tú a los ojos de quien sea sin importar que ese careo se lleve a cabo en las mismitas goteras del más allá.

Definitivamente, jamás le faltaría al recuerdo de su Rito, y eso que a los poquitos meses de matrimonio el amor de cuando se casaron se le fue chorreando hasta hacerse como plastita de lodo. Por otra parte, o sea, que nadie, que bien se entienda, nadie, ya sea mortal o difunto, le puede reclamar no se dedicara en cuerpo y alma a cuidar a la muchachita pa que no se la tragaran las malas costumbres; jamás alguien le podría decir que no le suplicó a la hija pa que se comportara como toda una señorita: le prohibió salir a deshoras, reloj en mano la esperó en la puerta; le dio sus cintarazos cuando fue necesario; la lleva a cuanta procesión le dicen; las dos juntas obsequian sus rosas a la Señora Blanca, sus alcatraces a la de Guadalupe, sus tulipanes al mismo San Juditas. Nadie le puede decir que no la encaminó por la vida honrada, le enseñara las oraciones debidas, diera limosnas y jamás le pusiera mala cara a los que piden caridad.

Sin ocultarlo, ubica la mirada en la otra habitación. Linda Stefanie parece que quisiera quedarse hasta que la mamá termine de espulgar los abrojos que le cargan las venas. Sin mover los frasquitos del maquillaje, la señora mira a su hija envolverse en la luz de la tarde que estatua a las dos mujeres.

El ruido del vidrio roto parece haber sido un encantamiento detenido en el accionar del Barrio, los rumores de la calle están suspendidos, los crujidos del edificio han cesado, las llamas de las veladoras de los altares de las aceras están quietas.

La doña viuda sabe que cumplió a más no poder, que con agua fría se lavó las ganas de tener inquietudes con nadie, se las tragó sin mascarlas, así, a bocado seco sabiendo que existen crespones de furia que se le han ido colgando en la punta de los pechos para bajarle al vientre entre los reclamos que da el calor de algo no aceptado.

Miente el que diga que los años clausuran las rebatiñas, y ahí es donde reside la gracia: que sintiendo lo que ha sentido no le haya hecho caso a los desvaríos, no porque no sintiera, no, o sea, eso nadie puede negarlo, ay, cuántas veces ha pedido que pa siempre se le agotaran los hervores, definitivamente poner al parejo sus años con los momentos de olvidarse del peaje y así sentirse tan limpia como la misma Señora Blanca, pero no, desde arriba alguien manda las pruebas que se tienen que cumplir pa no desmerecer, pa que su hija vea que todos pasan por los calvarios, y sepa que los esfuerzos deben tener una retribución que por ninguna parte le ha llegado, si Laila desde niña fue mandadera de su familia, preparaba el desayuno y la merienda, lavaba los trastes, le daba de comer a sus hermanos menores, que quién sabe en qué ciudad de los Estados Unidos vivan ahora sin una mugre carta, sólo una veloz llamada de larga distancia el día en que se murió don Rito, sólo eso.

¿Alguna vez habrá tenido diversiones la niña Laila? Sí, en caso de llamar diversiones a sus idas al cine, que más bien eran como refugio de sueños, quizá diversiones se le podría decir a las dos o tres veces que la llevaron al circo, aquella excursión a los volcanes, no recuerda otra cosa, ninguna otra gracia le llega a la memoria por más que le haga surcos al recuerdo y después de una juventud de servidumbre, insistente le llegó el noviazgo furris, vigilado por una caterva de metiches y pocos familiares, pa pasar de una mano a otra, pa tener que callarse y agacharse ante un Rito Callagua todavía más agachado que ella…

…sacude los frasquitos del maquillaje, se masca la saliva recordando los años pardos que nunca cambiaron por siquiera uno bueno, bonita pareja de coyones los recién casados; aprendiendo a ganarse la vida en el negocio de los dos puestos que les dejó el papá del marido; asistiendo muy de vez en cuando al cine; cenando en la taquería de doña Catalina; ir a alguna fiesta de un vecino donde Rito se sentaba en una esquina con un vaso de refresco en la mano poniendo unos ojos de querer irse a la brevedad que fuera; así van los trasteos de los años, con las deslomadas en el trabajo; ah, y los 12 de diciembre en que por fuerza tenía que servir comida a los peregrinos a la Basílica: desde el día anterior hasta que se terminaran los miles de tamales, cientos de litros de champurrado, millones de tortillas, ollas de salsa, lo que se les regalaba a los peregrinos; el 12 de diciembre y otros brinquitos de la vida: alguna boda, una posada en la misma vecindad, algún bautizo, ver las telenovelas y así, pálidos años en que los esposos andaban aterrados por lo vibrante del Barrio, soñando que alguna vez podrían irse de ahí, con la desidia y los ronquidos de Rito, con las ganas de una galanura, de un retozo que en el marido era como desierto sin frontera, y casi como milagro por lo apático de don Rito, concebir a esta hija…

…que se peina y peina, está al borde de largarse a sus recorridos por el Barrio, o a quién sabe dónde se va la muchacha, con lo peligrosa que es la ciudad, los coches que no respetan a nadie, los desmanes y los asaltantes que tanto salen en la tele.

La señora mira los ayeres cercanos en que ella supone que a la hija le pegó la muina de ver a sus papás aterrados por cualquier cosa. Linda se hizo contestona con su mismo padre, alebrestada por cualquier motivo, inclusive retobona para servir la comida a los peregrinos del día de la Guadalupana; siempre disfrazada con esa ropa oscura. Cuando murió don Rito, ni siquiera le guardó duelo, o sea, como si en la familia nada hubiera sucedido.

Definitivamente a la muchacha le dio por salir a todas horas, llegar tarde y con la ropa destripada, los ojotes hinchados, pasmados, dormida gran parte de la mañana, comiendo a deshoras, pegada a la tele sin soltar las papas fritas, tamarindos con chile, dulces cajetosos, tragando a pico litros de bebida de los refrescos gigantes, fumando a escondidas, yendo cada vez menos a la escuela, nomás atenta a los ruidos de la calle, a los arrancones de los autos, a los tronidos del escape de las motocicletas, a los malditos chiflidos de esos vagos que zopilotean, huelen a las chavitas que están a punto de caer, a las niñas sin papá que son las más propicias, Dios mío; fue también en ese tiempo cuando ella agarró el vicio de las cartas del Yu Gi Oh, a las que nunca les ha entendido por más que Linda Stefanie, impaciente y gruñona, se las trate de explicar usando un tonito como si la mamá fuera retrasada mental; la chica se enrabia de ver que Laila no entiende en qué momento se usa tal o cual carta, cuándo se lanza determinado hechizo, cuándo se puede formar un duelo con la magia de las figuras.

Esos gustos tan raros que tiene la juventud, esa rabia que Linda Stefanie nunca abandona. Los desgraciados que se dicen amigos y la buscan a todas horas, como el tal Yube, quién quita si enyerbó a esta muchachita.

Ya no puede, porque fue anteayer, o hace una semana, cuando la señora, harta de las irresponsabilidades de la hija que no sólo no coopera sino hace todo porque el hogar se vaya a pique, la quiso castigar con el cinturón de don Rito, que la viuda conserva junto a los ropajes del marido. Le quiso dar con la correa de su esposo a ver si algo del recuerdo del papá se le iba atorado en los golpes y suavizaban un mensaje menos agrio a la muchacha; al oír cómo, sin achicarse por los golpes, la chica se reía, quiso darle con la mera hebilla del cinturón, eso es lo que más duele, y la muchachita, que la seño Laila bien sabe que en el Barrio le dicen la Callagüita, le echó unos ojos de loca, como gallito de pelea se le puso enfrente, le agarró la mano, la misma que empuñaba el cuero, se la torció y sin ninguna leperada pero con harta furia le dijo que ni se le ocurriera otra vez darle de cintarazos,

n i
s e
l e
o c u r r i e r a,
letra a letra,
saliva a saliva,
porque no respondo,
n o
r e s p o n d o.

De nuevo usó cada una de las letras en medio de una voz sin estridencia, como silbido de víbora antes del ataque.

—Me cáe de madre, mamá.

Repitió como si al decir madre y mamá las palabras fueran dirigidas a dos personas diferentes: una, a la madre que oprime como camisa de acero; otra, a la mamá que llorosa ruega duplicando también los mensajes: uno, silencioso, encauzado a la Santa Señora, y el otro: la petición para la chava, para Linda Stefanie, quien poco a poquito se empieza a mover. Un deslizar en cámara retardada; muy despacio, también, la luz y el ruido regresan al departamento, los olores de la calle invaden tan lentamente los cuartos que parece que fueran entrando como la neblina que ama a la ciudad en invierno.

Junto a esas brumas de puntillas llega de nuevo la mansedumbre y con ella el contrapunto se pone otra vez en movimiento. Tose un poco, abandona el maquillado, con apenas voz y hablando en diminutivos, alargando dulce las palabras, entre altos y bajos de tono, le murmura a la hija:

—O sea, la verdá, por favorcito, definitivamente no regreses muy tarde.

Se queda preocupada, no puede dormir hasta que la muchacha llegue, mañana debe recibir una entrega de mercancía. La chica desde la puerta sonríe con su mirada de burla, levantadas las cejas, con ese torcer de boca, en el contoneo de la cintura como si estuviera ensayando pasos de un bailoteo que quizá unas horas más tarde, ya de noche, ejecutará en el Calipso, el Bombay, el Savoy o en los otros bebederos del Eje Central o de la colonia Guerrero, o en los hoyos de Nezahualcóyotl, ojalá así fuera porque peor sería si bailara en sitios más íntimos, Dios mío.

Laila Noreña viuda de Callagua recuerda el tronido de algo que creyó la rotura de un espejo enorme, la verdá, las malas vibras llegan desde donde uno menos se las espera, sabe que la chica está pensando en cualquier cosa, menos en lo que sin decirlo en voz alta, se le está implorando.

La chava ha dejado de peinarse, se mira contra el espejo, delinea el perfil de los pechos…

ay Dios mío, esos moditos tan corrientes,

…se sube la blusa ombliguera para mostrar con mayor gracia el cuerpo…

…la verdá, que la Santa Señora definitivamente tenga a bien quitarle esas maneras.

En la mano de Linda Stefanie se notan las malditas cartas japonesas, en la bolsa carga las pinturas, y si no se ha largado a la calle es porque está esperando el silbido de afuera. La mamá sabe que la chica aguarda que el ruido de la motocicleta se haga intenso para salir sin siquiera volver la cara para ver a doña Laila hacer otro gesto. La señora toma los frascos con el maquillaje, la pintura de las uñas, prende la tele y murmura oraciones:

Dios mío que no regrese tarde,

…la verdá, si llega tarde, porque tarde va a llegar, por lo menos que sea en buen estado,

…no, no en buen estado que es palabra de teporocho, que traiga buena salud.

Antes de que Linda Stefanie salga del departamento de dos recámaras, construido después del temblor del 85, en uno de esos edificios de colores chillantes y ventanas estrechas, la señora le echa una mirada al cinturón que cuelga de la perilla de la puerta,

…tan dócil como siempre fue su marido que Dios y la Santa Señora lo tengan en su gloria, los difuntos no tienen culpa de lo que pasa en el mundo, pero la han de haber tenido,

…y alcanza a ver el revuelo del cabello largo ondear hacia los ruidos de la calle.

Tres

Desde niños, aun antes de pertenecer a la banda de los Pingüinos, al Tacuas Salcedo, a Bufas Vil y a Piculey les interesaban sólo las notas deportivas; uno es fan del Atlante, el otro, michoacano al fin, por supuesto que es hincha del Monarcas, y Piculey igual hace bulla cuando alguno de los equipos gana, pero el eco de los aguaceros hace que antes de entrar al quinto negocio de la ruta de esta mañana comenten lo que anoche vieron en la tele y que de seguro sería reproducido por los grafiteros de la ciudad.

Desde el atardecer, las nubes negras cubrían la largueza del valle y por la noche la lluvia se desplomó como si el cielo se fuera a romper. En la tele dijeron que el agua había inundado varias partes de la zona metropolitana. Teniendo como fondo un panorama de lodo y gente aterida, los reporteros mencionaron que el Río de los Remedios destruyó los diques y las aguas negras cubrieron las calles, metiéndose más de dos metros en las casas. Los bordes del Canal de los Desperdicios se hicieron talco y la gente del Oriente, nadando y con la mierda a medio cuerpo, se negaba a refugiarse en los albergues por temor al pillaje en sus viviendas. Por el rumbo de Los Reyes, las aguas negras taparon a los autobuses y cientos de personas buscaban salvarse en los techos de sus casas. En el Periférico y en el Paseo de la Reforma, decenas de automóviles quedaron varados y sus ocupantes tuvieron que salir a nado o con la ayuda de lanchas. Las cuadrillas de Rescate de la Ciudad y de los estados vecinos trabajaron toda la noche sin que las aguas putrefactas abandonaran las calles.

—Te digo, güey, nos estamos ahogando en purititita mierda, la neta.

Al Tacuas no le impresionaban las inundaciones, eran parte de su vida desde niño, pero la idea de morir ahogado en la mierda le desagradó al oírlo en la voz de Bufas. En ese momento entraban al siguiente negocio; Piculey de refilón vio qué clase de mercancía se mostraba en los anaqueles del comercio; le daba lo mismo, al fin que ellos no iban a comprar nada, al contrario.

Antes de meterse al espacio pequeño de la trastienda, porque al frente sólo estaban las muestras, con movimientos lentos y letras de una a una, Bufas anotó el nombre del comercio, subrayó el apellido del dueño y le dio un codazo al Tacuas, que caminaba adelante de su compañero.

Era una tarea repetida, mai, andar recorriendo la zona del mercado, las mismas preguntas pero no las mismas respuestas porque cada güey tiene sus mañas y se ponen muy gallos, muy a las de acá cuando escuchan el bisnes, como el que ahora hace el Tacuas Salcedo, la siguiente visita hablará Bufas Vil y la otra el Piculey, y así se irían turnando pa que la aburrición fuera menor.

En los ojos, el dueño mostró que la llegada de los chavos no era una sorpresa, así que cuando el Tacuas Salcedo puso en cara la razón de la visita, el patrón del negocio movió la cabeza:

—Nel, uno se puede cuidar solo, ¿no creen?

—Pos sí, pero ái está el bonche de peligros.

—Chale, pos cuándo no ha habido peligros.

—Aumentan de al diario, pinche Fonseca.

—No estoy solo, güey.

—Ora asaltan en grupo, mai, a poco crees que te van a estar esperando, ni madre, te parten la moder aquí o cuando salgas, pinche loco.

—No mamen.

—Por eso te avisamos, güey, pa que la bronca no te agarre desaprevenido.

—Mal pedo, güey.

—Pos ponle que así sea, pero te estamos diciendo la neta.

—Apenas saco los gastos, mai, y luego tener que repartirlos, puta, para eso mejor cierro el changarro.

—¿Este o los otros tres que tienes? Ponte a pensar, a ver, piensa que te caiga una bola de cabrones y te saquen hasta la risa, güey, a ver con quién te quejas.

—No mamen.

—O que te quemen el negocio, ¿con quién vas a hacerla de pedo?

—No estoy solo, cabrones, pos cómo.

—Y dale, güey, no es cosa de estar solo, o no, es cosa que a la larga o a la corta, te joden.

—Pos le va a costar a quien se aviente el tiro, mai.

—Pinche Fonseca tan terco, ¿cuántas veces te pueden hacer el paro?, ¿cinco, diez? Ponle diez, a la larga te chingan.

—¿Y quién me asegura que si le entro a la coperacha no me van a salir con una jalada?

—¿Pos quién crees, mai?

—¿Ustedes?

—Nomás te estamos dando el recado pa que te enteres de lo que te pueden hacer, mai.

—¿Y quién manda el recado?

—Pa qué andar mencionando nombres, tú nomás mírale los beneficios.

—¿Que no me rompan la madre?

—Ándile.

—¿Que no se me queme la tienda?

—Ándile.

—¿Que no me roben de al diario?

—Ya ves que sí sabes, mai.

—No dejan de ser ojetadas.

—Chale, ¿pos cuáles ojetadas, pinche Fonseca? Qué mejor garantía que los compas te estén cuidando los negocios, mai.

—¿Todos mis negocios?

—Simón, mai, todorcios.

—No mamen, no sean abusivos, me cáe.

—Pos allá tú si no le entras, nosotros ya cumplimos con darte el recado, güey.

—Del Jitom…

—Chale, mai, pa qué andar ensueñando nombres, güey, tú ya sabes.

—¿Y qué garantías tengo?

—Y dale, pinche Fonseca.

—Pos no, pero también pónganse en mi lugar.

—Pos por eso, mai.

—¿Y de a cómo va ser la mochada, güey?

—Baras, si no se trata de hacer roncha, es pal bien de todos.

—¿Y cuánto es barato, mai?

—Chale, pus baras, mai.

—Pos por eso, díganme cuánto es barato, mai.

—Baras, mai, nomás un ciego.

—¿Cien al mes?

—Chale, un ciego a la semana, mai.

Bufas Vil y Piculey no hablan. Los turnos se respetan y este no es el suyo; Salcedo es bueno pa la cotorreada y en menos de una jalada de espidbol tiene acorralado al pinche Fonseca, que aunque se resiste sus palabras bajan de tono conforme el Tacuas le va dando garantías de que si compra el seguro ninguna otra banda le va a chingar el negocio, los varios negocios, porque las órdenes del Jitomate fueron visitar primero a los que tienen más de tres locales, ya después vendrían los más pequeños.

Claro que no son ellos solos los que andan chingándole, desde el inicio de semana ha visto a otros que chambean bajo las órdenes del Jitomate. Por ahí se han topado con el Niño, el Golmán, con el Marruecos, con la pareja de los Tanques, con el Chuchín y los demás. A pie, nada de motonetas, fue la orden. A Bufas le valen madres las motos, él a pie, que con las patas en el suelo se siente más seguro.

Fonseca parece estar saturado de palabras, le extiende la mano a Salcedo y a Piculey, después del roce de las palmas chocan los nudillos y salen a la calle; van por el sexto negocio de la lista, pero antes es hora de comerse un coctelito campechano, como a Bufas le gusta: reponedor, bien graneado de camarones, pulpo y jaiba, con su salsa Valentina y sus remamadas de aguacate, le da fuerza al más desvalido, le regala la fibra del mar, eso dice el Jitomate, que siempre anda chingando con que sólo Veracruz es bello, pos que el ojete se vaya pallá, pinche Jitomate que los hace chambear desde la mañana, y después, ¿quiénes van a ser los cobradores cada semana?: pos ellos, los tres expingüinos, ni modo que contrate a más cabrones, van a ser ellos los que anden de recolectores de las cuotas, por eso los ha mandado con la lista de los negocios, cada uno de esos les van a tocar semana a semana y va a haber pex con los comerciantes que no pagan a tiempo, mai, se van a hacer pendejos y el Bufas Vil o el Piculey, que son buenos pal trompo, les van a tener que romper mil veces toda su madre, y si se pasan de lanzas entre los dos y Salcedo les van a quemar los negocios, o el Bos se los manda quemar, o dispone que les aticen de plomazos entre ceja y cachete pa que los güeyes vean que con el Jitomate no se juega ni tantito, y esas diabluras las va a tener que hacer alguno de ellos: el mero Bufas Vil, que se está tragando un coctelote de aquellos, con cachup y Valentina, harto aguacate, cebollita picada, cilantro y su rociadita de aceite de oliva, chingón el coctelito, o el Piculey, que devora callo de hacha con harta salsa, y el Tacuas Salcedo se manduca uno grande de pulpo con ostiones.

…ahí están, los tres en pleno mediodía, con el sol que se cuela entre los toldos como si la maldita lluvia de la noche anterior nunca hubiera existido; escuchan la música que truena en cada puesto, en aquellos donde ya está funcionando el acuerdo para ser protegidos de todo mal terráqueo, y en los que aún les falta convencer a güevo; esa jalada la inventó el Jitomate porque según dijo si no se echaba él el bisnes, otro gallo le iba a ganar en la jugada, dice el Piculey antes de entrar a la oficina del Bos.

—¿Qué otro gallo más gallo que el Jitomate puede haber en el Barrio?

Al oír el comentario expresado con manoteada vehemencia por Algeciro Simancas, el gordo colorado se echa de carcajadas:

—¿A poco de veras creen que yo soy el más trinchón?, no se la jalen.

En los cielos no, pero en la tierra siempre hay otro poder más arriba, cabrones, ¿saben quién?: los que viven en unas casotas de no mames y tienen las garras metidas en todos los negocios del Barrio, esos son los que se agandallan el bonche de billullos y los usan pa ganar más billullos o pa quitar escollos:

—En todo tipo de negocios, cabrones, no nomás en los de aquí, que son los más chiquitos.

El gordo, sentado, la respiración fatigosa, bebe tequila, chupa rodajas de naranja, tiene los ojos entrecerrados, la camisa sucia, los cordones de los zapatos desatados, lo rodean sus lugartenientes y los tres chavos:

—En la jugada hay que estar siempre en la punta y no en la cola, mai.

Las palabras salen lentas, como si el gordo anduviera con una pesadez interna: los cabrones de mero arriba son los ganones, así es la pinche laif; hay escalas: los que se joden el lomo y los que nomás ponen la sonrisa, güey, ¿a poco Salcedo, el Piculey o Bufas creen que los güeyes se mandan solos? Ni maiz, todo es una cadena que tiene cierres, broches, hebillas, picos, y hay que saber cómo encontrarle el paso pa que no se atore el hilado, los del billullo no se andan con prudencias en el corazón, esos gandallas ponen centavos y quieren dólares, euros pa invertirlos en sus cadenas de almacenes, pa gastarlos en sus mansiones del Bosque, en las del Pedregal, en las de la Herradura, en las que tienen del lado gringo, mai.

—Nel, aquí se tiene que andar con la cara más tapada que el Mil Máscaras —al decirlo se mira la ropa, los zapatos. Algeciro asiente. La Rorra entreciera los ojos. Rabadán, seco, no mueve ni un músculo de la cara.

Tacuas Salcedo se imagina al Mil Máscaras parado en medio de un inmenso ring rodeado de nubes, pinche luchador arcaico, ¿por qué los rucos no se ponen al día? el Jitomate está medio pedo y los va a agarrar de orejas pa contarles sus choros, uh, cuando al gordo le da por hablar ni quien lo pare, me cáe, güey.

—Lo del cielo al cielo, en la tierra se viene uno a rajar la madre, no hay de otra, mai.

La mano izquierda de Bufas Vil acaricia la imagen de la Santa Señora que le cuelga al pecho, le aburren las pláticas que lo llevan por sitios que no le importan; los ricos son los ganones, eso lo sabe desde que andaba con los Pingüinos; los que mandan son los millonarios, chale eso no es novedá, lo sabe el Piculey desde que se fue de su casa; los dueños de las cadenotas de tiendas meten las manos en los líos del Barrio, eso lo saben hasta los niños como lo fue el Tacuas; el Jitomate tiene más billullos que un banco, todos lo conocen; el pinche gordo traga tequila como loco, no hay quien lo dude, sus cercanos lo cuidan; sus agarraderas están en la policía, obveo; cuando puede se transa a los comerciantes, fácil; ¿qué cosa tiene que decirles y no lo sepan?, nada, ellos conocen las capuchas que usa el Bos, sus conectes con el Zalacatán, sus enjuagues con los tráileres, sus amarres con los chivatos, todo lo saben y sin embargo el gordo habla y habla, bebe y bebe, chinga y chinga, el ojete.

—El que se queda quieto se lo lleva la marejada, mi papá decía que los robalos nadan en agua tibia porque son tibios, así que no le robaleen nunca.

…pinches chavos tan mansitos, no se les ve la rabia, y son tres de miles, qué cantidad de chavos han llegado en los últimos años, el tequila anda en los labios, en la boca, en la garganta, en la panza, en el gusto de sentirse a gusto, agüevado, chido, mareado en los cielos del mundo, observa la facha de los güeyes esos, la carota de Luis Rabadán, la facha de Simancas, los ojos de la Rorra que se hacen chiquitos, todos son una bola de gandallas que a la primera que puedan le tumban el alma.

—A los de por aquí nos está faltando un servicio de seguridad chido, que no anden de engañosos con la banda, que la raza sepa en quién confiar, mai, nada de esas chingaderas de camiones blindados y culeros disfrazados de tira, eso vale verga, aquí estamos pa cuidar nuestros negocios a como sabemos, a ver Luisito, a ver qué purrum dicen aquí los chavos.

Que están callados, no entran al ring si no ven claro al adversario y el gordo habla y habla sin despepitar de un tiro.

—Chale, ¿están mudos?

Por primera vez desde que llegaron, Tacuas Salcedo habla con la voz bajita, sin ver de frente al gordo:

—Usted manda, jefe.

—Chale, pero entiéndame, cabrones, no sólo hagan lo que les digo.

—Es cobrarle a los que andan en peligro, ¿o no jefe?

—Vaya, ái nos vamos entendiendo, mañana Burelito y aquí Rabadán les van a dar la ruta diaria.

—Órale, jefe.

—Y tú ¿te andas tragando las palabras, cabrón?, ¿no te gusta el plan o qué chingaos?

Bufas Vil no sabe si le hablan a él o al Piculey pero mueve los hombros, que funcionen las precauciones, soba a la imagen, lo que el gordo dice lo saben todos, vender protección tampoco es nuevo, le extraña que hasta orita el Bos los meta en el asunto, si ya lo hacen el Piojo, algunos de la pandilla de Gudiño, también el Niño y Golmán, a veces hasta Maracas, que es su cuate desde el tiempo de los Pingüinos.

—La Burelito o acá don Luis nos dicen y listo, mai.

Bufas o Piculey poco usan lo de Bos, son cabrones estos chavos, los prefiere al otro, al Tacuas que está agacha-dito, robalero ha de ser, al Jitomate le caen bien los bravos como estos cabroncitos, así era él, así se sentía cuando llegó de Veracruz; el sabor del tequila lo trae prendido en la boca, las ganas de meterse otro atrás de uno más.

—Mañana se reportan primero con Luisito y después con la seño Burelito, mai.

—Ya dijo, jefe.

Ninguno de los tres habla, sólo mueven la cabeza mientras caminan por debajo de las lonas mugrosas hacia el sexto nombre de la lista que les diera Luis Rabadán, el negocio de un tal Godínez que comercia en zapatos importados y ropa de marca.

Tacuas Salcedo le mira los ojos, se da cuenta de que el hombre, el mentado Godínez, ya está enterado del nuevo bisnes del Jitomate porque el tipo no hace demasiadas preguntas, con voz mansita y la mirada en el piso pide le sea rebajada la cuota semanal casi con ganas de escuchar cualquier negativa; robalero el gandalla, con unos ojitos que se escurren para dar la impresión de humildad que encabrona. Piculey lo apergolla:

—No seas robalero, pinche Godínez, por unos billullos vas a dormir tranquilo, mai.

—¿Pero tengo garantías, no?

—Tú mismo vas a dar la calificación, güey.

—¿Y si llegan a joderme?

—Chale, ¿y quién te va a chingar?

—Pos ojetes que nunca faltan.

—Los ajenos se van pabajo, tú tienes seguro, pagas la prima y tienes derecho a que nadie te apergolle, mai.

Bufas Vil no interviene aunque es su turno o creía que lo era, el Tacuas Salcedo está en la puerta como mirando la calle, Piculey lleva la voz en el canto de apretar a los robaleros, está harto de hacer el mismo numerito con cada propietario de la lista, al fin de cuentas no hay quien se ponga eléctrico y los mande a la chingada; se le amarga la vida con esa inercia tan robalera; a él lo suyo, darle vuelo al arma, que pa eso Dios lo trajo al mundo, ojalá algún gandalla de esos se pusiera bravo, les dijera que les daba pura madre y que la protección se la pasaba por la tabla de los merengues; pero no, los pinches vendedores se hacen como la zorrita panzona, agachan la cabeza, chilletean como putitas pero acaban aceptando, Piculey odia bajar la chompeta y esos güeyes traen la mirada lombricera; que se rebelen, chingaos, que le den pretexto pa sacar la fusca y que oigan el tronido, el ruido de un plomazo que es el ruido emperador de todos los pinches ruidos del planeta, pero sabe difícil que algo diferente suceda en ese recorrido amansador de tremolinas que de seguro se va a alargar por semanas, tantas hasta que el Jitomate tenga bien aceitado el negocio, nunca antes, porque aquí nada se acaba, nomás va cambiando de rostro, de formas, la única que permanece es la Santa Guapa que lo cuida como protege a quienes la aman, que de seguro no han de ser aquellos que los aguaceros dejaron como ratas flotando en la caca.

Cuatro

Voceen hacia los vertederos del zodiaco,
distribúyanlo en la flor de la galerna,
horaden las profundidades de los cerros de basura,
    ...con la vista sigan su paso durante las horas del día
en que deambulan como tortugas rotas, observen su vestimenta, su mirada descubridora de perros que les ofrezcan
calor por la noches, la botella de alcohol como prenda
infatigable, las manos hinchadas y esa furia por beber para
que las imágenes no se cuelen desde el pasado,
    ...sigan ese tránsito sin metas, ese intercambio de
sollozos sin ruido, ese fuego ansiado sin límites en el estómago, las cuarteaduras del rostro, las horas signadas en el
trago de alcohol y la mordida al taco de lo que malamente
sea, las uñas negras pasando por el fondo de una lata de
sardinas, los desperdicios en un atado de plástico, los
bolsillos llenos de tesoros magullados, obtener la limosna
como meta de bebida, el tiempo del antes vacío y después
el sustancioso trago del día, que no es una vuelta del globo
en su propio eje sino el regreso a la paz insomne del primer
jalón a la botella sin etiqueta, del líquido más preciado
que las flemas negras de los pulmones, que el dolor en los
músculos, de las vísceras enormes, de las piernas hinchadas
a punto de quebrar la piel oscura, rasgada como papel de
amate, rojiza en su rojitud maligna de menoscabos mil
metidos en la sangre,
    ...ellos son los que forman el Escuadrón del Fina-
miento; parte de las calles son estas mujeres sin formas,

estos hombres sin rostro; son los alcohólicos, los teporochos que viven en las esquinas del Barrio, habitan los bajos de las montañas de desperdicios, juntan su calor al cuerpo de los perros que los cuidan entre pulgas y arañas, gusanos y vomitadas,

…un Escuadrón cuya meta es el fallecimiento como única sinrazón de su no vida, el Escuadrón que transita esperando algo que nadie conoce, que camina aguardando lo inentendible,

…espectros de un mundo cambiado en sus reglas, no hay tiempos marcados por una estadística trácala que no registra ni advierte la existencia de los teporochos que tragan alcohol en botellas pasadas de mano a pico, de baba a eructo, de fuego a llama y de alma a olvido,

…los que no tienen ni techo ni familia ni suspiros, los que duermen al amparo del desmayo o de las fuerzas idas o del sueño eterno en medio de unos ojos que ya no miran más allá del principio del Escuadrón del Finamiento que es el Batallón de una muerte diversa a la que adoran los píos de la Santa Niña: los privilegiados que se acogen al amparo de la Santa Señora Blanca que lo domina todo.

Escuadrón de la extinción llana, el de los estertores en la arcada purulenta, los del perecimiento que no tiene velos ni joyas ni diademas ni velas negras.

Esta es la otra muerte, la que anda jodiendo a los jodidos que tragan alcohol hasta que las venas truenan en ríos de sangre apestosa.

Escuadrón que no tiene másteres que lo recuerden ni grafiteros que sublimen ni relatantes que los añoren.

Escuadrón dueño de la otra Muerte y a esa idolatran.

Es una y varias, mascullada por los otros tantos nombres que la parca tiene en este su mundo de escamocha y mierda entre los ojos:

la Novia Infiel,
la Cuatacha,
la Jedionda,
la Güera,
la Calaca,
la Igualadora,
la Segadora,
la Apestosa,
la Chinita,
la Llorona,
la Chirifusca,
la China Hilaria,
esa.
Esas todas que son una misma.

Esa y esas son las que con las piernas abiertas y la mugre en los muslos se acuclillan frente al Escuadrón del Finamiento para entonarles canciones de cuna y poner ante sus ojos el relumbre de las botellas.

Parcas que acarician a los perros untados al cuerpo de los teporochos. Animales de pelo seco, de cola sin giros y dientes filosos como guadañas. Perros que por las noches también son cubiertos por cartones y periódicos para soportar el frío y una lluvia que penetra hasta el recuerdo.

Entra y empapa más allá de la medición con que los demás dibujan la vida, aquellos que no militan en el Escuadrón del Finamiento y cruzan las calles con el dolor ido; este Escuadrón no es modelo de aerosol ninguno, nadie lo ha pintado; los grafiteros no cavan tumbas para los que ya están muertos, ni rezan por los que fantasmean en los tiraderos de basura,

los del Escuadrón andan con las inmensas redes de desperdicios trepadas en el lomo, y a ningún grafitero le importa dibujar a los que, cargando bagajes, desesperados por un solo trago, sitian al Barrio.

Porque los grafiteros no regalan historias a los que le rezan a las botellas como el único Dios existente; no alaban a los santos que aun viendo la vida, oyendo los rumores del tiempo, son ya embajadores activos de las otras muertes:
de la Paveada,
la Jijurria,
la Tembeleque,
la Triste,
la Tilica,
la Tiznada,
la Pachona,
la Dientona,
la Afanadora,
la Madre Matiana,
la Cruel,
la Tía de las Muchachas.
Esas muchas Muerte que es sólo una, la otra, la que no tiene alhajas ni le regalan flores en su aniversario, la que no posee santuario alguno en calle ninguna, ésta, la que anda de jolgorio negro entre los teporochos, ésta, la que tiene apelativo múltiple y habita junto a los fantasmas que por la mañana el chubasco del mandato interno los hace formar filas para desperdigarse por el Barrio a esperar que
la Pálida,
la tía Quiteria,
la Cierta,
la Impía,
la Chicharra,
la Mocha,
la Catrina,
la Copetona,
la Canica,
la Huesuda,
la Flaca,

los llame para beberse mil por mil tragos sin la importancia del tiempo.

Ese es el Escuadrón del Finamiento,

los mismos hombres y mujeres que por las noches, escurridos desde cualquier rincón, desde los basurales de las aceras, como si una llamada superior se los ordenara, se incorporan, rompen el útero de la bazofia que los cubre, y con los sentidos turbios pero fijo el objetivo, caminan en danza de pies rotos,

los siguen sus perros sin raza,

transitan en silencio,

oleadas de romeros de la oscuridad,

van a rezarle a la cruz limpia de nombres inscritos en la madera que rala y sumisa espera que el Escuadrón del Finamiento llegue a la Esquina de los Ojos Rojos y despliegue su invocación más allá de los sueños para que un inacabable trago exista.

Cinco

Fíjese, observe la pintura, vea cada uno de los trazos que conforman la historia y asegúrese de entrar de lleno en lo que está pensando el Yube, cuyo verdadero nombre pocos conocen: Christian Acevedo Domínguez. De notarlo preocupado es porque él a duras penas realiza trabajos foráneos aunque la paga sea el doble. Pa eso hay muchos que andan buscando fama y aceptan ir a Querétaro, a Tlaxcala, a Puebla, sitios que requieren ejecutores chidos; el Yube le puede a lo que le brinque pero muy pocas veces participa en un trabajo fuera del Barrio, eso lo saben Rabadán, Simancas, la Rorra y no digamos el Jitomate; hoy debe salir de la ciudad, se trata de parar un tráiler, eso supone él porque después le darían una orden extra; el Yube no tuvo pretextos pa negarse por más que abandonar el Barrio le causara escalofríos; hacia el norte la ciudad topa muy rápido con el Estado de México y pueblos como Ecatepec, Lechería, Tecámac; allá es meterse a la boca de los caimanes; eso lo trae descontrolado sin comentarlo con el Niño del Diamante que maneja la R3, serio también, agusanado, como si víspera se le hiciera todo; así lo notó el Yube horas antes, cuando el chofer lo fue a distraer de su devoción por la Señora.

El Yube no necesita saber los motivos que existen detrás de su trabajo, con que lo sienta en alguna parte de su cuerpo es suficiente: el tirón en la quijada, el timbrazo en el ombligo, el freno en el aire de los pulmones, eso es lo que le dice si va bien o se regresa, y ya, así, al puro pálpito sabe que tiene que estar alerta, los coyotes de adentro aúllan y pendejo del que no los oye, pero saliendo del Barrio las claves internas se dislocan, lo hacen sentir menos que una araña que conociendo los recovecos más sobajados le han trastocado los hilos.

Afuera del Barrio el aire huele distinto, los ruidos otros, desconocidos los gritos de la gente, igual que si en el exterior estuvieran rondando los monstruos del Yu Gi Oh que a diario le muestra la Callagüita, él no entiende esas cartas coloreadas que dizque figuran retos y apariciones mágicas, la única magia la poseen la Señora y San Juditas; a los dos el Yube les reza por si alguno se quiere encelar del otro. Así se inició aquella ocasión, la de los hechos que fueron dibujados por millones de aerosoles de los millones de grafiteros. Comenzó, precisamente, con la visita que por la tarde el Yube les hizo a sus dos patronos: primero a la Santa Guapa, después a San Juditas.

Él llegó así, como uno más de los muchos fieles que se acercan a la capilla en la calle de Alfarería. Dejó la motocicleta Gladiador pegadita a la acera, cerca de él por aquello de las dudas, y al entrar a la construcción de tres salas, las de los lados saturadas de velas negras y por supuesto la de en medio con la imagen de la Santa Muerte protegida por un nicho de cristal, se hincó sin extrañarle sentir lo que es natural sentir: el frío amoroso que cala el cuero y se trepa hasta los dientes. Con la vista baja, le pidió a la Señora que lo del Chícharo le saliera bien; con lentitud piadosa fue subiendo su mirada del ras del piso a los pies cubiertos por la vestimenta de la Señora: atavío blanco, de novia: si Ella es una novia amorosa; vio los pequeños puntos oscuros sobre la tela; la mano derecha extendida y adornada en la osamenta con una balanza dorada: el fiel que tiene en su oscilación el tiempo que a cada uno corresponde; el brazo izquierdo doblado para sostener un globo terráqueo que es el terreno de su posesión; sobre el pecho, el signo de su alcurnia: el collar de perlas; más arriba aún, el rostro bello, magro, oscuro, la nariz sin carne, la mirada sin ojos, la frente amplia que sostiene el velo de la misma tela que el vestido, como luz que ilumina la imagen está la corona brillante de dama a punto de desposarse con aquellos que la sigan y la idolatren.

Por la importancia del trabajo, fue el mismo Jitomate quien dio las órdenes, las razones a medias, lo apenas necesario, digamos, por eso el Yube permanece hincado con toda reverencia, cargarse a un cristiano tensiona cualquier encargo, va a estarse ahí pronunciado las plegarias adecuadas al poder de las divinidades, así lo hacen aquellos que tienen un día difícil, ¿cuándo no es difícil el día?, lo sabe, si lo vive en pellejo propio; entona la segunda plegaria, la especial para los trabajos especiales, su voz se enreda en un ruido diferente al de su Gladiador; de pronto suspende las plegarias; un sonido ronroneante se mete entre sus rezos, reconoce el ruido del motor de la motoneta del Niño, la Fantom R3, del mismo modelo que el Yube usó los primeros tiempos hasta cambiarla por la Gladiador cuando aceptó que él nunca sería chofer sino ejecutor.

Con el ruido de la motoneta los rezos se evaporaron cuando iba apenas en eso de: "Muerte amada de mi corazón, no nos desampares, nunca dejes de cobijarnos con tu manto sagrado, no permitas que nos atormenten ni los de uniforme, ni las balas del fogón o lo afilado de las navajas."

El Yube agradece favores recibidos y gracias por recibir; las oraciones lo han sacado de varios enredos gordos: cuando el Amacupa trató de echarle el guante por lo de las mercancías coreanas; cuando estuvo a punto de palmarla en el tiroteo de la Avenida del Trabajo y la ejecutada falló porque alguien le dio el pitazo a Rosauro Carreto y al llegar ellos, el Yube y el Niño, ya los estaban esperando, carajo que aquella noche la bravura salió destapada en medio de los balazos.

El ruido sonso de la motoneta se va colando desde la acera, todos saben que las motos grandes sirven pa lucir el tipo y pa ganar en las competencias de arrancones, pero no pa los trabajos contratados. El Yube levanta la cabeza, por unos segundos le da la espalda a la Señora y lo ve: ahí está el Niño del Diamante, con el índice señala su reloj de pulso.

Los grafiteros contaron la historia primero en las bardas del Barrio para seguir con las resquebrajadas de la parte norte de la ciudad, la extendieron por los muros del centro histórico, la treparon a los cerros que rodean a la capital, la metieron a los barrios lujosos y a las plazas comerciales...

...se dijo que el Yube estuvo descuidado en el rezo y por muy poco tiempo apretó las veladoras negras que le había llevado a la Señora; que quizá, pensando en otros asuntos, se entretuvo en ver para qué lado el aire jaloneaba las llamitas de los cirios; llegó la motoneta del chofer y, aceptando que el tiempo se les venía encima, rapidito, seguido del Niño, se fue a llevarle su votiva a San Juditas. Ahí se estuvo apenas unos minutos porque la hora se iba cerrando, el Niño apresuraba el rezo y el Yube no hizo sus deberes religiosos con la debida fe, unido a que a lo largo del día el chavo insistiera en que mejor se suspendiera el trabajo porque en la panza algo le estaba picando.

Algunos creyeron que el Yube se comportaba de esa manera porque la faena se llevaría a cabo fuera del Barrio. Otros, que el chavo estuvo descuidado por los nervios, por las prisas que el Niño le ponía en los movimientos. Los que bien lo conocían, supieron que el Yube estaba distraído pero muy consciente de lo cocinado del asunto, digámoslo así. El trabajo era de los calientitos y las manos que estaban metidas en el ajo, más bien que las manos, los intereses tan chonchos eran propiedad de personas ajenas al Barrio. Eso le daba doble rasquiña al fervoroso, al miedoso, al nervioso, al intranquilo Yube: emboscar al tráiler antes de la entrada a la ciudad, y por lo mismo muy lejos del Barrio, lo ponía nervioso, pero que el Jitomate le hubiera dicho que todo se trataba de un doble juego en donde el Yube era la pieza pivote, le revolcaba el triperío.

Los pulsos del Yube le hacen señas. Él no tiene por qué hacerla de pensador, a él le dicen haz esto, lo hace; túmbate a tal, y lo hace; pero armar una jugada lejos del Barrio y quebrarse a un tipo desconocido, es como si la Callagüita le hiciera entender de qué manera se pueden contrarrestar los poderes de quién sabe quién, contra las argucias de quién sabe cuánto, en las cartitas japonesas que tanto adora la chava, mai.

En la Gladiador se fue siguiendo a la motoneta del Niño que iba faroleando como pa que el Yube supiera que los choferes también traen lo suyo; llegaron al parqueadero de los hermanos Berna y ahí el Yube, mansito, como lejano al momento, dijo que les encargaba la Gladiador quizá hasta el día siguiente, sin decir nada más y sin mirar a los ojos al Berna chico, quien contestó que con su boleto la podía recoger a la hora que se le pegara la gana.

Desde temprano, el día no pintaba pa jolgoriadas, por eso no quiso visitar a la Callagüita, la chava le enciende las sin razones, y de verla se irían a meter al Marsella sabiendo que las horas en el hotel de segurito le quitarían el valor en los coyoles; la chava lo deja seco sin más ganas que estarse en la cama cogiendo y tragando grapas, bebiendo cerveza y mirando la tele. Por eso pensó: ese día lo mejor era darle el esquinazo a la Callagüita; ya mañana, libre de lo que se le retuerce en las ingles, primero iba a recoger la motocicleta, después se irían a festejar como a los dos les gusta: pa abrir boca un paseo en la Gladiador de cinco velocidades, roja como pasión en vivo, con sus adornos plateados, con su encendido electrónico, chida la Gladiador, capaz de echarse el tiro palante a una velocidad como la de su color; la había cambiado por la primera moto que se pudo comprar, la Fantom R3 como la que ahora maneja el Niño, que buena fue pa los primeros tiempos pero ya inútil orita que la vida le pone de arcoiris el destino...

...después de lucirse en el paseo por el Barrio, la chava y él le iban a hacer una visita al Zalacatán pa que los surtiera de un bonche de mercancía; en la tienda de don Argumedo comprarían un par de six, un pollito rostizado y hartas papas para en seguida poner proa rumbo al hotel Marsella y ser felices con lo ganosa que es la chava, lo paraditas que tiene las tetas; eso iba a suceder mañana después de un hoy que le brinca en la panza y para contrarrestarlo piensa en lo chido del Marsella, pero primero, antes de conjugar los sueños, debía de pasar el trago de hacer el trabajito fuera del Barrio; carajo que eso le amarga la tarde, la que ya está empezando a declinar y casi es hora de subirse en la parte de atrás de la Fantom conducida por el Niño y darle rumbo del norte, más allá de las casuchas de Ecatepec.

Al Yube se le daba lo de ser ejecutor, el Niño del Diamante lo sabe; cada quién tiene sus gustos, al Niño le encanta ser un as arriba de la moto, ir a toda velocidad, arrancar igual que si lo persiguiera la tira, meterse entre los puestos como alma que se lleva el señor de la noche, brincar obstáculos; a la motoneta la siente en su mismo cuerpo, obligación de un chofer que quiera calificar de los primeros, hay que estar siempre a la orden, ser de los chidos guan cuando al Barrio de todos lados llegan decenas de chavos nuevos buscando oportunidades y ofreciéndolas muy baratitas en una competencia peleada; hartos chavos, choferes y ejecutores, listos pa lo que sea, y en medio de ese tropel sobresalen los buenos, los profesionales que no dudan, que tienen bien aceitada el arma y el equipo funciona sin raspaduras; la neta, mai, desde su llegada al Barrio, el Niño lo ha repetido como canción terca.

Cada quién a lo suyo, eso bien lo sabe el Yube sentado atrás de la motoneta que conduce su pareja, lo hace de lujo este gandalla pero no se le puede comparar a él, porque hay que tener bien puestos los güevos pa bajarse a un cabrón. Matar tiene sus resquemores. Deja huella en el alma por más que se quiera tapar con alegrías. Choferes hay pa aventar parriba. Otra cosa son los que ejecutan, esos tienen otro calibre. Por cada varo que le dan al Niño, al Yube le rifan el doble. Los choferes como el Niño tienen que obedecer lo que el ejecutante diga. Nomás eso:

—Chale, entonces, ¿pa qué tanto amor le tienes a las pinches motos, mai? —le dijo la Callagüita días antes, cuando se vestían pa salir del Marsella. La chava se estaba poniendo los calzones, él le miraba el cuerpo delgado, medio tapada la espalda por el cabello, largo, bonito que tiene el pelo la chava esta.

—Órale, si el amor no tiene razones, mai —le contestó él como si del fondo del corazón le salieran las ganas de quedarse pa siempre con esa chava que tanto le gusta—. Es como las motos, a las mirruñas las manejan los que obedecen, y a las grandes los que ordenan, los que ordenamos —corrigió viéndole los ojos y las tetas.

Si el amor no tiene razones, sí hay explicaciones del por qué al Yube le gustan las motos. Se siente dueño por el puro gusto de tenerlas bajo sus piernas como si fuera una chava rebrincona, pero no pa usarlas en el trabajo. Nunca hay que meterle la pichula a la nómina. Las motos sirven pa ser rey, no esclavo; emperador es el que trae el cuerno de chivo; rey el que porta la Mágnum; majestad el que tiene de pareja a la Parabellum. Esos son los monarcas, no los que manejan una pinche moto al servicio de él, que es quien dice a qué horas y en qué momento. Lo que no puede decir el Niño por más diamantes balines que se ponga en los dedos.

—Las motos son de uno, no uno de las motos —le dice a la chava.

—¿Y yo de quién soy? —pregunta la Callagüita aquella misma vez al tiempo de levantar el cuerpo, maliciosa mostrar el pico de sus pechos.

—Tú eres mi chava, nomás de este compa que no conoce trancas —y con el dedo señala su mismo cuerpo.

Nadie se le pone enfrente, ni siquiera los recuerdos, por más chidos que sean, por eso este día no quiere ver a la Callagüita, la chava lo calienta, le pone en blanco los pensamientos y hoy no puede, hoy tiene que estar como abeja junto a las flores si la nerviolera lo muerde de pensar en la carretera, más adelante de los Indios Verdes, en el Estado de México pa que lo entiendan.

El Yube, agarrado bien de la espalda del Niño, en el estómago siente el bulto de la Mágnum. Mira el bonchero de coches circular en las avenidas grandes, por entre los edificios y casas tan diferentes a los que él frecuenta. Claro, conoce ese otro lado de la ciudad, ni modo que se crea que el Yube es un chundo bajado de la sierra, pero la capital no es una ciudad, son muchas y eso le gana a su ánimo, se le aprieta en las corvas; lo marean los olores de ese lado, le disgustan esos camiones de rutas extrañas, el Metro transitando por la superficie, sin las estaciones subterráneas que él tanto disfruta, con los chavos de por esos rumbos atisbando con otras miradas. Él le conoce los ojos a la gente del Barrio pero no a los ajenos, los que al pasar ni siquiera lican aunque deben estar bien abusados.

Al Yube lo conocen en sus calles, le alzan pelo, le piden favores. A sus poquitos años ya le hablan con respeto. Pa hacerse valer no se necesita ser un pinche viejo cáscara como el Jitomate,

…y le habla al Niño, le grita pegando su boca a la oreja que huele a vaselina dulzona, el ruido de la R3 le estorba, sube la voz, le hace algunos comentarios, el chofer mueve la cabeza, no contesta, apurado pa seguir el tráfico lleno de autos y de camiones que echan humo y basura y andan como si un perro rabioso les anduviera mordiendo las nalgas,

…mira los perros que andan por las banquetas, flacos como los que cuidan los teporochos en su Barrio, pinches teporochos, el Escuadrón del Finamiento busca la muerte en cada trago, los teporochos se meten mil tragos por segundo, alcohol del 96 con tantito chesco de grosella pa que no se les incendie la garganta, los cabrones del Escuadrón del Finamiento sin que la Señora los haya apadrinado, ¿eso será cierto?, a lo mejor la Señora los cuida y por eso viven los pinches teporochos,

…el trago es bebida de rucos, aunque en este momento tenga ganas de meterse una chela bien fría pa que le baje ese calor que se le atasca en la boca, le pone amarga la saliva, una cheve, otro puñito más de chochos de los que a lo largo de la tarde se ha metido, eso calma la nerviosidad, sin hablar pide que rapidito termine con ese encargo y regresen.

El Niño mueve los hombros, hace un brusco cambio de carril, le disgusta la soberbia del Yube, el chofer evita un camión de pasajeros, acelera, se escucha el ruido de la motoneta al cambio de velocidad, el Niño va buscando el sitio adecuado, el lugar donde estará estacionada la pick up blanca, hacerle la seña, seguirla al sitio de la reunión y ahí esperar, estarse quietecitos, sin hablar hasta que llegue el tráiler, los de la camioneta blanca lo identificarán por las marcas y las placas de circulación, según les dijo el Jitomate momentos antes de irse:

—Nomás no se me apendejen, cada uno a lo que sabe —se limpia el rostro con un pañuelo coloreado. Con esas palabras los despidió después de haberles repetido varias veces las instrucciones:

…esperan cerca de la pick up blanca hasta que llegue el tráiler que se va a detener para que el Yube se suba, el Niño los sigue, adelante va ir la pick up, el chofer del tráiler se llama Baldomero y le dicen el Chícharo, él sabe la dirección donde van a descargar, cuando el tráiler se meta a la bodega, el Yube y el Niño se regresan, así de simple…

…nada es así de simple, porque de serlo al Yube no se le estaría colando algo extraño en la simpleza que el Jitomate expresó como pan comido.

Sin atreverse, porque luego las habladas de más acarrean desgracias, durante el trayecto lo ha querido comentar con el Niño. Mejor no lo dice, que el chofer piense lo que quiera, quizá, como él, los dos vayan mascullando las palabras que el Jitomate les dijo horas antes.

El Bos no les quiere dar la cara, no les ofrece la mirada, ¿dónde estará el desmadre escondido en la simpleza que pregona el tipo? Nunca hay simpleza cuando de bajarse a alguien se trata, y busca el enredo en las palabras del hombre de pantalón azul oscuro, de camisa blanca, manchada del frente, con las mangas enrolladas y con los colgajos de oro flotando sobre el pecho sin vellos, ¿o será que el Yube anda con los nervios a la baja y orita todo se le hace denso como grapa mal tragada?

—Nada de guólcmans, ya después van a tener tiempo pa oír lo que se les hinche los güevos —dice el Jitomate, repite, insiste floreando de leperadas las frases,

…no llevan guólcmans, el Niño extraña la música que le daría algo de tranquilidad, o un churrito que le ayudara a amacizar los chochos y a sentirse como flotando en el aire en lugar de estar esperando al tráiler manejado por Baldomero, el Chícharo; el Jitomate repitió el nombre del que maneja el tráiler; pinche Jitomate, de verlo dan ñáñaras, ¿tendrá su chava o es tan solitario como dicen, tan cabrón que no le tiene miedo a los tiras por muy federales que sean?, ¿hasta dónde es cierto lo que se dice?, chale, pos ha de serlo por el miedo que le tienen…

—El Chícharo ya está enterado de la jugada, te subes y le preguntas que si hay vendimia o no hay vendimia, él te va a decir que sí hay vendimia —el Jitomate se dirige al Yube, habla como ensueñado, apenas abre los ojos, pero las manos son garfios rayando el aire.

…el Chícharo, no, no lo conoce, por lo menos con ese nombre, el Niño tampoco ha oído hablar de él, es nuevo o nomás maneja camiones y nada tiene que ver con lo que está a punto de pasar cuando los de la pick up hacen las señas y el Yube ve al tráiler plateado, de 30 toneladas:

dice el Niño,

marca Internacional,

lee el Yube,

…que comienza a disminuir su velocidad señalando la maniobra con las luces,

…hay vendimia o no hay vendimia, chale con las palabritas que usa el pinche Jitomate, el Yube se lo quiere comentar al Niño mientras el tráiler plateado se va estacionando en la calle transversal a la carretera, la iluminación de las farolas de las aceras es tímida como perro de viuda, otra vez los perros entran a zumbarle la cabeza al Niño,

¿qué estará pensando el Yube?

Una música lejana pone un poco de ritmo a la maniobra que se escucha con el sonido de los frenos y los cambios en el embrague del tráiler; los de la pick up se han estacionado un poco más lejos, al frente, quizá unos cuarenta o cincuenta metros, han apagado las luces y al parecer no se mueven, el Yube le pregunta a su chofer si conoce a esos güeyes y el Niño nada dice, mueve la cabeza hacia los lados, no los conoce, tampoco el Yube sabe quiénes son; la panza le sigue cobrando los estrujones, y no ha dejado de sentir las ganas de regresar, pinche Niño, anda como zombi; el Yube no le puede decir que lejos del Barrio el valor se le escapa. La música lejana marca alguna cumbia, no puede distinguir cuál, las oleadas suben y bajan sin darle tiempo de reconocer la melodía; le ve el rostro a la Callagüita, sobre las notas de la cumbia ella da unos pasos cachondos, lleva la faldita azul que se pone cuando quiere sentirse galana, las tetitas le brincan bien sabroso, qué bien baila la chava esa, y atrás, escondido entre las mesas del Calipso, el Jitomate acecha desde lejos, les dice que el asunto tiene la suavidad del aguacate, el hombre se ríe, pinche ruco con sus granos rojos.

El Niño está sobre la motoneta, el Yube sigue aferrado a la espalda del chofer que de pronto lo empuja, vuelve la cara, se ha quitado el casco con unos cometas dorados y las iniciales END en negro fosforescente, se oye la voz, entra poco a poquito aunque la boca esté tan cerca de sus ojos; él le puede medir los ojos a la gente pero no la voz, y ésta es apagada como si no quisiera hacerle sombra a la música que viene del lado contrario de la carretera:

—Órale, güey, te están esperando.

Christian Acevedo Domínguez, con diez y siete añotes cumplidos, mejor conocido como el Yube, nacido en el mero Barrio, no de los que llegan nomás a sentirse como sus dueños y hacen los trabajos a destajo sin poner reparos a quién hay que tumbar o a quién hay que robar, se baja de la R3, le da un golpecito al brazo del chofer:

—Chale, güey, pos lo que salga es bueno.

El aire es frío, él siente las piernas medio envaradas por llevar tanto tiempo trepado en la motoneta, se frota los muslos, dentro de los tenis enormes mueve los dedos, avanza hacia el Internacional de treinta toneladas, plateado, mansito en su enormidad, detenido a un lado de la acera de la calleja esa donde la música también ha cesado.

El chofer del tráiler abre la puerta y el Yube se trepa. Hay vendimia o no hay vendimia. Sí hay vendimia. De ahí no hay palabras. El camión avanza de nuevo. El Yube no necesita ver porque sabe que atrás va la pick up blanca y a su costado la Fantom. Escucha el ruido del motor.

—Vete despacio —el Yube mira el perfil del chofer del tráiler que va atento a la calle. Tan joven como él, moreno como él, nariz chata, el estómago abombado.

—Frena —le dice y el Chícharo con sorpresa vuelve la cara pero frena, ve al que viaja a su lado, ese mismo que tiene una pistola en la mano.

—Órale, pos qué onda.

—Frena —seca se oye por segunda ocasión la voz del Yube.

—¿Qué onda, güey? —la respuesta es pregunta en la palabra del Chícharo.

El Internacional se ha detenido. La calle vacía. La pick up se adelanta y cierra el paso del camión. El Chícharo mueve las manos, hace de nuevo la pregunta: que aclare lo que está sucediendo, si a él le dijeron que alguien lo iba a acompañar pero no que le pusiera un fogón en los ojos, como lo tiene. La Fantom está ahora del lado del chofer, quien no voltea a verla.

—Bájate —el Yube habla sin prisa, con suave tono.

—¿Qué pedo, mai?

—¿Tas sordo, güey?

El Chícharo, antes de abrir la puerta, dice que saca sus documentos y se pira.

—Nomás no te pases de lanza.

El chofer mete la mano a la guantera y toma una bolsa de plástico.

—Mala onda —dice el Chícharo antes que la puerta de su lado se abra y la voz del Niño entre a la cabina.

—Bájate, güey.

El Chícharo gira el cuerpo, lleva los documentos en la mano cuando el Yube se los arrebata y de un empujón lo echa fuera.

El Yube se baja por su lado, da la vuelta al tráiler, los faros lo iluminan mientras cruza. Dos veces su cuerpo es enfocado, una vez y otra por cada uno de los faros. El ejecutor es uno mismo con dos gestos, el primero de rabia, el segundo con una mueca como si estuviera tragando una medicina amargosa. Dos veces se mira en la calle antes de entrar a la oscuridad del lado de la acera, donde en el suelo el Niño, con la sorpresa en el rostro, sujeta al Chícharo.

Uno de los hombres de la pick up se ha bajado y camina rumbo al tráiler. Sin mirar al tipo caído se sube a la cabina, cierra las dos puertas y arranca. Hace una leve maniobra para evitar a los tres que están junto a la motoneta.

El Niño ve al Internacional ir rumbo a la carretera. El Chícharo desde el suelo mira las luces rojas de la parte trasera del transporte. El Yube se muerde los labios antes de pegarle el primer balazo. Después los otros tres disparos, el segundo cerca, tan cerca que siente al líquido darle un fuetazo en su ropa. El Niño del Diamante echa a andar la R3 sin preguntar la razón de los balazos, como no la preguntó al regreso sabiendo que cada quién tiene sus órdenes y cada quién se las guarda.

El Yube se sube atrás, aún le laten las sienes, no es la primera pero cada una le aprieta el estómago como si fuera la única. Cumplido el encargo, le dirá al Jitomate mañana antes de irse al hotel Marsella con la Callagüita.

Van de prisa tras los faros del Internacional; han llegado al entronque con la carretera donde los autos siguen circulando rumbo a la ciudad que está detrás de los cerros llenos de luces y casas amontonadas.

Seis

La entrada a la ciudad es una mancha de autos y camiones desvencijados echando humo negro que se fue deshilando conforme se acercaron al Barrio, a la soledad de los rumbos por los que ahora transitan. No hay palabras de despedida, los dos saben que al día siguiente de nuevo se verán las caras. Desde su R3, el Niño ve al Yube caminando con pasos cortos, se mete al parqueadero. El chofer tampoco andaba con ganas de fiestas y subiéndose el cuello de la chamarra agarró rumbo a su casa. En esos momentos la soledad pega reatazos. Para llegar a su casa hay que cruzar más de media ciudad, avenidas y calles y así llegar a las planas y sin árboles de Nezahualcóyotl; los sucesos de horas antes no le impiden viajar con el ojo avizor; por estos terrenos rumbo a Puebla se hace necesario vigilar cualquier movimiento porque las malas vibras se desparraman como humedades; llegar al cuarto rentado en una vecindad de paredes sin pintura, como si la obra estuviera inconclusa, mete la Fantom, la cubre con la lona verde; ya está dentro de su habitación, mira la ventana interna, siempre cerrada, los vidrios opacos; deja las llaves de la motoneta sobre el colchón en el suelo, tira la chamarra de dril sobre la silla, revisa su rostro en el espejo cuadrado, entra al baño, qué importa la mugre en la ducha con ropa en el piso, frascos de detergente, líneas negras dentro de la taza donde se sube, alza las manos y del recipiente del agua saca un envoltorio cubierto de plástico, adentro otra bolsa y los paquetitos, en el mismo espejo descolgado de la puerta hace dos rayas aspira un jalón en cada línea; la existencia se amansa; él está ahí sólo pa dormir, no pa hacer vida de familia; las rayitas de espidbol lo van a ayudar a tumbarse, a tratar de que la paz se encandile y se extienda.

Esa es la hora perversa, cuando al Niño, pegado al olor del cuarto, la luz del foco se le estrella en la cara y entra el rostro y el cuerpo de la señora Laila. Él sabe que cuando el Jitomate piensa en una mujer nadie es capaz de quitársela, y si el Bos se había entercado con la señora Laila, el Niño era punto menos que cero. La única forma de tener a la señora es ofrecerle un bonche tan grande de dinero que no sea capaz de rechazarlo.

Apaga el foco, de afuera le llegan el silencio a veces roto por ruidos de cláxones lejanos, voces iracundas, musicalidades de fiestas difusas, el ladrido de los perros en rondas que se van y se acercan, a veces tronidos que los despistados suponen de cohetes y el Niño sabe que son de pistola, bien conoce esos ecos, los ha oído desde chavito, su papá le dijo que cuando oyera ese ruido no le buscara su razón, que se echara a correr pal lado contrario, ya despés le iba a coger gusto, pero que todavía no era tiempo de andar de sirimique,

…ah que escuincle tan soflamero, escucha de nuevo al papá, la voz entra en los retos solitarios, ¿por qué no la de su mamá?, a esa como que el viento la regresó a Saltillo, donde nacieron sus padres y él también aunque de nada se acuerde por más que su papá le contara del desierto y sus amaneceres, al Niño no le importa Saltillo, él es de la ciudad donde opera, no de otra, es de Nezayork porque aquí tiene su casa pero con hartas ganas de quedarse en el Barrio y no hacer viajes de ida y vuelta al otro lado de la ciudad aunque muchos le digan que es mejor tener distancia cuando los purrunes truenan cerquita, quizá eso aconsejaran las palabras del padre y no llega la voz de la mamá, que fue la que más lloró cuando él agarró calle sin que algo lo forzara a hacerlo,

—A mí me gusta andar solo,

…le dijo al Yube en las pocas que hablaban de lo suyo, al Niño del Diamante no le gusta platicar su vida pero no puede dejar de pensarla, se acaricia el anillo, se mete otra raya, le agradece a la Señora Guapa por cuidarlo este día, pide que igual lo ayude al siguiente, que además lo deje dormir muchas horas seguidas, muchas, el Niño desde temprano anda con los ojos pelones; cuando los otros compas se tallan los fanales y se quejan del sueñero que los vence, él girito, como un ejecutor antes del trabajo; la voz de su papá se cuela en las sábanas que huelen a orines y humedad; el Niño se enrosca, piensa en Saltillo que no conoce, en el cuarto rentado en los mismos rumbos del oriente en que llegaron a vivir los seis hermanos y los papás durmiendo en tres colchones; el papá salía temprano pa las obras de quién sabe qué construcción del Metro; los hijos se quedaban en las pozas de agua negra de la calle por donde se correteaban, metían las patas sin oír los gritos de la señora pa que cuidaran la ropa y los desflorados zapatos que se pasaban de hermanos grandes a los pequeños; él en medio sin que los dos mayores lo invitaran a sus relajos; con los chicos jugaba con carritos en el lodo, suspendiendo las carreras para ayudar a la mamá doblada por las cubetas de agua cargadas desde la calzada Zaragoza, uh, lejísimos, viendo los programas de tele por la ventana de la casa de la señora Rosa, y muy calladitos cuando el papá llegaba los fines de semana porque las obras estaban muy lejos y no le daba tiempo ni tenía dinero pa tantos transportes; chamacos, ya llegó su papá; el hombre los besaba antes que la mamá los mandara a dormir, su papá anda muy cansado; se acostaban en los colchones sin que les llegara el sueño; ahí estaban dándose de patadas, jugando a echarse de pedos, pellizcándose mientras la mamá los regañaba y el papá decía que los hijos tienen derecho a ser felices.

El que está muy cansado es el Niño del Diamante. Le arden los ojos y la blanquita no ha podido arrullar la fatiga que se le enyedra como mal chúntaro. No tiene deseos de nada, ni siquiera de contar el dinero escondido ya en la misma bolsa de plástico metida en el cubo de agua de arriba del retrete; pa qué cuenta el billullo, ya sabe cuánto es, los tratos son los tratos y nadie incumple la palabra de honor que rifa entre los del Barrio; y si lo sabe, ¿por qué quiere romper las normas y contarle lo del tráiler al comandante Amacupa?, ¿por qué?: porque alguna vez las reglas tienen que romperse pa trepar en escaleras más altas, romperse pa tener una mujer de planta, una igual a Lailita, no como las güilas de la Avenida Central; romper las reglas pa asegurar que él es hombre y que las malajadas de los gringos en Acapulco no le quitaron la varonía; con dinero en las manos nunca volverá a estar solo esperando que le llegue el sueño, y órale,

…ái están otra vez los ayeres que le pican el fundillo como cuando tuvo lombrices que se le salían a la hora de ir al baño, ve los ojos del Chícharo antes que el Yube jalara el gatillo, el olor del cuerpo del tipo, lo vacío de la calle, el ruido del tráiler, mira a su Fantom muy tapadita, ajena a lo que el Niño anda sintiendo, si los ojos del Chícharo no son más que luces en un retumbe de fulgores, un muertito más, eso es todo cuando hay tantas cosas que le calan: saber que Laila disfruta del cuerpo del Jitomate, no tener un fajo de billullos que le solivianten las enjundias, pero también no saber dónde quedaron sus papás desde que la tira lo jaló al tambo nomás por andar con los pelos erizados de azul añil,

...peinado con harto gel pa que no se le deshaga el modelo apache camina muy lanza cerca del Chopo, el domingo poca gente se junta pero a él qué carajos si le gusta andar solo y los de la patrulla le marcan el alto; yo por qué, pos órale cuáles documentos si iba a la escuela; primero quiso correr y no lo soltaban, el poli alto le atiza el primer fregadazo, el Niño que en ese entonces nomás se llamaba Avelino Meléndez y tampoco cargaba el diamante de la buena suerte, menos el escapulario con la imagen de la Santa Señora, contesta con un manotón; ái está la madriza, los carajazos en todo el cuerpo, los meses en el Albergue pa menores infractores, como esos mamones le decían a donde estaba preso sin poder comunicarse con su familia, ni quien le hiciera caso, como un pinche perro callejero, ¿a quién reclamar si lo castigaban en la celda oscura?, y así como no supo qué papeles firmaba, tampoco se enteró de cómo lo echaron a la calle junto con otros ñeros; él ya andaba con una furia que no se le calmaba con nada y cuando con el Coyuca se fue caminando sin saber qué onda, el costeño de piel como luz negra le dijo que él tenía familiares en Acapulco, que pallá se fueran; Avelino nunca había visto el mar, pos pa qué pensarlo dos veces, mai, y después de horas caminando, de pedir aventones, treparse en camiones de redilas, el Coyuca le dijo que detrás de esos cerros estaba Acapulco; pa hacerla de emoción le hizo apretar los ojos, cuando el chavo le dijera órale los abriera y la impresión de ver tanta agua junta lo dejó mudo, el calor en el cuerpo lo llenó de gozo, la gente con apenas ropa, las chavas bien chidas enseñando las chichis, y los reventones en la playa, andar con los livais recortados a manera de traje de baño, durmiendo en la arena y el afane a las bolsas de los turistas pa tener con qué comerse unos pescaditos.

Se levanta del colchón, busca entre los periódicos de junto a la silla y toma el bote de aerosol, empieza a dibujar

letras pequeñas en las paredes, cortos trazos que le van
diciendo que soltarle la información al comandante tiene
peligro, pero su recompensa, es cosa de saber cómo hacerle,
lo que dirá tiene valor, piensa en los pelos enredados de
Laila, en el calor de Acapulco, en los consejos del Coyuca:

—Afanar bolsitas es cagada de pájaro, los gringos
sueltan el billullo nomás porque te dejes chupar la pichula.

No quiso contestar la propuesta pero tampoco la dejó
de lado, dejó que corriera el tiempo, desde como a las
once de la mañana andaban los dos por ái por la costera
junto con otros nacidos en el puerto y una pandilla de
cuates que habían llegado de pueblos muy lejos; se iban a
la playa de la Condesa, se repartían la vigilancia dejando
que los gringos los invitaran a nadar en el mar, a brincar
las olas, a comer almejas crudas retorcidas con el jugo de
limón, después aceptaban ir a beber unos traguitos en el
cuarto del hotel, disfrutar del clima artificial, ver películas
de harta cogedera, sentir las manos y la boca de los gringos
que a veces ofrecían doble paga porque querían más que
chupar, que Avelino se pusiera de a perrito y eso no, pinche
Coyuca, si él no era puñal, nomás dejaba que los gringos
se la chuparan pero no que se la metieran; el Coyuca
alzaba los hombros, le mentaba la madre, decía que las
oportunidades no tienen chuecura, cada quién gana lo que
quiere, la primera vez pueque duela, pero las demás no se
siente, pinche chilango; el Coyuca era de una insistencia
que a Avelino le cargaba las bolas y fue cuando se regresó
a su casa, ya de ver el mar estaba podrido y cuando llegó a
Nezayork vio el peladero, el polvo, las casuchas rodeadas
de lodo, los vecinos le dijeron que su familia ya se había
ido, no, no sabían dónde, aquí nadie da razón pa donde
jala, a lo mejor se regresaron a Saltillo o se piraron pal otro
lado de la frontera, quién sabe.

Ve a la mamá aunque no oiga la voz, oye la del papá al que nunca abrazó, un señor que cargaba una maldita tristeza, ahora lo sabe pero no la razón pa que hablara tanto de su tierra, les dijera que algún día toda la familia se iba a regresar a la felicidad cerca del desierto, y una noche de sábado les llevó unas fotos donde se veían unos montes de arena con arruguitas, bien dorados por el sol, muy cerquita de Saltillo, mijo,

...y por más que anduvo pregunte y pregunte pa qué rumbo habían jalado sus papás y sus hermanos nadie le supo dar razón; se tuvo que ir a trabajar de cargador a la Central de Abasto; cara de niño y grande de cuerpo, dormir junto a los andenes de carga, darse de madrazos con los que buscaban ganarle su lugar; el líder Chafino dijo que si quería ganarse unos billullos debía estar puesto con lo que se le ordenara y sin más le entregó un sobrecito con dinero y a partir de ahí como que las cosas cambiaron, tuvo pa pagar un cuarto, comer en las fondas de la misma Central de Abasto y dar el adelanto para una motoneta Susuki que un locatario vendía a plazos.

El aerosol parece agarrar más fibra, los dibujos se estiran en la pared, son pequeños para medir su invasión en tan corto espacio, se jala otra raya de la blanquita, salvo los insistentes ladridos de los pinches perros que sólo se amansan para recomenzar de nuevo, Nezayork está en silencio; en trusa y camiseta, el Niño del Diamante dibuja unas flamas,

...las que salieron de la Central de Abasto cuando Chafino, sin dar razones, les ordenó quemar la bodega 3, a la hora de la manifestación debían echar botellas llenas de gasolina y madrearse a los locatarios que se pusieran bravos, poner piedras en los accesos pa que los carros de la tira no entraran; desde tempranito, antes del desayuno y del desmadre, le entró al tequila que unos chavos limpiecitos andaban repartiendo, a los carrujitos pa amacizar, a los chochos pa que el valor no tuviera la debilidad de escaparse, por eso anduvo de arriba a abajo tirando piedras, gritando insultos, con una varilla enfrentándose a los policías; en la tarde con la ceja cortada y unos madrazos en el estómago pero bien feliz de todo el esfuerzo, él y otros fueron a la reunión con el líder que regañó a los veinte, treinta chavos que habían participado en el desmadre, les echó la culpa del fracaso, ¿pos cuál fracaso, mai?; nomás se quemó un pinche local y que pa la próxima les iba a partir su madre si le volvían a fallar, cabrones, faltaron otras dos bodegas del lado de las flores; Avelino nunca supo dónde estaba el error, él había cumplido las órdenes; a partir de esa acción muy comentada en la tele, Chafino se aparecía muy poco en la central, mandaba a sus guaruras, le regateaban los centavos de su paga diaria; el Niño tuvo que dobletear turnos cargando mercancía cuando un señor que después supo se llamaba Luis Rabadán le dijo que si quería salir de jodido lo esperaba en el Barrio pa que se encargara de algunos trabajos mejores que andar de pinche cargador, le podía dar mejor uso a la motoneta, que para entonces ya había pagado varios abonos; Avelino a todas horas limpiaba la Susuki, con ella hacía piruetas, practicaba arrancones, burlaba obstáculos y soñaba con persecuciones por toda la ciudad.

El Niño odia a los perros, le repugnan, eso ha dicho siempre. Ahora en su cuarto, mientras escucha una voz parecida a la de Laila Noreña que sin decir algo lo incita a chivatear lo del asalto y el asesinato, dibuja un perro rojo, sabe que no es odio, es miedo, un terror que le llena el alma, lo pone tan nervioso como si fuera a trabajar con el Yube; pinche Yube, son pareja, no amigos, sólo en el momento del trabajo dependen uno del otro, hasta ahí, como perros, mientras menos sepan de ambos mejor pa que los sentimientos no se cuelen, eso lo sabe.

Los perros no tienen horarios, se duermen a la hora en que se les inflan las bolas, tragan cuando quieren, se tiran donde sea, ladran, no tienen horarios pa nada ni para aullar, los chuchos corren, siguen a los autos, enseñan los colmillos.

En Acapulco el Coyuca gruñe como perro, está cruzado por la combinación de piedra de coca y unos chochos verdes, no quiere que Avelino saque sus cosas del cuarto lleno de moscos y hormigas, caluroso, de piso de tierra, sin refrigerador ni muebles más que dos hamacas y un par de sillas de bejuco; un rectángulo de calor que rentaban en un lugar conocido como Ciudad Renacimiento, desde donde no es posible ver el mar si en medio están los cerros, ahí en el cuarto ve al Coyuca, está sin zapatos, con el short sucio, el pelo hasta los hombros, que se largara el pinche gandalla ese tan desagradecido, le puso el verduguillo en la cara, pero antes le tenía que dar un fajo de billetes o que de plano se pusiera a mano con el pinche gringo Willy que le quería volver a quitar la vergüenza,

—Chale, quién le hace ascos a la billullada por otro ratito en el pinche Princes,

...que se aguantara si le dolía,

—Es cosa que sientas que eres vieja, mai,

...la vergüenza se alivia con billullos...

—Ya fue una vez, que importa el doblete, mai.

...y le jalaba la ropa, lo empujaba, le agarraba las nalgas insistiendo en que fuera parejo, si el Coyuca hacía lo mismo y no andaba chilleteando como puta, ¿no entiendes?, qué iba a entender, no era el dolor lo insoportable, era sentirse como gargajo asqueado, que la hombría se le escapara por las nalgas, qué iba a entender, el Coyuca se caía de la cruzada y no tuvo de otra que meterle el verduguillo en la panza, oír los chillidos de perro asustado y quedarse silencioso junto a una de las hamacas del cuarto.

A los remordimientos hay que darles en la madre, meterles de cuchilladas pa que no se pongan a gritonear a todas horas. Cabalmente lo entendió cuando de una pedrada le aplastó la cabeza al que en la Central de Abasto le decían Termineitor, necio en gritonear poniendo el chorreadero de saliva cerca de su boca, empujarlo, decirle que era un muerto de hambre, tenía facha de puñal, que a leguas se veía que le encantaba la pichula, jalarle la chamarra, y por más que se lo advirtió, el gandalla ya le estaba calentado la cabeza, el cabrón no hizo caso, estaban los dos bien pachecos, parados cerca de las primeras calles de Neza pegaditos a la Venustiano Carranza, y entonces a Avelino Meléndez, al que todavía nadie le vendía un anillo de la buena suerte ni le llamaban el Niño, le entró el demonio de una rabia que se le apacigua sólo cuando ve harta sangre regada, no importa que sea la de uno mismo —pinta y pinta en la pared— pero que sea harta, y le sorrajó el piedrazo sin soltar la roca, que se le encajó en la mano.

Mejor que cada quién le atore a lo suyo, que cada quién se rasque solo, como los perros, como su familia sin rumbo, como está en su cuarto de Neza pintando la pared, cavilando sobre una charla con el comandante, con el bote de aerosol poniendo figuritas que le hablan de Acapulco tan bonito pal que lo descubre la primera vez, él ya no tiene ganas de verlo de nuevo más que desde un avión; dibuja un Saltillo que no conoce, un día va ir a buscar a su papá, a traerlo pa que conozca la Central de Abasto, vea que los chavos lo saludan; se le atraviesa el gordo Chafino amenazando con meterlo a la cárcel si no le echa ganas pa que la quemadera no falle; la puñalada al Coyuca, pinche Coyuca que no entendía razones; los culeros gringos incansables pa coger; la frente del Termineitor abierta por el rocazo; los ojos del Chícharo entre sorprendidos y aterrados; el pavor que le causan los perros; sus 18 años; la Fantom que compró con las ganancias y algo que le dieron por la Susuki; su R3, su azulina a la que acaricia como si fuera la doña, su moto nunca lo traiciona ni lo cambia por un tipo de poder, ni lo jalonea, ni le echa en la cara la saliva mugrosa, ni le obliga hacer asquerosidades que duelen en el alma más que en el culo; a la azulina la aprendió a manejar como si fuera parte de su cuerpo, ir por las banquetas del Barrio dejándose ver, echando relumbrón con el diamante; la sangre que hay que regar pa que no se le atoren los remordimientos.

Regresa al colchón, se tumba, con los dedos de los pies talla la borra suelta, con las uñas se rasca el cuerpo, se huele las axilas, se lame los antebrazos, se pone el guólcman.

Ahí está, solo y lánguido, gruñendo y recordoso, metido en la música, con las caderas untadas a una figura que se asemeja tanto a Laila, sigue el ritmo del chúntaro a todo volumen pa que ningún ladrido de la calle venga a quitarlo de un sueño que no llega porque como lanzas los aerógrafos, rotuladores y unis de los grafiteros salieron a la calle con una desuniformidad sin tacha: los trazos dibujaron los motivos, el transcurrir y el cierre de la historia pintada con la sazón que emerge en cada mano pero leída de manera conjunta, la misma que se desdobló en cada trecho y fue repetida en vuelos de aerosol que contaron lo sucedido en ese mismo escenario.

Siete

Fer esperó en la calle, la orden del Jitomate era que sólo Golmán entrara. Pa qué discutir cuando no hay ganancia. Maracas se sentó en la Yamaha sin compungirse por lo que adentro pudiera pasar. La regla es saber lo necesario y si no era requerido, ni buscarle. El otro atómico apenas lo saludó con un quihubo güey alisándose la chamarra de cuero antes de entrar al edificio.

Golmán nunca está seguro cuando el Jitomate habla. Están los dos en la habitación iluminada con un foco en la lámpara de mesa; en la pared del fondo el resplandor del altar de la Santa Muerte brilla atrás del cuerpo del gordo, que bebe tequila sin invitar al chavo a sentarse en los muebles cubiertos de plástico.

Golmán sabe que hay momentos en que se debe esperar, pero frente al Jitomate le entra un zumbidito en las orejas que no tapan el ruido de la televisión en el cuarto del fondo ni los carraspeos del hombre de enfrente, que también parece esperar algo.

…que el chavo pregunte, que se le salgan los nervios, el Jitomate clava los ojos, le sorprende la tranquilidad de Golmán, el silencio de la calle hace débiles las palabras que no llegan. Golmán no apresura, huele el tequila, menea un tanto las manos sobre la chamarra; poco a poco salen los sonidos que se enroscan en las veladoras negras de la Señora Guapa:

—¿Qué onda, mai? —el Jitomate no suelta la copa.

—Nel, todo al tiro.

—¿Cómo vas sintiendo a Maracas?

—Chido.

…al Jitomate le arden las venas, debe hablar lo necesario, no antes ni en seguida, cuando la ocasión lo marque pero sin dar muchos frentes; la muinera que lo sacude no puede ganarle; nomás de acordarse de lo que dejó de ganar con lo del tráiler le dan ganas de apachurrar al que sea, pero nunca se pueden abrir las cartas frente a estos gandallas que con un raspón de blanca nieve se agrietan más que perniles de putas; la rabia le jalonea las palabras; todo lo tenía bien armado, aceitadito, y el doble juego se le vino pabajo.

—¿Es chido con la moto, no?

—¿Quién?

—Pos el Maracas, quién otro.

—En el Barrio hay muchos.

…hay demasiados, pero nunca los suficientes. Los cartuchos se queman prontito y hay que remudarlos. Este gandallita es chido, frío el cabrón, no mira de frente pero el Jitomate sabe que el chavo lo está mirando sin dejar que los ojos se le insolenten, Golmán parece estar helado, el Jitomate nota la diferencia, la rabia hierve en la pérdida del negocio que había armado con tanto cuidado; mira al chavo, es igual a todos los demás del Barrio, los conoce y el Jitomate ya no se aquerencia con ninguno. Las amistades no se dan entre dispares, mai, ni entre parejos, la neta se traga a puños y no se sueña; mueve despacio la mano, se sirve otro caballito sin que el chavo muestre ganas de beber.

—¿Un pegue?

—Nel, cuando chambeo no chupo.

—Uno no es nada.

—Nada es nada.

Aún con el coraje acepta, le cuadra la actitud del chavo y que al mismo tiempo ese sosiego lo separa de la posibilidad de decirle todo pa compartir el encabronamiento; los encabronamientos no se comparten, se tragan con tequila; estuvo a un pelito de cortar una tajadota de un pastel facilote; este chavo qué va a saber de esas tajadas; ni crea que aquí hay amistad, ni madres, que no se confunda, esto es chamba, que no sea pendejo de creer que está aquí pa acompañarlo.

—¿Y el Yube?

—Buena onda.

—¿Es muy tu bróder?

—Yo ando solo.

—Pero con tus protectoras en la espalda, ¿no, mai?

—Quién no las necesita.

El Jitomate escudriña los ojos del chavo que no dejan ver nada, sólo las manos juegan con las correas en los antebrazos. Quisiera decirle que por culpa del Yube le falló la reventa de la carga del tráiler, pero hay asuntos que hay que tragarse solos, con cuidado, no tiene por qué decirle los amarres de la jugada que le falló, ni dar oportunidad a que los comerciantes confirmen lo que rasposos reclaman; tampoco quiere decirle que él sabe del tatuaje doble de la Santa que el cabroncito ese trae en la espalda; pal Jitomate nada es secreto, tiene en la punta de la riata las debilidades de estos güeyes: lo que tragan y se meten en el cuerpo, hasta lo que se ponen en el cuerpo; ái está la fuerza: él sabe todo y los demás nada.

—Allá arriba nos tienen puestos los ojos.

—La fe de cada quién.

—Y ni pa donde moverse, mai.

—Aunque uno quiera.

Al decirlo el gordo ve cómo el chavo mira hacia la Santa Muerte, que desde su altar también los observa en la oscuridad de su rostro echado hacia abajo como buscando algo en el mundo que lleva en las manos. El Jitomate tiene deseos de echar el verbo, mover la palabra porque la actitud lebrona de este gandalla lo tienta a demostrarle que está frente a la neta de la corneta y que los meros capos capos estaban esperando la carga del tráiler y por la pendejada del Yube no pudo cumplirles, pero el silencio le gana, la luz de la Señora hace que la cara del chavo tome tonos ocultos; ya es tarde, todo el día lidió con los comerciantes reclamando su dinero que tuvo que devolverles sin convencerlos pa que aguantaran; Golmán está tranquilo como si él fuera quien diera las órdenes y no el gordo, que le da otro jalón al tequila.

—¿Qué el Yube es muy tiro?

—Dicen.

—¿Te gana?

—A verlo.

Aún con el puño de carbonato que se tragó antes que entrara Golmán, le arde el estómago de recordar lo que dejó de ganar; se arremete otro buche de tequila que se escurre ardido en la panza; las broncas son parte de su vida y lo acepta, pero la del tráiler anda queriendo salirse del mecate.

—El güey la está haciendo de pedo.

—Quién.

—Órale, no finjas demencia, cabrón, hablo del Yube.

—Lo estoy oyendo

…robaleros que son estos cabrones, se hacen como que les habla el occiso, pero aun así le gusta el modito del chavo, no suelta prenda, espera que el Jitomate abra las cartas aunque Golmán se huela que la orden es tumbarse al Yube; el chavo no hace el primer movimiento como si supiera que la bronca anda quemando al Barrio y lo del tráiler tiene encabronados a más de una veintena que pusieron sus billetes, y cuando se le da un apretón a los billullos, las razones se terminan.

—Será que le tienes miedo al Yube.

—Depende.

—De qué.

—De quien la saque más rápido.

El chavo no va de frente, se esconde, se robalea, se mete en la secura de su rostro que apenas dibuja una mueca como si la Señora de Blanco lo estuviera corchando; el Jitomate no puede asegurar que la Señora esté aconsejando a Golmán, pero todo puede ser porque Ella no tiene más límites que la vida del ser humano, y la de todos, mai.

—Pos según me han dicho, el Yube no es lento, ¿eh?

—Dicen.

—¿Más que tú?

—Eso se ve hasta el final.

…lo primero es tener los güevos puestos y este güey los tiene; le da un trago al tequila, Golmán sigue tranquilo, ni la posibilidad de un enfrentamiento con un cabrón del tamaño del Yube lo ha hecho moverse; al Jitomate le caen bien los que están fríos, los que no son hocicones resultan peor que fieras; este cabroncito tiene la pinta; la panza le arde y así le da otro sorbo a la bebida; lo que le jode el estómago no es el trago, es la rabia; él ha sido nervioso desde niño y lo del tráiler le ha venido a subir los ardores en la tripa.

—Pos se tiene que ir pabajo.

—Quién.

—¿No te digo que te estás robaleando?

—No me ha dicho.

…será que estos chilangos no saben que los robalos nadan entre el agua fría y la caliente, los chilangos no saben nadar, ni conocen el océano; el Jitomate siente en el cuerpo las olas de Veracruz, lo ve tan lejano como sus días de niño en que en puros calzones se metía a bañar y cuando su papá se encabronaba por sus travesuras le gritaba que no anduviera de robalero; eso es este pinche Golmán que le salió más lanza que un taxista; robalero que no quiere soltar lo que piensa.

—Los que nos quieren chingar se van pabajo.

—No hay de otra.

—Ái es donde tú entras, mai.

—Si quepo.

…este jijo a güevo va a caber en un asunto al que el Jitomate ya no le puede dar más vueltas, pinche Yube que la fue a joder por andar de hocicón, pa qué se fue a cagar en las reglas, aquí nadie mete el hocico en los asuntos de otro; ya lo hiciste, ya te callas, esa es la ley y el Jitomate la cumple: va a devolver el dinero a los comerciantes y a perder lo que les iba a cobrar a los millonarios de los supermercados; no le hace que se vaya pabajo quien se vaya, aquí no hay indispensables, y menos robaleros como el Yube.

—Claro que cabes o te haces cancha a carajazos.

—Es una.

—¿Y la otra?

—Hay muchas.

Aunque Golmán debía saber lo sucedido, el Jitomate no debe darle datos; las sapiencias traen problemas; el Jitomate lo sabe, porque si el Yube no hubiera ido a tumbarse al Chícharo, no se da cuenta de lo del tráiler, pero fue; no le debió haber dicho a la pinche chava esa y se lo dijo; nunca debió comentarlo con el Capote y lo hizo; no se debió correr la voz y corrió; los comerciantes debieron quedarse callados y no se quedaron; no debían haber llegando a reclamar y llegaron los que pusieron el billullo pa comprar la mercancía en la frontera tejana;

el Jitomate no debió regresar el dinero y a güevito tuvo que regresarlo; los capos capos debieron tener paciencia y no la tuvieron; él debió dar un doble golpe y le falló; carajo que le arde la tripa.

—Yo busco una de esas muchas y tú la sigues.

—La acompletamos.

—¿Con qué?

—Con la que yo ponga.

…cada quién se acuesta en la hamaca como Dios le da a entender, eso ni discutirlo, el Yube se va pabajo y Golmán sabrá cómo hacerle, en qué momento, pero eso sí, que no se tarde, que no le vaya a salir con que se va a dilatar un pinche mes; al Jitomate le gana la corajina que se le afianza en el cuerpo, no hay nada que lo enrabie más que perder money, sobre todo cuando lo creía facilito; quién le iba a poner peros, una jugada de párvulos que creía tener segura, ¿cuántas veces no la ha hecho?; el pase de magia y revender la mercancía a los cabrones de las cadenas gringas, facilito, pero se metió la lengua del Yube y se jodió todo; ái están las agruras que le reclaman la caída del negocio, la muinera le amarga el abdomen; todo lo tenía bien pulidito: los comerciantes del Barrio ponían el dinero, el Jitomate compraba en la frontera un tráiler lleno de triques, después lo del asalto, bien armadito, uh, la de asaltos que hay en las carreteras; ni modo compas, se nos fue la lana; y él revendiendo a los capos grandotes sin haber puesto un solo pinche peso; pero el Yube por andar de chivato le tumbó las ganancias; se mete otro tequilazo, que pa eso sirve la bebida, pa que las agruras no lo dejen en paz hasta que la sangre se las amanse.

—Adivínale por qué el Yube se tiene que ir pabajo.

—Nel, pa qué le juego al adivino.

—¿Te vale?

—No soy tira.

…pos claro que no es tira, el chavo no deja que las palabras se lo traguen; cada mes resultan más lebrones estos carajos muchachos; le da de vueltas al montonal de nombres de chavos que ha conocido desde que llegó de Veracruz, de Boca del Río pa ser exactos; cientos de cabroncitos que se querían tragar el mundo de una mordida, así es, mai, unos resultan callados, como éste, otros por cándidos se van pabajo desde muy tiernos, y los peores son los que resultan chivatos como el pinche Yube, que le quitó el negocio del año.

—Yo te aviso.

—Yo lo espero.

—Nadie sabe, ¿eh?

—Sólo Ella.

La Santa Señora brilla en la habitación de muebles cubiertos de plástico. La que no permitió que el Jitomate le quitara sus billullos a los comerciantes. La mismita que lo desprotegió al negarle la posibilidad de vender esa mercancía a los dueños de los grandes almacenes donde van a comprar los millonarios. Y a la Señora todo, pero los que en la tierra se pusieron en contra, toda.

—Ella arriba.

—Abajo es uno.

—Como que la cruz anda buscando un nombre nuevo.

—Que comienza con Y.

Golmán necesita una ayudita de espidbol, tres o cuatro rayas que lo pongan en paz, aunque no duerma. Ya dormirá cuando esté tan viejo como el Jitomate, pinche ruco tan hablantín. Tan enredoso. Trago y trago pa decirle que el Yube debía irse pabajo. Pa qué los enredos, en el Barrio es sabido que cuando el Jitomate manda llamar a uno solo es porque alguien está por aportar su apelativo a la Cruz de la Esquina de los Ojos, a la cruz buena, a la pulida, a la de caoba, no a la otra que es propiedad del Escuadrón del Finamiento.

—¿El Fer está afuera?

—Is.

—Cuando salgas, que le entre.

—Órale.

El Jitomate se levanta, en ese momento en la calle regresa el ladrido de los perros, el gordo alza la cabeza, mira de frente. Golmán apenitas lo ve, él sabe que a los Boses no les gusta que se les mire de tú a tú, a ninguno de los Boses, menos a éste que va a hablar con Maracas; el Bos le da la mano, la gira, se pegan en los nudillos con los nudillos, le repite lo que Golmán sabe: el Yube se tiene que ir pabajo, por eso va a cobrar bien suculento, y a menos sabedores, más silencio.

Golmán ya está en la puerta, huele la calle donde se resbalan los vahos de los puestos de memelas, pambazos, pozole, quesadillas, tacos de suadero, de nana, de nenepil, de ojo, de buche, de panza, de maciza, de lengua, de machitos, de birria; el surtido de fritangas despidiendo chicotazos que penetran y fatigan su nariz; las ansias por la blanca nieve le ganan al hambre; rumbo a la salida le da la espalda al Jitomate, quien cuidando sus agruras se va a sentar a seguir tomado solitario con la Señora; en la calle, Golmán ve a Fer subido sobre la motoneta:

—¿Qué onda, mai?

—Que entres.

—¿La vamos a hacer juntos?

—Ái sabemos cuando salgas.

Como una silueta de holgada ropa oscura, Fer se recorta contra el vacío de la puerta, ancho de tórax, al frente los números de una camiseta de los Jets de Nueva York; el Jitomate con la copa de tequila en la mano le hace señas para que se siente.

Cada quien tiene su momento, Golmán tuvo el suyo, el de ahora le pertenece a Fer Maracas; antes de sentarse ve las luces de las veladoras negras, como ranitas se mueven en la penumbra del cuarto, se entrelazan con las palabras del gordo rojizo que se está frotando la redondez de la panza.

—¿Golmán te va a esperar?

—Sí, jefe.

—Cada quién a lo suyo, ¿eh?

—Claro, jefe.

—Cada chango a su mecate.

—Cada muñeca en su aparador, jefe.

—La muñeca se llama Callagüita.

—¿Se llama o se llamaba?

—Se llamaba.

—¿Urge, chif?

—Todo urge, mai.

—Pos ora sí que se llamaba, patrón.

—Nada de armas.

—En estas épocas del año hay muchos suicidios, jefe.

—Pero nada de armas, ¿eh?

—También el bonche de accidentes, jefe.

—Por ái va la cosa.

—Yo le busco cómo, Bos.

—Y yo te espero, mai.

El Jitomate aspira como si una carga anduviera trasponiendo la noche. Está cansado, los hilos del Barrio nunca están bien cosidos, a cada segundo tiene que pasarles la aguja. Si la chava es oreja del Yube, el asunto ya debe tener repercutideras.

—Nomás le busco tantito, patrón.

—Golmán no tiene por qué saberlo, ¿eh?

—Ni nadie más, jefe.

—A la chava le encanta el polvito.

—Uh, si se maquilla con eso, Bos.

—¿Y a ti no, cabrón?

—Por lo menos yo no me maquillo, jefe.

—No te me pierdas ni la hagas cansada.

—Usted ya sabe que no, chif.

Sin levantarse, el gordo extiende el puño contra los nudillos del chavo de camiseta deportiva. Fer mira a un hombre de panza ancha que sin soltar la copa respira con fatiga. Afuera, la calle huele a fritanga, los locales y puestos de mercancías están cerrados. Los toldos apenas se mueven con el viento oloroso a manteca.

Fer Maracas arranca la motoneta, no hace preguntas porque el otro atómico tampoco suelta dato alguno, y aunque soltara, Maracas desde los tiempos de andar con los Pingüinos aprendió a no apostarle a lo que está perdido, claro que no, si él también tiene sus pensares y sus cuidados.

Golmán le dice que pasen al taller de Román a darle una vueltita al espidbol porque han dejado solos a los pobrecitos sobres y a lo mejor ya se pusieron nerviosos.

Maracas no pregunta aunque no deje de pensar en que pa armar el tinglado mañana tiene que buscar las huellas de la Callagüita.

Golmán dice saborear ya las rayitas que se van a esnifar en el negocio de Román, el ruco ese que con un micrófono que es llave estilson le canta a los coches destartalados.

Una chavita de pechos duros flota frente a Fer Maracas, la chamaca tiene muy bonito el cabello largo y anda tan metida en su baile que no le importa nada ni distingue a nadie, ni siquiera al que va pensando en ella; menos se fija en ese otro chavo que medio escondido espera que una Yamaha se aleje. Si la chica tuviera el don de pintar con mano de grafitero, dibujaría al que oculto espera: es el chofer de su chavo, ese que tiene cara de niño y así le dicen, el Niño del Diamante, que desde la esquina tampoco puede saber el pensamiento de nadie, ni de Maracas, pero sí puede ver cómo se aleja una moto gris tripulada por los que se nombran la pareja atómica.

Apenas es la segunda ocasión que el Niño está en ese sitio, antes estuvo en compañía de varios, pero lo que se dice solo, es la primera. El Jitomate está sentado y bebe algo que parece tequila. No le extiende la mano ni le dice que se siente.

—Te voy a encargar un asunto.

—Usted ordena, jefe.

—Hay que poner a un cabrón.

—¿Con la tira?

—Nel.

—¿Pa que se vaya pabajo?

—Is.

—¿Dónde lo quiere, jefe?

—¿Sin saber quién es?

—Ya usted me lo dirá, patrón

—¿No te importa quién es?

—Pa lo que sirve, saberlo, patrón.

—A veces importa.

—Jefe, a mí los que me importan viven en Saltillo.

—¿Nomás esos te importan?

—Pa qué decir lo contrario.

—El Yube.

—Chaleee.

—¿Ya ves que si importa?

—Es sorpresa jefe, no susto.

—Ái está el nombre, mai.

—¿Ya tiene el lugar pa ponerlo, jefe?

—No tragues ansiedades, mai, yo te digo cuándo y a qué horas.

Eso es lo que el Jitomate tiene que hacer, porque si deja pasar un solo estráic al rato a él le van a dar pabajo. Ni un solo estráic. Le extiende el puño. La rabia de haber perdido el negocio sigue activa en su estómago. Los dos chocan los nudillos.

El Niño no quiere que el brillar del anillo que alguna vez el Jitomate le vendiera se enfrente a la luz de las veladoras negras. Sería como retar a la Señora. Con dos rayitas la paz le va a quitar ese sabor reseco en la lengua. Sus nudillos retuercen los del Bos, que sigue sentado. Los rucos cabrones se cansan de todo. La R3 se quedó en el estacionamiento de los Berna. El viento frío lo hace levantar el cuello de la chamarra, camina rápido en la soledad del Barrio que acecha los pasos.

Los ladridos de los perros, malditos animales, suenan igual que los de Nezahualcóyotl cuando llega a dormir a su cuarto sin nadie.

Ocho

Frente a Ella, mirándola con la luz que da la humildad, enfrentemos nuestro destino, que al fin,

Ella ya lo sabe.

Henchidos de la devoción que Nuestra Señora nos otorga, salgamos a darle cara a la cuesta diaria.

No penséis en los graves daños que la vida conlleva, tened en mente sólo la Gracia Plena de su Aura Divina y con ese resplandor apoyad la rutina que es apenas un solo giro del planeta que rinde homenaje a la Gran Señora.

Repetid todos:

Muerte amada de mi corazón,

no nos desampares,

nunca dejes de cobijarnos con tu manto sagrado,

no permitas que los males nos atormenten,

ni que las traiciones arriben

ni que las malas sombras se ceben en nuestro trabajo.

Somos tus hijos,

los dolientes del valle del mundo,

los sin nada que te dan todo,

los que iremos a la calle

a sufrir las vergüenzas del olvido,

los tormentos de la carne,

los peligros de la ley,

nosotros,

tus hijos,

tus súbditos,
te pedimos nos des la fuerza
para cumplir
y poner a tu vera
lo que tu omnisciencia
desee.

Nueve

El nombre de quien se lo fue a decir es lo de menos. Sabido es que el apelativo de un vocero de mal fario no tiene otro horizonte más que el de sumergirse en las entretelas de lo abominable; entonces, ¿qué importan los nombres si el peso de los hechos es más fuerte que un simple patronímico que no sustancia?

Así que

desentiéndase de una ficha bautismal, haga de lado ese dato; al jovencito informante póngale algún rótulo que rime con la acción de la cual ha sido testigo: asesinato, venganza, ajuste de cuentas, y así sigan poniendo relatorías que se puedan entretejer con la acción:

la chava, a quien le llaman la Callagüita, aún no está enterada, pero lo sabrá en cuanto le digan que a su chavo le cortaron la vida: asesinaron a su macho, a su mero bombón, el mismo que en cuerpo y rostro se llevara certeros hoyones por donde se le fueron saliendo los hálitos a su Christian del alma, a su Yube, a su gallo con espolones de platino.

Abran los de mirar como si fueran lentes de esas cámaras de cine,

despacito paneen por la ciudad,

si desean ambientar la escena utilicen música adecuada y después,

para llegar al sitio donde se desarrollan estos hechos, se deben leer las pintas grafiteras; ahí están las claves necesarias para que sus ojos viajen por las alturas de esos rascacielos que de nomás divisarlos marean; enseguida sobrevuelen zonas con árboles y fuentes, camellones adornados de flores, mansiones garigoleadas, jardines bien recortaditos; por esas avenidas desfilan automóviles brillantes, gente apresurada, muchachas risueñas.

A partir de este escenario, que los grafitis convertidos en cámara atisben por diferentes zonas: se claven en rostros de voceadores, de policías, de burócratas con su periódico bajo el brazo, permitan que el espectador note las muchas ciudades que tiene la ciudad; mire los cambios tanto de gente y entorno, las casas adquiriendo un tono gris y los puestos de comida derramados en las aceras.

Aunque no se quiera hacer, es necesario que los relatantes tengan en cuenta las capas que forman y conforman el organismo de la metrópoli: sus pirámides ocultas y sus presuntuosas boats; indígenas danzando a las cuatro estaciones; niños echando llamas por la boca; niñas disfrazadas de putas; sirvientas con olor a campo. Vean, recuerden, denle alas a los caballeros tigres y pezones al Ángel de la Independencia; admiren el giro en los helicópteros de los poderosos; no dejen de ver a los niños que aspiran solventes y habitan en las coladeras; así, así de vuelta y rebote, avancemos hasta llegar al Barrio.

Con ello, cambien el track musical: echen fuera las cancioncillas melosas, de letra almibarada; metan el alma al bamboleo de las tumbadoras, al espiritismo de las maderas que conforman las claves, al ronroneo del güiro, a la sabrosura de los instrumentos de viento, al paso eléctrico de los tecnos, y con el fondo de las rolas netas, asómense de sopetón al interior de las casas del Barrio: chatas en su mayoría, con algunos edificios nunca terminados, sin color, de tres, cuatro pisos; ahora es necesario que acoplen sus ojos a las vecindades con empecinados charcos de agua mugrosa; a las oscuridades que muy pocos conocen; revisen los negocios minúsculos; caminen junto a sus habitantes resabiados; transiten por sus talleres y vulcanizadoras, tendajones y puestos de fritangas; pateen perros ariscos; vigilen que los atracadores se esfumen antes de dar el golpe; vayan por avenidas saturadas de minibuses mugrientos, con los vidrios polarizados y sus choferes jóvenes, tensamente presurosos.

Ya están ustedes en el Barrio,

ya están pero es necesario que sepan que aquí nada es igual.

Abandonen la sección que plena se ve al otro costado de la avenida, esa, la que mama en vertederos de mercancía y voces de compraventa, sosláyenla pero no la olviden, no la consideren en este momento a sabiendas de que es parte integral de lo que estamos deseosos de saber.

Ahí, pegadita, está la otra zona del Barrio, que es donde viven los que trabajan o disfrutan de la sección del mercadeo; recorran las calles planas y tensas, enfoquen a las personas que la transitan; véanla, centren el objetivo.

¿Ya?

Ahora, desde ese punto, como si se deseara hacer una toma general sobre las leyendas pintadas en las bardas, igual que si fuera una cámara de cine que se mete al otro lado, entren; ahí, revuelto en la gente, fíjense en el tipo de tenis blancos, cachucha con la visera hacia atrás, ese que desparrama la tensión a simple vista.

¿Lo ven?

Bueno, ese es quien le llevó la noticia a la muchacha. Él es el dueño del nombre que no tiene importancia. Escuchen el latir de sus venas porque corre después de haber presenciado la balacera. Él fue quien vio el jaleo y al cuerpo tirado entre desperdicios con la sangre revuelta en el lodo. Véanlo, a toda pierna cruza por debajo de los toldos multicolores de los puestos de ropa. Ahí va junto a los olores de mercancía nueva. Pegadito a los pregones de los vendedores. Va más tenso que los sonidos catastróficos de la música. Ahí va el muchacho de nombre irrecordable. Nada lo detiene. Corriendo como deportista. Sabe que a esa hora la Callagüita regresa a su casa, se encamina para la cancha de frontón que es para el mismo rumbo.

El sin nombre levanta la vista.

Se para de puntillas.

Pregunta si alguien ha visto pasar a la chavita.

Olfatea el aire.

Gira el rostro hacia un lado, hacia atrás.

Al mirar la figura, grita.

No tiene ninguna duda, es ella, bajita de porte, piernas delgadas, macizas, los pechos como avecitas brinconas, ensueñados los ojos.

En este momento la chica, tranquila, se dispone a cruzar la calle. Por un momento abandónenla. Centren su atención en el otro plano, en el que encuadra al muchacho sin nombre. Intenten colocarse en la mirada atenta del irrecordable. Sumérjanse en sus latidos. Figúrense cómo se siente el muchacho, perciban el trompón en el estómago del chavo, y aunque él esté presto a descubrir a la Callagüita más temprano que tarde y está listo pa evitar la sorpresa, nomás de ver a la chava el pasmo le rebota.

Coloquen a Linda Stefanie Callagua Noreña, a quien todos conocemos como la Callagüita. Está en la Avenida del Trabajo, el tránsito de los autos y microbuses la detiene. Antes de pasar del otro lado, huelan la putrefacción lodosa, el humo de los transportes, el ardor de los comales, los carritos de mariscos.

¿Ya?

Bueno, ahora sientan el calor del Barrio a esa hora del día. Pero para que no todo sea opresivo, por un momento piensen en refrescarse con agüita de jamaica o de horchata enfriadas sobre grandes bloques de hielo.

¿Cómo a qué horas le dieron la noticia a la Callagüita?

...medidas, leyes, ordenanzas, decretos, reglas, segundos, horas, qué importancia tiene la hora, el día, ni la
temperatura o si era época de lluvias, quizá ninguna, pero
por si a alguien le interesa, se podría decir que eran como
las cinco de la tarde, ya que según se sabe, el asesinato fue
como a las tres y media, pero entre tanto...

...regresen a la Avenida del Trabajo, observen el
panorama, por ahí cargadores, limosneros, autos con los
vidrios cerrados, perros vagando, basura en los arroyos y en
las aceras, vean a los tipos flacos anunciando tal y cual viaje
para animar a la gente a subir a las peseras verdes rugiendo
en doble fila sin que importe el atasco vial, transportes
ruinosos tripulados por jovencitos tan jovencitos como lo
era el Yube...

...miren de reojo a los chavos delgaditos, con cara
seca, mirada dura, alerta, imprescindibles los tenis; fíjense
en su manera de mover la cabeza, su porte al caminar sin
que al parecer vayan a algún lado,

...dejen a esa parte del escenario y algunos de sus
actores, vean de frente a la Callagüita, mírenla de perfil,
midan sus movimientos: de qué manera tan liviana evita
transportes y piropos, rechaza insinuaciones, invites; sus
años en el Barrio la han acostumbrado al jaloneo del final
de la tarde; llega a la acera contraria a la zona del comercio
cuando el sin nombre, jadeante y con el susto de guardia
en los ojos, la alcanza...

...ella debe saber que dentro de pocas horas, cuando
el Yube haya terminado con el trabajo, la pasará a buscar
a su casa; la chava mira al recién llegado, sin hablar los dos
se observan como echando un pulso; ella algo presiente, se
le atasca en la plenitud repentina del aire que le falta:

—¿Qué onda, güey?

…su voz no es la misma de siempre, ah, como que si un mal chocho se le hubiera atorado en las tripas, ah, como si las alas de la Santa Señora Blanca estuvieran batiendo el aire ahí mismo dentro del calor sucio de la avenida.

Obsérvelos desde cerca, el muchacho es moreno, lleva las mechas enrubiadas de pintura, ropa oscura, muy holgada, tenis sin mácula, calcetas a rayas que cubren la parte baja de unas piernas hilosas y casi sin vello,

—¿Qué onda, güey?

…y el sin nombre le soltó la neta sin mayores adornos, sin darle interpretaciones a algo tan llano como es:

—Le dieron en la madre.

…sin decir a quién, a qué horas, la razón, ni cómo, y ella, al puritito giro de las cinco palabras: le dieron en la madre, supo de quién se trataba, lo demás valía madres; entonces, sólo cambió el ritmo del paso, dejó de lucir el cuerpo y le llegó el rumor de palabras que se iban quedando atrás.

Que la acción se detenga por un momento para escuchar lo siguiente:

Cualquiera sabe que en cine la técnica del flash back es difícil, por lo tanto se requiere de su completa atención para entender que la chava ahora está recordando una plática con el Yube: él reclama que ella se mueva con ese caminar tan provocativo. Se ve a la Callagüita caminar al lado de su amor del alma. Él se muestra rabioso. Ella le dice:

—Chale, es el trotar que cada una arrea, no lo hago por presumida, güey. El Yube le dice que camina como si fuera cuzquilla buscando, y ella alza los hombros:

—Órale, si andar por la vida tiene las mañas propias de cada mujer…

Regresen al presente, eso le hubiera dicho él de estar con ella y verla caminar rumbo al mercado, pero el Yube no está, claro que no está ni va a estar. Ella se muerde los labios, cambia el ritmo del paso, no quiere oír reclamos aunque la Callagüita supiera que el anuncio mortuorio iba a llegar en cualquier momento.

Sin dar las gracias o recibir otros pesares más de los que la noticia cargaba con verticalidad de rayo láser, supo que en este reto del Yu Gi Oh le era imposible vencer; gira para tomar rumbo a donde bien sabe se vende lo que se busque; el dolor no se va a acabar pero es necesario engañarlo, por lo menos aturdirlo pa que las malas vibras no le ganen al poco espacio que aún le queda en el alma, si se metía la pasta de seguro que la risa de su Christian —Yube— le llenaría las costillas; la blanquita le daría el sonido de la voz, y si algún macho extraño llegaba recolándose por entre el tormento, lo iba a compartir y a repartir así el gandalla se quedara con la mayor parte; las horas de este día son jóvenes y hondos los rayones que es necesario dividir con cualquiera que le haga la segunda en el ritmo de los metales del espidbol; siente que las manos de su Christian le van envolviendo los sudores al tiempo que le cubren los ojos, los oídos, los pulsos, la respiración.

De un empujón hizo a un lado al muchacho correo sin nombre, un empellón igual al que en ese momento ella no sabía que noches más delante —¿cuántas?: eso es lo de menos porque lo que está escrito nadie lo borra— tendría que dar otro maldito empellón, aplicárselo con la fuerza de la desesperación al albañil de camiseta deportiva verde que acompañado de la manada ardorosa la acosaría en la azotea del edificio donde vive Estela la oficinista.

Entonces, sin imaginarse la duplicidad de empujones anotados en el registro de la Señora que Todo lo Sabe, atropella al sin nombre para caminar con la misma velocidad que usa cuando su madre la manda a comprar algo a la miscelánea de don Argumedo; con ese tranco en las pisadas se va hacia los camarógrafos y voceros, mentirosos y grafiteros que jugándose el pellejo ante la embestida de las decenas de transportes llamados peseras, que no respetan ni a los niños de pecho, la siguen desde el borde de la acera.

En ese momento, después de tomarle un forzado close up, en medio de una historia desdibujada en las paredes, todo el equipo de relatantes entra en estado de alarma: la siguiente secuencia, después de encuadrar la salida de la chava del primer escenario, tiene que armarse en otra locación diferente a la que por unos momentos fue objeto de una pausa retentiva; un escenario cercano pero distinto; por lo mismo se requiere de iluminación, tener controlados a los elementos: por supuesto que a los protagonistas, a los extras, asistentes, maquillaje, sonido, guionistas, prensa especializada, amigos y los curiosos que nunca faltan, y sobre todo suficientes botes de aerosol.

Allá va la muchacha, véanla, va pensando en que el poder de la Santa Muerte es más grande que el universo, y que las cartas del Yu Gi Oh le marcan senderos oscuros; va flotando en medio de los puestos de mercancías, avanza sorbiendo aire y mocos, aprieta los dientes y con los ojos le va mentado la madre a cualquier sombra,

miradas: regístrenla;

oídos: absórbanla;

grafiteros: repítanlo.

Viene una rápida secuencia sobre la espalda de ella: se miran sus cabellos negros, el broche con que sostiene la pelambrera. Las pintas en las paredes describen la figura de la chava, que se confunde con la algarabía del mercado inmenso, con el rebumbio de las calles sin aceras libres.

En seguida, obligados por la distancia, se utilizará el telefoto para hundirse tras la figura de la chica, de ella, a la que por una derivación del apellido del papá en el Barrio la conocen como la Callagüita; firme en el paso, segura de a dónde ir y con quién se pierde en el torrencial caos del mercado, camina sin que nada la saque de su horror, sin que los insensatos ruidos de la música centuplicada por las bocinas de un puesto, del otro, del de allá y del que sigue, le muevan la decisión de ir con el Zalacatán, cerca del 40, para comprar, pagando lo que sea necesario, unos sobres de espidbol para quedarse con el redoble de las cinco palabras que, sin mover las manos, una a una pronunció el sin apelativo que le llevó la noticia del asesinato de Christian Acevedo, al que amigos y compradores, tiras y coreanos, puchachitas y enemigos, bailadores, comadronas, vendedoras de ropa y juegos electrónicos, dílers y traficantes, contrabandistas y asaltantes de tráileres conocían como el Yube, uno de los más chidos ejecutores, jovencito como jovencitos son la mayoría de los efectivos en la ajusticiada.

Esos, los mismos que, como ustedes, miran a la Callagüita ir directo a la vecindad pegadita al 40, donde el Zalacatán la va a surtir de olvido y quizá también tenga ganas de ayudarle a palear lo peor, aunque la chava sepa que a partir de este momento sin registro con su Yube la vida se le va a revolver de otra manera.

Como esta que tanto le pesa al tomarle la mano al mala pécora del Zalacatán, que nomás pintó una sonrisita en los labios y sin decir algo se le quedó mirando a la chava porque ya la noticia corría por los vericuetos del Barrio, de este Barrio donde no hay secretos, y menos si alguien como el Yube era ya un posible nombre en el caoba de la Cruz de la Esquina de los Ojos Rojos.

En eso pensó la Callagüita al momento de patinarle por la garganta lo agarroso de la primera tacha; así lo dicen porque después don Zalacatán lo fue repitiendo:

Que la muy lebrona de Linda Stefanie Callagua Noreña, a la que muy pocos conocían por ese nombre, le dijo que si el don quería hacerle una balona chida y que además ella se lo iba a pagar hasta que el don llorara de gusto, pos él debía usar sus influencias pa que a la hora de poner el nombre del Yube en la Cruz de la Esquina se usara su apelativo completo, el de Christian Acevedo Domínguez, y que estando cierta de los buenos oficios del señor Zalacatán, algo adicional a la venta del espidbol iba a pagarle al don, y cuando llegara ese momento, ella sería capaz de servir pa lo que el gestor ordenara, por el tiempo que mandara y lo que en mente se le viniera al tal señor de los deleites.

Vean la escena: el sol medio se ve en la parte de atrás de la toma, anda buscando el horizonte empanizado de polvo, se refleja sobre toldos de hule, entinta a los vendedores que vocean mercancías, a los cargadores que van y vienen por la calle empujando a esos aparatos conocidos como diablitos.

En primer plano se ve a una chica joven, bonitilla, de cabello muy largo; está de pie, se percibe triste, mustia la mirada que levanta poco a poco; la cámara sigue el movimiento de los ojos, así; después, la lente se echa para atrás, hace una media toma, capta a la chava elevando el tórax, marca el perfil de las tetas y de esta manera los que observan la escena y el tipo ese a quien se le conoce como el Zalacatán aprecien completita la mercancía que el hombre tiene enfrente de sus ojillos destilando arrebatos.

No congelen la toma, déjenla volar, que nadie se atreva a gritar la palabra, ¡corte al trazo! del grafiti y del ensueño, mejor se deben preparar para buscar nuevos personajes, entresacarlos de los cientos que ahí deambulan; escenarios novedosos no se requieren porque el Barrio posee los más variados; hay que encuadrar rostros que ayuden a comprender las razones de la muerte del Yube, porque lo que le sucedió a Christian Acevedo apenas es una entradita de lo que el Barrio espera entre el rumor de lo sucedido: la ráfaga de balazos contra el joven acompañada de retobos y de insultos, de verdades que caben en el puño de la venganza, el ajuste de cuentas: el arma fue usada por alguien de la gente del Jitomate, ese malandrín llamado Romualdo Peñuelas, gordo, granoso; el nombre del contratante no hay quien lo ignore, aunque a nadie se le ocurra comentarlo ni con la poli ni con los orejas que nunca faltan: Capote de Oro, por ejemplo, con los ajenos al Barrio, con esos chingaos forasteros que tanto daño han hecho por estos lares.

Ah, si ustedes y los escribanos de paredes, los camarógrafos, las luces, los micrófonos, siguieran a toda esa caterva de jíjuelas que andan tras la plata como la única razón de su vida, podrían dar cuenta de aquellos que desde los cerros del oriente de la ciudad llegan y buscan ser contratados sin medir consecuencias; de los morenos que desde las costas arriban olfateando el dinero; de los que suponen zambullirse en ollas de dólares como lo deseaba el Yube, pa qué negarlo, por eso le dieron agua de su mismo molino.

Vamos a ver, detengan todo movimiento, que la Callagüita y el sin nombre se congelen y así ejercer un flash back, ¿ya?; bueno, ahora veamos el escenario, es en la calle Jesús Carranza, ¿ya?; ahí está la música adecuada, vengan ahora las luces, cámara, ¡grafitis!:

El Niño no viene acompañado por su eterna R3, la ha dejado en el estacionamiento de los Berna, eso le extraña al Yube y lo dice:

—¿Y ora, por qué a patín, güey?

—Chale, si hasta la azulina necesita una revisadita, mai.

El director señala que durante la primera parte de la secuencia el Niño tiene que usar una voz mansita, humilde, y sobre todo evitar que el Yube descubra sus ojos, eso que está muy claro para quienes saben del asunto. Cámara sobre el rostro del Niño, quien dice:

—Ái voy al lado del 40 a recoger un relai nuevo pa la azulina, vamos, ¿no, güey?

La cámara recorre el rostro del Yube, capta la confianza que el chavo tiene por la cercanía de su compañero de trabajo; los dos caminan por el dédalo de calles harto conocidas.

Para que el director pueda hacer sentir lo opresivo que significa ir hacia una celada, es posible que centre la secuencia entre lo caótico que es el mercado del Barrio y las figuras de los dos muchachos que avanzan.

En el sonido de los corazones de los socios de la R3 están las diferencias: el del Yube se escucha tranquilo, un palpitar de rutina. El del Niño se ahoga en su trepar y bajar de sonidos.

No debe haber duda de que el Yube no sabe que el Niño lo va a poner, como en el argot se dice cuando alguien engaña a la víctima para llevarla al borde de la trampa, así que el Yube no sabe que lo van a poner, y el corazón del Niño demuestra que por dentro la traición le está si no doliendo, sí angustiando.

El Yube avanza sin prisa y sin risa, un día normal, no hay trabajo fijo, quizá esté esperando ir con la Callagüita, pasar primero con el Zalacatán pa pertrecharse de espidbol, de elevadores, tachas, rufis y meterse al hotel Marsella, eso sólo lo saben los grafiteros que relatan el alma de los seres pero no el director, que no se puede meter ni siquiera al pensamiento, salvo que use una arcaica voz en off.

¿Quién le va a disparar?, quizá se pregunte el Niño; no está seguro pero el nombre baila entre dos o tres cuyos apelativos se barajan entre los que saben bien hacerlo.

¿Desde dónde lo van a clarear?, quizá piense el Niño. No lo sabe aunque lo intuye, si le dijeron que lo pusiera tres casas antes del 40.

Para apreciar lo vibrante de la calle, se ha ordenado ahora que la secuencia se filme con zoom en la azotea del edificio pegado al 40. Las cámaras deben registrar desde que Golmán, con el arma entre las ropas, sale de la puerta metálica, se planta en una azotea baja y desde ahí mide los movimientos. Hasta allá llegan los olores y ruidos del mercado. Por allá la vista hacia los lados enmarca los edificios altos y brillantes que son la frontera de otra de las imágenes de una ciudad de rostros inacabables.

Una vez satisfecha su observancia, Golmán baja de la azotea, se confunde con la gente. Saca el arma, la pega a su cuerpo, se nota tranquilo; las cámaras lo siguen a los lados, la del frente toma un rostro sin muecas, uf, el chavo se ha comido pasteles más mucho más difíciles.

El Yube y el Niño se van acercando, apenas hablan porque si difícil es ir juntos en lo estrecho de las veredas formadas por el desperdigar del mercado callejero, menos permite un palique. El otro sigue al Niño, que va adelante hasta llegar al sitio, se detiene y dice:

—Chale, ¿ya viste quien entró al 40?

El Yube gira el rostro hacia la vecindad. El Niño se aparta. Suena el fogonazo. En cámara lenta el Yube va cayendo cuando suenan el segundo y tercer disparos. En un instante la gente se arremolina y el Niño se pierde en los vericuetos del mercado. La luz del sol es muy intensa.

Se escuchan voces que ordenan ¡corte! Las luces y las cámaras se dirigen hacia el Yube, tumbado con los ojos abiertos y un tenis arrancado de cuajo. En rápidas secuencias se toman las cascadas de agua despedidas por cubetas desde las ventanas de las vecindades, el audio registra insultos, claxonazos sin parar, chavillos en gritadera jolgoriosa, las cámaras panean sobre gente pecho tierra, vendedores sacando la cara por entre sus mercancías, armas a flor de mano por si el matadero se hacía extensivo, el arrebatar de gente entre los comercios, los coreanos hablan en su secreto eterno, la voz del rumor dando versiones distorsionadas en cifras de heridos o muertos, el lenguaje que aumenta sabiéndose dueño de una mentirosa verdad repetida y desdecida por todos, de ese trepidar de acciones y sobresaltos, de iras y festejos que rodean la muerte de alguien conocido en el Barrio.

Lo que fue visto y sentido por el chavo sin nombre, el mismo que aerógrafos, cámaras, luces, micrófonos, extras y ustedes siguieron por varias horas hasta encontrar a la Callagüita, la que rodeada por la corte registrante, sin dudar de la noticia —le dieron en la madre— se perdió entre los millones de voces y soles y mentiras; no quiere ir a la policía o a la morgue pa revisar el cuerpo de su chavo porque es inútil, si ya pasó lo que pasó y ni con besos o promesas va a revivir a su Christian del alma.

La chavita no tiene por qué servir de blanco a los preguntones o recibir abrazos; lo que ahora requiere es quitarse el tormento, para eso necesita buscar al Zalacatán y que él le venda lo que sea necesario; corre para allá, cerca de donde dicen que recogieron el cuerpo del amor de su corazón; encuentra al tipejo, al Zalacatán: cómo lo odia, cómo lo necesita; el gandalla está serio, reluciente en la piel morena, limpiándose el sudor con el pañuelo.

El tipo la observa, la mide, le toma la mano, sin presionar la conduce a la trastienda desde donde el rumor ha nacido porque las pintas, las señas, los rayones, las letras gordas, las flechas, los garabatos, lo dicen: ahí, el Zalacatán es rey que domina las pasiones; ahí, una chiquilla jodida como ésta no le va a hacer cuesta pa domarla por más que sea la chava del malparido Yube, que le tumbó un negocio choncho al Jitomate.

Con la pura vista el Zalacatán se da cuenta de que la chavilla no carga ni fierro ni fogón; ella trae la cara hecha ceniza, a lo mejor le acaban de dar la noticia; el Barrio no tiene secretos pa nadie, menos pa los que ahí viven; ella debe saber que el Zalacatán nada tuvo que ver con lo de su chavo.

Ustedes, que han seguido toda la acción en exteriores, deben hacerse a la idea de que las tomas tienen que cerrarse en espacios más reducidos: la imagen de un hombre: estira las piernas largas y flacas, yergue el cuerpo de basketbolista, ya se encuentran en la Cuevatán, como la conocen sus ñeros y sus empleados, sus conectes y sus emisarios, como él mismo presume; el lugarcito donde todo aquel que quiera soñar con chochos o pastas o espidbol o inyecciones tiene que acudir, sin olvidar que ahí se han sacrificado los coñitos más frescos del altiplano; su mero refugio a salvo de cualquier bronca, si lo visitan comandantes y camellos, los que ponen a tiro a los chivatos, los compradores al mayoreo y los contactos de las fronteras. En esa misma Cuevatán se ha arreglado lo que parecía no tener arreglo; adornada con fotos de famosos, de chavas del encuere, bomboncitos de la tele, revistas con manjares en bichis tanto femeninos como machitos; el Zalacatán la tiene así a propósito porque le sabe las mañas a los visitantes; su mera propiedad, donde a veces se arman las pachangas y llegan los jefes de las calles, o Saulo de Rodes Garma, Capote de Oro, porque el ex torero asiste sabiendo que en la Cuevatán, al igual que en el Frontón de Las Águilas y en la Procesión de San Juditas, las rencillas tienen tregua por más que se porte orden de aprehensión; en la Cuevatán todos caben porque se respetan las reglas y se asilencian los rencores.

En ese sitio el tipo apoltrona a la chavilla sobre un conjunto de muebles cubiertos de plástico, muy elegantita tiene la trastienda; luces y cámaras recorren el lugar; tantas cosas pudieran secretear los cojines adornados por palmeras y flores amarillas; qué chidas historias dirían las cubiertas de plástico con que se cubren, ayayay, que de refilón se supieran los nombres de las que han dejado aquí sus amores secretos, mai.

Que una cámara encuadre la boca del Zalacatán y éste, sin prisa, con ese tono que sabe funciona siempre, la sonrisita bien armada en los labios, con palabrillas melosas fue sonsacando las razones de la chavita: si trai rabia por dentro, si viene a cobrar alguna rencilla, si quiere batalla o anda en son de paz; habla sin dejar que ella alcance los sobres de coca que el hombre lleva en las manos como zanahoria que los conejitos quieren alcanzar; habla quedito pa que la chava no se ponga arisca, frente a sus ojos le baila el sobre con el polvo, se rasca los cojones, que la chica sepa que a partir de ese momento, si no viene a buscar las contras, acalvariada por lo de su chavo el Yube, chido; y más chido si nomás quiere jolgorio pagando con nalguita y sin decir pío, que pa eso el Zalacatán se pinta solo, chava que entra al Cuevatán coopera por lo menos con una pantaleta a las relatorías que ustedes han palpitado: atrapadas por cineastas, mirones y grafiteros que van cerrando las tomas hasta convertirlas en la oscuridad que antecede al fin de la secuencia, pero no al de la historia.

Diez

Porque los olores prendidos como cangrejos se niegan a dejar por completo el cuerpo del buzo, con el pelo erizado los perros huyen al olfatear a Eutimio Olascoaga por más que al salir del drenaje lo laven con jabón especial, le lancen cubetadas de desinfectantes, lo rieguen con manguerazos a presión, baldes de lejía, y después de quitarse el traje sellado, tan pesado como cruz filosa, se bañe con chorros de agua hirviente tallándose con jabón neutro, se eche puños de cal en manos y pies, beba un litro de agua de cabellitos de elote, se perfume con lavanda y despacio, gozando el momento, se ponga ropa brillando de limpia, como decía el viejo anuncio de detergente.

Así ha sido la vuelta en la rutina que conoce con la precisión de un desconsuelo inútil al ver que en las tardes del regreso los perros escapan de prisa, y por las mañanas, al salir de casa y caminar por el Barrio rumbo al Metro, los chuchos, mostrándose más serenos, parecen percibir que las horas nocheras han dado respiro a los olores del hombre.

Quizá por eso, en un secreto que él también comparte, en el Barrio se le llame el Domador, porque no hay animal que se le enfrente: al sentir su presencia los gatos, erizados, se trepan a las bardas congestionadas de grafitis, las ratas se alzan, mueven manos y bigotes, y lo que para los demás es sorpresa, para Eutimio Olascoaga, buzo de corazón, no lo es y aun así no es capaz de quitarse la congoja; su destino es el agua, su trabajo es ser buzo, desde niño fue su pasión, en la primaria su único juego era disfrazarse con un vidrio rodeado por una toalla y meter la cabeza a los aljibes; abandonó la secundaria para enlistarse en la compañía petrolera y sumergirse a diario en la sonda de Campeche hasta que le ofrecieron el puesto en el drenaje profundo de la capital del país; claro, más dinero cada mes, cerca de la familia, que aunque vive al sur de la ciudad y se vean cada navidad, la sabe tan junta como se aprecia un jalón de aire antes de una esnorkeleada abismal.

Lejos del mar campechano, la paga sería más alta pero mayor el peligro, no es lo mismo meterse a lo salado del Golfo que a la pestilencia del drenaje, pero lo acepta porque todo riesgo debe palearse con un extra, el Domador está consciente de eso y de otro agregado: la soledad, a veces es más costosa que las cifras en las nóminas; lo supo desde el momento de iniciar esos trabajos y lo sabe ahora, cuando sale de su departamento y con una ojeada se da cuenta de que las persianas de doña Laila están bajadas, quizá no tenga oportunidad de saludarla, de darle de nuevo el pésame: hace dos días que no la ve y la señora, sin ella saberlo, ha entrado a la vida del Domador, le palpita en las noches, la sueña mientras se baña y muchas veces ha escuchado su voz aun estando bajo las aguas negras. De nuevo mira la ventana de la señora sabiendo que la convivencia se dificulta en una ciudad tan grande, donde él lleva apenas un sobrevivir cotidiano: lecturas sobre héroes marinos, paseos los domingos para ir a remar en el lago del Bosque, beber con los amigos, eso le da tono a su vida, la hace menos solitaria que la de un anacoreta de las olas; él no quiere aislarse en una prisión hecha de un traje de buzo; él es un señor igual a todos los que andan por la ciudad presurosa, muy diferente a como vivió en el alejamiento campechano, encerrado en esas plataformas, cuadrángulos de tubos y humos y olas rompiendo en las bases de las instalaciones como cárceles, pues bajaba a tierra cada catorcena a caminar solitario por las calles estrechas de Ciudad del Carmen, a meterse a los burdeles guapachosos, gastando un poco de la paga, que si bien era buena, no lo suficiente para ahorrar y casarse con una chica que no tuviera las ansias terribles del matrimoniaje nomás por el hecho de no quedar solterona; eso, o la pesadez de una diaria melodía monocorde, lo hizo salir de Carmen para llegar a la capital, porque unos conocidos le hablaron del trabajo en el drenaje.

Eutimio baja las escaleras de su vivienda, desde la acera contraria le echa un vistazo al edificio donde vive hace años, una de las construcciones que el gobierno edificara después del temblor del 85, cuando él apenas hacía sus pininos en la buceada.

Olfateando el aire pasa a un lado de los puestos de tacos, que no puede comer porque a la hora del buceo le harían circo en el estómago; antes de entrar a la estación del Metro llega de nuevo el recuerdo de la figura de la señora del 6B, Lailita, a quien saludó después de formar cola entre los dolientes:

—Ojalá Dios la ayude a soportar con valor tanto sufrimiento —le dijo al terminar el entierro.

Ya con los nervios desatados, conforme se acerca al trabajo el pavor avanza como otro buceador dentro de sus venas: un miedo peor que el de los toreros en la puerta de cuadrillas, lo calificó una vez Crisanto Flores, cuando los tragos le habían ganado al llanto, que el hombre despedía sin ruidos...

...esto es más cabrón que ser paracaidista,

...meterse al desagüe es parte de una rutina que ningún aparato puede hacer, bien lo saben los hombres que con las manos valoran los posibles daños a la estructura, el tacto que suple a las máquinas, ningún aparato tiene la capacidad de los dedos de los hombres, y uno de ellos es Eutimio Olascoaga, el buzo terráqueo que avanza hacia su trabajo con el miedo que a cada paso va subiendo en decibeles,

...muy pocos hombres en el mundo se atreven —completa Marcelo.

Con ese mismo susto el Domador baja al andén del Metro, que tomará hacia Pantitlán sin hacer caso de las miradas que le echa la gente, está acostumbrado tras años de trabajar en el drenaje profundo con sus compañeros.

Extraño resulta llamar compañero a un camarada de faena en una división compuesta por tres elementos, bonita división, un trío dentro de una ciudad que tiene millones de habitantes y ellos son uno, dos, tres, ni cientos ni miles, una triada de apestados que se atreve a meterse en esas aguas donde el terceto ha confesado sentirse como parte del alma de un naufragio, porque de tanto conocerse se pueden hacer confesiones, saber sus gustos y sus rechazos, sus alarmas y sus miedos, un triunvirato que depende de la buena coordinación de órdenes y pálpitos, que a veces son más importantes.

Marcelo, Crisanto Flores y él, Eutimio Olascoaga, el viejón del grupo, el soltero que vive solo, que gusta de leer aventuras marineras y oír tangos de Julito Sosa; al que ya medio pedos sus amigos lo acusan de temerle a las hembras, cuando saben que no es cierto, al contrario, Eutimio anda enamorado de una mujer que aún no ha llegado, dama desconocida a la que le dedica los tangos y los tragos; él busca a una esposa, no busca mujer que nomás le cubra las calenturas, pa eso están las muchachas jóvenes que ahí cerquita, por los rumbos de la Merced, a marejadas se alquilan por unos pesos.

Lo que Eutimio quiere es una esposa que lo espere, le prepare la comida, lo acompañe en los domingos, lo ame; que no le huya como lo hace la gente, los perros y los otros animales, que no ponga esa mirada de asco que ve en los ojos de los que en el vagón del Metro se alejan de él, la repugnancia ajena le importa pero no le hace caso, la vergüenza se le fue haciendo concha de caracol y más si el rechazo viene de la gente de la ciudad, que de tan fría ningún desconocido le ha preguntado por su olor o le ha dado alguna receta para combatirlo.

—En mi casa ya ni lo sienten —comenta Marcelo con su voz atiplada.

…a Crisanto le vale madre —dice entre carcajadas— porque es parte del trabajo…

…pero en realidad los tres saben que el olor los avergüenza, y sin comentarlo aunque lo sepan, lo combaten con lociones, perfumes y enjuagues cuyas fórmulas se transmiten en una charla al parecer desgarbada aunque llena de inquietudes.

Las recetas dan a la peste jerarquía humana, estatura de odio compartido, peldaño de identificación, y se pasan el tequila porque una cosa es el trabajo y otra estar a gusto con los únicos amigos, dijo Crisanto al despedirse ayer o el día anterior, es lo de menos; fue el día en que Eutimio Olascoaga le dio el pésame a doña Lailita, el mismo en que por la noche se estuvo sentado en su cuarto con el libro abierto pero sin leerlo, oliendo cada una de sus ropas y el sudor de su cuerpo,

el olor en este momento de la mañana, después de atisbar las ventanas de la casa de la señora Laila, está mansito; se inicia la faena del día y por supuesto que no es comparable al de las cuatro de la tarde, cuando regrese por el mismo camino y los perros aúllen al correr hacia la Esquina de los Ojos Rojos buscando protección tras los altares.

Ha marcado su tarjeta en la zona de trabajo, las palabras parecen convertirse en herramientas dejadas en el olvido, el saludo se da con un par de golpes en el hombro a cada uno de los otros del grupo; dos de los Tres Sirenos, como se les decía en la Dirección de Aguas y Drenaje, vuelven la cara para ver que Eutimio Olascoaga, al igual que ya lo hacen ellos, con extremo cuidado revisa cada pedazo del traje de caucho, los amarres de las botas de goma dura y suelas de metal, los guantes bien forrados y después, trecho a trecho, la escafandra de un dorado opaco con el vital sistema de comunicación, los bordes del cristal frente al rostro.

Eutimio lo hace despacio, luchando contra la conocida desazón que como parte de la rutina tiene que vencer cada mañana, cada mes de cada año, si la ciudad no se cansa de echar mil aguas por sus agujeros y cada cubo de líquido, cada gota de lluvia, cada jalón de excusado será gota, cubo, jalón que lo cubra, por eso va tomando su tiempo, revisa el equipo una y otra vez, no hay precauciones bastantes cuando de la vida se trata, sobre todo que hoy le toca a él bajar a la revisión diaria, y al comprobar que el equipo estaba en orden empezó a caminar con el trabajal que cuesta moverse en el suelo raso ayudado por los terráqueos, que siempre se muestran preocupados y desde afuera ven la faena de los Sirenos sin imaginarse lo que se siente estar abajo.

Nadie que no haya bajado a la oscuridad líquida de esos túneles puede saber lo que se siente y para los Sirenos es obvio; los que ya tienen el equipo listo, bromean, hablan de mil asuntos que a Eutimio se le resbalan como aguaceros del verano, mueve la cabeza para afirmar que está listo y de nuevo ensaya el sistema de radio con esos repetidos:

—Bueno, bueno, probando, uno, dos, tres, diez, ocho.

Y la respuesta:

—Aquí central, aquí central, bueno, probando, se escucha claro y fuerte, ¿me copias, Sireno uno?

…la voz corriendo por el aire, el cordón del viento, las palabras que lo guiarán durante la inmersión mientras, torpe como tiburón en tierra, se va acercando a la boca de la esclusa, hoyo oscuro que de sólo verlo le deja la boca seca; en voz baja se persigna varias veces, varias por si la gracia de Dios pudiera tener la mala fortuna de quedarse atorada entre sus manos forradas.

Por la escalera marina penetra a la oscuridad, apestosa desde el borde del agua; aquí el que diga que no tiene miedo es un mentiroso, suenan y resuenan los comentarios de los Sirenos, se traslapan las voces pero el sonido es tan claro como los mensajes de la central de radio; ya está en el borde del pozo, cuyo fondo se comunica con los enormes ríos subterráneos cobijados por las estructuras de hormigón, varillas y cemento de la red por donde se expulsan todas las aguas de la ciudad, toditas.

No quiere pensar que es un pedazo de nada metido en medio de esa negrura horrenda, introduce las piernas al líquido y hace la seña, siente cómo su cuerpo sin peso, atado a los cabos de vida, va bajando por los quince, veinte metros hacia el piso, que en cada inmersión se le hace más lejano y hondo; prueba el sistema, habla y le hablan; su respiración se mantiene rítmica; cada mes, cada año el fondo parece alejarse, largo el descenso donde su cuerpo se va haciendo un grumo más, un reflejo menos, por fin topa, lo siente en el cuerpo, en los pies que se mueven y de ahí a tientas tiene que avanzar hacia los túneles, el 4 derecha donde desde días antes ha trabajado buscado con las manos las fisuras que registran los aparatos desde arriba, en la superficie detectan las posibles rupturas del sistema pero no pueden jamás sustituir a Eutimio y mucho menos medir el golpeteo de la sangre del buzo ciego, que va por las aguas tan negras que nadie podría guiarse a través de ellas, ni las anémonas, ni los monstruos de las oquedades oceánicas, ni siquiera los Sirenos aunque uno de ellos, de apellido cuyo inicio suena a rumor de palma costera, ha enderezado el cuerpo sintiendo que los latidos le mueven el traje y por la radio se le señala hacia dónde debe caminar sin sentir el agua azabache porque el traje se lo impide, sabiendo que la negrura del líquido que lo abarca es de mierda, de orines, de lluvia mugrosa, de los desperdicios de los hoteluchos, de la deyección de los animales, de la sangre de los muertos,

Eutimio Olascoaga está solo con el golpeteo de sus sentidos, no debe pensar en el sol y en las calles de la ciudad, debe concentrase en su trabajo, poner sus alertas al máximo, únicamente la voz impersonal del de arriba, por el intercomunicador, va marcando sus pasos, que arrastra en lo irregular del suelo y el peso de sus zapatones,

la voz del hombre de la central es el único lazo con el mundo y Eutimio, en medio de la oscuridad, avanza con los ojos cerrados, si no los necesita, la luz en la escafandra es inútil, los rayos se rinden contra lo atezado; va con las manos hacia el frente para evitar un choque contra las paredes del enorme tubo por donde la descomunal corriente sigue su curso hacia las zonas de bombeo que la echarán de la ciudad, pero mientras,

…ahí está un hombre de nombre Eutimio, es pescador en las más asquerosas aguas, tritón de corrientes bajo la ciudad, buzo de mareas infernales, camina tosco arrastrando el peso de un traje diseñado por Julio Verne cuya clarividencia sería desierto al jamás imaginarse que el tripulante de un Nautilus de millones de retretes vaya detectando fisuras en la pared bajo todo un mundo de agua donde no hay grafitis y en lugar de calamares gigantes y tiburones de doble dentadura están las bacterias y las ratas muertas y los hongos, los cadáveres de perros con sarna que han dejado su último chillido, los litros de pus de los hospitales, los kilos de toallas sanitarias, los condones desflorados y las vomitadas de los sidosos.

Camina con la lentitud del lastre del agua lodo mierda sabiendo que sus pies cubiertos, asentados en los zapatos de goma y hierro van plantados bien abajo, cerca de los veinte metros de profundidad; nada está atrás de él ni alma alguna adelante; un solitario no puede pensar en playas de arena dorada ni en una mujer que lo espera; ¿y si las cuerdas se rompen?, no quiere ni imaginarlo, ¿y si llega una corriente para perderlo en los subsuelos del estremecimiento?; ahí, en ese instante, el miembro de los Tres Sirenos se electriza, siente que algo se ha detenido contra la escafandra, frena el avance, trata de comprobar qué sucede, jala aire; muy cerca escucha su propia respiración, levanta las manos, palpa lo inasible de la nada; de nuevo siente lo que se le ha pegado al cuerpo y con una especie de rabia y terror empuja al objeto; ¿un colchón o un pedazo de llanta?, imposible verlo, con las manos lo detiene, lo palpa, lo percibe contra su cuerpo y extremidades cubiertas, porque si una sola gota de ese líquido tan venenoso como la agonía se untara a su piel, la pudrición se le iba a meter hasta el alma.

No debe pensar en eso que se le ha colgado y raspa como llamarada, no debe pero lo piensa, sabiendo que el pánico es el peor enemigo de los buzos; la calma es su única defensa por más que el piquetazo le punce en el estómago y la respiración sea fatigosa.

Suda porque sólo los torpes creen que el sudor es parte del sol y no, Eutimio sabe que de poder verlo, el vidrio de la escafandra estaría empañado; mientras palpa y se pregunta por lo que tiene delante y lo rodea, sus manos y dedos lo van recorriendo: es algo blando, no un trozo de mueble o ramajes aún frondosos; tentalea para asirse a la imaginación y sentir que pudieran ser unas piernas delgadas, fofas; sigue tocando, abarca más de eso que tiene encima; toca algo que parece ser una cabeza, puede ser una cabeza doblada, como si el cuerpo estuviera plegado contra sí mismo; no quiere recorrer el contorno de la cara, se podría topar contra el hueco de los ojos, una nariz sin nada, las encías con dientes a punto de caer; por las arterias de Eutimio Olascoaga un buque navega en el fondo de las olas; no sabe qué hacer, si huir o buscar con las manos donde supone debe estar el tórax si es que eso es un cadáver, y tampoco sabe por qué duda, por qué no pide auxilio.

Entonces, un ruido como de cristales rotos resuena en su cabeza, le hace fruncir el rostro, sabe que proviene de su adentro porque los únicos sonidos reales son las voces de la central que le preguntan si la fisura del túnel sigue controlada; él no hace caso a la cuestión, trata de zafarse de esa masa que sin duda lo está arrastrando, lo está jalando hacia lo más profundo del drenaje; intenta quitárselo de encima y no puede, como si eso o ese estuviera aferrado a no irse solo en un viaje hacia donde nadie ha entrado…

…y mientras, Eutimio Olascoaga le pide a todos los santos del Golfo de México que la corriente le quite de encima a ese algo, lucha por deshacerse de lo que se le unta al cuerpo, ¿un hombre, una mujer, un animal sin pelo?, las preguntas no tienen validez porque no quiere constatar la respuesta, carajo, Dios mío,

…es el momento horrendo que tanto ha girado en su pánico, irse arrastrado, hacerse parte de los desperdicios, perderse como un trozo de mierda, que con todo y la protección del traje y las amarras se vaya y se vaya y se vaya y se pierda en lo más negro, si es que hay más oscuro que lo negro,

…y lucha por frenar el arrastre sabiendo que son millones y millones de litros que están sobre su espalda, a sus costados, atrás de él y que para el otro lado de la tronera, hacia el sentido contrario por donde entró, hacia donde se va yendo, yendo, está lo que nadie conoce, aquello que ni siquiera en sus noches de bromas alcohólicas ninguno de los Sirenos se atreve a mencionar.

¿Qué será eso que lo envuelve? ¿Cuál la fuerza que lo jala? No necesita identificar el objeto para saber que la oscuridad no tiene más fronteras que su propia escafandra; allá abajo, en los dominios del agua, los seres humanos no detentan clasificación, y lo que lo jala, jala, jala hacia las profundidades donde es parte de una corriente que él no puede combatir, sí está desarmado junto a esos restos que lo atan como enredadera,

…empieza a escuchar sus propios gritos, sus rezos se hacen eco en la escafandra, una voz, la suya, tan desconocida como el mismo fondo del drenaje, vocifera; no le importa lo que piensen los de afuera, grita sabiendo que parte de ese reclamo está dirigido a lo que tiene junto a su cuerpo; podría ser un niño, o lo que sea, lo que se le unta como bola de grasa inmensa.

Al peligro que se le viene encima no lo detienen las voces que preguntan si Eutimio los copia.

—¿Me copias, Sireno uno, me copias?

La cuerda se va desenrollando a mayor distancia de su cuerpo; lucha, clava los tacones contra el suelo, echa hacia atrás su cuerpo, resopla, le enrabia saber que aún tiene algo que cobrarle a la vida; está solo, no ha podido entregarse a nadie, requiere de otra vuelta a su propio tiempo; entonces grita de nuevo.

—Sireno uno, Sireno uno, ¿qué pasa?, ¿me estás copiando?

Se oye la voz de la superficie; Sireno uno pelea para no seguir hacia un adelante sin fin, ya está demasiado lejos, no lo puede ver pero lo sabe; en ese instante, como si una luz se hubiera metido al fondo de su cuerpo, piensa en la imagen de la Santa Blanca; de pronto, con la cuerda estirada al máximo porque lo siente en sus caderas y espalda, nota que pese al grosor del guante un trozo de ese, de eso, se le ha quedado en la mano como si le diera la despedida en territorios ajenos al universo; venciendo lo abominable se lo pega al vidrio de la escafandra para intentar ver, estudioso lo rodea con los dedos, supone que sea un pie desprendido de algún cuerpo; eso que puede ser un pie o lo que sea, eso, se enterca en no abandonarlo, en acompañarlo bajo lo pavoroso de las aguas; el buzo no quiere medir el tamaño del trozo de carne, si es que es carne lo que parece separado del resto.

Se estremece sin importar que el peligro allá abajo se haga mayor con los movimientos bruscos; un guiñapo dando saltos en medio del agua tan negra como su miedo; a él ya nada le importa, sabe que el trozo de algo, al desprenderse del resto que por momentos lo envolvió, lo ha dejado libre y la corriente al parecer ya no lo empuja con tal fuerza.

Jalonea el agua, se zarandea, usa la otra mano para arrancarse ese trozo de algo que no puede ver por más que abra los ojos: del otro lado del vidrio está la oscuridad total de la noche acuosa. Grita que lo saquen, que rápido lo saquen, sí está mareado, le falta el aire; la voz de allá afuera tarda, como si el sonido también tuviera retenes en la profundidad de lo que no es posible llamar agua. Se escucha el eco de las palabras, letra a letra van llegado, preguntan: se encuentra bien, necesita auxilio, está copiando las preguntas, inquieren las razones del trastorno, le piden calma sabiendo que a veces a los Sirenos les entra la desesperación.

La voz de Eutimio suena vibrante, dolorosa, fatigada; el buzo, resoplando, les insiste a los de afuera que con mucho cuidado lo jalen con el cabo de vida que pende de sus caderas y los arneses en los hombros. Va moviendo los brazos para evitar que el cuerpo de ese algo se le abrace de nuevo; con las manos hacia el frente y los dientes clavados en los labios avanza hacia donde siente el jalón de la cuerda doble; marcha asentando los pies herrados sobre el interminable suelo fangoso; camina con el deseo de oír el aullido de los perros, de oler las fritangas de los puestos, de ver el asco en los ojos de los pasajeros del Metro, de saludar a doña Laila, lo del mundo de afuera, que surgirá después de pedir que en esta ocasión sobre el traje aplicaran doble ración de desinfectantes, de sentir el chorro de la manguera quitando la visión de un hoyo sin fondo, de bañarse por más tiempo que los otros días, de echarse cal hasta que los amigos le dijeron que se iba a desollar las manos, de tragar, en vez del litro de agua de cabellitos de elote, un fajo de tequila antes de regresar a su casa pensando en lo milagrero de los hechos: primero el ruido de algo que se rompía, la visión de la Santa Señora y que el trozo de aquello al arrancarse de la masa impidió ser arrastrado hacia la profundidad del desagüe; al salir del Metro, el sol le lame la espalda mientras va adivinando que la tarde de este día, al llegar a las calles del Barrio, no va a escuchar aullidos porque los perros sabios estarían lejos,

…con el deseo de saludar a Lailita, aunque ella apenas mueva la mano para contestar el cumplido, de ver el rostro de la mujer y así tratar de limpiar lo que no tiene limpieza, eso que lo atosiga y que con tumbarse a dormir no se asea, no se purifica ni siquiera con la lectura de sus libros marinos, que lo llevarían a sentir de nuevo que lo podrido de la corriente y aquello sin nombre estuvieron a punto de perderlo sin regreso, y que quizá el mensaje de la Santa Señora permitió que al quedarse con ese trozo, su cuerpo se liberara de la fuerza del agua.

Se mira las manos extendidas, siente aquello, un retazo de algo que aún le palpita en los dedos cubiertos, pegado a su cuerpo más que protegido, lo que se le enroscó en el alma, más desprotegida que su mismo cuerpo mecido en la profundidad oscura de los ríos que la ciudad expulsa por los fondos de un mar sin nombre, desde donde un buzo palpitante, ciego y desguanzado, con lentitud va siendo izado hacia la luz de las calles y al amoroso aullido de los perros.

Once

Si usted, que está siendo dibujado por las manos oscuras de los grafiteros, mirara de frente al Santuario de la Esquina de los Ojos Rojos, sentiría, sin siquiera penetrar al oratorio, que la fuerza de la piedad existe.

Como dejo de madreselva, el aroma se escurre entre cuadros de Madonas y Cristos, estatuas de santos, exvotos y veladoras. El olor sobrevuela entre los fieles que día y noche se acercan a rogar por el consuelo de las almas, porque la fe no termina con el horario de la ciudad ni con el vaivén ruidoso del mercado. La luz es flama constante entre las manos del Barrio, que a lo largo de los años ha construido cada trozo del sitio que usted, pertrechado en las tinieblas, admira.

Abierto al juego del aire, el oratorio despliega sus destellos sin recelar de ningún visitante. Aquí están los que buscan consuelo múltiple. La zona es sacra trinchera contra las acechanzas y los robos. Zona vedada para las alimañas. Frente a este sitio no hay badulaque que ose tirar basura ni blandir un arma. Aquí no existen remilgos para decir una plegaria o para cruzar el pecho al santiguarse. En la faz del mundo no habita un solo ser a quien la negrura del descrédito le haya cubierto a tal grado el alma sacrílega que sea capaz de hollar este suelo abierto al amor y a las gracias, porque siendo propiedad de todos, el Santuario tiene a la fe como única protectora de las acechanzas mundanas, de los terremotos y las iras infieles.

Usted debe detenerse, con la mirada recorrer toda la construcción plantada en la acera y parte del arroyo; admire sus dorados y sus adornos, una vez satisfecha su curiosidad, detenga el recorrido visual en las dos cruces que enmarcan la capilla. Estos símbolos del sacrificio vigilan los extremos de la calle. Del lado izquierdo de la capilla, podrá contemplar una de las cruces: es de madera humilde, sin adornos, quizá se pueda intuir que ha sido colocada ahí como una señal de la miseria del mundo.

Del lado contrario, como si la estética buscara encuadrar con signos el entorno, se levanta la otra cruz. Ésta, usted lo puede ver, es de caoba sin araños o deterioros. Su brillantez puntualiza la misma altura que la otra en una inútil comparación donde siempre la cruz barnizada triunfa.

Y en esa cruz magnífica están inscritos, en larga fila garigoleada, los apodos, nombres, apellidos, apelativos de personas alguna vez existentes. Todo el Barrio sabe que esa enorme lista es exclusiva. Va adquiriendo número con aquellos bienaventurados que en las calles y vecindades han caído, sin importar las causas ni el bando por el cual murieron. Son aquellos que, sin distingo por el método usado: balas, drogas, cuchillo, metralleta, golpes o encontronazos, han detenido el fluir de su sangre.

Importa sólo que el nombre del caído se apegue a las reglas de la cruz de caoba: grabarse después de una muerte violenta. No interesa su sexo, ni los motivos de la agresión. La condicionante única es que sea por perecimiento arrebatado, esa es la regla para que el nombre del cadáver esté inscrito en la larga fila de caídos.

Ahí están los patronímicos pirograbados en esta cruz; al verla, usted quizá tenga deseos de saber cómo fue que cayeron los homenajeados; para ello, la única fórmula es hundirse en lo que los grafiteros van contando a lo largo de los muros de la ciudad.

Pero quizá los nombres de esa procesión estática nada le digan, porque usted, que desde su escondrijo acecha, ¿qué puede saber de Orijel Saldaña, de Mari Paz Ornelas, de Marbella Celeste, de Melitón Godoy, de El Chorejas, o del Pato, ni de La Güera, ni de otros y otros y otros nombres que tapizan el alma de la madera barnizada?

Usted ¿qué puede saber de sus vidas? Nada. Sólo sabe que la violencia letra a nombre inscribió los apelativos que está leyendo. Entonces tendrá que recurrir a la historia que los rotuladores, aerosoles, pilots y unis van cobijando en la capilla sixtina de la sangre en las paredes. Leer el recoveco de las leyendas y así descifrar el código de los grafitis.

No tiene caso que cuente cada uno de los nombres, se va a cansar, o lo peor, se llenará de imágenes que, con miedo y de refilón, observa en las páginas de la nota roja. Sólo véalos de golpe, podrá apreciar que son cientos. Están aquí para que nadie los olvide, aunque no quieran recordar el entorno de su muerte.

Sus nombres están aquí porque las plegarias de los fieles tienen la volatilidad de las palomas al extender sus alas y regar de dulces rezos a las letras que conforman la lista de los caídos.

Sin echar en el olvido a ninguna de las dos cruces: la de caoba y la otra, que es de madera simple y sin nombres, y si usted tiene paciencia y espera cerca del oratorio, verá que cuando la oscuridad llega, como un rumor móvil, entre las calles cercanas una hilaza negra se va tejiendo. Desde las esquinas del Barrio, en una invasión que no encuentra algo o alguien que la frene, las columnas del Escuadrón del Finamiento avanzan resucitadas de entre las montañas de basura para desyerbarse en lo espeso de la noche.

Las aceras y arroyos se baten de murmullos que no alcanzan a subir a las nubes. Las oleadas de hombres y mujeres van jalando los harapos y las botellas. Con los cuerpos hundidos en la mugre, las uñas y el cuerpo sin lavar en años, caminan en su última rendición del día hacia la plegaria anterior al sueño.

Sin hablar, sin siquiera dirigirse a sus mujeres, que los rastrean oliendo los humores de los tiempos juntos, sin dejar en el suelo las redes donde cargan sus desperdicios, las frágiles caravanas ondulosas son jaladas por la fe que despide el Santuario.

Al llegar a la Esquina de los Ojos, en un ensayo repetido, los perros que siguen a las oleadas cortan hacia los lados. Forman otra cuadrilla con el hocico hacia la luna, se detienen, dan de vueltas sobre su propia penumbra, rascándose la sarna y las pulgas. Pacientes, se distribuyen en las aceras. Usted puede ver cómo se van echando sobre sus colas, lamerse los efluvios, estremecer los belfos y esperar a que el Escuadrón se agrupe frente a la cruz humilde, la de madera de pino, y ahí, unidos a la vera del crucifijo que se yergue sin adornos, sin nombres y sin recuerdos, se detienen.

Hacia la modesta cruz, los teporochos levantan la vista oscurecida por las costras de suciedad. Sin saberlo, estremecen al Barrio. Es la hora de ellos, los que presienten que ahí se encuentra su signo sin nombre. Su apelativo oculto por letras inexistentes.

Sin saberlo, cada uno de los que forman el Escuadrón del Finamiento entiende que su apodo o su apellido jamás será colocado en esa madera de caoba, pero tampoco en la rústica de la cruz vacía, en donde sus nombres están ingrabados y ya un dedo de uñas mugrosas los está dibujando con tinta no legible.

Adivine usted cómo pueden leer los nombres de los que no están ahí y que en las calles han muerto sin la violencia del arma, sino con la paz del alcohol saliendo de sus llagas.

Usted, que apartado observa, puede escuchar el rumor de los rezos hechos canto dentro del calor de las plegarias.

Es la oración dirigida a los nombres que no están inscritos porque ellos mismos, al pintarlos, los han raspado con sus uñas negras, esas garras que suben y bajan al persignarse suplicando la más cara de las indulgencias: que al otro día exista la fuerza para mantener a la botella a un costado de su vida.

Escúchelos, vibre dentro del fervor de su plegaria, vea cómo aspiran la noche, de qué manera burlan al esmog para llevar el conteo de los astros y después, con el mismo paso, ahora con el sentido cambiado, formando la hilaza de una red, seguidos por sus perros, emprenden el regreso hacia sus basurales amontonados en las aceras de un Barrio lleno de adoratorios, ninguno para ellos tan importante como el de la Esquina de los Ojos Rojos porque aquí está la Cruz con los nombres sin nombre que son sus nombres jamás inscritos.

Ahí van, con la procesión luminosa de faldas negras y aullidos avanzan en columnas deshiladas; alzan el rostro para aspirar el retorno a sus cerros de basura donde innostálgicos dormirán sin hacerle caso a nadie, y menos a usted, que apenas es una sombra que se ha perdido entre las sombras idas.

Doce

No puede más y lo sabe, pa conocer no se necesitan las lecciones en la escuela, nomás es sentir y medirlo en el run run de las venas, lo acepta y se retuerce si las veladoras del destino se le están apagando con las tiritas flacas del aire en los pulmones, neta, aunque no quiera, así es esto, ella sabe que así es, sus gritos van a valer lo mismo que un suspiro, nadie del Barrio va a sacar la cara de sus guaridas nocturnas. ¿Quién le va a quitar de encima a estos gandallas que la calentura ya les ardió en la mollera? Ni desde el cielo su difuntito papá tiene el poder pa tumbarles las ganas.

La Callagüita no puede más, ya pasó el momento de barajar los albures ingeniosos con que había mantenido a raya a los que ahora la acosan, cerrado el apoyo que por un momento creyó ver en los ojos del que no parecía ser albañil; no puede más, la respiración de la chava reclama el esfuerzo de una huida a punto de terminar, si se le agotó el espacio de su carrera, la azotea finaliza adelantito, a donde la noche se hace hondonada, y los albañiles, comandados por el tipo ancho, andan trabados de tanta droga, mucha droga, Callagüita, claro que lo sabe, si mientras se la atizaron juntos ella le anduvo buscando sobacos a las víboras.

Pa qué, pa qué, pregunta y se pregunta, sabiendo que lo sabe y no quiere aceptar que lo sabe,

...pa qué anduvo de amamantadora de jolgorios y en la calle aceptó la conversación con el tipo ancho que dijo ser albañil, vestido con una camiseta de equipo gringo de futbol americano,

…pa qué Señora Mía, la Callaguita pregunta a la moche.

…ora la bronca le anda mordiendo la vida, la trae pegada a la espalda, cerquita de donde estos cabrones sueltan pujidos rasposos y las respiraciones que están por alcanzarla.

Pa qué anduvo de hocicona:

En el Barrio no le tengo miedo a nadie.

En este Barrio nadie es nadie, chavita, sólo se está al amparo de lo que la Santa Muerte diga.

La Callagüita a resoplidos le reza a la figura. Siente el rostro señero de la Dulce Extinción, sin verla puede mirar la figura de la Santa, altiva, plena, luce ropas galanas, con la guadaña en la mano izquierda, linda, sentada sobre el mundo, seria, con el vacío en los ojos y los ropajes tan adornados, órale, está muy cerca, por allá abajo en la mitad de la calle de Alfarerías, desde donde la Señora del Infinito tiene que protegerla y redobla la fe de las oraciones…

…por la virtud que Dios te dio, quiero que me libres de todos los maleficios, de peligros y enfermedades,

¿y qué peligro es más ponzoñoso que éste que la acosa, que la lleva a brincos por la segunda azotea?, Santa Muertita guardiana lo ha sido siempre, desde que la Callagüita era de este tamaño y andaba bien feliz de la mano de su papá, chale papito, ay Santita, que algo se les atore a estos demonios, se les enfríen las ganas, que no le lleguen porque va a estar de los infiernos si le tapan el camino, que de baba se les hace la lengua a estos gandallas.

La chava no le saca al acostón, qué le va a tener miedo a coger con quien se le ponga enfrente, pa deleitarse no hay coyoles que le atasquen freno a la Callagüita, una cogida de más no cuenta, manchitas a la piel del ocelote, pero ella sabe que en este momento la cogida sería asunto de chavitos recién paridos porque el olorón de los tipos que van tras de ella le dice cuál puede ser el remate, no se necesita ser sabio pa intuirles el quemadero que traen en el cerebro, a la gente se le abollan los platinos y ya no razona, se jode a quien sea, y ella, ¿qué es ella?, pos la mera neta orita es una de las millones de quien sea, y con los dientes enredados en el miedo y la sed picando los latidos le reza a la Santa Guapa pa que no permita que estos pirados cumplan con el malviento que les alebresta el alma.

La Callagüita no puede cerrar los párpados pa rezar con más enjundia porque tiene que ir a las buzas pa que su huida por las azoteas no se le revierta en un tirón del cuello con los mecates de los tendederos, pa no caer por las pilas de trebejos, los tabiques en el piso, los cachos de madera, los colchones despanzurrados, esos escollos que nunca pensó fueran tantos y tan regados en las azoteas de los edificios del Barrio.

Ora se arrepiente, se injuria de haber aceptado cotorrear con el tipo de ropa holgada que llevaba una camiseta de jugador de fut americano, y después hacer ronda con los que enfiestados se le acercaron, pa qué fue a hacer palique con estos gandallas, algo de adentro le decía que con esos güeyes cualquier arriesgue era asunto perdido.

Se podrá arrepentir pero eso no cambia los hechos: alternar con ellos rechazando las alarmas que le sonaron por dentro, fue jugar con espidbol adulterado, y pos no, así no, por un lado la intuición le daba toques de alerta y por el otro no tuvo la fuerza pa detener las ansias de meterse la piedra de cocaína, la terca ansiedad entró primerito a la meta, el espidbol de los albañiles le iba a dar la oportunidad para que el Yube se le borrara tantito del recuerdo, los gandallas estos le empapaban los palpitares de ponerse hasta atrás colocando el cebo frente a sus nostalgias, envolviéndola con risitas como muecas, con palabrejas al aire:

—Ora si mi reina, le juro que la vamos a pasar bien chido —le dijo el de la camiseta colorida.

…y ella, jovencita, atrevida, coqueteando, que al fin supuso que esos mugrosos no tenían tamaños pa subírsele al estribo del comando, si en el Barrio el que manda manda, ya sea machito o rajita y tiene el repunteo de las tarolas, los palillos bien agarrados por el mango, mai, no importa que sea chavita joven, como ella,

…chale, si esta noche la Callagüita empezó llevando el ritmo como si pulsara una guitarra eléctrica:

tun tan ta tin tun tan, un dos tres, guan, tu, tri, tun tan ta tin tun tan, guan, tu, tri…

…¿o acaso no fue ella la que se apropió de la piedra y les fue repartiendo la raspadura de la cocaína?, ¿no fue ella la que se plantó en el centro del grupo y por delante echó el garbo pa que supieran de dónde mero salían las instrucciones?:

guan, tu, tri,

…sale, este jalón es pa ti, este pa cántaros, espérese mai, no se agandalle, hágase pallá que no es momento, órale:

dale con las carcajadas, con las confianzas,

dale con los fajes exploradores, con las proposiciones:

que vamos a seguirla en la azotea, desde ái la ciudad se ve bien chida, uy, las luces de los edificios y los foquitos de las vecindades, señito, es otro el panorama; ya bien macizos a las luminarias las vamos a ver como altarcitos de los Santos Reyes, mi chula, desde aquí se divisa todo este planeta, mire, ahí está, lo tiene a la mano nomás de estirarla tantito,

…la Callagüita jalando polvo, tragando chochos, entre que permite y niega que los remos de los albañiles se pierdan bajo las ropas, sin querer acepta que los tiempos tienen su momento, que ella está sola, rodeada de estos tipos, seis, siete, quién los puede contar, cuando se los topó en la calle andaban de melosos, con los ojitos bajos, sin sobarse los güevos, nada, Callagüita, mansitos hasta el de la camiseta verde; le dijeron que tenían todita la piedra pa ellos solos, que eran banda buena onda, de fama sin agandalle, y ella nomás arriscó la nariz, dudó pero le jalaron las ganas de un pericazo, la telaraña de la apetencia que a veces la lleva a caer en las locuras que tanto le molestaban al Yube, y aceptó el envite pese a intuir que se había metido en un purrum de aquellos sintiendo que la mala vibra andaba volando por el Barrio, porque tuvo una última desconfianza:

chale, capaz que esta noche los placeres no sean la mera neta, mejor lo dejaran pa otro dey, los albañiles insistieron:

no sea así, señito, es cosa de bróders del alma, que no los despreciara, si ellos la conocían de verla de al diario en el Barrio, señito bonita, mire, nosotros trabajamos en el edificio de ái mero enfrentito, mai,

...carajo, desde lo del Yube la muchacha lleva a cuestas una mala racha: puros envites frustrados, remilgos mal paridos, frentazos mala onda, con el olorón del Zalacatán como cueva de vampiros, estos pinches recuerdos con nada los puede calmar, ni su mamá tiene la crianza pa cubrirlos, la señora apenas puede con la cruz de su propia alma y desde temprano se larga a darle a la chamba en sus puestos...

...¿por qué la Callagüita recuerda eso? Si le valía madres lo de los puestos, la chava siempre anduvo de mera dueña de la calle, de arriba pa donde sea, de acera a trastienda, de reven a corretiza, y venga el sobre con la blanquita, y vámonos con la pasta, entrándole con el chocho sin hacerle ascos a la acostadona con quien sea, que al fin ella siente que el placer se le escapó desde que a su Christian, a su Yube como mejor lo conocían, le dieran pabajo, se le fue yendo desde que el Zalacatán le hiciera pagar con las poses más cochinas la promesa de poner completito el nombre de su chavo en la cruz de caoba,

...pinche Christian, se marchó pal otro mundo, la dejó sola a la hora buena, ya ni rezarle cuando la Santa Muerte es la que ordena, la que dice hasta dónde llega el camino de cada quien y ni el mismo Yube tuvo los tamaños pa ponérsele al brinco, que va, nadie puede contra las órdenes de la Señora, ni siquiera el Yube,

...con ese apodo que se le hacía como de guerrero Yu Gi Oh: el Yube, el Yube, no, si su Christian era gallo fino y le dieron pabajo, se lo clarearon porque así es la vida, así lo ordenó el Jitomate, jijo de la refregada, y el Niño del Diamante también algo tuvo que ver, de eso está segura, algún día les va a llegar su hora a ese par de gandallas, no lo duda aunque el cortadero de la respiración y la corretiza de los gandallas hagan lejana esa fecha, carajo, si ella no sabe cómo remediar el dolor que se le cuadra en las sienes y le crucifica los pezones; el amor de su vida, su rorro Christian ya no anda de guardia en los jolgorios de esta parte de la ciudad y de ningún otro lugar terráqueo; su mamá, aunque pulule por este mundo, tampoco vale; la figura de su papá nada le dice:

Ah don Rito Callagua, ah don Ritito, viejo cábula, la Santa Señora Pálida se lo llevó envuelta en su regazo antes que a la chica le llegara su primera sangre, nada de sangre, está harta de verla regarse a diario en las calles, bajo los toldos de los comercios; la sangre también se llevó a su Christian, corazón de panela dulce; la sangre le ha negado hijos con su Yube, maldita sangre sin nombre, ella no tiene nombre si nada le pone nombre a un don nadie como su padre.

Ese don nadie, y otro cualquiera por más coyundo que sea, ninguno tiene la magia pa poner en el aire un tapete igual al de Toon Mermaid y por ahí escaparse como el mismísimo Rogue Doll; el papá cambia de rostro y de cuerpo, de voz y de maneras; chingao Yube, hazte sustancia, agarra los poderes de Uraby; de estar aquí seguro le iba a poner en su madre a estos albañiles que traen la calentura del olor de las nalgas de la chiquita, de Linda Stefanie que allá abajo en la calle se echaba de risotadas cuando los seis, siete tipos, quién lo sabe, le zumbaban alrededor, le ponían la piedra de cocaína en la nariz, en los ojos, bajo los labios.

Ándele chavita, esto no se da cada noche en la maceta de la vida, hoy el cuerpo pide ganas, por qué negar lo que el destino le pone a cada uno, señito, hay que calmar los gustitos del nocherío, está chido aquí mero arriba, viendo las luces de la capital, mire, uno se siente enfiestado de tanto cariño que ya le estamos agarrando, insiste el de la camiseta de futbol americano,

…mientras, le llenaban las manos con la piedra de coca, los alientos con la raspadura que se metía en airetazos, las manos jalaban, buscaban las tetas sin sostén, la tanga roja, las piernas peludas.

Pa qué se las iba a rasurar, pa qué bañarse del diario si el Yube, que era el ganón en esos menesteres, ya anda trepado en su motocicleta del otro mundo, con su Gladiador roja haciendo piruetas en la galaxia de Muka Muka, donde no existe este Barrio, este que se silencia, se hace angosto, se tropieza de jadeos y de reclamos que van subiendo de tono, de fuerza, de furia que se escapa de los alientos a pulque, a ron ajado, en los ojos fijos y rojos y la saliva revuelta,

…chale, güey, la pulguita anda queriendo ponerse rejega, oye la voz como atrapada en alguna parte del cuerpo.

La Callagüita supo que ya no había nada que pudiera detener a los gandallas, sus gruñidos y sus olores podridos llenaban los espacios abiertos de la azotea: la más alta, la del edificio del vejete don Cipriano, que orita debe andar buscando adornos inútiles en los bares de más allá del Eje Central, a donde ella se hubiera largado antes de oír a los albañiles diciendo que la noche se les estaba haciendo rabona, la mentada Callagüita ni les hacía caso, no se le notaban las ganas de asegundarlos, me cáe de madres, güey.

Así era, pero no por mala onda, me cáe de madre que no, güey, a ella lo que le importa es sentir el desparpajo del espidbol, el olvido, la tranquilidad que se siente al saber que el polvo de la blanquita está cerca; total, si uno de estos gandallas, el que parece ser el jefe, fuera cariñoso, la amabilidad se cumple con amabilidad, pero ellos traen pestes por dentro, ganas de ser uno más otro más otro, metérsela en turba; ella trata de recobrar su dominio, esparce la malicia, desparrama las argucias que posee Hane Hane y florecen cuando la situación se está poniendo más que cabrona, como orita mismo, y los quiere calmar, los trata de amansar con promesas, con acuerdos entre bróders,

órale, todo a su tiempo, güey,

pero la voz no le sale machín, se le atora en los miedos de la boca, en los jadeos de lo que va sintiendo, a los albañiles los tiene enfrente como batería de tigres en la feria; usa la silla de la verba melosa, el discurso de Graceful Charity, el fuete de la sonrisita prometedora,

no coman ansias, bróders, pa que nos agandallamos, mai, ¿o qué, ya no somos ñeros del alma, güey?

Nada de eso parece dar resultados, los sofocos y las risotadas aumentan de volumen, ella ve cómo la miran y se codean, se soban la bragueta, pelan los ojos donde se arrincona una muina más cabrona que una cogida, por más brava que sea.

La voz de la Callagüita de briosa pasa a ser ondulada, después mansa, tan mansa como sus ojos, tan triste como su cuerpo al dar el empujón al más jarioso y rebrincón, el que la había detenido en la calle, el de la camiseta colorida, esa clase de gandallas sobresalen nomás al primer vistazo.

Al tiempo de ver cómo el tipo se aparta por el empellón, en ráfaga piensa en el otro empujón que días antes le diera al chavo sin nombre que le avisó que el Yube se había ido pabajo; no tiene tiempo de pensar más en eso, da un salto hacia adelante, con la tanga a media pierna corre hacia el pretil de la azotea, al llegar pega el brinco para la otra construcción, la que está pegadita pero un poco más abajo: el edificio donde vive Estelita la oficinista, si se asomara Estelita, si se asomara, con lo alharacosa que es.

¿Pero quién va a salir, Callagüita? En el corto trayecto por el aire, entre los dos edificios, supo que nadie se iba a aparecer pa salvarla, se grita pa dentro, toca el suelo de la segunda azotea, domina el cuerpo pa no desparramarse sobre el piso gramilloso.

Aunque no quiera reconocerlo sabe lo inútil que es patalear al suelo pa que los vecinos de abajo oigan el ruido; sólo el terco ladrido de los perros anda de repartidor en la noche; piensa en perros gordos, altos, de pelo negro, de parches en los ojos, rizados, amarillos, con las fauces abiertas, los colmillos fieros; los escucha ladrar, los ve en el Barrio untados a las ropas de los teporochos, de guardianes en los negocios, atados a los dueños que agresivos los presumen; ningún ladrido, ningún colmillo de esos chuchos podrá detener a los que la persiguen, nadie escuchará lo que suceda si a esas horas, ¿quién es el mero macho que va a salir a compungirse por una chava pendeja que le dio pista alada a las alimañas?

Ninguna persona va a salir, nadie se va a condoler, menos Estelita, la de la vecindad en cuyo techo la Callagüita controla el cuerpo: si se atora se chinga pa siempre; de reojo ve a los albañiles seguirle la huida, ve los cuerpos de sus cazadores brincar desde la azotea del vejete Cipriano hasta la de Estelita; contra el cielo mugroso la chava ve los cuerpos de ropas oscuras; mapaches voladores que buscan aterrizar en el mismo sitio en donde ella está; Linda se levanta, corre de nuevo; escucha los secos tropiezos de los tipos, el sonido de los cuerpos al plantarse en la azotea, este mismo sitio donde ella busca algún escondite, alguna forma de salir de ahí; los gruñidos están tras ella, y corre corre, los orines sin detenerse; en la calle, entre los basurales de las esquinas, bien pegaditos a sus perros pa pelarle al frío, duermen los teporochos del Escuadrón del Finamiento, a ellos no les importa que las oscuridades sean rondadas por hombres nocheros que tampoco saben ni quieren saber de nada; que cerca, más allá de las bocas de las vecindades, está la calle de Alfarerías donde en la Capilla de la Señora brillan enracimados los cirios negros, los focos ardidos, y la Callagüita reza: de refilón a San Juditas, de lleno a la Santa Muerte, la que todo lo da y lo puede, y entre imágenes santas brincan las cartas del Yu Gi Oh.

Duda que alguien tenga el poder para rescatarla de estos gandallas; si la Señora Blanca la libra le comprará su veladora diaria, levantará un altar en el mero centro del oratorio de la Dama, la llenará de flores fresquitas pa sus retablos, rezará a cada momento, pero que nada le pase, que la Señora frene a los tipos que de tan cerca huele sus pedos, sus graznidos del pecho; la niña pide que ellos le metan las pichulas por donde quieran cuantas veces quieran, que hasta ahí sea, que sólo sean cogidas, que no vayan más allá de lo que intuye en la exprimida del miedo.

No puede más, se lo dicen los tronidos de la respiración como si una rata enorme le destripara los músculos; se recuela una infinita tristeza de saber que más delante ya no hay otra azotea, ni otra cumbia, no existe otro regué ni otro chúntaro estáil, no verá un nuevo reto del Yu Gi Oh, ni podrá entonar más rezos a la Santa Inútil; las noches de bailongo en el Calipso van a ser pal disfrute de meneos ajenos; delante de su cuerpo está el borde de la azotea y después el aire borroso, la calle tres, cuatro pisos más abajo; el camino está solo y ella, la Callagüita, odia las soledades, odia estar sola en cualquier sitio.

Como odiaba que el Yube la dejara esperando mientras él, trepado en la maldita motocicleta que tanto amaba, se iba a sus trabajos.

—A mí se me hace que quieres más a esa pinche moto que a mí, cabrón Yube.

Ella ve el gesto en la cara de su chavo, mira cómo se le tuerce el aspaviento, escucha cómo, al oído, el Yube le dice:

—La motocicleta da pa comer, mai, pa comer, pa ser alguien en el Barrio, y tus nalguitas son pal puro placer cachondo que sienten los humanos.

Lo sabe, lo escucha, pa saber no se necesitan lecciones en la escuela, pinche Yube, esto nomás es puro sentir y medirlo en el chillido de las venas, lo acepta y se retuerce como flama cuando los cirios del destino parece que se le están apagando y el nombre completo de su chavo todavía no lo han puesto en la cruz de caoba, y aunque no quiera así es, así es Callagüita, y los perseguidores se frenan, como si gozaran el momento sabiendo que ya no hay más brincos ni tapujos, ni bardas, ni azoteas, ya no hay pa dónde hacerse, la rodean, la tasan, la miden en una coreografía de colgajos luneros que se mueven como olas desérticas.

Sólo que la putita fuera a brincar hasta el suelo, chale, nadie es tan bruto pa saltar a lo hondo de la nada, las putitas nunca se arrancan el alma a la hora buena, se atoran al momento de la verdá, mejor que ni la haga de pedo argüendero y le entre a los fajes de los ñeros, total carnala, hay que saber cuándo es cuando y ni pa dónde hacerse.

A ella se le marchitan las ofrendas que va a poner a disposición de la Santa Señora Blanca; por lo que más quiera la libre de este horror subido en las entrañas; suplica se le permita ver el mañana, como sea pero que sea el día siguiente, en el estado que se encuentre, no importa cómo esté de moreteada, mordida, con el dolorón en los bajos de adelante y de atrás, que así la vea la Santa Señora pa que se compadezca, así, en el estado en que se halle, pero que sea capaz de llegar por su propio pie, chale; en el borde del manto de la Señora le va a poner lo que más le agrada: una estatuilla, dos veladoras negras, puñitos de pimientas molidas, un trozo de papel de china azabache, la púa grande de maguey, eso más los rezos que le empiezan a sonar huecos, perdóname, Señora Blanca, capaz que no eres lo que dicen que eres; la Callagüita se espesa en la niebla de la irreverencia cosida del miedo.

Llorará por las gracias de haber salido con vida, si sale; se imagina echando cartas del Yu Gi Oh, enfrentada a retos que por muy grandes que sean son chiquitos a comparación de éste en que los albañiles se emborronan contra las pocas nubes del cielo.

Desde donde el grupo está no se ven las luces de la ciudad, como si todo se hubiera apagado, no existiera la gente ni los autos ni los robos ni los bares ni las glorietas ni los atascos ni la música ni las cartas ni las imágenes sagradas.

El más lebrón, el más correoso, el de la camiseta colorida, el que no huele a albañil, órale, o sea, ¿por qué este jijo huele diferente?, en el turbión de recuerdos y dudas y rezos busca reconocer ese rostro visto en alguna parte, ¿serán sus sueños suplicando que alguien la reconozca, que alguien la ayude?

Ese, el que parece más fiero, el líder pues, extiende las manos como si salieran de la nada, jala a la muchacha, la sacude, la tumba contra el suelo, la insulta, le da dos chungazos en el rostro, tres más en el cuerpo, la escupe, un rodillazo pa dejarla como muñeca desguanzada, le aprieta la garganta pa que en lugar de gritos se oiga un gorgoreo buscando aire.

Tése sosiega jijaesu chingada madre,

qué culpa de todo esto tiene doña Laila,

o sea,

mamacita, mamacita,

...le llora, ruega en doble oración a su mamá y no a la Santa Muerte, que no todo lo puede, si ya ordenó lo que ordenó, si ya está decidido, nomás que sea muy rápido, que no la tuesten en dolores sin factura, si saliera viva valdría el pago pero ella sabe que esta noche ya se hizo muy oscura y sin fe, que la Señora Guapa la quiere en su presencia lo más prontito, mai.

Las manos se le meten en tantos lados que ella no discurre si están dentro o fuera de su cuerpo propiedad del Yube, su corazón enmielado, amorcito, papi, mira a estos gandallas, entre los rostros busca reconocer al del tipo de la camiseta de colores; sabe que lo ha visto pero no precisa dónde, Dios mío, dónde ha visto la cara de ese que a rabietadas le tumba la ropa, la olfatea metiendo la nariz al fondo de la tela; ese que con los trapos en la mano se yergue porque el jirón del ropaje de la Callagüita es trofeo de guerra nocturna,

contra las nubes ralas, desde el suelo, la Callagüita ve al tipo mostrar al aire los trozos de su ropa, ahí está el bulto desparramado como cabellera apache junto a unos cuervos gordos y negros volando sin moverse y unidos a unas cartas del Yu Gi flotando en una partida a punto de perder,

siente un pudor que se le mete por el tanto frío de la piel sin ropa; reza pero no suplica, quizá porque no tenga fuerza, porque la voz no le alcanza; ya no quiere pedirle nada a nadie, mucho ha pedido desde siempre; desde adentro, con duda, le dice a la Señora que se la lleve rápido, sin el calvario que ya está encima; el hombre con la ropa en la mano es centro de los demás que gritan, se jalonean, se mecen los testículos, saben que nadie puede oírlos si la oscuridad es pertenencia del grupo que se bandea, se estira, los albañiles mueven el cuerpo, se aprietan a la chava desnuda que antes de cerrar el mundo lanza su silueta al aire, y sin ver sabe que una luna, pintada en su reflejo, desfila en el charquerío de la calle.

Trece

De qué manera tan perra los testerazos abren los ojos y una luz horrorosa hace que las equivocaciones parezcan enormes arañas patonas, doña Laila sabe que con quejarse no va a ganar nada, primero hay que tener la humildad suficiente pa reconocer los errores al mismo tiempo que se ruega con mucha fe:

tú eres la salvación de mi alma,

Santa Muerte,

florilegio por la gracia de tu gracia.

Ante la imagen se atreve a repetir una verdad que la Santa conoce pero que la viuda quiere contársela y recontársela pa que Ella vea que no se le oculta nada.

Laila Noreña está consciente de las tonterías que ha cometido y tiene presentes los años desperdiciados. Su dolor, de tan grande, le agota el espíritu, le fatiga la razón desde que la Señora, por fortuna pa que Linda Stefanie sufriera menos, se la llevara como una golondrina más de su cortejo.

Santa Señora,

la de los hombres sin sol en los ojos

que en las tinieblas descubrieron la verdad,

si no se necesita más luz que la tuya.

Esta soledad no se mitiga con nada que Laila haya conocido en los giros de un DVD sin ritmo como ha sido su vida; tiene que encomendar su futuro a los seres divinos como la Señora, poner frente a Ella la realidad sin tapujos, decirle cómo por las tardes siente a los gusanos arrastrarse por el pensamiento hasta la posibilidad de rasgar las vendas y mirar sus días desde la niñez.

Encontrar la verdad en lo que algunos suponen: que al quedarse sola, Laila Noreña pudiera tener el valor para aceptar los compromisos mundanos y así hacer con su vida lo que le saliera de los poros: largarse a visitar la orilla del mar, sentir la existencia de otra manera, usar vestidos de colorines y ver telenovelas sin que nadie le diga que es hora de dormirse.

Nuestra Señora de la Guadaña,
que llevas el mundo a tus pies,
que nadie puede comprar, ni alquilar
siquiera un segundo de la vida,
si el orbe y las galaxias son de tu pertenencia,
Santa Luz Fría.

La viuda acepta: lo que hizo durante su vida fue esconderse en la pura mascarada de la humildad pa caminar hasta donde sus fuerzas le dieran.

Eso hizo, como si fuera un perrito metido bajo las naguas de su ama; ya no puede ser así, los mensajes fueron tan claros como la misma desaparición de su hija, y si la Dama Señera ordena que doña Laila se arrastre a su servicio, se arrastrará,

al tuyo,
si eres quien presta los segundos del día,
tu fuerza te convierte en catrina,
en luz sin sombra,
en palidez de cirio,
en amorosa madre,
en ráfaga de trinos,
en agua sin sed.

Laila apuesta que con horas y horas de pensamiento, pero sobre todo con el sustento de los rezos y la entrega al designio de Ella, va a tener la fuerza para quitarse la máscara, arrancar los caireles de su tiempo polvoso y convertirse en otra mujer muy diferente a la que ha sido: si por el recuerdo de su niña se tiene que comer a puños el estiércol, se lo comerá; si por Linda Stefanie se tiene que beber vasos con pus, se los beberá. La ausencia de su muchachita le enseñó que el sacrificio no puede agarrar su grandeza natural hasta que no se cumplimente con las ganas de llevarlo a cabo,

por esta cruz te lo digo, Santa Nívea,
doblo las rodillas,
pongo mi cara contra el suelo,
para prometer
que te llevaré en mi corazón,
en los altares de tus-nuestras casas,
en la magnitud de tu-nuestro espíritu.

Ay, cómo quisiera que desde su grandeza la Señora se dignara a mirar para el suelo, se daría cuenta de que Laila Noreña viuda de Callagua no dice mentiras ni se engaña solita; que la viuda va a caminar tan rápido como pueda sin dejar de cabalgar la terquedad para encontrarle la cara del desgraciado o los malditos que hicieron esas perversiones con su hija,

beso tu trono,
gran Señora de todos
y de cada alma,
beso tu túnica,
lamo la luz fría que te rodea,
bebo tu aliento.

Que los apóstatas sean presa de tu ira, como lo son y serán aquellos que le rompieron el corazón, los canallas que le hicieron tanto daño, los que en el infierno se conjuraron pa maquinar el dolor y que su niñita bonita se fuera a vivir junto a la mano del Supremo,

ellos temerán tu balanza de justicia,
el símbolo del tiempo se les ha agotado,
se ha secado porque tú así lo ordenas,
tú que eres la significación de este mundo.

Si pa llegar al mero centro de la verdá la señora Laila Noreña tiene que aceptar otras cosas que de tan sólo pensarlas se le revuelve la sangre, aceptará con las que tope.

Los frenos que tuvo con Rito se rompieron con el mismito golpe de su niña contra el pavimento; hilachos se hicieron las ataduras que desde pequeña le enseñaron sus papás; malaya sea, mejor la hubieran instruido a ser brava como nagual; violenta pa defender su comida; fiera como teporocha cuando se quieren beber su neutle.

La Gran Dama lo sabe, conoce de las anclas tan pesadas que amarraron a Laila a esos años de andar como cadáver viviente sin mandar al diablo al esperpento de su marido; así como se oye, al esperpento de su marido; aguantando sin tener los ovarios pa abandonarlo, que miradas ajenas nunca le han faltado, y mucho menos ha tenido la rabia pa ir a cobrar las afrentas por lo que le hicieron a su hijita,
que tiemblen los chacales,
inútiles granos de polvo,
tránsitos de la nada,
ante tus ojos, los tuyos,
que desde la luz de la circunferencia del infinito
apenas nos parpadea con el filo de tu guadaña.

Laila Noreña ya no será nunca más así como fue, lo jura y lo perjura, eso lo van a ver; se lo promete a la Señora y que Ella misma sea testigo de lo que Ella misma sabe; ya no aceptará nunca ser una figurita perdida, una señora llorona sujeta a lo que otros soplen y mangoneen; ya no será cacahuazintle amargo de otros pozoles, ni leche podrida de jocoques ajenos; ya no lo será.

Pero si se queda solitaria como hongo todo va a ser labranza inútil, regadío torpe; requiere de la fortaleza de la Bienaventurada, de toda su fortaleza,

serviles mortales,
prófugos del limbo,
corpúsculos del limo,
temedle y amadla,
que nada somos
si ella tuerce el gesto
y nos marca con sus cuencas que dan vida
al soplo de la vela de cada uno.

Por mansita, Laila siempre anduvo con los ojos gachos, sin estimación para ver la vida de frente, sin oír que música alguna le festinara las venas, nomás sujeta a los comandos de todos esos malandrines, bebiendo el albañal del aliento de Rito; desde temprano se pegaba al puesto de ropa; participaba en alguna festividad del Barrio; servía la comida para los peregrinos del 12 de diciembre, y así seguir, viendo los partidos de futbol que Rito amaba y ella padecía hasta el bostezo dolido; después, andar vestida de luto falso por el marido pinche; lo único que en realidad tuvo fue a su hija, que la llenó de gritos y de trapos sucios que debía lavar; cubierta de malpasadas por estar esperando el regreso de la chica; angustiada por si algo de estas calles le rompía el cuerpo a su hijita del alma, como fue, Dios mío.

Se lo rompieron, ay que lo sabe; cuando a la niña la hicieron garras Laila ya sabía lo que iba a pasar, llevaba en las venas el cercano pálpito de lo malévolo; en la puerta de su departamento se presentaron unos señores acompañados de la policía, en la cara amarga de ellos leyó la noticia, supo, porque lo supo así, al puro silencio de los funcionarios, lo que le iban a decir: su chavita estaba muerta y rota,

y le acompletaron: en la acera, se había caído del cuarto piso.

No se cayó, desgraciados, la tiraron, como una maldición la echaron pabajo; llevaba el cuerpo tumefacto, los olores de la violación infame de esos infames; el gesto y los ojos, aunque ya no tuvieran vida, mucho decían de lo sucedido: el miedo en los minutos finales; en los rayones del cuerpo sin ropa estaban cosidas las calenturas que pierden a los humanos.

No lloró con esos gritos que se echan las artistas en las telenovelas, o sea, como ida nomás se les quedó mirando a los de la noticia tan terrible; Laila ya estaba resignada, si a su chavita le rompieron la existencia desde que la calle le echara el anzuelo, que el jueguito ese de las cartas le llenara el alma, que las porquerías tragadas y olidas le ocuparan la mente, desde que la sonsacó ese maldito Yube, ahora doblemente maldito porque allá donde quiera que estén, por más distancia que haya entre ambos, si el vago ese debe estar en las llamas eternas y su niñita no, desde esa lejanía orita debe andar buscado cómo sonsacar a su niña.

Ay Señora Blanca, que estén donde estén pero no juntos; el vago ese andará en los infiernos y su niña estará en las bóvedas celestes; de seguro la niña ya se arrepintió y tiene, además de las bendiciones del santo Papa, lo mero bueno: el aval de la Santa Señora,

te esfumarás,
viviendo dentro de cada uno de nosotros,
te irás de la mano,
con la misma presteza
de llegar al mundo,
sin un camino más
que el de la Señora Pálida.

No importa que el maldito Yube ya esté cadáver, él fue uno de los culpables, no el único aunque el malnacido ese le haya enseñado a Linda Stefanie las negruras de la existencia; los peores fueron los carniceros que les gusta la sangre; gandallas que son la maldad misma; la vileza tan grande de andar como coyotes matreros y de martirizar a su pequeñita con las llamas de lo prohibido, con los dolores de San Lorenzo.

Desde el momento mismo de saber que a Linda Stefanie Callagua Noreña, identificada por su madre, la señora Laila Noreña viuda de Callagua, quien dio fe de que el cuerpo de la occisa era precisamente el de su hija y después de los exámenes de rigor, las pruebas necesarias, la revisión post mortem, se hace entrega del cuerpo para cumplir con los requisitos de ley.

Desde ese momento hasta que la señora Laila regresó a casa, sin dormir, a jalones y sollozos repasó su vida; le fue dando tumbos y recortes, le escatimó placeres y le sumó afrentas para que a la mañana siguiente le fuera a poner sus flores a la Señora Blanca, rezarle con la pasión que sólo Ella se merece; al salir del Santuario, con el olor del incienso llenándola de infinita rabia, llevando en los ojos las manchas coloridas de las imágenes, las cientos de pequeñas Muertes que adornan las orillas del oratorio, precisamente en ese instante sintió que algo por dentro del rostro se le jalaba, como que se le estiraban los cachetes, que un frío se le resbalaba por el pecho y los brazos; oyó otra vez como si un enorme vidrio se rompiera y sin pensarlo dos veces, en lugar de ir de frente rumbo al frontón adornado con dos enormes águilas y de ahí a su casa, así como si un cintarazo de luz le hubiera dado en la cara, torció pa la zona del mercado en busca de alguien que le diera una razón a su existencia,

Al Domador no, ese trabaja fuera del Barrio y además el hombre la pone nerviosa con un sentido diferente a lo que ahora necesita.

Tampoco al Jitomate, porque la altura del Bos no estaba pareja a la suya; todavía no era el momento adecuado para buscar a la Rorra o a Luis Rabadán; todo tiene su tiempo; por eso pensó en el Niño del Diamante, sabiendo que no era fácil hallarlo a esa hora; no importa, lo valedero es la decisión de empezar sin que la vida anterior le ponga obstáculos; tiene que darle vueltas a las hebras y la primera es el Niño, ese vago, segurito, sabe las sinrazones de la tragedia.

Así, tragedia, porque a partir de ese momento, Laila Noreña nunca volvería a decirle de otro modo al asesinato de su hijita, que la Santa Señora Blanca la tenga en su gloria.

Aceptó disfrazar las palabras, en lugar de decir asesinato o violación, con voz baja al mencionar el hecho utilizaría el vocablo tragedia pensando en todo lo que sufrió su hija, la señora Laila siente un jalón abriendo las trancas que desde niña jamás quiso abrir aunque las supiera al lado suyo.

A partir de ese momento jamás volvería a vestir con las faldas sin gracia, a ponerse blusitas que bien usaría una monja, cubrir las piernas con medias opacas, peinarse con el apretado chongorete, rechazar las miraditas del Domador por más que digan de él lo que digan, menos dejar que los otros comerciantes le dieran órdenes, ni que la insistencia por dinero de los teporochos le impusiera miedo o que las maneras de los hombres siniestros le dejaran el corazón como mandolina, ni siquiera cuando por las mañanas se mencionaba un nuevo asesinato en las calles del Barrio.

—Un cambio radical en su vida —comentaron los vecinos—, hasta camina como si fuera la dueña de un palacio.

De una mañana para otra, Laila Noreña se transformó en señora diferente, señora, así, a secas, nada de viudita, ni mamá de la difunta, ni la señito, al carajo con esas definiciones que no correspondían con esta otra ella que sintió de cerca la galanura, la posibilidad de ser nochera, alburosa, respondona, pero sobre todo insistente, preguntona, retobosa, jalonera, después de lo que sucedió entre ella y el Niño del Diamante siguió con Luis Rabadán, fue jugando en las alturas para llegarle al Jitomate.

Lo del Domador tuvo otras características, eso cuando ya a Laila se le había transformado hasta la mirada; mucho de verdad hay cuando dicen que a la gente le cambia el modo porque la anterior existencia ya no tiene ningún encuadre en la nueva; que ya no hay vuelta pa tras ni mentiras que esconder en la sustancia, porque la mirada es muy natural y marca el momento en que va a tronar el cohete, a qué horas la digestión se va a campanear en eructos, el instante en que la gallina se hace águila como las del frontón de cerca de su casa, el preciso segundo pa cobrar los adeudos y en un santiamén serán facturadas las rencillas.

Como las que ella carga y debe cobrarle a la vida anterior, a la memoria de su niña Linda Stefanie, o sea, por un momento, sólo uno que hasta el día de su muerte jamás volvería a repetir, pronunció la palabra asesinato,

a s e s i n a t o, que le sonó como ruptura de cristal antes de darle las gracias a la Señora Blanca por el fallecimiento de Linda Stefanie.

Fue esa ofrenda la que hizo posible que Laila Noreña abriera los ojos, le diera una respiradota al mundo y tuviera los ovarios pa ir a meterse al cochinero en que viven los malandrines del Barrio, comenzando con el Niño del Diamante y de ahí ir trepando, sacando hebras al nido, hasta llegar a las garras del gavilán que mandó a que le pasara el accidente a su chavita sin que en ese momento pensara en lo íntimas que le iban a resultar las miradas de Eutimio Olascoaga, el buzo, que lleva pocos años de vivir en el Barrio, donde se le conoce con el mote del Domador y quien fue de los pocos que, con la tristeza en el borde de los ojos, le dio el pésame por la desgracia de su hijita, así, la desgracia, aunque al decirlo piense en otras horrendas palabras ocultas en la rabiera que la mantiene alerta.

Catorce

Envanecido como acostumbra plantarse, el Niño del Diamante mira a la mujer tratando de ubicar su rostro entre los conocidos hasta oír que la señora, de buenas trancas y fisgonería jolgorosamente malhumorienta, con voz medida menciona su nombre:

—¿Avelino Meléndez?

Al muchacho le sorprende que alguien lo llame por su apelativo: Avelino Meléndez, ah chingá, y entre las dos palabras le rebotan caras y apodos sin definir de dónde conoce a esa señora, porque la conoce, eso ni duda, pero cuando la gente se sale del lugar donde el Niño la encuadra a él le cuesta precisarla aunque ubique el rostro, y de nuevo la mira sabiendo que ella se comporta como si el chavo tuviera la obligación de reconocerla sin ninguna duda.

El Niño del Diamante aplica su intuición en la forma de ver: con los ojos hace cálculos mirando a su vez a los ajenos, porque mucho le dice la expresión en la mirada de la gente; los ojos avisan, manipulan las trampas o marcan buenas vibras, y la obligación, como resguardo para la salud y la vida del Niño, se basa en su sabiduría visual.

Observa la mirada de la mujer que tiene enfrente, algo extraño se le mete al corazón sin contar con las clarísimas señales que le llegan, porque aparte de esa como picazón en los bajos, los ojos de la señora andan en varios revires como si distintas mujeres estuvieran adentro jaloneándose, tratando de que una de ellas salga y las demás la atropellen pa no dejarla.

Escucha lo que dice la dama, preguntándose si de verdá tanto le había afectado lo del Yube pa no reconocerla:

—Órale, si usted es doña Laila.

Se medio pregunta, le llegan aires nocheros en una azotea cercana, la memoria se le refresca con un golpe helado, mira de nuevo a la mujer, yergue el tórax sin bajarse de la motocicleta sostenida por sus piernas.

Los dedos del chavo flaco rascan su muy corto pelo, repasan también el arete en el lóbulo derecho; en el rostro se nota la chuecura del gesto y a fuerza hace que en la boca se desparrame una sonrisilla que parezca gustosa; le da a la mente pa que aflore esa mirada que a veces le celebran, recorre la figura de la señora; cala a la mujer; la pesa; aparta las ventiscas de algo que no acepta llamar vergüenza y ve que a la doña como que se le habían sabroseado las tetas, que algo raro cargaba en las maneritas de comportarse.

Con el pum pum de las venas, casi a güevo porque él no lo esperaba, se le fue metiendo la cara de la Callagüita, sus risas, sus maneras de mover los brazos. A la figura de la chava se le empalma la del Yube y lo que de él se dice en el Barrio. Por arriba del Niño andan volando unas palomas que de pronto se hunden de una azotea de tres, cuatro pisos, para reaparecer en un dúo tan parecido al del Yube y la Callagüita; la pareja va caminando entre los puestos, se esconde pa ponerse hasta atrás con el atascadero de chochos; baila chúntaro en las calles valiéndole madre lo que los gandallas digan.

—Pos aquí, doña, sacando lo del diario —se oye la voz del Niño al tiempo de encoger los hombros, morder un filo de pellejo del dedo como pa que la señora Laila diera pie a las preguntas, desembuche las razones de estar ahí a esas horas.

…qué onda, la doña no está aquí sólo pa darse un volteón, ni madres, la revisa buscado que la mujer traiga algo escondido, nel, eso se lo está diciendo la mirada, a otra cosa va la ruca, chale, ¿anda de metiche?, ¿quiere meter la nariz en el hoyo de los difuntos?, ¿revolver el agua de lo pasado en este día preciso en que se ve venir el desmadre?

...y aunque él no fue el responsable directo le punza lo de la chava, eso es malo, compungirse por lo que le pasa a los demás, le gente debe medir el peso que tienen sus propias historias y mandar al carajo las ajenas, ¿por qué?, porque el Niño no cree en las coincidencias, nel, lo que la suerte junta es porque abajo anda una razón tan fuerte como ajena; que la ñora haya llegado este día en que el Barrio está caliente y se va a poner peor, pos no le da buena espina; menos que sea tan cercana parienta de la chava de la azotea, la que andaba como loquita por el Yube; ¿se la habrá mandado el Jitomate nomás pa calarlo?, ¿por qué a él y no al Maracas, que fue el que se disfrazó pa darle pabajo a la chavita?

El Yube, su carnal, ya está en otro planeta, y en el de aquí, todo aquel que quiere pasarse de lanza tiene que pagarlo; los que la brincan una quizá no la brinquen la siguiente, como le pasó al Yube, que la Dama Blanca lo tenga en su regazo, lo proteja de los malos vientos, nos cuide de la ley, de los ciudadanos que se quieran hacer héroes, de los chivatos... chivatos... esa palabreja le suena, se reproduce en otras iguales: chivato es rajón, es soplón, ojete, cuyeyo, y entra a escena la cara del Yube riéndose, siempre estaba riéndose el pinche Yube.

Ahí están las miradas de su socio, que le reclaman como si no tuvieran ninguna duda que el Niño le había jugado las contras al Yube pa ponerlo y le dieran pabajo; chale, la mirada del Golmán se le mete en el alma, le enfría la sangre, que se esfume el pinche Yube, pinche Golmán que se vaya; el Niño tiene que olvidar lo que pasó, no darle importancia a lo que siente; el Yube ya no estaba en el mundo de los vivos cuando pasó lo de la chava, quizá se lo estará guardando el día que se hallen juntos cerca de la Dama, allá donde sea que la Señora tenga su reino.

—Lo más cabrón es ponerle freno a los remordimientos —le hubiera dicho el Jitomate—, los pinches remordimientos no entran cuando ya se tiene callo, aquí el callo se hace duro como el cuero de las patas de los teporochos.

El Niño siente que algo como el correr de una película, a lo que no quiere ponerle la etiqueta de remordimiento, se le echa encima; de refilón se imagina a la hija de la doña que tiene enfrente, ve el cuerpo tirado en la calle, la hallaron medio cubierta de basura, bien cogida por todas partes, con las ratas ya dándole de mordiditas, encuerada y hecha pomada contra el suelo.

—¿Pa qué la tiraste? —despacito preguntó el Jitomate. Maracas muy atento se chupaba los labios, el Niño movió los hombros desentendiéndose de lo que no era su bisnes, Maracas contestó con la voz firme:

—Usted dijo que no hubiera armas.

Qué bueno que la voz del Maracas no ofreciera dudas; la de malas si el jefe pensara que Fer y el Niño se ponían a favor del Yube y su chava; o lo peor, que el remordimiento poquito a poco anduviera ganando la jugada.

El Jitomate con mucha lentitud giró la cabeza, se les quedó mirando con rabia cargosa. El hombre graniento clavó sus ojos que pegan como ataque de tos; hay que ver los ojos, siempre hay que verlos, quién sabe qué habrá pensado Maracas, pero el Niño leyó bien el mensaje:

—Está bueno, pero no te metas en lo que no te importa o te lleva la chingada.

Eso no se escuchó pero fue entendido por el Niño, que ya no quiso preguntar, se subió a su moto y antes de la hora en que los negocios cierran las cortinas, se fue pa Nezahualcóyotl porque allá, con todo y todo, los nervios se le relajan un poquito y ahora se tensan de mirar a la mujer frente a él:

—Chale, si es la señora Laila.

...claro que se acuerda, le ve los ojos, ¿qué andará buscando esta ruca hoy que los presagios están muy marcados?; la ropa de la chavita anda como en un volar de cuervos arriba de las nubes; la figura del Yube está desmadejada en la calle; las olas de Acapulco se meten en los toldos de los comercios; y lo peor, lo palpable, la tira ronda las calles, de seguro que se va a desencadenar la bronca en el Barrio.

Esta ñora no habla. Nomás lo va revisando de arriba a abajo: los tenis, los pantalones ligeros. Lo mira como si le estuviera midiendo los pasos de la respiración; el Niño pensó en mandarla al carajo; el remordimiento era carga inútil; no tenía tiempo pa armar numeritos; también se le cruzó la idea de decir algo de la hija, alguna palabrilla que no se le atorara en el gargüelo; total, lo de la chava había sido de rebote, él nada hizo, nomás por seguridad, si ella y el Yube andaban siempre juntos; nadie podía adivinar hasta dónde iba a repercutir que el Yube despepitara lo del tráiler buscando una ganancia por fuera; ái le llegó la perdición al Yube; al Jitomate nadie le gana; lo de la chava jodida en la azotea, ¿por qué tanto recuerdo de la chava cuando debería ser el Yube quien se le presentara en sus pensamientos?

Sin poder decirle nada a la ruca esa que está plantada enfrente, algo que sonara bonito, ni modo de decirle palabritas de velorio, darle atole dulce pa que no se le amargue lo de la chavita de la ñora; nel, eso ni madres, si además sabía que a la doña esta el ñero Yube siempre le cayó como golpe de microbús; menos darle el pésame por lo de la Callagüita, chale que se le atoran las palabras.

—El día no está pa fiestas, doña, hay que talonearle el buen —miró a la moto como explicando que tenía prisa—. Chale, ¿ya vio cómo anda el Barrio? —insistió y al decirlo extendió la mano pa que la doña se diera cuenta de lo que sucedía:

Los vendedores paraban la oreja mirando pa todos lados; los chavos andaban con los teléfonos celulares en la mano; sin ocultarse, en las azoteas los vigías estaban atentos; el traca run de la gente; pura nerviolera que se olía a torrentes en la zona del mercado.

Como gusanito fuera del tiesto, la voz de Laila Noreña se hizo parte del zumbido de las calles y aceras ocultas por los puestos. A la doña le pesaban los años de vivir en ese rumbo y aún se sentía desorientada en el trajín de senderos, en esa telaraña de callejuelas que se hacen laberintos, se confunden con los mismos olores, los mismos gritos, los colores sucios de los toldos, los chavos con cara de enojo siempre vigilando como si estuvieran prontos a salir corriendo o darle de navajazos al que fuera.

—¿Y cuál es un día bueno? —dice Laila como si la voz de otra mujer se le hubiera metido en el pecho.

—Pos ora menos con lo que se ve venir —él sigue acariciando la R3 azul de adornos oscuros, llantas delgadas; al giro de la mano luce la piedra que porta en el dedo, su anillo de la buena suerte, todos saben que es falso pero eso a él qué le importa si lo protege de la tira y de las malas vibras, su anillito que le vendió el Jitomate hacía unos años cuando Avelino Meléndez regresara de Acapulco, después de las broncas, en la Central de Abasto y era un chavito sin rasurar y el Niño llegara desde el rumbo del oriente, de Nezahualcóyotl, de Nezayork como le dicen, y se aquerenciara en este Barrio pa regresar cada mañana hasta hacerse parte del escenario, sabiendo que por más que terqueara, por abajo del agua los del Barrio nunca lo consideraron como de ellos,

...chale, mai, los de aquí son necios, orgullosos de su nacencia, me cáe: soy de la esquina esa, o de la calle aquella, y mis papás también son de aquí mero, y mis abuelos no se diga, si hay algunos que dicen que sus tataratátaras eran los pinches indios comerciantes desde cuando los aztecas, ¿a creer?

Laila sigue el desborde de la mano del Niño como si con ello le fuera dibujando el Barrio, sus recovecos y sus cientos y cientos de santuarios; ella sabe a qué se refiere el chavo: desde hace casi una semana los retenes de la policía fiscal y los cateos en la madrugada han traído de cabeza a la zona,

...los gandallas del gobierno andan de mal humor o necesitan publicidad, rumorean los vendedores y las mujeres lo han repetido en el mercado o en los puesto de comida.

La Noreña decidió esa mañana no abrir sus negocios y esperar, porque no era asunto de ser conocedora, sino que así, al puro pálpito, sentía que era necesario prepararse pa lo que fuera, sirve que aprovecha pa echar una mirada a lo que necesita ver y manejar, primero una platicadita con el Niño, ya después le llegaría a los otros tipos, y fue a buscarlo donde sabía lo iba a encontrar por las querencias que rondaba. Ahí miró al chavo, jovencito como rata mojada, trepado en su moto.

Cómo aman las motos los muchachos en el Barrio. Con que orgullo el Niño la luce. Lo ve desde lejos. Se acerca.

—¿Avelino Meléndez? —pregunta.

Sin buscar otra cosa más que el simple juego del tiempo que pasa y los dialogantes no saben qué decir, los dos sin hablar se miran.

¿Qué estará tramando esta doña que con precisión retardada mima lo pulido del metal del vehículo? Con los dedos acaricia el asiento, lo hace igual que si le estuviera sobando la piel; los ojos del Niño del Diamante siguen el movimiento de la mano de Laila Noreña.

—Chale, doña, pos hay días malos y los hay piores.

—Así, igual en la vida.

—Pos como lo está uno viendo, hoy es de los más malignos, doña.

Lo dice con esa mirada que sabe impone, alza la ceja, la doña no ha de saber nada, entonces le pega un filetazo al escote, mueve la cara hacia los lados pa que la ruca vea en qué estado andan las cosas en la calle con los ayudantes preparando las cajas de cartón para guardar la mercancía, los dueños quitan alambres pa dejar libres las armazones de los puestos, las otras motos van y vienen entre la gente, que no se apresura, como si estuviera esperando un sismo avisado y nada se pudiera hacer sino aguardar a que llegue el tembladero, los vendedores de comida se han esfumado junto con sus carritos de supermercado donde transportan alimentos, hasta los teporochos han dejado de circular pidiendo limosna para seguir con el trago.

—¿Usté ya guardó su mercancía?

—Hoy no abrí.

—Mejor, hoy no hay que hacerla de tos cansada, doña.

…Avelino Meléndez, el Niño del Diamante, se pregunta sin decirlo:

…si la ruca ya está enterada que el operativo de la policía anda cerquita, pa qué pues anda de sirimique lejos de sus puestos, como si anduviera de oreja de los tiras o buscando que por milagro se le apareciera su Callagüita.

No le quita los ojos de la línea del escote, lo terso de los brazos libres de trapos, pinche ruca, si tiene edad pa ser su mamá; las olas de Acapulco van y regresan en su sonido; el Niño siente que su mirada algo le anda diciendo a la mamá de la Callagüita y sabe también que la ruca lo siente.

Ahí fue cuando empezaron los primeros silbidos, tonos y trinos con las claves que el Niño conoce; puede identificar el mensaje de tan sólo escuchar los compases en el inicio de los chiflidos; en las azoteas los chavos vigías corren como si los anduvieran persiguiendo, pero no en desorden sino cada quien a lo que ya sabe; desde la Avenida del Trabajo rebota el sonido de los altavoces, los ruidos de las sirenas y cerca, por ahí mismo, a un ladito de los dos que siguen parados junto a la motocicleta, se oyen las órdenes que dan los jefes que llevan la batuta: la gente del Jitomate, sus choferes y ejecutantes; la raza que controla el Zalacatán reparte chochos entre los chavos pa que no vayan a perder el valor.

—Pélese, doña —arranca la moto sin volver la cara, va tripulando con la habilidad que se le conoce y se admira, no en balde es de los mejores choferes, de esos que siempre son buscados por los que viajan atrás pa hacer efectiva la pareja: uno el que ejecuta y el otro que maneja.

Como extensión de su cuerpo, el Niño acaricia su moto. Desde que salió de la correccional y levantaba así del suelo, ya las dominaba igual a los que salen en las cintas de la tele volando quién sabe cuántos metros arriba de autos aliniaditos uno tras otro, o sobre precipicios que de tan hondísimos no se les mira el piso.

—Chale —se dijo y le dijo a la doña—, mejor pírese que ya tronó el cuete.

Aunque esto no lo oyera la mujer, porque el chavo lo dijo ya penetrado en la calle de Jesús Carranza, sorteando obstáculos y personas rumbo a la Avenida; de seguro por allá iban a necesitar sus servicios; la orden esparcida el día anterior y en los anteriores, desde que se plantara el operativo de la Fiscal en los retenes quesque pa detener a los tráileres que cargaran mercancías sin factura aduanal, fue: todos listo pa lo que fuera.

—Pa lo que sea —repitió Luis Rabadán,

—Sin apendejarse —dijo Algeciro Simancas,

—Aquí se va a ver quiénes son faltibolas —señaló la señora Burelito.

Al ver como vio que el Niño del Diamante se perdía en la calle, Laila Noreña imaginó la huida de un fantasma. Se quedó paralizada frente al desorden de su alrededor, igual que si un incendio estuviera volando en cada uno de los puestos,

no era la primera vez, claro que no, si estos jaleos llegan como en serie, en ocasiones dos tres por semana; a veces pasan meses sin que suceda algo; lo que sí, es que era la primera que la sorprendía fuera de sus puestos y sin su marido; don Rito nomás de oír que la bronca caía o estaba por caer cerraba el negocio, ocultaba la mercancía en enormes cajas de detergente y, cargándolas como tesoro, se metía a su casa para después tumbarse en la cama de su cuarto, se tapaba los oídos para ver la tele y fingir que nada de lo de afuera existiera; bueno, ni siquiera saber de los sonidos de los programas que la televisión estaba pasando.

Guango que le salió el pinche ruco, diferente a la tranquilidad de Avelino, hasta eso, no tiene feo nombre, Avelino Meléndez, pero le gusta más lo del Niño del Diamante; su mirada le hace pensar en cosas, en muchas cosas; con el otro es diferente, al verlo le entra una como paz de seguridad gustosa, Eutimio Olascoaga, así, mejor que el Domador; echa la vista hacia la nerviosidad de la calle por donde no puede volver a ver al chavo porque ya está perdido en esa trifulca que aún no ve pero se palpa en las lentas marejadas del aire.

Entonces la doña sale del letargo, se mueve con dulzura, primero estira el cuerpo, gira la cabeza hacia sus costados, respira hondo; la gente pasa sin atropellarla como si fuera un obstáculo natural, un árbol, un poste, un puesto vacío abandonado en el arroyo,

sin correr, Laila Noreña camina para el lado contrario a donde sabe, por los ruidos y el corredero, que la trifulca ya se extiende como hoguera ruidosa en puestos de ropa y trebejos de plástico, pasa junto a un grupo de jovencitos que con aerosoles, unis y aerógrafos pintan rayas y signos en las paredes. No intenta comprender los mensajes y sigue su camino. Lo hace con los nervios tensos que más se alborotan al llegar a la Avenida del Trabajo libre de autos, peseras, vendedores y chavos en moto. Laila imagina una mano inmensa barriendo hasta cierto límite; en las bocacalles de ambos extremos se ven grupos de personas apretadas entre sí, cargando palos y fierros, piedras y puños, atisbando sin dejar de moverse, siguiendo las señas que desde las azoteas hacen los chavos que llevan radios y celulares; la señora Laila se protege en un quicio, nadie la mira, o por lo menos eso cree ella.

¿Quién va a tomar en cuenta a una mujer tan gris como lo fue ella?; lo fue, ya no quiere serlo; nadie la mira, como si fuera parte de ese momento o quizá porque la tensión en la calle aumenta.

A lo lejos se ven los reflejos azules de algunos transportes, el brillo de los escudos, las insignias policiacas, el relampagueo del sol en los cascos de los gendarmes. La gente del Barrio grita, insulta al aire esperando que sus maldiciones lleguen hasta donde la policía. Ya ni la señora Laila duda que sean los gendarmes los que avanzan a paso rítmico, golpeando el suelo con los botines, haciendo ruido con los escudos transparentes. Las voces de los jefes de ellos transmitidas por el sonido cavernoso de los altavoces exigen que la gente se retire, que no obstruya la acción de la autoridad.

¿Dónde se habrá metido el Niño? ¿Importará ahora ese muchacho?

Por qué piensa en él en este momento en que el Barrio está dibujado por un pintor de los horrores cuya única gracia es diseñar a una mariposa pequeña y de improviso colocarla frente a Laila. Es un insecto de colores tímidos, muy pocas veces en su vida la señora ha visto a una mariposa en la ciudad, y menos así, dibujadita a colores. La pudo ver en sus libros de la escuela, ¿pero que ahora se aparezca como si alguien lo hubiera mandado? No puede ser más que un claro mensaje, no lo duda. Desde alguna parte alguien le dice que no está sola en ese borlote terrible. El insecto se ha detenido en la rama de un árbol seco; la doña mira el temblor de las alas; ambas tienen miedo; la mujer no huye, se acerca al insecto, le maravilla el juego de colores; desea acariciar la figura de una estatua ínfima que de pronto rompe su prisión y le llega su ritmo al levantar el vuelo; Laila sale del momento en que se perdió en las tonalidades transparentes; sigue al insecto que se vuelve a detener sobre el pretil de una ventana; de nuevo vuela hacia unos metales caídos; después hasta unos arrugados botes de agua; de nuevo levanta el vuelo hacia el norte como si estuviera marcando una ruta de escape.

El rumor en la calle no es agudo, se envuelve en la tranquilidad de los panteones. El avance de los agentes ha otorgado tonos diferentes a las voces; un murmullo donde ya no hay insultos ni bravatas; una máscara sin gesto se forma en el campo; papeles y basura adornan los espacios vacíos; por allá unas piedras, unos trozos de madera, unas bolsas de plástico hacen que Laila Noreña por segundos pierda la observancia, que de inmediato regresa como si ella estuviera consciente de que horas o días después alguien le fuera a preguntar por los detalles, por esos mínimos actos con que se dibuja un campo de batalla en los minutos anteriores al encuentro; ese breve y tenso lapso sin medida en que los guerreros, sabiendo que ya no hay regreso, quizá oren para que algún rayo o un ángel o una tormenta o una nube de mariposas llegue de improviso y tuerza el rumbo de lo inminente.

Eso que nadie puede registrar pero se siente sobre las avenidas y los meandros callejeros, lame los toldos de los comercios, se estrella en las pintas de las paredes, en ese silencio apenas quebrado por un chiflido, un grito, una voz escapada de algún radio, un sigilo donde nadie se atreve a ir más allá, sabiendo que muy pronto el tumulto estará encima. La pasividad del momento se hará garras y tumbos y rebotes y gritos insultosos, lo que aún no llega porque el instante es enjugado y sin movimiento.

Después de un seco plantón, del golpe casi al unísono de los escudos contra el suelo, los guardias se han puesto rígidos con los rostros cubiertos por las máscaras antigases.

Los actores de uno y otro bando se han detenido a la espera de lo que saben sucederá.

Laila Noreña, no tiene para dónde escapar, tampoco lo intenta; ambos lados de la calle están ocupados; los comercios cerrados, las vecindades selladas, la gente en las azoteas agazapada tras los pretiles, cuando de improviso, como si un árbitro diera la señal, el tropel ruidoso comienza a moverse, envuelve al territorio, el Barrio se hace de algas que oscilan de un lado a otro de la marejada.

Por parte de la ley se escuchan los silbatos de órdenes, los ecos de las voces en los radios y altoparlantes, el clavetear de las botas contra el piso, acompañadas del ruido que hacen las aspas de un helicóptero que sobrevuela.

Por el otro bando se multiplican los insultos y las carreras, los chiflidos de órdenes, las señas y las rápidas reuniones que con la misma velocidad que se arman se deshacen; se desparraman los grupos de jovencitos que se empiezan a quitar las camisas, unos a taparse el rostro,

…los dos grupos avanzan uno contra el otro:

Los de la ley, en formación cuidada, paso a orden, muy pegados los cuerpos uno contra el otro, caminan como si tuvieran claro el objetivo.

Los contrarios gritan, brincan, bailan, hacen rugir los escapes de las motocicletas, se acompañan de la música que sale de algunas casas y negocios.

Laila Noreña ya no puede ver a la mariposa; quién sabe para dónde habrá volado, o si ya está muerta, o si fue cierta su presencia…

…no, eso no puede ser, debe estar cerca, cuidándola.

La mujer se ha detenido porque no sabe si correr o esconderse tras unos puestos desarmados. Dios santito, para qué se le ocurrió salir ese día. Sin conocer las razones, de nuevo busca a la mariposa.

Ella, Laila, está en la mitad de una refriega que aún no se ha dado. Ella, Laila, una mujer en cuyo rostro existe el miedo porque se le unta en el cuerpo. Una señora que aun siendo novata por haber vivido en la soledad de Rito Callagua presiente que un volcán está a punto de calentar los espacios del Barrio donde ha vivido 35 años, desde que nació, ahí mismo, muy cerca de donde las piedras comienzan a caer como si un Dios ajeno estuviera carraspeando malos humores.

En medio de ese trepidar, inerme se encuentra una señora joven aún, de rostro bello, ojos extensos, brazos carnosos y pechos duros. La turbulencia la puede convertir en recuerdo, por eso se dobla y al rezarle a una milagrosa figura siente y palpa la presencia de una persona salida de quién sabe dónde; ella no lo ha visto pero presiente que está ahí para salvarla, por eso no le sorprende el abrazo, aunque sí las palabras:

—Va a ver que orita la libramos, Lailita.

Escucha ella, lo huele ella.

Sabe quién es el tipo grueso que, sin importarle la batalla, dulcemente la está cubriendo con el cuerpo.

Quince

Los grafiteros lo pintaron a lo largo de esquinas, panteones y bulevares. En cualquier espacio libre lo fueron dibujando con signos y rayas. El relato se conformó con marcas y colores que se desdoblaron en garabatos cuyo significado fue voceado en el Barrio, en la ciudad, y después se fue extendiendo por los otros rumbos del país: sus bardas y monumentos para llegar a los pueblos, las señales en las carreteras, y así convertirse en una historia que avanzó a fuerza de destellos que agregaron más acciones, más golpes enredados entre los escudos policiacos, gases lacrimógenos y repicar de toletes.

Quienes lo vieron lo contaron sin detenerse; después los escuchas lo fueron armando con sus trazos de línea para hacer versiones iguales y sin parecido pero tan nítidas como si los lectores lo estuvieran viviendo. Los testigos se confundieron con los ausentes y la historia en las paredes fue única y terminante hasta hacerse voz y llanto, juego y anécdota tan soberanos como las líneas y garabatos detallados en letras gordas y sobrepuestas.

¿Qué fue lo contado?

Que el contingente avanzó unido, muy juntos los escudos de plástico que hacían un frente brilloso a la luz de la tarde; atrás de las primeras líneas el grueso de los demás agentes policiacos vestidos en traje de campaña antimotines, botas de caucho, toletes, máscaras antigases, chalecos contrabalas, cascos con la visera hacia la espalda; más atrás del personal, los transportes, las ambulancias, los autos con los jefes vestidos de paisano pero con casco; todos, los de las primeras líneas y los de la retaguardia, con una malvada decisión de acabar rápido

…con esos borloteros que buscan perjudicar a la ciudadanía porque creen que en este rumbo de la ciudad la ley es letra podrida, y no señores, eso no es verdad.

(Después de hablar por teléfono con varias personas, desde horas antes cerró el negocio y por supuesto la Cuevatán. Con tranquilidad pa que los gandallas no creyeran que los nervios andaban de retozo, fue distribuyendo las pastas entre los que iban a actuar en la calle. Por el celular fue recibiendo los partes que ostentoso voceaba entre los que lo rodeaban: Golmán, la Rorra, Fer Maracas, Piculey, Simancas, el Capote que estaba muy pálido, el Bufas Vil, Luis Rabadán, los líderes de la calle Carranza, los de la Talabarteros y otros que estaban para recibir órdenes mientras el Zalacatán a veces se apartaba para por el móvil hablar en privado y después llamar a uno y darle instrucciones al oído, imprimirle coraje a los que se notaban pálidos.

A la mañana siguiente y durante varias semanas, los que contaron la acción decían que desde varios puntos del Barrio, el Jitomate y los demás jefes repartían órdenes y pastas, como lo hizo el Zalacatán entre su gente cercana, incluyendo al Niño que fue el último en llegar cuando ya la batalla estaba rajando piedras.

Así, en colores rosa y verde, de acuerdo al fatcaps o al uni, este fragmento del día fue esplendorosamente dibujado en las paredes.)

La gente del Barrio no presentaba un frente sólido, era la dispersión prendida en la velocidad de los movimientos, en la astucia para capotear marejadas terrestres, en la resolución del que sabe que un minuto es tiempo ganado a la lucha y una veloz retirada entre las madejas de las vecindades es forma de huir si el peligro coleteaba cerca.

Ahí están, aquí, se han desparramado en las bocacalles de la avenida, ocultos tras los montones de basura, mimetizados entre los hierros de la estructura de los puestos, armados con piedras y palos y tubos y varillas, con los tenis listos a volar, a cambiar de posición al puro grito de los líderes que marcan la estrategia mientras en las azoteas los vigilantes, por radio, van describiendo el movimiento de la policía.

Los grafitis en las bardas de la ciudad enorme y las del país lo relataron en un tumulto de rayos de aerosol, de markers, de pilots y de roturadores; dieron cuenta no sólo de los hechos sino de las razones por las que se llevaba a cabo la irrupción en el Barrio: una de ellas, la búsqueda de mercancía robada; otra, la de decomisar artículos sin factura o falsos; una más, destruir la mercancía pirata; otra, aprehender a los que venden drogas; y en esto no cuentan los que nada tienen que ver pero sufren los embates; así lo registran los grafiteros, quienes subrayan la escandalera en los periódicos y en la tele para entintar más la mala fama del sitio; a brochazos arman las figuras de los sicarios, los borrachos, las mujeres gritonas sin medida, los chavos sin control, y así justificar las acciones de la policía.

Se pudo entender lo que el grafiterío dice y a veces nadie mira; en ocasiones, por las noches sin nubes, se sabe sin que nadie quiera decirlo: los policías avanzaron con el miedo desplegado en el olor, en la mirada oculta, reflejado en los pasos que querían ser bravos y no eran más que el remedo de quien transita con la inseguridad que da la escasa paga y se le exige macanear con furia. Las voces debajo de las máscaras de plástico hablaban rezando al quejarse por una batalla tan lejana a sus pasiones y tan unida a su vez como semilla de un mismo silo dividido por uniformes de un lado y tenis apegasados del otro. La calle se llenó de estruendos salidos desde las botas de caucho hasta el relámpago de los escudos; del otro lado volaban palos, rocas, insultos gravosos, trozos de tubos para que el agrupamiento frenara su marcha y colocara los escudos de retén a los proyectiles:

—Firmes, no bajen la protección.

Esas y otras palabras se pudieron descifrar en las leyendas coloreadas, en los garigoleos de las manos relatantes, en el corazón de las letras gruesas como muslos de gigante cuyos bordes se enciman en otras que se cambian en unas más pequeñas y llenan las bardas con canciones sin música, entonadas con habilidad extrema por los grafiteros.

La gente del Barrio no sabía bien a bien la razón por la cual los tiras de uniforme penetraban a sus dominios, pero, aun válido el motivo, enrabiaba la intromisión de meterse a sus calles a la hora en que se les hincharan las bolas, y como galardón de guerra se llevarían mercancías y objetos; como signo de fuerza tundirían a decenas; como acto de purificación las camionetas celulares se iban a llenar de detenidos, y eso no se iba a tolerar.

Los tiras tienen que entender: el Barrio no es de agachados sino de netas valederas que se alebrestan a la menor provocación; cómo no, cada golpe se contesta igual; cada carajazo con los escudos se convierte en diez pedradas; cada descalabrado se cobra con picotazos de buitre; cada habitante y vendedor y ajeno y chavo banda y niños de escuela están aquí pa rajarse la madre antes de permitir que la policía pase las fronteras, las garitas inventadas, porque el Barrio tiene sus puntos de:

deténgase, este es territorio vedado, esto es nuestro y de nadie más, allá que se queden con sus banderotas tricolores en las plazas públicas, con sus edificios brillantes, con sus calles llenas de árboles, con sus restaurantes lujosos, y sus chavas altaneras; aquí, los de este lado, estamos tan unidos como tribu nahuatlaca hecha caballero tigre, guerrero voraz, caracol de viento, flecha solar que se clava en los corazones de estos gandallas que avanzan tirando golpes sin medir quién los recibe, y nosotros aullamos como chacales antes de masticar los intestinos del cadáver: todos a la de una, vamos a correr como lobos cerca del incendio de los volcanes, sorteamos peligros como nauyacas junto a la neblina y les devolvemos uno a uno diez a mil hasta verlos detener su marcha pese a las órdenes de sus pinches jefes escondidos atrasito de todo el desmadre, los cabrones...

(El Jitomate se encerró desde muy temprano. Uno a uno fueron pasando a las personas con quien deseaba hablar. Lo que se dijo adentro de la casa que fungía de despacho no se supo a ciencia cierta, aunque fue grafiteado como parte de las sombras.

La verbalidad rumorosa cuenta que el Bos usó el celular. Sin despegarse el aparato del oído, distribuyó dinero y sobres de polvito blanco, se coordinó con el Zalacatán quien estaba al frente de algunos de sus cercanos, cercanos al jefe Jitomate, aclararon los grafiteros, pero semanas más tarde, en grafitis de color magenta, se relató que parte del tiempo el Jitomate lo usó para estar en contacto con los dueños de los almacenes de Santa Fe, Polanco, La Herradura, Las Lomas y el Periférico, con algunos jefes policiacos buscando de qué manera cruzar las amarras para que la batalla no rebasara las fronteras del Barrio y que uno de sus más activos correos entre ambos bandos fue el ex torero a quien le dicen Capote de Oro.)

Las dos mareas, olas en el pavimento, chocaban y se deshacían en determinados puntos; en otros, a veces con mayor tiempo en la reunión, siempre rasposa y eléctrica, se revolvían en jalones y golpes, se friccionaban para expenderse sin dejar de estar cerca azuzándose con gritos y las pocas palabras de los agentes porque el casco y la protección vinílica les hacían dificultosa el habla.

Lo relataron las pintas grafiteras. Rayas y signos en las paredes lo contaron: Que el silencio de los policías era marcado por el miedo de ver que mayor era el número de los contrarios; que a los gandallas estos primero los mataban antes que rendirse, peleaban con la rabia de las hormigas, con la determinación de los comanches, la astucia de las ardillas, la precisión del cazador de pumas. Así no era posible vencerlos por más órdenes que a gritos y silbatazos repartieran los jefes de la tira, que son igual de gandallas, nomás se aprovechan de los jodidos policías de a pie: los que cobran el sueldo base, los que se desloman en las esquinas sudando el exceso de tonelaje en la panza, que no saben leer o escribir el parte de la jornada, a esos mismos hombres vestidos de azul oscuro, que bufan como posesos, el miedo se les mete al alma; serán parte de la nada si alguien cae y es atrapado por los revoltosos; apenas ayer esos hombres de uniforme soñaban entre los surcos de sus milpas, lejos del motín que amenaza con tumbarles la cabeza a patadas, hundirles las sienes a tiznadazos con las cadenas de las bicicletas, rajarles la piel con los tubos arrancados a los puestos de mercancías, y aunque apenas tengan idea de cómo signar su nombre en la papelería oficial, saben que están a punto de recibir el picahielo en los ojos, el navajazo en los sitios donde el chaleco protector vale madre.

A los del Barrio les espera un retrato igual: jalones, puntapiés sin importar que el tipo esté en el suelo, tarascadas con los escudos, macanazos en los riñones, pedradas porque la policía va recogiendo las piedras que les lanzan y devuelven dentro de una rabia que va subiendo, ¿quién no se encabrita con tanta pedrada y mentada de madre y corretizas? Los gendarmes comen, sudan, tienen familia y maldicen la sangre de estar nomás paradotes recibiendo carajazos y pa devolverlos primero hay que capotear los reclamos de los Derechos Humanos; no existe alguien que con la pura ley en la mano, los chungazos en el cuerpo y la cara pabajo, tenga derechos humanos, ni madres, quién va a poner el otro cachete; la obligación de los gendarmes es tragar sapos purulentos, hormigas enormes; si olvidan el uniforme y se lían a madrazos los echan del servicio, les hacen juicios de honor, los arrestan, y sabiéndolo entre varios patean a uno, atropellan al otro que se revuelve en giros, tunden a golpes de macana a ese que se tapa la cabeza...

...estamos hasta los güevos, nadie nos respeta, damos una orden y nos mandan a la chingada, y más cuando tenemos que rajarnos la madre con estos gandallas del Barrio, mucho peores que ratas hambrientas; tenemos que andarle sacando la vuelta a los noticieros de la tele pa que no nos filmen recetándole su merecido a estos perros del mal,

y las órdenes corren por ambos lados:

las de los agentes buscando que la trifulca no destruya los planes que se tienen dispuestos y se aplican como parte de la estrategia ensayada, las órdenes analizadas en las mesas de trabajo, en las juntas de alto nivel,

la estrategia vale madre, vamos a entrarle como la vayan girando estos ojetes tiras, reverbera el dicho entre la gente del Barrio,

las filas apretadas pa que no se nos cuelen, gritan los agentes,

que las piedradas brinquen los escudos, circula la contestación entre la chaviza,

y los transportes de la gendarmería, inmóviles por las rocas y escombros en el suelo, quedaban cada vez más lejos del contingente que sigue avanzando, cuidando que la tolvanera de objetos no les tumbe los escudos, y si alguien es tocado los demás lo ayudan, ¿hasta dónde deben detenerse, qué es lo que se pretende, cuál el objetivo?

(Golmán encabezó el asalto a una camioneta que transportaba leche en polvo. Con el rostro cubierto por una playera roja que cambiaba por otras de diferentes colores, estaba al frente de un grupo donde destacaban el Cayoyo y el Machicho, que tenían fama de ejecutores, llegados de Guerrero; junto a ellos el Palancas, de cara afilada, boquetero de Puebla; los relatantes señalan que de los más activos fueron los antiguos amigos de Fer, esos que antes formaban la banda de los Pingüinos.

Ya por la noche, con los aires de la batalla aún en los oídos, la policía revisó una a una las miles de fotos tomadas por las cámaras ocultas, por los agentes encubiertos, desde los helicópteros, para buscar la identificación de los revoltosos que actuaron como langostas, y por las poses y repetición de rostros, encontrar a los líderes del frente de choque.

Los del Barrio siempre supieron la identidad de los que luchaban en los frentes avanzados, aquellos cuyos nombres fueron cantados por los lectores de grafitis crípticos, descritos a través de los pilots, aerosoles y markers, y manejados por los cronistas de un tiempo adornado de flores y admiraciones en color morado.)

Arriba, el cielo parduzco y humoso. Hacia abajo las azoteas tapizadas de tinacos y trebejos. Desde esos sitios la visión es amplia. Se pude ver la extensión de la calle: se cuentan los transportes que están hacia atrás del contingente, por lo menos a unos setenta metros. El grupo policiaco ha quedado aislado. Entonces los chiflidos, las claves salidas de la boca duplican las órdenes. Los chavos, esos que no le tiene miedo a nada, seguro protegidos por la Santa Señora de Blanco, desde un sitio, desde otro, más allá, corriendo, en pica y huye, comienzan a cercar al agrupamiento que se ha detenido, se ha contrahecho con la tormenta de proyectiles que retumba como lluvia de volcán rabioso. Hay un momento de duda antes de oírse la orden de retirada, ya no era posible seguir capoteando la zarabanda de proyectiles sin otro fin más que el de aguantarla a pie firme; eso nadie lo puede, sólo los dementes se ponen como tiro al blanco y ellos, los policías, no quieren serlo y tienen miedo.

Los otros, los del Barrio, huelen la retirada, así lo marcan los grafitis de color rojo, los pilots y aerógrafos manejados por manos engurruñadas. Se olfatea la cercanía de la derrota de los agentes; las pandillas más brincan, más tiran objetos, su atrevimiento es festejado por los gritos de los que observan y animan desde las ventanas: los chavos con el torso sin ropa, señores de panza brincona y trapos en el rostro pa que las cámaras desde los helicópteros no los identifiquen, mujeres que tasajean el aire con las uñas; los defensores del Barrio más se acercan a los policías que ahora van paso a paso, caída a caída, de retirada hacia los transportes que no pueden acercarse al lugar de la refriega por estar bloqueada la calle con rocas y ramas y cajas y llantas incendiadas y mentadas de madre, muchas mentadas de madre.

¿De qué manera se comunican estos carajos? ¿Cómo dan las órdenes? ¿Cuál es la forma para que esos barbajanes integren sus cuadros?

Los agentes no lo saben, así señalaron los vigilantes; las noticias lo reportaron, los grafiteros dieron color a los acontecimientos: se trataba de grupos muy bien organizados, estudiantes con disfraz, conocidos antisociales, anarcopunketos, malandrines con atavío de darks. Hay un caos que sólo ellos entienden, sostuvieron los agentes encubiertos. Los informantes encontraron mil razones para no decir nada, así lo sostuvieron en medio de inclinaciones y rostros compungidos,

lo sucedido se supo en la ciudad y en el país, por las calles los grafiteros lo cantaron en medio de la música, se fue escurriendo en los bailes callejeros, se hizo parte de los olores a cohete, a mierda, a grasa quemada, a mariguana.

(Dicen que Fer Maracas gritó chinguen a sus madres y en compañía de unos gandallas conocidos como los antiguos Pingüinos se dejó ir con todo sin fijarse si el grupo lo seguía, el caso fue que los diez o quince chavos comandados por el Fer, asegundados por el Tacuas Lozano, el Bufas Vil y el Piculey se tupieron como fieras haciendo que el grupo de uniformados se fragmentara y de ahí vino la debacle; así fue pintado con rayas enormes y letras rollizas en muros de color blanco, nada más en los de color blanco, que es una forma de homenajear a los valientes.)

La Fuerza Inmediata, el cuerpo policiaco más preparado, compuesto por tipos que se pavonean luciendo la insignia que les da realeza entre la tropa, la que los altos mandos han bautizado de élite, esa misma se ha desplomado: dos policías corren sin importar que con otros que ya dan espalda el grupo haga agua, se inunde de miedos y madrazos y las pedradas penetren en campo casi libre y el círculo se fragmenta, abandona la posición, las botas resuenan de regreso, un sonido diferente, éste es de pánico, de terror de quedarse separado de los hilachos del grupo que regresa corriendo, los que aún van capoteando cuerpos y pedradas, palazos y golpes con varillas aunque a veces manos de su misma corporación los ayuden a no quedarse tumbados en lo caliente del asfalto, un maldito asfalto tan extraño como lo es este Barrio, en donde se pueden quedar tirados sin contar las horas, preguntando la razón por la cual tienen que batallar en una guerra ajena, lejos de su familia, buscando llegar a la bocacalle, donde se oyen gritos, insultos, pujidos y rabias sin meta, en ese sitio de donde salen gases lacrimógenos y balas de hule, con el corazón ardiendo de angustia tratando de apoyar la difícil retirada porque la salvación del antes firme destacamento se encuentra en los transportes que se ven a lo lejos, carajo que pesan los escudos y los forrajes del cuerpo, carajo que la saliva se hace talco, pinole, cal viva, puños de tierra de cementerio y los uniformados que caen tiran patadas, se defienden, se encogen ante los chungazos que parecen disminuir, con las manos piden auxilio, lo remarcan en los gritos estancados en las máscaras protectoras.

(El Niño del Diamante, acompañado de tres chavos conocidos como el Bogavante, el Marruecos y el Clarín, con las varillas de una construcción despedazaron a una patrulla, cuyos tripulantes huyeron al verse rodeados.)

Los helicópteros sobrevuelan la zona, desde el cielo las calles son repartidero de carreras y manchones de gente; los grupos de uniformados se hacen núcleo en su retirada; los del Barrio se han quitado las camisas, se tapan la cara con pasamontañas y palicates, las motos pequeñas son guiños jugando a los espadachines; casi todos les hacen señas a los helicópteros, que son también blanco de sus proyectiles sabiéndolo inútil por la distancia, si el rencor es el que pone la fuerza que no llega a dar pero señala, advierte cuál es la rabia que los mueve, cuál la zona que les pertenece a éstos que se desperdigan, se juntan, se esconden, reaparecen, golpean y se mimetizan entre los puestos, se ocultan en las vecindades y emergen más delante.

¿Será cierto que la batahola está bajando de tono?, ¿es una bendecida posibilidad que eso suceda? Los caballos de la montada cabriolan sin entrar a la batalla. Los jinetes esperan una orden sobre los corceles que cagan, resoplan y se pedorrean, nerviosos se mueven en el parque de Las Águilas. ¿Por qué la caballería no cargó en el combate?

Hay un rumor entre el grupo de uniformados; los del Barrio no hacen más esfuerzos, algo o alguien ha determinado que se permita el regreso de los agentes; la pedrea no ha cesado pero se percibe su disminución, aún las rocas golpean a los que sacan la cara de la protección de los escudos, a un par que ha sido arrinconado junto a un local de cortinas metálicas hasta el suelo; los contrarios golpean, huyen, lastiman, trompean, pican con varillas a ese gendarme que sin moverse está tirado en la mitad de la calle cerca de un camión repartidor de refrescos que desparrama líquidos y botellas, casi junto a donde estallan los recipientes con gasolina; hostigan a aquel que con las manos sosteniendo la cabeza está sentado sobre la acera.

También en el bando contrario hay bajas: el muchacho moreno de pelos pintados que se tapa la cara con una camiseta cubierta de sangre; un chavo de tenis tirado junto a puestos destruidos; una chava con el brazo roto; un par de mujeres, con jaloneados esfuerzos, gritan buscando a sus familiares; tres detenidos son arrastrados de los pelos; un anciano camina bamboleante sin fijarse en lo que lo rodea; aquel se pone hielos en lo descompuesto del rostro.

¿Será posible? Sí, al parecer los contrarios han disminuido el ataque; la batalla baja de intensidad, por lo menos así se están dando esos tonos, quizá porque se busque el triunfo pero no los muertos, se requiera la victoria pero no las actas consignando heridos graves que den pie a las eléctricas revanchas nocheras donde no hay periodistas ni cámaras ni luces sino el pujar de los golpes, las declaraciones forzadas y los arrestos sin guardar formas.

Quizá porque lo más grave sea la derrota de las fuerzas del orden, más festivo el éxito que saldrá en las noticias de la noche, repercutirá en las paredes de la ciudad, se hará comanda en los noticieros de la mañana para que los lectores de grafitis y los ciegos, supieran que ninguna policía del mundo es capaz de entrar ahí; que por más gandallas que sean los tiras, por más entrenamientos y disciplina, por más dinero que por debajo del agua repartan, los agentes no tienen cabida en este Barrio donde sus propias y únicas leyes nadie discute, ninguno de los que en las calles y azoteas lanzan vivas y mentadas, éstos, los que tienen por patria la cerrazón de su perímetro, los que desde todos los rincones, en el estacionamiento del frontón o el de los hermanos Berna, en el taller de Román el cantante, en las misceláneas y taquerías, junto a las plazas y los refugios azabaches, desde la sombra del toldaje de sus aceras, desde los montones de basura donde la mirada del Escuadrón del Finamiento observa para quizá después relatarlo en la noche de su recurrente procesión a la Esquina de los Ojos, sobre las azoteas que dominan el panorama, los del Barrio gritan vivas a la victoria que esa tarde se festinó con la quema de tres autos, dos patrullas, un camión de leche, decenas de llantas que mandaron su humo negro por los confines del valle para que desde todos los puntos se pudiera admirar lo que después los grafiteros, en festín colorido, cantaron en loas a lo largo de las paredes del mundo.

Dieciséis

¿Qué es lo que sucede en el Barrio y se te escapa, mi matador Saulo de Rodes Garma? Nada, torero, si tu obligación es manejar con la yema de tus dedos cada una de las transas, las zancadillas, las traiciones, las insidias desde las más furris hasta las grandotas, esas que huelen a camposanto y se arreglan en las oscuridades profundas del patio de las cuadrillas de este lugar,

sí que sí,

porque dejar de oír el continuo rumor de la calle y tumbarte en la hamaca de la güevonería sería lo mismo que andar a ciegas en los chiqueros de la plaza; tanto como perderle la cara a los hechos que saturan el perímetro del Barrio; taparte en los burladeros dejando de lado los rumores que se cocinan en los puestos y las vecindades, es negar tu vocación, si tú, maestro, debes conocer el canto de cada jilguero, la divisa de toda ganadería, el sonido de cada paso doble que registra las acciones, como la ocurrida hace un par de tardes, la del operativo, esa en que los gendarmes supieron lo que era torear en ganaderías ajenas, recibir más palizas que novillero en novenario y tú, mi Capote de Oro, tienes que estar enterado de la razón por la cual se detuvo la golpeadera que estaban capoteando los de la ley, así lo requiere saber el comandante Amacupa, él necesita juntar los hilos y tener los ases por si las altas esferas tiran cornadas, ya tú sabes cómo quieren ver la vida desde los palcos del poder, dilo así, porque para ti lo más valedero no es la muerte del Yube, nada de eso, sino lo que rodea el asesinato, no porque el chavo valga algo, no, es por lo que se cocina detrás del asunto, aunque el Amacupa quiera distraerte con otros capotazos de alivio,

…tienes que caminar con la nariz bien destapada pa oler los vahos que cada vecindad tiene como divisa de ganadería propia, si te aflojas o se te cansa la cabalgadura sería igual de inútil que tener al alcance de tus manos una olla de piedras finas y algún gandalla se te adelantara; uh mi matador, igualito que si te amarraran a la hora de manejar los trastos de torear, figura, bueno, ponlo de esta manera: sería tanto como peinarte sin ver tu cara en el espejo, esta que ves, la que está frente a ti y te recuerda toda clase de observaciones, te hace sentir el rejón de la divisa,

lo de hoy es hoy y nada tiene que ver con el ayer y menos con el mañana; esa es una clave pero hay otras: no te pases que te joden; también está aquello de: a los bichos avisaos hay que torearlos con el pico de la muleta, y que aquí en el Barrio, matador, no hay nadie que no esté avisao y más cuando andas en lo que andas, maestro, señor del percal, mi Capote de Oro,

¿te gusta sentirlo, verdad?: ¡Capote de Oro!, puñetas que era lindo tu mote, no era, es, porque un torero por más años que cargue no se retira nunca, y si las descubridoras canas te dicen cuántos años cargas en la espuerta, también te marcan los mismos años que con majeza serena te has librado de que un burel con uniforme, o un marrajo con placa, un miura con tenis o un morlaco que se siente sicario te pegue una cornada de caballo, así que mejor sigue, torero, no te confíes, si los astados no tienen palabra de honor, menos estos gandallas pululando en el Barrio y que del diario llegan desde todas partes, te exigen tanto como si hicieras el paseíllo en la Maestranza en plena feria de abril; mírate, no dejes de mirarte y buscar en tus arrugas los pálpitos pa no dejar que un bicho malaje te parta la femoral,

¿y quién no es malaje en este negocio?, ponte a pensar, cuéntaselo al rostro que tienes frente al espejo, di un solo nombre, uno solo y en eso incluye el tuyo, un solo nombre que embista por derecho y te permita torear a gusto; pero no te frunzas, arrímate en serio, no le saques, que hoy es hoy y mañana no tiene fecha; no le vas a salir al Amacupa con que el asunto del Yube te ha puesto tan nervioso como debutante en las Ventas, tú tienes que estar como figura dirigiendo la lidia, ya sabes que el cabrón mocito se fue hasta los burladeros de matadores sin tener la experiencia, joder que el chaval ese no tenía idea de la bronca que iba a reventar en los tendidos del Barrio por quererle destripar las ganancias al Jitomate,

ay matador, cómo quisieras ver en el espejo una cara diferente a esta que te dice que en unos minutos va a llegar Amacupa y con esa sonrisita de empresario chipén va a preguntar todito, te va a poner en suerte y si no embistes va a dejar ir el espadazo en los meros riñones, y lo que tú quieres es un escenario distinto, uno con el que siempre has soñado, donde se vea el letrerito de boletaje agotado, que los tendidos están pletóricos de aficionados que han ido al coso a ver a Saulo de Rodes Garma, Capote de Oro, matador de toros que por clamor popular repite su quinta, octava actuación en el embudo de Insurgentes, la plaza más grande del mundo; mírate, el cuero se te enchina al saborear tus sueños, ¿y quién no sueña con sus sueños aunque no hayan sucedido?, los sueños sirven pa capotear la realidad,

Saulo de Rodes Garma, tu nombrecito nunca fue de taurinismo de cepa, tu padre decía que te bautizó así porque el apelativo sonaba como si fueras cauchero del Mato Grosso y en Brasil no hay corridas de toros, pero qué tal lo de Capote de Oro, eso suena a paso doble jondo, así te hubieran puesto en los carteles de haber toreado en la Plaza México, pero nunca faltan las envidias que sabes, o dices que sabes, o pones de pretexto pa justificar la razón de que te dejaran parado sin llegar a la grande, los rencores que te mantuvieron en capeas de pueblos poniendo en jaque tu afición, soñando ser figura, acéptalo, no le quites los ojos a tu rostro y repite la verdad aunque del baño nunca salga, ¿de veras te cortaron las alas o eres de los millones que se quedaron en la orilla?, no digas nada, mientras bates la espuma para afeitarte, dale una pensadita al asunto,

eso, por lo menos dilo en voz que no salga de tu cuerpo, di que se te escaparon los años, Capote de Oro, se te fueron acumulando las desgracias, los achaques, el dolor en la ciática, tus hijos que son un lastre, todos los hijos son como capotes pesados por la lluvia de la vida, y de pronto la hora de la verdad llegó como par de banderillas al quiebro y supiste que le entrabas a lo que fuera o te ibas en el carro de las mulillas, así es, así es esto cada mañana, las mismas dudas ahora centuplicadas como boleto en manos de la reventa,

porque el Amacupa va a lo que va y si tú eres tan gallo de decirle la neta, el que te cornea es el Jitomate y su cuadrilla, y si te quedas callado, quieto como si estuvieras pegando un estatuario, mudo como toreaba el Callao, entonces el que te pega un mortal cate va a ser el cabrón Amacupa, ni pa donde hacerse, el Amacupa te parte la femoral y el Jitomate la safena, vaya compromiso, mejor aprovecha el viaje del burel y pégale un lance como si torearas un encierro completito de Pablo Romero, pégale un lance a todas las mañanas en que sale el señor sol,

sí, cántala, "buenos días señor sol", no le hace que haya malajes que nieguen la calidad de Juanga, "buenos días señor sol", recuerda que cuando más nubes hay sobre el campo bravo, más sabrosas suenan las campanas en los tentaderos, y las campanas hacen la música, "buenos días señor sol", así que no maldigas a las mañanas porque son inevitables y ya estás como estás, erguida la figura, como citando a un burel cinqueño, con temple, pasando el rastrillo por tu rostro, pensando en qué decirle al Amacupa que ya sabes cómo va a llegar:

parece que lo estás viendo, primero se va a pasear por el Barrio con la camioneta blindada, peloncita de luces, sirenas y hasta de escudos, el muy villamelón haciéndola de tira secreto cuando todos lo conocen, va a dar su vuelta al ruedo pa que vean que ya llegó la ley, lo puedes ver, figura, ahí está el Amacupa saludando a dos tres que tienen cuentas pendientes y con eso demostrar que nada les aplica pa que sepan que viene a lo que viene y no a otra cosa, a ti no te puede engañar, desde que lo conociste te demostró que tiene más tablas que el Curro en Sevilla y así se va a portar, va a lucir la escolta de guardaespaldas con placa y también a mostrar la panza, y la fusca que nomás deja medio ver pa que todos sepan qué clase de reventador es, míralo, se siente gallo de corral divino, terminando de hacer el paseíllo por el albero se te va a dejar venir paso a pasito como bicho toreao hasta llegar a tus terrenos, a los tuyos mi matador, y no le puedes echar el capote encima pa burlar la acometida, si los dos están muy placeados, divisas muy descoloridas que saben lo que significa la embestida de un peludo cinqueño y tú, sí, tú ¿qué le vas a decir, Matador?, ni modo que des el petardo y le digas que no sabes nada de lo que pasó con el Yube, olvídate del Yube, al Amacupa le vale madre, lo que quiere saber es hasta dónde está metida la mano del Jitomate, no en lo que le hayan hecho al chavalito mugroso, no Matador, tú sabes lo que sabes y cómo se debe manejar lo que sabes, pero si eres tan zopenco de a la

primera decirle que el estoqueador fue el Jitomate, re-
volverlo con lo del tráiler que pagaron los comerciantes,
aderezarlo con el supuesto robo, y que una vez en manos
del Bos este se lo iba a revender a los millonarios de los
supermercados, jolines, entonces el Amacupa te pide una
ovación, la música, que te den las orejas y padrísimo, sales
en hombros, pero cuando el Jitomate se entere de que
pusiste su nombre en el cartel de las denuncias, joder
que te va a mandar al destazadero sin tripas y sin cabeza,
mi matador, mi Capote de Oro,

véase al espejo y vuelva a cantar la de Juanga, mi torero
caro, cante otra vez la del señor sol porque la mañana de
hoy es la de hoy y la de mañana quién sabe, y no arrugue
la cara, que no le tiemble el pulso, haga de cuenta que está
en la de Bilbao y le está haciendo faena a uno de Murube,
así, igualito, nomás recuerde que usted, mi matador, está
aquí por la gracia de la afición, que a la afición la maneja
el empresario, el empresario es la tira y la tira es Amando
Cudberto Palomares, Amacupa pa servirles, a todos, dice
el cabrón, se ríe, se burla el muy malaje,

Ama Cu Pa,

echa pa fuera las sílabas como si estuviera diciendo:

to re ro,

to re ro,

si la vida es de sílabas,

aja

to ro,

olé,

Ama Cu Pa,

que ya debe haber llegado al Barrio y te va a esperar
en la Esquina de los Ojos Rojos pa que todos lo vean, pa
que no se hagan chismes ni se anden por las ramas, en la
mera esquina pa que te des cuenta de que te está mandando
un mensajito con los nombres de los caídos y tú puedes

sumarte a la listita de la cruz de caoba, pero como el Amacupa no es pendejo sabe que aunque tienes tus conectes
no quieres que te pongan la divisa de

chi va to,

ra jón,

si tienes el valor de enfrentarte a los marrajos más
toreados y subsistir haciendo doble faena, y pa eso se
necesita tener los güevos puestos en el lugar que te regala
tu nombre torero, Capote de Oro, no de orégano como
dicen los envidiosos, de oro, de

oro,

que de oro es el tiempo que le has arrancado al tiempo
de jugar en las dos aguas, cobrando allá y acá, dándole su
lidia a bureles de dos ganaderías tan diferentes aunque los
dos sean toros, y si lo sabes y te pavoneas solito, dilo que al
fin que nomás tú te oyes, echa pa fuera el rencor de sentirte
menos sabiendo que no has podido contra muchas cosas y
una de ellas, suéltalo, es contra el recuerdo de los pinches
boxeadores que ídolos fueron y son en el Barrio, ¿y sabes
por qué, maestro?, porque la gente de estos lares no supo
de ti ni de tus glorias en esas plazas del país, jugándote el
pellejo, apostando por faenas con cebúes más toreados que
el coño de las buñís, sorteando hambres garrudas ya no de
sopas buenas y calientitas, sino de tacos fríos que por lo
menos no fueran de carne de animales sin nombre,

y el orden de la lidia, bien lo sabes, te hizo agarrar
corridas sin toros, torear en las loncherías y los congales,
en los separos judiciales y en los picaderos de polvo, no
lo niegues, nomás dale una pasadita a tu vida, partiendo
plaza en taquerías disfrazadas pa cobrarle a las pindongas,
es hora buena de aceptar que tuviste muchos contratos,
sí, pero pa torear en cosos falsos, en changarros cutres, en
ostionerías cochambrosas, andar de huele pedos de los
comandantes, ponerle cara risueña a los líderes del Barrio,

haciendo antesalas pa ofrecer tus servicios de amigo que puede resolver algunos asuntillos, hasta que por fin empezaste a pasar buenas facturas apoyado en lo que tus sentidos se fueran enterando, en cómo dabas la información, a veces a cuenta gotas, otras a chorro, midiéndola, sopesándola, sacando jugo a los secretos de este tu territorio, ¿verdad que así fue como pudiste cortar las orejas frente a los agentes de la ley?, ¿verdad que así aprendiste del costo y la paga por susurrar murmullos en el lugar justo y a la persona adecuada?, ¿verdá que así es, figura?,

piensas y piensas, eso está bueno, no quedarse con una sola idea, ¿quién es capaz de meterse a los olés internos de un torero que estuvo rondando la posibilidad de ser cabeza de cartel?, ¿qué alternante va a pelearle las palmas a un matador que se está rasurando antes de salir al ruedo a torear un burel de la ganadería de Amacupa, con lo peligrosos que son estos pinches bichos?, a ver, ¿quién tiene bien apretados los machos pa no dudarle a las cercanas embestidas de un morito con tantas mañas?, ¿quién de un tirón se puede meter al burladero de tus pensamientos, mi Capote de Oro?,

a ese retemblar de angustias por no haberte vestido nunca de luces y mentir pa que la afición no pierda la esperanza, pa que tú no te derrumbes de saberte flaco, chiquito, de manos delgadas, con el canerío en la cabeza, con las arrugas que se te tuercen a los lados de la boca, junto a los ojos, en la frente, abajito del cabello que dejas caer como rosa oscura haciendo un cairel que te recuerda a las pinturas de "Julio Romero de Torres, pintó a la mujer morena", dice el paso doble, tú lo silbas, don Julio también pintó a los gitanos de verde luna, como lo debiste ser tú, mi Capote, gitano mexicano que está muy próximo a hacer el paseo en el coso de la Esquina de los Ojos Rojos, que es como quien dice el corazón del Barrio, y ahí mismo lidiar, si el tiempo y la autoridad lo permiten, seis toros seis de la afamada ganadería de Amacupa, oyes el clamor de la multitud, el golpeteo de los timbales, las notas de la música; aspiras el olor a puro, te llenas de la esencia de las gachís con claveles rojos, del mismo color que la esquina donde muy pronto vas a encontrarte con la posibilidad de la gloria o con el cloroformo en el hule,

y por eso, matador, debes poner en práctica lo que hacías en esos pueblos del divino verbo, abandonarte en el cuarto improvisado, solito con tu miedo, tragártelo a solas, sin sal y sin agua, que la enseñanza te dice que no se debe llevar algo sólido en la panza por aquello de la cornada, si en los pueblos no hay enfermería y los animales inmensos, con más mañas que despuntador de cuernas; cuando se van a lidiar bureles como el que vas a torear, el miedo sale, se empaña en el espejo y hay que saber de su existencia, aceptarlo porque se tiene más miedo cuando no hay miedo, y lo combates en el silencio que continuará cuando te debas vestir, al dejar el espejo y camines hacia tu habitación olorosa a tu respiración nocturna, sin rastros femeninos, que hace rato dejaste de lidiar vaquillas, las paredes con fotos y carteles taurinos que te hacen menos pesadas las noches por las pláticas bebiendo vino y caballitos de tequila,

paladeas tus pensamientos sin dejar que los enturbie el sonido del programa de diversiones en tele matutina; te acercas a tu ropero con unos cuantos trajes de donde sacarás uno que imaginas terno de torear, quieres que sea un vestido diseñado como para una figura: nunca se debe aparentar miseria, azul el traje, camisa blanca —aunque sea la de ayer—, mocasines color marrón —que debes limpiar— sin corbata, que luce más calé el porte,

y antes de salir, figura, antes de rezarle dos oraciones largas a la Macarena, tres a San Juditas y un ramillete a la Santa Blanca, ya sabes,

¿Cuál es el coso donde arribarán nuestras almas?
¿Hacia qué plaza se encaminan?
Somos toreros del ruedo de lo eterno,
albero azteca sacudido por los vendavales,
trocitos de plumas y teponaxtles,
cruces hechas espada,
puñitos de lava del Xitle,
piedras rotas de las pirámides
de la Plaza Mayor.

Ahora llegará uno de los momentos solemnes: debes tomar el crucifijo sostenido por la cadena dorada, colocarlo al cuello, así, que luzca, da un aire de primerísima figura, mírate en el espejo de atrás de la puerta, revisa la habitación; prometes, como cada mañana, muy pronto dejar este pinche cuarto de maletilla sin rumbo; juras, como cada mañana, que el día de hoy será de orejas y parné sin importar el miedo y los bureles que se deban torear; hacer faena porque la eficiencia mata clasicismo, el parné vale más que los dictados de Pedro Romero, venga, tienes que repetirlo antes de salir rumbo a la cita que sabes existe aunque no te la hayan confirmado, antes de inclusive volver a verte en el espejo y mirar cómo en tu cara traes los pesares que todo torero carga antes de la corrida; entonces, lo sabes, llega el momento señero: con mucha fe prendes de tu terno azul la pequeña figura plateada, la de la Santa Muerte, la que acaricias, repasas cada borde, sientes los ropajes cubrir su rostro divino, sus ojos sin ojos, su boca sin labios torcida hacia abajo, esa figura que jamás te ha dejado de proteger y si no, que lo digan los años que tienes de andar capoteando la vida en dos frentes, como va a suceder en esta corrida con el Amacupa, en donde un solo movimiento en falso, uno solo, te puede echar pal hule con una cornada peor que la del toro Bailaor que le tumbara la vida a Joselito, el Gallo, allá, en Talavera de la Reina.

Y al salir a la calle, el sol te pega en los hombros; no puedes ocultar el sentimiento, que con eso se nace y no se aprende; mascas las ganas de hacer la faena con que todos los toreros sueñan; ahí vas, te sientes don Lorenzo el Magnífico, miras de reojo las vibraciones del Barrio; sin perder donaire vas acariciando la pequeña figura de la Gran Dama Blanca; que nada te falle; que el miura resabiado del Amacupa embista, que pa eso tienes la zurda que el arte te ha dado; muy adentrito de ti rezas; escuchas el redoble de las palmas como si fuera un cante jondo, ay ay ay, de esos que escuchabas en casa del señor Narciso, quién sabe dónde se lo haya tragado la vida, con las promesas que te hizo pa hacerte figura y te dejó en los casuchales del Bajío con más deudas que si te las cobrara un banco:

Eso somos, pero sin nada nuestro,
con los hilachos de la ropa prestada.
Bien amados,
bien nacidos,
bien idos hacia la vida suprema,
recen,
doblen palmas,
eleven sus plegarias al cielo.

…y pagaste la deuda haciendo faenas en las letrinas de la ergástula, venga, que las malajadas de la vida no atemperen el desfilar de tu rezo,

Que lo sepan todos,
la Santa Muerte escogió el milagro de la torería,
metales dorados rodearon su nacimiento,
los orfebres de lo eterno la modelaron
los plateros presintieron su llegada.
Símbolo de una raza ahogada en malignerías falsas,
en pasos dobles ruinosos,
hasta que llegó Ella,

la Dama de Blanco,
la dueña del biombo,
desde donde se cambian los tercios
del rito sagrado,
repiquen la majeza de la Única
que permite el arte.

Dices y redices, cantas y te silencias, matador, que las oraciones se llevan en lo hondo del alma, se cantan con fervor de peregrino, de maestrante, de los que cargan las imágenes en Semana Santa, de los cofrades, y sabes que al decirlas vas acariciando cada uno de los trazos de tu Santita, la que llevas junto a los latidos de tu pecho pa que te cuide de todos los males, mundanos y celestiales, que nunca se sabe de dónde llega el mal fario; ah, tu Santita, la misma que te cuidó en las toreadas en esos pueblos de caminos deshebrados,

y si Ella no quiso que ocuparas el lugar que tu arte había dispuesto, fue porque seguro la Santa Señora del Rubor Helado sabía que algo malo te iba a pasar en el ruedo, mi Capote de Oro; los vaticinios de lo incomprensible se torean en plazas sin público, sólo el interesado tiene el derecho de jalearlos o de abroncarlos,

pero no te detengas, avanza, haz el paseíllo en la calle, que el Amacupa no tarda en llegar; antes de sacarte la información andará haciendo su faramalla entre los dejados; cuidado, el comandante anda muy erizo con lo del Yube, con lo del Jitomate, la mala onda del tráiler, con la pendejada de haberse quebrado a la chavita esa, pa qué, jolines, tú tampoco lo entiendes, figura; el Amacupa debe andar dándole de vueltas, sacando conclusiones, buscando desatar los alamares del enredo, de por sí el broncón ha corrido en los noticieros, en los periódicos, entre los comerciantes del Barrio, ha corrido con igual trote que mozo en la cuesta de la Estafeta en Pamplona, joder que tú

lo sabes, te lo has repetido a lo largo de la mañana, desde
que el ruido del teléfono te sacó de la cama:

…¿cómo anda, mi figura?, es tiempo que nos echemos
una platicadita, matador —oíste la voz del Amacupa—, ái
cuando el solecito caliente lo paso a saludar, figura, déjese
ver por donde los ojos lo adivinan todo, así va a tener
mucho público viendo su faena, matador…

claro que va a haber público, pero eso es lo mejor,
abiertas las cartas, no hay quien ignore tu verdadero trabajo, torero, lo mejor es hacerlo a la vista y al portador, no
dejarse arrastrar por chismes capaces de cortarle la carrera
a cualquier diestro por más arte que cargue en la gitanería
de las venas,

…en la Esquina pa que los ojos nos vean, dijo el
Amacupa, suenan sus palabras…

a ti siempre te han sonado las palabras que quieres
recordar, desde las mejores hasta las negativas de los em-
presarios, porque sólo los villamelones no saben a qué se
va a la plaza, y tú sabes y no sabes, afirmas y dudas, crees
y no haces caso si en este negocio del Barrio, lejos de los
toros y los olés, el que cree saberlo todo es porque ya está
a puntito de retirase de los ruedos,

o lo peor,

que de un tirón le corten pa siempre la coleta sin que
paso doble alguno ponga notas de sabor a la despedida,
con tu nombre colgado del cartel de caoba en la cruz de la
Esquina de los Ojos hacia donde ahora te diriges mascando
la información que enredada viene desde alguien a quien le
decían el Chícharo, hasta el enojo de los capos capos por
no recibir la carga que creían firme pa sus negocios, más
lo de la batalla campal, lo de la Callagüita, los deslices del
Zalacatán y todo lo que quieras aumentar, que para eso tu
muleta es inigualable, ¿verdad que sí, mi Capote?

Diecisiete

Le fascina que le digan Amacupa.

Le suena como a guerrero del tiempo de los aztecas.

Mucho mejor que Amando Cudberto Palomares, más largo y menos recordable, si lo que él quiere es que su nombre sea como tamborazo en el oído de la multitud de gandallas del universo, los del Barrio y los de la corporación, porque la gandallería no tiene fronteras y él sabe que en la misma Judicial Federal hay unos cabrones que la gandallez es lo más puro que tienen; por eso necesita que la fama ganada sea total, no blandengue de un lado y tosca del otro, nel, completita, no en balde se ha rajado el físico durante los años que lleva en el servicio brincando las celadas de algunos jefes que él ha sabido solventar pa ubicarse en el sitio desde donde puede mirar sin que lo estén espiando, si esto es como una rueda de la fortuna especial, sin movimiento, nomás está arriba y los de abajo valen lo que se dice puritita madre, y él no quiere pasar a la historia de la corporación como un comandante facilote de esos que cualquier hijo de vecino le empina la reata, los que por unos cuantos dólares son servidores de los gandallas de alto tonelaje, nel, en el Barrio todos tienen que pasar por el arco de sus güevos y si se tiene que morir en la raya pos se muere, la vida es jet que no se detiene; que nadie diga que el comandante Amacupa es puro culo de gallina culeca; tiene que darse su caché, dejarse ver pa que los güeyes se den color de la calidad de un verdadero comandante que no se raja y bailando entra a cualquier fiesta, no le aunque sea velorio; al fin y al cabo los eternos están arriba, los de la Señora Santa andan más allá de este Barrio en donde nadie puede sentirse seguro, ni él, ni siquiera él que se cuida sin hacerlo gravoso; es el chiste, andar a las vivas como si se anduviera a las calladas.

Nadie tiene los segundos comprados, ni el mismo comandante Amacupa aunque traiga más horas de vuelo que piloto de la NASA; debe andar con los ojos bien puestos en cada rincón, en cada palabra, en las señas que acostumbran los gandallas, los chifliditos que son señales, los manchones que los malditos pintabardas hacen pa marcar sus cuevas drogadicteras; en todos lados hay historias que él debe descifrar y seguir siendo el preferido de los altos mandos; en esto de la investigada frente al peligro, los jefazos no saben ni cómo ponerse un calcetín, menos jalarle con una cuerno de chivo, o con una Uzi que tan chingonas son por más que anden en desuso porque los batos de Sinaloa pusieron de moda las cuernos, y los güeyes de la ciudad siempre arremedan lo que la manada diga,

...claro que sí, al comandante Amacupa le gustan las Uzi y las Beretas y ya entrados en gastos, si lo ponen a escoger nomás una, él prefiere la Mágnum, que pa él es la más cabrona de las cabronas, la que se aviene con su categoría; habrá quien le guste andar de prángana, a él nel, en ningún sentido, y eso se tiene que notar en su vestimenta, en los Rayban, la camisa Armani, el traje Hugo Boss, pa que luzca chido cuando da sus vueltecitas en el Barrio, que los güeyes sepan lo que vale un comandante federal, ¿eh?, ni vayan a creer que él es localito, no señores, el comandante Amacupa es federal, ¿lo oyeron?, cuando se es federal no hay delito que no caiga en sus investigaciones; si es droga, federal; si es contrabando, federal; si es venta de armas prohibidas, federal; si es asalto en carretera, federal.

Que los polis localitos se la rifen contra los robos callejeros, atracos a casa, contra los pinches teporochos que se chingan una bolsa, sicarios que se joden a un desgraciado; eso es pa consumo de los polis localitos, los federales nomás le ponen ojos a lo grande, a las buenas tajadas, a los enredos de envergadura aunque se oiga medio pinche la palabra, pues.

De acuerdo al sapo es la madriza, y el comandante Amacupa no puede rebajarse, se pasea por el Barrio, sabe que lo ven desde todos los lugares; su camioneta así, blindada pero peloncita, nada de insignias y torretas de luces, mamadas de esas que tantísimo les gusta a los nuevos creyéndose los amos del cosmos; a él lo deben reconocer por sus purititos güevos y no por sus estrellas que esas van y vienen, los güevos está cabrón que se los toque cualquier gandalla que se quiera pasar de lanza.

Antes de ver al Capote de Oro, sin ruta fija se da sus vueltas, pasa frente al estacionamiento de los hermanos Berna, los cabrones hermanitos que están en los secretos y nunca sueltan la neta; pasa junto al altar de la Señora y sin bajarse del blindado él y su chofer se inclinan; cruza a un lado del negocio de Román el cantante que tantos secretos sabe; junto a la miscelánea La Riojana; pasa, va pa que los vecinos sepan que ya llegó el que andaba ausente, que hoy está aquí en el Barrio, escóndanse las gallinas que ya llegó el gallo, que sufran los cobardes si él está completo.

Lo goza, el rey con su camioneta brillante, su chofer calladito como le gusta; él adelante, sabroso, echando tipo, con la sonrisa de galán, los lentes cardillantes, la mano derecha fuera luciendo el anillo de oro, la pulsera con sus iniciales en rubíes.

La escolta va atrás, que no haya nada enfrente del jefe, los guaruras en el coche negro, malencarados como deben ser los cabrones guardaespaldas pa que los gandallas sepan qué clase de cuero sale de estas correas que lo siguen hasta la muerte; el Amacupa es como su padre proveedor de tragos, de putas, de ultramarinos finos, de cenas en los restaurante finolis aunque los ayudantes sepan que al comandante no le cobren pero se da el lujo de invitarlos porque bien los podría dejar en plena calle.

Sabe que las lealtades se compran de muchas maneras, una es tratar a sus guaruras como si fueran patrones, bueno, por lo menos así deben creerlo como les ha hecho considerar; el comandante no pide lo que él no hace; si todos mochos, pos todos sin rabo; todos coludos, pos todos igual; que las discriminaciones no sean ríspidas, por eso vienen las revanchas, las malas vibras, y luego no falta alguien que se le ocurra echarle gasolina a los rencores que arden muy bien con un hato de dólares y dejen al comandante tumbado en la calle, más frío que las nalgas de Drácula, y los escoltas quesque no vieron nada, o lo defendieron pero por desgracia los agresores fueron los que se llevaron el triunfo, nel.

Si Amacupa pierde una, pierde todas, por eso a la escolta la trae como Dorados de Villa, bien forrados de fondos, que si otro cabrón más trucha le quiere ganar por ese lado, por lo menos que le cueste un buen de dólares corromper a estos cabrones que lo cuidan y que el Amacupa sabe que pueden ser comprados por algún enemigo de afuera o de adentro de casa, es lo mismo, hay que cuidarse de todo lo que se mueve; nunca será capaz de asegurar que su escolta no pueda cambiar de bandera, pero es difícil cuando a los compradores les cuesta caro, más si los traidores son de casa; hay que cuidarse de los amigos, que los enemigos se vigilan solitos.

Apenas mueve la mano para contestar saludos más falsos que los billetes de a doscientos que hacen en el Barrio, pinches billullos, desde un helicóptero se ve que son balines y así se tragan las píldoras los güeyes que los aceptan sin verlos a tras luz como debe ser, ya parece que se va a dejar engañar nomás por la pura carita linda de los güeyes que le pasen un estráik de ese tamaño, ningún estráik, ni madres, por eso se va preparando pa darle su atorón al Capote, que se siente la mermelada del pastel, bonito gandalla.

El Comandante anda tras los enredos del Jitomate, no por la muerte del Yube, que vale madre; en este Barrio nadie puede ir derecho por un asunto, aquí se le debe dar vueltas a los hechos como si estuviera regateando en el mercado, así entienden estos, a la pura cabuleada, nada de ir derechito con el tema porque entonces los gandallas creen que es por otro lado; aquí las mentiras tienen que parecer verdades y los embustes como si fueran la neta de la corneta, nomás así es posible entenderse.

Por eso el comandante está seguro de que el Capote anda creyendo que el asunto va por los que liquidaron al Yube y de paso a la chava esa de la Callagüita, ni madres, él anda tras los pasos del Jitomate, que ha dejado su rastro como huella digital; el muy carajo no ha entendido que aquí nadie se manda solo y tiene que cantar como si fuera un coro sin salirse del huacal; piensa en el Jitomate y aparece la cara del Zalacatán, que andan quesque separados pero tienen muy hiladas su amarras.

Los lebrones que quieren brincarse las trancas tienen que pagar su pasaje, no se les puede confiar ni tantito aunque se porten humilditos, nomás están viendo de qué manera hacerle tachones a los tratos: que lo que usted quiera mi comandante, como usted lo disponga jefe, no se preocupe que no le fallamos patrón, va usted a ver que no hay ningún problema mi comandante, pero a la hora buena quieren llevarse toda la tajada y no, señores gandallas, el comandante Amacupa tampoco se manda solo, tiene que repartir con la superioridad y más ahora que andan de hocicones con que la moral es primero cuando todos saben que eso es pura baba de parrot, nadie es capaz de meter en cintura a los que no quieren que la cintura se haga chica; él no se va a quedar chiflando en Babia, con los altos mandos juega a hacerles y a no hacerles caso; los altos mandos nunca han salido a la calle a darse de plomazos con el bandidaje.

De nuevo dice adiós, luce la pulsera con rubíes, aspira el olor a fritanga, mira los perros que se entretienen en buscarle las hondonadas a una perra de orejas gachas, sabe que el Capote de Oro tiene muchas caras, por un momento funge como chivato, otras dice que los del Barrio lo traen muy cortito y necesita favores que lo mantengan en el ánimo de los líderes; le pide que no aprehendan a fulano de tal o que se hagan de la vista gorda cuando va a llegar un tráiler cargado de mercancías; cuando hay un muertito y la escandalera no debe subir de tono, y claro que cuando puede, el Capote cobra en ambos frentes, cabrón Capote, pero el comandante lo necesita.

Como necesita a los otros que le dan informes: al Trucutú, a la Mecha Dorada, pinche Mecha, si ya está más aceda que la esposa de Matusalén y todavía se cree chenchual; esos gandallas son a los que él llama su fuente, y lo mantienen con las riendas en el Barrio, si no, ya lo hubieran cambiado, lo mandarían a los peores lugares,

...a Cola de Caballo, en Guerrero, donde el que sale vivo es porque está metido hasta el cogote en la droga y no tiene pa donde hacerse,

o a Oaxaca, donde las inmensidades de la sierra vuelven loco al más pintado,

o a Sinaloa, puta, a Sinaloa, ni que lo lleven amarrado va, primero renuncia, o a la frontera de los gringos, jíjole, Matamoros, Tijuana, Ciudad Juárez, claro, allá hay mucho de dónde cortar pero nadie ha vivido pa contarlo, si hay que cuidarse hasta de los gringos que están metidos en el tráfico.

Aquí en el Barrio él maneja el asunto con la tranquilidad que dan los asegunes, tiene que andar bien hábil en lo de la publicidad que dan los noticieros en la tele; ahí está la medida, si sale en los noticieros pus a cambiar la jugada; que no sale en la tele, tiene el campo abierto; la tele es la que rifa porque los periódicos no hay quien los lea.

Saluda y sigue con la cabeza revuelta en tantos rollos: una de las mañas que le ha enseñado la vida es que tiene que mezclar la chamba con la tranquilidad que le entra cuando se va de vacaciones con su familia; atiende a la señora Ana Laura, su esposa que tanto lo presiona; pocas veces ha tomado vacaciones, poquitas porque en este negocio o se vende el picante o se lo embodegan.

Una buena tranquilidad no significa que se la pase echando la güeva, eso no le conviene a nadie, los jefazos quieren cifras, puras estadísticas que no saben ni cómo leerlas; la tranquilidad es manejar los asuntos a su modo, a su estilo, pues, como a él le gustan que salgan las cosas, desde una madriza bien puesta hasta un desaparecido sin ruido; una falluca bien aceitada hasta un pitazo a tiempo; un arreglo bajo el agua como lo quiere hacer con el torerillo viejo, hasta que su blindada vaya a la velocidad que él quiere.

Así lo hace ahora su chofer, va calladito, ni alza los ojos cuando por el radio el comandante Amando Cudberto Palomares le dice a los del auto de atrás, a su aguerrida escolta, que:

…van rumbo a la Esquina a darle una vueltecita al Capote de Oro, hay cositas que se necesitan platicar con él, si sale bien la charlita, como el comandante supone va salir, y la jornada pinta bien como pinta, después de ver al ex torero el grupo compacto se va a ir a beber tequila, cerveza, ron, lo que quieran, y a comer unas birrias en La Polar,

...hay veces que el cuerpo pide algo picante, sobre todo cuando los asuntos tienen cara de estar ardiendo,

...el comandante dice en voz alta mientras mueve la mano y el reflejo de la pulsera tintinea sobre las casas del Barrio.

Dieciocho

Como hoy viernes, todos los viernes, quinto día de la semana, sexto en la semana litúrgica, fecha de las indulgencias, de la cruz, del santo como lo es nuestra Señora de la Muerte, debemos usar la aguja nueva.

Es la fecha para, sobre la veladora, escribir nuestro mayor deseo.

Que encima de un papel alzado al cielo se escriba la tinta negra de la misericordia.

Desparramad un buen puño de tabaco, enrollémoslo, formemos el cilindro para pegarlo con la suave cera de las veladoras, nunca con cinta adhesiva ni otras bastardeces plásticas.

Con los ojos cerrados, puesta la fe en cada uno de nuestros actos, en la palma de la mano derecha de Nuestra Señora pongamos el papel que contiene nuestros sueños.

Recemos con fervor, encendamos la veladora y coloquémosla frente a la Santa Imagen:

Oh Muerte Sagrada
Reliquia de Dios
Sácame de penas
Teniéndote a vos
Que tu ansia infinita
Por hacer el bien
Sea siempre conmigo
Toda nuestra dicha
Sin mirar a quien

Que tu balanza divina
Con tu esfera celeste
Nos cobije siempre
Tu manto sagrado
Santísima Muerte.

Te suplicamos que, así como Dios Inmortal te formó, nos permitas llegar a la esfera celeste.

En nombre del Padre imponente, del Hijo Sacrificado, y del Espíritu Santo de largo vuelo,

Te rogamos, oh Señora Pálida, te dignes ser nuestra protectora.

Diecinueve

¿A quiénes se les permite entrar a las profundidades del búnker del Jitomate? Bueno, el personal es selecto, ahí están varios nombres: el de la vieja Burelito a quien con risa le dicen la Rorra; también entra el vaporoso Simancas siempre al filo de asesinar a alguien o fugarse con un jovencito; Luis Rabadán, seco y malencarado, éstos son los que tienen derecho de picaporte por estar considerados como del círculo cerrado; los lugartenientes, como alguien los definió; pero ¿además de ellos?

…no, por la oficina del Jitomate circula mucha gente: comerciantes que quieren participar en la sociedad para entre todos agenciarse mercancía del lado gringo; los que buscan facturas que amparen compras oscuritas; los que quieren adquirir algo de la cargazón de los tráileres que se pierden en la carretera y después, como por arte de magia, aparecen: los que buscan lotes de mercancía que no hayan sido recogidos por alguno de los socios iniciales; también entran y salen los terceros de a bordo, a los que se les conoce como delegados; en esa lista hay que poner a Fer Maracas, Golmán, el Niño, el Picos, el Eder; hay más visitantes que no se pueden descartar, aquellos cuyo nombre se disfraza entre el desorden de las calles y nadie sabe a quiénes sirven porque andan por ái sin dar color en cuanto a su jefe inmediato pero listos a brincar a la hora menos pensada: ái están los enviados que llevan mensajes entre los dueños de las cadenas de tiendas y los jefes del Barrio, no hay que olvidar a los que son amigos de la policía, de comandantes parriba, nada de caquitas menores, y algunos tipos necesarios como sin duda lo es el Capote de Oro, el taurino que ya oscurecida la noche penetra saludando de mano a Rabadán, de abrazo a Simancas y desde lejos a la Rorra, que está sentada en los muebles cubiertos de plástico transparente.

Por la televisión se escuchan los comentarios sobre las inundaciones y el ex torero, que odia así le digan porque los toreros son hasta que Dios los lleva a su santo sitio, espera que las miradas, sobre todo las del padrino, se fijen en él, que sin sentarse está junto a la puerta.

¿Cuál es el motivo para que una persona como Saulo de Rodes Garma —de nombre portugués, así lo cree el ex torero porque siempre lo dice y jamás usa su apelativo sino el del Capote de Oro en recuerdo de sus días de torero— esté de visita en la oficina del Jitomate?

Eso bien lo sabe el padrino y sus lugartenientes, pero no Capote de Oro, al que por medio de un chavo al que le dicen el Bogavante se le avisó que estuviera pasaditas las diez de la noche en la casa del Bos; así, sin mayores datos; Capote de Oro nada sabe, tampoco le extraña, en muchas ocasiones se han celebrado juntas en la casa del capo a quien le dicen el Jitomate y no es difícil que esas reuniones terminen en farras etílicas como si se estuviera festejando una salida a hombros.

Se trata de cortar orejas que significan parné, matador, eso bien lo sabes, el que no transa no se alza, dicen los que chamullan estos menesteres, mi Capote, y ahí estás, jarifo, puesto, como si fueras a hacer el paseíllo, con ese desdén que te da tu propia jerarquía de figura; saludas a los tres subalternos y sin bajar la cara avanzas hacia donde está sentado el Jitomate, vaya nombrecito tan antitaurino, que no te apantalle con sus moditos de burel resabiado, tú a lo tuyo, figura, que lo demás es asunto de la afición que paga el boleto y manda; al recibir el recado le diste vueltas a las razones de la invitación, es difícil que el malaje ese se te adelante con algo que no traigas ya bien cocinado en la mente, puede ser que te sorprenda con un caso especial pero no en lo que se dice en términos generales, tú le sabes las mañas al Jito; puede proponer un encarguito pa ayudar a alguien pero también un consejo pa joder a otro; plantear un chivatazo pa quedar bien con los de mero arriba; te puede usar de bocina pa mandarle un mensaje a alguien que ande de metiche; insinuar un recado pa los comandantes de la policía o un comunicado pa algún gandalla que se esté queriendo pasar de listo; cualquiera de esos asuntos te va a tratar el tipo ese con cuerpo de picador del siglo XIX; esos panzones doblan la cabalgadura, mi Capote, y tú, sereno, aguantado a pie firme la embestida que no en balde estás más placeado que Antonio Bienvenida en sus buenos tiempos, pero ojo, en esto nadie debe descuidarse, ninguna precaución es poca, ya ves lo que le pasó a una figura como Bienvenida, puta, lo mató una vaca después de haberse jugado la vida miles de veces ante bichos de amplio tonelaje, y claro, el maestro se confió al fin que era una pinche vaca y zácatelas, que se va pal cielo una figura del tamaño del maestro don Antonio, que eso no se te salga de la cabeza, no hay confianzas y menos perderle la cara al enemigo, mi Capote, el Jito es más cabrón que feo, y eso que es horrendo.

—Olé, maestro, lo veo muy bien plantado, señor mío —el Jitomate ríe apenas al escuchar el elogio.

—Chale, Capote, tú nunca te has salido de la plaza de toros, ¿verdá?

—La vida es la plaza, señor.

—Un traguito por el gusto que nos visites.

—Olé mi señor,

…toréalo, matador, no le dudes, primero con el filo del percal, centrándolo en el engaño, que entienda, el que le pone el son a la suerte eres tú.

—¿Cuál plaza, Capote?

—La que rodea al planeta, mi señor.

—Plaza es igual a mercado, mai, no te confundas.

—La plaza es un sitio en donde todos estamos, señor mío.

…que no te agarre el engaño, dale coba, que no huela la desconfianza, mi Capote, que embista a su aire, no lo obligues, nomás acompáñalo en el viaje, él solito va ir al trapo.

—Pero unos toreando y otros mirando.

—En la plaza los mirones no son de palo, mi señor.

—Ah que mi Capote, salucita, te pones de pechito pal albur.

—Los tragos son como las gachís, señor, entran fácil pero después se quedan emplazadas y no hay quien las saque de la arena.

—Nadie se queda en la arena pa siempre, figura, y si no lo crees, nomás dale una recorridita a los nombres de la cruz.

—Si se sale por la puerta grande no importa el rumbo, incluyendo a la enfermería, eso cualquiera lo sabe, señor.

…te desagrada que los capos del Barrio, por más forrados de dinero, sigan metidos en una pinche filosofía congalera, pero así es esto, matador, los gachós a veces dan sorpresas, y supones que la farra solitaria está dejando loco al Jitomate; venga, lo que tú quieres es que el Bos se abra de capa y te deje ver las intenciones; pa qué tanta vuelta estando los chiqueros tan parejos.

—¿Cómo van tus contactos?

…este gachó ya empieza a embestir, ¿verdá maestro?

—Dependiendo de cuáles, mi señor.

—Los efectivos, mai,¿no te digo que pareces robalero?

...tú, Capote, eres torero, no pescado, eres artista, este cabrón te quiere mandar como si fueras subalterno y no, eres figura y exiges que así te traten.

—El purrum está en la cúspide, mi Capote, y me pidieron que les ayudara pa aclararlo.

—Purrunes hay de sobra, señor, de nuevo le pregunto, ¿a cuál purrum le quiere dar una estocada?

—A un toro bravo y traicionero.

...este gachó no sabe, matador, un toro bravo no es traicionero, pero tú le entiendes, sabes lo que el Jito te quiere decir, déjalo que baje la cabeza y embista de largo, no le cortes el viaje, témplalo.

—¿El toro ese es de afuera?

—No, es burel de ganadería local.

—Mire mi señor, no es que yo le huya, pero si quiere que alguien se vaya al destazadero, por ái debe haber muchos maletillas buscando cartel.

—No mi Capote, lo que se ha pensado es que un valedor de confianza le diga a otro de confianza que las gentes de por aquí andamos encabronados por la violencia; si quieren podemos cooperar pa que disminuyan los purrunes en el Barrio; en buena onda, mai.

—¿Y quién es la gente de confianza?

—Uno, tú, mi torero.

—¿Y el otro alternante?

—Podría ser el comandante Amacupa, ¿no crees?

—Ya tenemos a dos en el cartel, pero no creo que usted ande pensando en un mano a mano, esto suena a tercia, ¿quién es el otro?

...ái viene el nombre del chivo que va a pagar las deudas, matador, estás seguro de que es alguien cercano al Jitomate porque de otra manera no te hubiera usado, piensa en cualquiera de los que tienes enfrente: la vieja roñosa esa, el maricón de bosta, el cara dura del otro ojete; ninguno, matador, por lógica no estuvieran aquí, se trata de otro, de eso estás seguro, mi capote.

—El que anda descontrolado es uno que le dicen Golmán, ¿lo conoces, no?

—Mi deber es andar mero en medio de la plaza, mi señor.

—Si el comandante aprieta los callos se va a enterar que algunos difuntitos andan de la mano de Golmán y su banda que es peligrosísima.

—Es cosa que los verifiquen, ¿no?

—La mejor prueba es la verdá, figura.

—¿Y cuál es la verdá, mi señor?

—Chale, pos te la puede decir cualquiera de aquí de los presentes, pero te la digo yo que la sé como la saben muchos: Golmán y su banda tienen vuelta loca a la gente del Barrio.

Ya apareció la orejita de la jugada, este gachó tiene decidido que Golmán sea la cabeza de turco; el Amacupa anda olfateando toda la arena y si te descuidas te pega una cornada de caballo; olé, figura, cuando más lo necesitabas te llega un arreglo chipén: tú le entregas a Golmán y se amansa el escándalo en los periódicos: que el Barrio es una olla de asesinatos; los sicarios se apoderaron de las calles; las bandas organizadas pueden más que la ley; que ya fue detenida la banda más peligrosa, muy peligrosísima como dijo el Jitomate; uh, mi capote, ora sí vas a cortar orejas y rabo; el Amacupa se para el cuello y tú, figura, sigues puesto en los carteles; el Jitomate les manda un mensaje de que no ha perdido el control de los niñatos pa que no se salgan del ruedo, y todos contentos, mi capote, todos alegres como fandanguillos rociados de manzanilla; le ves la cara al malaje, está diciendo que es un arreglo como de cartel de lujo, oyes la voz del Jitomate:

—Hay noches en que se le puede dar gracias a la Señora, y otras anochecidas en que hay que aguantar sus designios, mai. Todos podemos cortar orejas, mi Capote.

—Esta es de corte de orejas, mi señor. ¿Nomás el puro nombre del Golmán figura en el cartel? Usted habla de una banda de varios.

—Hay otros, uno es su pareja, pero orita Maracas se queda en veremos, ah, pero que no sepa que le dimos stan bay.

—Entonces, ¿nomás Golmán?

—A lo mejor salen por ái otros nombres.

—Usted quiere que Maracas se quede como reserva en los corrales, ¿vale?

—Como si me estuvieras leyendo el pensamiento, mai.

...claro que se los estás leyendo, si esa es tu gracia, adelantarte a lo que el burel te puede hacer, llevarlo templado en la muleta; si el Jitomate quiere echarle aserrín a la arena pues le ayudas a echarlo, figura; a veces el maestro tiene la obligación de sacar el capote cuando el toro trae aterrada a la cuadrilla y este es el momento, lo sabes, lo intuyes como cuando el corazón te dice que ahí está la faena y no hay que dejarla ir.

—Mañana tengo cita con el comandante, mi señor.

—Nomás dile que en estos rumbos tiene hinchas.

—Mejor dígales aficionados, mi señor, que son más pensantes.

—Chale, pos nomás por eso nos vamos a chingar otro tequilita, mai

—Nos lo chingamos, mi señor.

...los toros no tienen palabra de honor, mi capote, pero tú sabes que cuando rompen, nomás una mala muleta los echa a perder; tú llevas toreada esta faena; alza la copa, siente al agave colarse despacito; un natural templado en el mero centro del redondel, presto pa repetir el siguiente que es el chiste, armar la tanda, ligarla que es la forma de brincar el día, y arriba, en los tendidos, los fanáticos como locos tirando las prendas al albero, festejando tu habilidad y el buen fario porque diestro sin suerte no es lidiador; escuchas cómo el rumor crece desde la barrera de primera fila, va subiendo por los tendidos y andanadas, te están gritando torero, torero, que eso eres, figura grande, de los privilegiados que como amigos pueden entrar al búnker, charlar, beber con el Jitomate, darle razones a los vaivenes del Barrio como lo estás haciendo, como a cada segundo lo tienes que hacer pa no adelantar las golondrinas en una despedida que el Jitomate ya le está cantando a uno de los suyos, pa que no te confíes, figura, en esto nadie la tiene comprada pa toda la vida, nadie.

Veinte

Así, con la mirada bajita y la sonrisa apenas partida en el labio, se detuvo al recibir el saludo y después aceptó que él la acompañara.

Durante el trayecto del edificio al negocio, él iba detectando el sentido de la brisa para que fuera el cuerpo de ella quien primero la recibiera. A cada pocos pasos mojaba el dedo con saliva y con disimulo lo ponía al frente para confirmar el sentido del viento. Algo así hacen los animales que bajan a beber a los aguajes y él lo sabe.

Laila Noreña trató de comparar el olor del hombre con algo conocido, la esencia de Eutimio Olascoaga sin duda era desagradable, pero más horrenda era la emanación de la cobardía, más pavorosos los olores de la abulia, el vaho de los asesinatos y que las cosas, por más desagradables que sean, pierden su fuerza cuando no se piensa en ellas; sonríe al hombre que camina a su costado, mira el giro de las palomas desde el templo cercano y Laila siente que trepada en una de esas alas anda su hija, cuidándola desde las nubes, animándola pa que no le haga ascos al hombre que va a su lado.

Eutimio quiere contar algo que despierte el interés de la mujer de perfil agradable, de cabellos cortos, de cuerpo firme, algún comentario que le tumbe del rostro ese gesto, si no de desagrado sí de una indiferencia que a él se le mete en los nervios, porque es inútil negar que está nervioso, por supuesto que lo está, las novedades le mellan la templanza, buscarle las dulzuras a una dama tiene sus asegunes, él no está impuesto a enmielados cortejos tan diferentes a los camelos con las muchachas en los burdeles de Ciudad del Carmen; aquí en la ciudad otras son las claves, las que busca descifrar junto a estos torpes pasitos que va dando como un intento de bailarín en salón lujoso, diferente a como camina en la profundidad de la negrura sabiendo que la oscuridad forma parte de la negación de él mismo.

La señora Laila está sola en el mundo, eso ya lo ha investigado con preguntitas allá y por este lado con los vecinos, a los que no se necesita rascarles mucho pa que se dejen ir en comentarios: sus parientes, si los tiene, andan lejos, dicen que en Estados Unidos unos y otros en Sonora, uh, tan lejos, todos viven tan lejos y ella sola, nunca ha dado motivos de nada, sí, sola, y él también; camina llevando el dedo como guía de sus olores al tiempo de evitar que su cuerpo grande atropelle el paso de Lailita, que va despacio, al parecer gozando la mañana de sábado.

Laila conoce el terreno, evita los enormes charcos que han dejado los últimos aguaceros, va calando los trancos para no meterse en las aguas oscuras, a veces se apoya un poco, sólo un poco, en la mano extendida del hombre y no se adelanta a los pasos de ese señor al que jamás le diría Domador, eso nomás se pronuncia a sus espaldas, es don Eutimio, cuidado, no vaya a ser que por descuidada se le vaya a salir el apodito; vuelve a pensar, a repetir: don Eutimio, don Eutimio; de refilón le mira las manos, como pichones tostados; la presencia del hombre le da seguridad, de inmediato se advierte que este señor es muy diferente al Zalacatán, a Luis Rabadán, por completo dispar al Jitomate, bueno, es muy lejano al Niño del Diamante, contrario a como son los chavos de las motos, ajeno a quienes llevan la batuta del Barrio, o los que creen tenerla, o sea, a esos que va descubriendo porque desde hace semanas los trae en la mira de algo a lo que no quiere decirle venganza sino alivio.

Los perros callejeros parecen tranquilos: apenas alzan el hocico y giran sobre sus colas. Eutimio se ha bañado por horas, sin exagerar han sido por lo menos un par de horas, ha entrado y salido del baño tantas veces como su olfato detectara algún olor que lo remitiera a las profundidades del canal de aguas negras; abismos tan oscuros como un infierno que le atropella en las manos cuando se frota el cuerpo con la toalla y sin terminar de secarse regresa de nuevo a la ducha, se talla con rabia, se echa detergentes, se llena de espumas de jabón perfumado y sale, se seca, se mira al espejo, se huele las axilas y los antebrazos, regresa al baño y otra vez el agua caliente sin importar que el cuerpo esté enrojecido, echando humo, el esfuerzo por la señora vale la pena, no quiere aceptar que le inquieta el perfil de los pechos, la curva de las piernas; sí, mueve la cabeza y rectifica, sí le gusta pero el gusto tiene también otro sentido que se refleja en la mondida de la soledad, ella es una mujer sin hombre y sin familia y él es un tipo que transcurre por la huida de los animales, en el abandono de las aguas oscuras, en sus lecturas marineras, los tangos de Julito Sosa y el silencio de su departamento.

Laila Noreña camina despacio, quiere oír que Eutimio Olascoaga le diga algo, le platique de su vida, quizá algo de sus sueños si es que los tiene, pero si el Domador —cuidado, ni siquiera en el pensamiento le debe decir ese apodo, algún día se le puede salir—, está marcando una posibilidad, es porque quizá esta caminata no será la única; se nota que el señor Eutimio es tímido, ¿podría ser tan tímido como su marido?, no, no es así, o sea, la verdá, definitivamente no quiere que nadie se parezca a Rito; el señor Eutimio puede ser tímido pero eso no significa que sea cobarde; una cosa es que la presencia de alguien haga que el otro se apoque y otra que eso signifique cobardía, bien se le puede llamar respeto y el respeto se gana con respeto aunque suene medio cursi eso de tantos respetos, definitivamente.

—¿Hoy no hubo trabajo, don Eutimio?

—No, en la chamba alternamos los descansos, hoy ando de vago, ¿usted cree, Lailita?

—Dichoso.

—Pos la dicha llegó apenas hasta hace un ratito, ¿eh?

Ojalá entienda lo que le está queriendo decir, que nomás por andar acompañándola lo hace feliz, que pidió tres días libres pa buscar la forma de acercarse a platicar con ella sin importar que los otros dos sirenos dijeran que Eutimio algo tramaba, y él sentía el gustito tan íntimo que nada les confesó; la figura de Lailita le quita la respiración, lo acerca a eso que sus amigos definen como amor del bueno, se imagina estar con Lailita todos los días, acompañarla a su trabajo, tener quien lo espere en las tardes, que los condenados perros no le importen, ya fue a visitar a un dermatólogo pa que lo ayude a quitarse el olor y cuando se mete a bucear pensando en Lailita siente que alguien humano lo está cuidando, que lo necesita, que si se pierde en una maldita corriente de negrura alguien lo va a llorar y eso significa mucho, Eutimio siempre ha dicho que los llantos nomás porque sí no sirven, valiosos son los que se desparraman por alguien a quien se quiere, esos son los que tienen fuerza.

—La dicha nunca la podemos ver, don Eutimio.

Claro que no se puede ver pero se ha de sentir, Lailita sabe que al no haber tenido al encanto como segundero en su vida el derrumbadero es la norma; le sorprende que sin cambiar nada algo haya cambiado para que ella acepte decir: quizá la felicidad no se mida, se sienta.

A Laila le da gusto disfrutar el día tan bonito, brilla el sol, la lluvia le ha dado tregua a la ciudad y sus alrededores, no se respira tanto humo negro, no hay peleas en la calle, no tiene que soportar los mandatos de alguien, eso debe ser la dicha, saber que se puede caminar despacio y que los vericuetos hacia el Jitomate están tan cerca como el señor que va a su lado esperando resuellos.

—No, Lailita, lo que se ve no siempre es lo más bonito, la vista a veces nos engaña.

Le encanta la manerita que la señora tiene para hablar, ese tonito de voz baja que le sale del corazón. Lailita: el puro nombre de ella suena a río subterráneo de la península, Laila es canción de marineros cuando regresan a tierra con la barca llena y desde la costa penetra el olor a tierra, el sonido de la música en los bebederos de cerveza fría; la señora se ve que anda tranquila, no le molesta el olor, se felicita por las horas en el baño, ¿sería mucho pedirle que una noche de estas le permitiera invitarla a cenar en un restaurante cerca de Bucareli donde venden panuchos y cerveza Montejo?

—La verdá, don Eutimio, usted parece ser un señor muy positivo, ¿no?

Cualquiera es positivo en comparación con Rito, ya no aceptaría a un hombre al que le diera lo mismo ver tele que dormir o quedarse sentado sin hacer nada; un hombre a quien no se le atoraran en el buche las piedras de los celos por saber lo que ha hecho con el Niño, que es tan bravo y tan tierno a la hora de estar como vinieron al mundo; ella, la señora Laila sin temor, como ardida por dentro, diciéndole al Niño que las horas no deben contar cuando la entrega es verdadera.

Las pocas palabras del Domador se van perdiendo en sus recuerdos y en los ruidos de la calle; a la señora le entran diferentes vaivenes a los que sintió, semanas antes, al salir de casa y tomar rumbo para donde sabe que el Niño anda, no lo había vuelto a ver desde la ocasión aquella de la pelea con los policías, pero eso no importa porque la otra tarde, la segunda, la que ahora penetra al vaivén de sus pasos y al olor de Eutimio, Laila Noreña fue con la potencia del desquite, alivio, mejor decir: la fuerza del alivio metida en los palpitares y con esa desazón que le arrebatan las venas de saber que quizá, quizá porque no estaba en su entera decisión llevarlo a cabo, esa tarde sería la primera vez que en su vida contemplara la posibilidad de acostarse con un hombre diferente a Rito Callagua; ella bien sabe que pese a buscar la manera de distraer lo que venía sintiendo desde antes de meterse a bañar, la cosquillera se le amotinó al momento de salir del departamento.

La idea llegó como agua de ducha, unas veces decidida y otras rala, y aun así Laila sabía que si lo pensaba era porque algo rudo se movía en su adentro desde la vez aquella de la pelea contra los agentes, la misma ocasión en que el Domador la protegió de los proyectiles y los escudazos, este mismo hombre que caminando a su lado hace que los recuerdos de la señora se desgranen de tal manera que dan paso a la figura del Niño del Diamante, que como siempre estaba sobre su motocicleta.

—Chale, qué milagro doña Laila.

—Sólo los santitos hacen milagros, mi Niño.

—Chidos los milagros.

—¿Nomás los milagros, mi Niño?

—Órale.

—¿Está dura la chamba, mi Niño?

Y se desparramó una plática donde Laila Noreña era quien llevaba la batuta; el Niño sin hablar y la señora echándole miraditas, le palpaba los brazos, dejaba la mano cerca de la mano, acariciaba la motoneta igualito que si fuera el cuerpo del chavo; bien lo tiene presente la señora, no sólo porque aquel día fue el inicio de la verdadera trayectoria en busca del Jitomate, sino que se dio cuenta: adentro de ella existía una sensación que la llevaba a suponer una experiencia natural, y que mostrarla y manejarla no le costaría ningún trabajo aun asustada de que ella, una viuda, mamá de la difuntita niña Linda Stefanie, tuviera el desparpajo para camelar con un chavo que por la edad podía ser su hijo y que además eso le agradara al extremo de comportarse como una de las tantas busconas que circulaban por el Barrio.

Como si dieran un paseíto, él con la R3 a la velocidad del caminado de la señora, se fueron alejando del gritadero de la zona del mercado hasta llegar a la tienda de abarrotes de don Isidoro, donde el Niño a través de las rejas protectoras compró un six de Tecates, puso las cervezas en la bolsa de la moto, antes de volver a subir abrazó a la mujer, que le pellizcó la espalda y así, con la pura mirada, como si la conversación hubiera tenido varios planos, entraron al hotel Marsella que estaba ahí, a la vueltita, y todo fue tan sencillo que ella, la señora Laila, como si fuera veterana, no sintió la más pequeña vergüenza o arrepentimiento por esperar junto a la administración mientras él se registraba.

Ese momento, al igual que otros en estas últimas semanas, fue decisivo; esa es la causa de que lo recuerde con tal precisión en este instante en que camina junto a don Eutimio, pero quizá la escena: ella esperando que el Niño se registrara en el Marsella, gane en este relámpago, porque algo: ¿un poquitín de lástima?, ¿remordimiento inentendible?, ¿arrepentimiento inútil? aparece junto al olor del buzo que la acompaña; de nuevo siente que su corazón palpita por cuestiones ajenas a la turbación,

…en el lobby del hotel no vaciló, al contrario, bromeó al caminar por el pasillo, bostezó mientras el Niño abría la puerta; al entrar al cuarto, mientras el chavo sin más le iba quitando la ropa, ella le fue bajando los pantalones y le palpó el miembro sin querer compararlo con el de Rito, pero al no querer lo hizo, y al hincarse y ver la pichula como banderita, al meterla a la boca, pensó que el placer no tenía por qué sesgarse de los planes, bien podía unir ambos extremos: gozar el momento sin perder de vista los otros objetivos y lamió esperando que no se descubriera su novatez al tiempo que el Niño le pasaba el diamante por los pechos, la levantaba del piso, la cargaba para echarla a la cama y sin besos salivados ni mordiditas que ella imaginaba podían darse, sin caricias previas ni preservativos, el muchachito le abrió de tal manera las piernas que Laila creyó partirse en dos, lo que volvió a suponer cuando de un empujón entró en ella para subir y bajar acompañado de un jadeo que ella aprisionaba en los oídos hasta que el Niño le dijo varias veces me vengo, me vengo y acompañó el último quejido con un mamacita, mamacita, antes de resoplar anunciando que había terminado.

Ese pasaje, vivo por ser la primera vez que Laila Noreña hacía el amor con algún hombre diferente a su marido, que Dios y la Señora lo tengan en su santa gloria, tiene que ser acompañado de los otros, ya que cada uno tuvo algún significado especial: las demás ocasiones en que se acostó con el Niño, siempre en el hotel Marsella y con la televisión prendida, fue una repetición de la primera: al terminar, ella con un deseo caliente y amoroso en el cuerpo, acurrucada junto al chavo, veía como él se zampaba tres o cuatro cervezas, se alineaba un tercio de rayas de cocaína y con la tele de guardia se daba a platicar de sus años con su familia en el oriente de la ciudad, de un viaje que de más joven hizo a Acapulco, de los trabajos en la Central de Abasto; nomás estaba esperando juntar dinero suficiente pa regresar al puerto guerrerense, pero a disfrutarlo de otra manera; dejarse crecer el pelo pa peinarse como punketo y no volver a ver a nadie de los que lo han explotado, a los gringos que tienen dólares pa comprar lo que quieran; el Niño se envolvía en los pasajes de la tristeza, de los rencores y de la joda que se había dado para llegar hasta donde se encontraba, cerca de los jefes del Barrio; con voz humosa echaba fuera la inconformidad de no estar más arriba; entonces la señora Laila, como no queriendo, le decía que no era conveniente hablar del trabajo y al tiempo lo acariciaba; con otro tono de voz le iba preguntando por los gustos de la señora Burelito, de cómo podría ser la vida del señor Simancas, si el tal Luis Rabadán era tan malo como se decía en el mercado.

Las sesiones en el Marsella la hicieron entender que las películas donde la protagonista al hacer el amor terminaba echando gritos, fatigada y sudorosa, eran mentirosas; quien rápido se rendía dejándose caer del lado de la cama, cerrando los ojos, sudado, era el chavo, y ella viendo las imágenes de la tele, inquieta, con ganas de darle un pescozón o morderle esa verga chiquita las más de las veces enroscada en su color de mancha negra; pero la insatisfacción no le ganaba, para ella todo era necesario; estaba segura de que había que liquidar un pago desembolsado en abonos; la primera entrega era con el Niño, de ahí seguir subiendo porque para esos momentos Laila Noreña ya sabía que romper la estructura en la organización de los padrinos del barrio era inútil si no se escalaba peldaño por escalón, como sucedió en el operativo policiaco de aquel fin de semana en que por algo, después calificado por ella como de un favor digno de la Santa Bella, se dieron las circunstancias que Laila catalogó como premio a sus esfuerzos y a las oraciones que, hincada y con fervor, junto a la veladora negra, casi todas las mañanas entregaba en la Capilla de la Santa Blanca.

Desde aquella vez en que observando a su hija arreglarse antes de salir a reunirse con el Yube, maldito sea, escuchó un ruido como si un enorme cristal se rompiera, Laila Noreña después de reflexionarlo, llegó a la conclusión de que el ruideral había sido una premonición a la que no quiso o no pudo buscarle un descifre; así que cuando alguien habla de cristales rotos pone mucha atención, la misma que la hace levantar la cara y retomar el relato de Eutimio Olascoaga, preguntándole al buzo si él también creía en los mensajes de los poderosos.

—Por supuesto, Lailita, ya le dije, si no hubiera llegado ese ruido, estoy seguro de que ya no se lo estaría contando.

—Digamos que fue una llamada de atención.

—Conforme pasa el tiempo las dudas se me van borrando.

—¿Y no lo ha vuelto a oír?

—No, pero con usted, como que se oyen campanitas.

—¡Ah que don Eutimio! ¿No le digo?: todos los hombres son muy zalameros.

—Por lo menos yo lo digo sólo cuando hay razones.

—¿Y las hay, don Eutimio?

—Siento que sí, doña Lailita.

El hombre al que en el Barrio apodan el Domador regresa al relato sobre los peligros en su trabajo de buzo, menciona las negruras a las que está sometido a diario; Laila Noreña está segura de que los riesgos existen en todo lugar, sobre y bajo la tierra; ella los está viviendo cada día más peliagudos conforme se va adentrando en los círculos que rodean al Bos de los sicarios, y no ha sido fácil hacerlo.

…tuvo que amansar los celos del Niño, prometerle que en su momento podría llegar a ser su mujer de planta, pero antes:

—Necesito darle fuerza a mis negocios, mi niñito…

…acariciarlo, asegurarle que por el momento no era conveniente esta unión; es más, debían dejarse de ver por unos meses mientras ella afirmaba su amistad con Luis Rabadán; que no tuviera celos, el único en su vida era el Niño.

—Tú mi chiquito, mi nene lindo.

…pero debían asegurar el futuro, y en esos andares los celos nomás pasan a perjudicar, salvo que el Niño tuviera el suficiente dinero pa sacarla del trabajo.

—Dejamos arreglados los negocios, mi nene, y nos vamos a donde tú quieras, primero a Saltillo, o a Acapulco, sirve que conozco el mar, y de ahí, si te entran las ganas, definitivamente nos damos una vuelta al otro lado pa ver cómo viven los gabachos, o sea.

Aunque en aquella operación policiaca ella asegurara haber oído de nuevo el ruido de la ruptura de un cristal, en verdá no lo dio nunca como algo consumado, pero un par de semanas después aceptó que sí había sucedido lo del tronido, porque de otra manera no se podía explicar la coincidencia que se dio para subir un escaloncito más en su búsqueda cuando en el tumultuoso operativo policiaco para apañar a los que vendían droga en el mercado y en medio de la boruca, las pedradas y los macanazos, tuvo que escapar sabiendo que siempre la tira agarra al que se deja y no al que la debe; con los policías tras de un grupo de gente, Laila ahí revuelta, despeinada, entró corriendo a una vecindad en la calle de Aztecas y al buscar un departamento pa pedir que le permitieran resguardarse mientras terminaba el jaleo, un señor al que momentos después identificó como Luis Rabadán le echó de gritos llamándola desde la puerta de otro departamento.

—Órale, véngase pacá, mi amiga.

Ahí fue donde ella supuso escuchar el tronido, porque Rabadán, tan secote y malhumorado, como en acto milagrero la invitó a esconderse en ese lugar que la sorprendió del tal manera que hizo que Luis, marcando una sonrisa como mueca, le explicara que no siempre lo que se ve es, como la bodega en que estaban metidos y que ella al principio supuso era un departamento,

—¿A poco no sabía que en el Barrio se tienen que usar disfraces pa hacerle frente a la tira?

—No señor, pos cómo lo voy a saber.

—Ah qué cándida es esta mi amiga.

Clarito oye lo que Luis Rabadán le dijo aquella tarde; ahora Laila camina en compañía del Domador, la mujer va recordando con exactitud el montonal de asuntos que se han dado en su vida en estas últimas semanas en que los pasajes le fueron cayendo como piedras.

Don Eutimio habla y ella, entre las palabras del buzo, piensa también en otras palabras, las primeras que le escuchó al lugarteniente del Jitomate, las primeras dirigidas en forma directa hacia ella, digamos que de frente, porque antes estuvieron las del llamado para auxiliarla, después Rabadán se las decía cara a cara quizá al notar la sorpresa en los ojos de Laila al ver que en lugar de un departamento se encontraba una serie de habitaciones llenas hasta el tope de cajas y cajas con letreros en quién sabe cuántos idiomas.

Tres o cuatro chavitos, vibrantes como ratas, después de dejar limpia de cajas una zona, al fondo han colocado una falsa pared con cuarteaduras y manchas de humedad; distribuyen unos muebles en la habitación donde Laila está de pie y junto a Luis Rabadán observa el trajín, se asombra de que en un instante el almacén se haya transformado en una pequeña sala de estar alfombrada con sarapes coloridos, una cafetera, una tele prendida, dos señoras que sin hacer caso del movimiento, sentadas en unos sillones, siguen el desarrollo de un programa. Esas imágenes le llegan igual de claras que la voz de Luis, quien le pide, casi ordena a la señora Noreña que también se siente a un lado de una mesa cubierta con un linóleo amarillo, arrugado como si hubiera estado ahí durante mucho tiempo.

—Usté tranquilita, mi amiga.

Laila Noreña nada dice y menos se atreve ante la mirada burlona de Rabadán; también sentado, el hombre sirve un par de tazas de café. Los chavos han desaparecido tras la pared falsa adornada con fotos de matrimonios, de un señor bigotudo, dos calendarios y un crucifijo, velas encendidas y un sol de barro.

—Si tiene prisa, aguántesela, mi amiga.

La mujer capta los ruidos de la calle que suben y bajan; de pronto pareciera que el departamento sería allanado y a su vez el silencio se hace parte de un vaivén oscilando al ritmo de los nervios de la señora, a quien Luis Rabadán le insiste que lo mejor es mostrarse tranquilos.

—Lo que ha de pasar, pasará; ya hicimos lo necesario, mi amiga, y no está en nuestras manos cambiar lo que venga.

En la confusión de esa tarde, Laila Noreña descubrió varias cosas: que como bien le dijo Rabadán: lo que parece ser no siempre es; que aun viviendo en el Barrio, los años de estar bajo la sombra de la sombra de un marido acedo le habían tapado los ojos y los oídos y las ganas y la pulsación que se le mete entre las piernas al descubrir que las vecindades que rodean al mercado no todas eran viviendas sino extensos almacenes de mercancías, que la organización era más fuerte que su rabia; no bastaba con meterle las ganas a la jugada, sino había que poner la astucia por delante; una de las pruebas del poder de sus adversarios era la veloz transformación de una bodega, como en un set de película; uy, si hacen esto qué no podrán hacer con ella, que apenas es una pringuita montada en una rabia inmensa; estaba frente al segundo peldaño de su carrera: Luis Rabadán, tan de mala fama, el que jamás le ha tendido la mano a alguien como a ella, se la tendió no sólo al salvaguardarla en el departamento falso, sino a la hora en que ya noche oscura, después de latidos y temores, de minutos de aburrición y miradas miedosas a la puerta, el hombre delgado y de bigotillo a la antigüita le dijo que la acompañaba a su casa, las cosas en la calle todavía están muy revueltas, mi amiga, todo esto sin que las dos mujeres dejaran de ver la tele.

Semanas después, inclusive cuando ya estaba con Eutimio, cuando ya el Jitomate dejaba ver el gusto que le daba platicar con ella, Laila Noreña recordaría la solemnidad de Rabadán al tomarla del brazo para cruzar las calles, cómo con su cuerpo la protegía para que ninguno de los miembros del Escuadrón de Finamiento se le acercara demasiado y cómo al llegar al edificio la acompañó hasta la puerta de su vivienda, y ella, dándole las más cumplidas gracias, lo invitara a comer porque el agradecimiento funciona en correspondencia y como no quería que el señor don Luisito se fuera con la impresión de que ella era una grosera, dos tardes después le iba a preparar un pato a la Iztacalco de chuparse los dedos, igualito a como se lo había enseñado su tía Amalia, que la Señora de Blanco la tenga en su santa gloria.

—De chuparse los dedos, don Luisito.

Para envenenar a este desgraciado, pero no era aún el momento, con estos malvados ninguna cautela era inútil, debía ser tan precavida como ardilla, jamás tumbarse del rostro la careta de la humildad, que nada se le reflejara en los ojos y si el engaño como prueba había funcionado con el Niño, no significaba más que un paso sencillo en comparación a la forma en que debía manejar su relación con Rabadán, hacerle sentir que ella era una más de sus aliados y al mismo tiempo una mujer con su sello desigual a las otras.

Desde lo soleado de la acera, sin que las nubes negras de los días pasados amenacen nuevas lluvias, la viuda oye cómo el buzo le va platicando:

—Por eso me siento tan contento con usted, Lailita, de plano usted no es igual a las demás señoras.

—Ah que don Eutimio, o sea, entonces, según usté, a eso se le dice sello desigual, ¿no?

—Todos han de tener su sello, pero hay algunos que no lo podemos enseñar hasta que alguien lo descubre.

Llegan las palabras de Eutimio Olascoaga, el buzo camina a su paso; la mujer lo mira y acepta que no le es desagradable el grosor del cuerpo, que le llaman la atención esas manos fuertes y muy limpias.

—Ah que don Eutimio, pos cuál es la diferencia, será que usted me ve con ojos de afecto.

—Yo estoy acostumbrado a mirar sin ver, Lailita, por eso se lo digo.

Ya están muy cerca del estacionamiento de Las Águilas, se acercan a la Avenida del Trabajo, el movimiento del otro lado es intenso; la señora sabe que entrados en la zona del mercado lo estrecho de los pasillos entre los puestos y la gente les hará muy difícil seguir la charla; antes de cruzar la calle se detiene, poco a poco va subiendo la vista desde el suelo hasta los ojos del hombre; mueve las manos; con los dedos apenas le roza los bíceps; el Domador está agitado, así lo mira; muy bravo pero los más cuerudos se arrugan cuando las mujeres ganan la iniciativa.

—¿Usté ya ha probado el pato a la Iztacalco?

El mismo guiso que Luis Rabadán comiera en el departamento de la señora Laila, de la amiga, como el hombre alto le llama; el señor Rabadán alabó lo buena cocinera que le resultó su amiga, quien para abrir el apetito destapó una de Herradura reposado y le fue ofreciendo copita tras copita a ver hasta dónde el de bigotito, recortado como lo usan los cancioneros de Garibaldi, cambiaba su sequedad; hasta dónde el tipo este soltaba prenda; si agarraba valor pa otros asuntos que a lo más llegaron a las palabras:

—Quíteme el don, amiga.

—Si usté me quita el amiga.

…le dijo antes que él, limpiándose de continuo la línea de pelo sobre el labio, se despidiera. A partir de este momento cualquier problema que tuviera Laila…

—¿Así está bien?

…ái estaba este su servidor pa lo que se le ofreciera.

—Yo lo paso a saludar, no pa darle molestias, Luis, ¿así está bien?

Si el del bigotillo esperaba que al día siguiente su amiga corriendito lo fuera a buscar a donde todos saben que anda del diario, pues se equivocó; Laila amansó sus ganas, se puso trabas dejando que pasara casi una semana para acercarse a las oficinas del Jitomate, sabiendo que Rabadán en ese momento no estaba.

No sólo las palabras del buzo la regresan al momento, también el ruido de las peseras y los gritos de los que invitan a subir a los transportes:

—No, doña Lailita, el pato así nunca le he probado, pero pos ojalá lo pudiera comer, yo más bien soy del mar, por eso no conozco los guisos de otra parte.

Al cruzar la avenida ella lo toma del brazo, ligeramente se lo aprieta; nota que con ese movimiento el buzo reacciona; ella aspira el olor que despide el cuerpo de Eutimio Olascoaga pero no le es desagradable, quizá lo atempere la tranquilidad del tipo; a la señora Laila le agrada, se siente esposa cuidada por un hombre tranquilo pero no manso, un hombre que no sea bravucón pero sí efectivo en el momento que se necesita serlo; no en vano anda hasta el pescuezo en lo que está y así como se han dado las cosas ella supone que las horas mansitas se van a cambiar por un verdadero jaloneo conociendo cómo se las gasta la gente del Jitomate, que primero la veía con desconfianza, sobre todo la primera vez que llegó a buscar a Luis Rabadán; al no estar su amigo, el Bos, aunque se estuvo callado, se interesó en ella contestando sus preguntas con puros gruñidos, como sucedió quizá la segunda o tercera hasta que empezaron los saludos, que terminaron cuando el Jitomate le dijo a Rabadán que cuando quisiera podía invitar a la señora a tomarse un refresco y ver el futbol por la tele.

El Domador no hace por tomarla del brazo al subir el peldaño de la acera; la observa cuidando que ella no pierda el paso, atento al caminado de la mujer.

—Pues si no lo toma a mal, ¿qué le parece si se viene a la casa a comerse el patito?

—Con muchísimo gusto, Lailita, me siento muy honrado de visitar su casa.

—¿Puede el sábado?

El ruideral del mercado se les echa encima, como tantas cosas Laila no ha sabido aceptar la música a todo volumen, en una de las bocinas que tiene enfrente identifica la voz de Julio Jaramillo, se confunde con una rola de música tecno, se alterna con un conjunto tropical, se amalgama con un rock del Tri y la voz rasposa de Lora; entre el ruido apenas se escuchan las palabras del Domador, dice que el sábado es un día perfecto, si le permite llevará unas cervecitas, un roncito jamaiquino o lo que a la señora le apetezca.

—Lo que usted beba, don Eutimio.

—Si no le molesta, dígame Timo.

—¡A qué don Timo!

—Sin el don, Lailita.

—Sin el don, Timo, ái lo espero el sábado pa que tome posesión de su humilde casa.

Acelera el paso, se mete al tumulto del mercado,

…va moviendo la cabeza como si las cuestiones se le apachurraran en la mollera: a la hora buena con una caidita de ojos estos valientes son los primeros que dan el ranazo,

…bien a bien no comprende por qué meter al Domador en esa jugada donde no caben las dulzuras hasta el día que su niña tenga paz en el regazo de la Señora Blanca,

…si anda en lo que se llama los últimos peldaños, ya brincó los de abajito, al Niño lo tiene controlado y la mejor prueba es que el chavo ya no se atreve a jugar a la parejita de enamorados; de vez en cuando, con vocecita chata, se anima a pedirle que ojalá le dé chance en el Marsella; lo dice así, como dádiva, no como reclamo,

ya el Jitomate la mira sin ponerle grietas a los ojos y la invita antes de que la mediación de Rabadán se imponga,

ha notado que el saludo de los guardaespaldas y los chavos de las motos es respetuoso,

los comerciantes de junto a sus puestos no le hacen la vida de metate, al contrario, tratan de ser amables.

Entonces, en todo esto, ¿qué pitos pela este buzo que huele a caño y nada tiene que ver con los argüendes del Barrio?

Eso Laila Noreña no lo sabe a ciencia cierta, lo que sí sabe es que en la vida no todo se ha resolver en la mente, hay que buscar lo terrenal en la razón de los pálpitos que la miman al ver como el nombre de Eutimio Olascoaga, enredado en un río de gaviotas, gira en esas nubes con que los humanos sueñan de vez en cuando.

Veintiuno

Cuando a Golmán le tiemblan las manos es que anda urgido de un jalón de espidbol o porque algo se le salió de la cuadratura; lo ha sabido desde que chavito lo bautizaron en el Barrio, no en las aguas de la iglesia, que el verdadero bautizo se da entre la banda y no con los curas que a todo le quieren poner pretextos; el bautizo neta es cuando se siente cerquita la sangre ajena, se mete el primer jalón de blanquita, le pegan la primera calada con un fierro, cuando truena el plomazo debutante, se manda a la chingada a la familia pa largarse a buscarle la vida a la vida; ese es el bautizo que Golmán califica de chido, el que se lleva tan junto que nadie podrá separarlo, güey,

…pero cuando a la tembladera no se asegunda la ausencia de espidbol, es que algo se le recala y lo pone alerta; él no se avergüenza de sentir la temblorina, al contrario, lo califica como un aviso imposible de olvidar, por eso ahora que está metido en los vericuetos de la Candelaria, refugiado en este hotel de putas jediondas, sabe que la tembliña no es por falta de espidbol sino por causas más gruesas: que la tira y el comandante Amacupa andan tras su rastro, pegados como ratas de albañal que no se cansan de tirar mordidas; por más llamadas al teléfono del Jitomate nadie le ha dado razón del Bos; ese conjunto de hechos más todo lo que intuye, sumándole el estar lejos del Barrio donde tiene puntos de referencia y refugios a modo, le cala la nerviosidad que debe existir, claro, la nerviosidad es la razón del pálpito, pero no así, descontrolada y sin tener las condiciones para manejarla,

...apenas mueve la cara para fijarse en Maracas tumbado en la otra cama: zombi mirando el techo del cuarto, los tenis manchando más la colcha; Golmán tiene que pensar rápido: salir de este hotel, perderse en la ciudad o de plano irse a Cuernavaca, a Querétaro, algún lugar no tan lejos pa estar a las vivas cuando tenga chance de regresar pero no quedarse planchado como muerto esperando que algún gandalla le ponga las veladoras; ni madres, falta un chingo pa que alguien dibuje su nombre en la Cruz de la Esquina, la neta, el apelativo siempre aparece en la cruz por la mala onda de algún jijo, pero ¿quién no es jijo?, los gandallas nunca han sido de fiar, chingaos, y ¿quién no es gandalla?,

...la cruz con los nombres grabados se le va borrando, luminantes brincan los ojos del Amacupa, los madrazos en las cárceles, las noches en las celdas; ya no sabe qué escoger: que lo manden pabajo, lo dejen frío y después un gandalla piadoso vaya a grabar su nombre en la Cruz de la Esquina de los Ojos, o soportar el encierro, los purrunes con la ley, los pinches abogados que todo lo enredan; Golmán ya conoce el numerito, si lo ha vivido varias veces,

...chale que odia toda clase de encierros, los de su casa, los del billar, por eso él nunca ha jugado esas pendejadas, los atorones en la cárcel, abomina todos los encierros, los de este pinche hotel en donde han tenido que esconderse pa pensar, pa darse una tregua porque huir a lo pendejo es como anunciar que los andan cazando, igualito que cargar un anunciote: aquí estoy, agárrenme, y con billullos tan ralos en la buchaca el anuncio se hace luminoso, chale que pa esto se necesitan fondos, dólares, porque si los agarra la tira por lo menos se tiene con qué comprar el silencio, chale, las negruras no llegan solas, y con suavidad restriega la espalda contra el colchón de la cama pa recordarle a la Señora que no lo abandone en el mero tránsito de este purrum que grueso se le está trepando desde el momento en que le avisaron que el Amacupa andaba tras su osamenta; gira el rostro, lo quita del techo porque la pinche tele ni la ha volteado a ver; pone los ojos en la otra cama; ve los hilachos de la colcha; los tenis del Maracas; desde la mugre de las suelas va subiendo por el cuerpo del otro atómico hasta llegar a su rostro; ahí lo mira, le mide el trazo de los ojos porque Fer también lo mira como si le quisiera decir algo.

Maracas no habla; desde la noche que les avisaron que se escaparan del Barrio siente que su parner nomás es un estorbo; según le dijeron al que andan buscando es a Golmán, nomás al ejecutor; no es tan pendejo de creer que si por algo rastrean a su pareja Fer vaya a salir limpio; por casi un año han trabajado juntos y lo que le toca a uno le ha de tocar al otro; lo que Fer no sabe es la razón, y pa adivinarla hay que darle un voltión a cada uno de los trabajitos que han hecho; pa qué buscarle sobacos a las víboras, las malas suertes no se cocinan solas, por alguna causa se le cuela esa sensación que a veces le llega: a Golmán lo andan buscando por lo del Yube, ese fue el único trabajo que solito se embuchacó el otro de los atómicos; chale, pesa eso de los atómicos, los prende a un caminito amarrado a un destino parejero; Fer sabe: no es posible tomar rumbos diferentes, están marcados con el sellote de los atómicos, igualito que si fuera el tatuaje de la Santa Muerte que Golmán trae en doble cosido en la espalda,

...y de pronto, en medio de la imagen de la Santa Señora aparece un disfraz de albañil, ahí mismo, tumbadote en la cama siente el aire frío de la noche, algo lo sube a las alturas de un edificio, tres, cuatro pisos arriba de la calle, la neta es la que se aparece, la chava, la de la azotea, la vieja del Yube, güey, y quiere quitarse esa idea porque eran muchos gandallas los que le entraron a ese desmadre, ¿por qué se la van a cobrar a él solo?, mueve la cabeza, quiere sacudirse eso de la mollera pero no puede, le pica en la panza, oye los gritos y siente en las manos el olor de la ropa de la chava,

...con el rabillo del ojo mira a Golmán que está tumbado en la otra cama, frío como chela helada; Maracas mueve los tenis, se toca la camiseta de los jets de Nueva York, sin fijarse en el programa cambia el canal de la televisión enana que tienen en esos hoteles del rumbo de la Merced, refugio de putas horrendas que en los pasillos están haciendo el ruidero, cagándose de risa las carajas y Fer no puede salir a romperles la madre, tiene que estar calladito, con su Yamaha escondida en el estacionamiento de Pino Suárez,

...cómo extraña a su grisesita, mueve los tenis tratando de sentir a su moto bajo las piernas seguro de quién manda; no como ahora que se hunde en el olor de la cama, se toca la bolsa del pantalón y la escasez de billullos, en esta onda se tiene que contar con dinero o por lo menos saber de dónde sacarlo, ¿pero cómo van a aparecer los billullos si están hundidos en este hotelucho de putas gordas y teporochos medio muertos?, se rasca, se talla las ronchas que han de ser por las chinches hambrientas anidadas en estos colchones que huelen a miados; ve que Golmán también se talla contra el colchón; Fer levanta la cabeza, la gira y se encuentra el rostro del otro atómico que también lo está mirando como si quisiera decirle algo.

Decirse algo sin necesidad de discutirlo, aceptaron salir de ese pinche hotel no porque oliera a mierda, con unos baños peores que los del reclusorio norte, sin agua caliente, día y noche con el purrum de las horrendas putas, sino porque conociendo al Amacupa lo primero que iban a hacer los tiras era peinar los hoteles del Barrio, despuecito los de las zonas cercanas, y la Merced era punto obligado.

En las huidas nunca se cargan maletas, con lo puro puesto, que lo demás estorba; era necesario irse del hotel y se fueron; era necesario comer y se metieron a una lonchería pa calmar la tripa y seguir el discute de cómo cada quién calibraba el purrum: si se creía necesario cortar la sociedad y agarrar rumbos opuestos, si se pensaba que era mejor seguir juntos, si se largaban de la ciudad y a dónde,

…dijo Maracas, armar eso que los ojetes tiras le dicen la logística,

—Mis güevos.

…repite lo de mis güevos, Maracas no iba a entender nunca que Golmán estaba pensando igual a lo que el pinche Amacupa supone van a pensar los atómicos; no quiere explicarle eso a Fer, que le va a salir con ondas de motociclista; aquí se necesita pensar con la tatema de ejecutor, no con la de chofer.

—¿De qué se trata, güey?

Fer insiste en que Golmán le explique, ya sabe que el ejecutor es cerrado de palabras, serio como mula, aun así abre las manos, las baila frente a los ojos de Golmán que despacio come arroz con mole y frijoles de la olla, bebe de un trago medio refresco de tamarindo; Maracas le pega una mordida a la pierna de pollo en pepián y se la baja con un amamantón de agua de jamaica; los dos dentro de una lonchería en los límites de la Merced, rodeados de güilas disfrazas de meseras a las que Golmán mandó a la chingada cuando antes de servirles la comida que sabe del carajo, un par de gordas prietas y chaparras dijeron que por veinte varos cada uno podía disponer de dos gallinitas en el reservado de la trastienda.

De los labios Golmán se limpia lo rojizo del mole. Le da otro jalón a lo que resta del refresco y medio mascando dice que ellos no pueden actuar como los federales suponen que vamos a jugar, tienen que moverla de otra manera,

—Agarra la onda…

…Maracas mueve la cara:

—Pos en la película que pongas siempre sale gritando un güey que dice billullos, dónde están los billullos…

…en eso tiene razón Fer, con las bolsas flacas no se puede ir ni a la Villa, ¿qué carajos tiene que ver la Basílica en estos momentos?

…le pide a la Santa Muerte que no se ponga celosa; se toca la espalda; regresa al asunto del dinero sin dejar de pensar en la Santa Dama Blanca que tiene que protegerlo; tampoco le puede dejar a Ella todo el paquete, hay que pensar, darle sus voltiones al purrum, verle los arribas y las esquinas, aceptar que Maracas tiene razón; lo primero es embucharse unos billullos pa hacerle frente a la emergencia, lo primero es lo primero y sin billullos no hay cómo seguir cualquier otro paso.

—Órale, ¿qué más nos refinamos?

…pero ninguno de los dos ha seguido comiendo, quizá porque los guisos estén tan horrendos como las putas que los preparan, tan feos como las que los sirven, olorosas a esos pinches perfumes que a Golmán le chocan, pintadas como a Maracas le encabrona; los atómicos mueven la cabeza pa decir que no quieren más comida; con moditos de actor de cine, como bien lo pudieran hacer los hermanos Bichir, Fer se levanta, avienta unos billullos en la mesa; los dos salen a la calle, y claro, obveo, agarrar pa fuera de la Merced, esquivar los torrentes de personas en las aceras, empujar a las güilas que se les quieren encimar, gruñirle a los rateros que los rodean, brincar a los teporochos tumbados en el suelo, bordear a los vendedores de chicles y pepitas, apartar las manos de los mendigos y entrar a la estación del Metro, buscar las combinaciones pa ir con dirección a la parada Viveros porque según Maracas por los rumbos de Coyoacán está la buena onda y chidas las facilidades pa refaccionar las alcancías.

Repitió eso de refaccionar las alcancías durante el tiempo que tardaron en llegar y lo pensó un segundo antes de escoger al que debía ayudar a llenarlas. Lo mejor es traer las alforjas requintadas de billullos, y me cáe que la vida tiene otros panoramas, siente que alguien le dice mientras Golmán aprieta el cañón de la Mágnum al cuello del flaquito que carga una de esas pinches bolsitas que le llaman mariconeras,

…Maracas con velocidad pasa a la báscula al culero ese que ni siquiera pestañea, que mira con sorpresa cómo dos tipos con cara de cabrones le están floreando los bolsillos, echando pa fuera de la mariconera sus papeles y credenciales,

…aún no ha llegado la noche, la gente de Coyoacán se dibuja en el jardín principal y ellos tres, los atómicos y el flaquito están a unos cincuenta metros del jolgorio, del sonido machacante de un organillero tocando frente a Sanborns; chavos melenudos cargando guitarras pasan por la acera de enfrente; ¿cómo carajos nadie ve nada?; será que si alguien se detuviera a observar al trío podría suponer la plática de unos cuates medio pedos; no hay movimientos bruscos, Golmán le dijo al pinche flaquito que si la hacía de pex le metía un plomazo en la mitad de la madre,

…el hombre delgado levantó las manos: que se llevaran todo y no había escándalo; sin tomar vuelo, Maracas le pegó un gancho, así, en cortito, pero que hizo que al flaco se le fuera el aire, se quejara,

—No la hagas de tos, baja las manos, güey.

Golmán saca los billetes, desgaja la cartera del hombre, Maracas le atiza el segundo gancho, Golmán sostiene al flaquito que se queda con la cara doblada hacia el piso, se les va a caer, Maracas lo empuja contra la pared, Golmán dice que no la arme de pedo porque la familia del tipo lo va a pagar,

—¿Oíste, pinche ojete? — y le zumba el tercero, menos fuerte, nomás pa que el culero vea en lo que se está metiendo.

A Golmán le gusta sentir esa rabia, le encanta echarla pa fuera, que los gandallas sepan dónde está la mera neta del planeta; con paso rápido pero sin correr, porque eso lo hacen los novatos, caminan rumbo al parque central; sin más se meten a la iglesia. Maracas sabe que en el último lugar donde buscan a la banda es en los templos, pero también acepta que todo tiene su lugar y que estando ahí hay que pedir ayuda al poder de arriba, se hinca junto a Golmán que reza con los ojos cerrados, la fe es muy necesaria, que si bien sus rezos en apariencia están dirigidos a las santas imágenes de las paredes y columnas de la iglesia, en realidad se los están ofreciendo a la figura de la Señora Guapa que siempre está detrás de cualquier imagen en toda iglesia del mundo; piden dos favores: que el asunto se calme y puedan regresar al Barrio; nomás dos gracias pa no cargar a la Señora con el rosario de peticiones…

…los atómicos oran sin dejar de hacer cálculos del tiempo, eso lo siente Golmán al ver la cara del otro que también mira a su compañero; espera la orden pa salir a ver si no hay tiras rondando; Maracas avisa que está limpio el terreno y regresan al parque; se sientan cerca de una estatua grande y esperan, miran el carrereo de las palomas, los vendedores de globos, los niños jugando arriba del kiosco; disimulan la vigilancia y mueven la cabeza al ver que dos tipos hacen lo mismo que ellos,

uh, hasta en estos lugares la competencia está chon-
cha,

...alzan los hombros, la vida tiene territorio libre y hay
que tener los güevos pa ser ganadores donde se aparezcan
gallos que se sienten muy gandallas como esa parejita de
cábulas que parecen copias de ellos mismos, y la tira ni se
entera, pinches tiras,

—El flaquito nos regaló dos mil varitos, güey, y nomás
en lo que se sopla una velita, mai.

—¡Órale!

...en la bolsa del chaleco de cuero, Golmán siente
calientitos los cuatro billullos de a quinientos, Maracas
se alegra de ver cómo las palomas brincan, aletean, se
agrupan disputándose a gorjeos los granos de maíz que
les arroja la gente; gustoso mira cuando recibe el codazo
del otro atómico:

—¡Chale!

Primero busca a la pareja de competidores a ver si
se adelantaron en algo, pero nomás con el puro levantón
de cejas de Golmán se da cuenta de que los otros deben
tener un objetivo diferente; el atómico le está señalando a
una mujer que camina con rumbo contrario a donde está
la estatua.

La competencia ni se ha dado cuenta de que una
carnadita se anda alejando de las palomas; los atómicos se
mueven sin perder la cara de risa como si estuvieran bien
atentos a los aleteos de los pichones; desde lejos siguen a
la mujer, la tasan, la miden, puede ser, puede fallar, saben
que lo que se comienza no siempre llega, pero es posible,
nunca acelerarse; la forma del caminado de la mujer les
está marcando que la ñora no es visitante, que va a un lugar
determinado, se siente segura en su terreno, no se imagina
que dos tipos, uno gordón y de ropa suelta y el otro flaco,
con botines y las mechas pintadas, siguen sus pasos con la

tranquilidad de la tarde que se está haciendo noche en el jardín de esa parte de la ciudad tan distante y distinta de un Barrio al que no pueden por el momento regresar porque los chacalazos del Amacupa les quieren sacar tirabuzones de mierda sin repartirla con nadie, eso va a estar cabrón, ninguno quiere aceptarlo por más que Golmán sepa que lo del Yube no se quedó en eso, y a Maracas los aires de las azoteas le dicen que por esas alturas anda el purrum porque los otros pasados, por más gruesos que hayan sido, ya no tienen marca si en su momento no se contabilizaron.

Este es otro presente, el que requiere ponerse chidos y llegarle a la ruca que sale del jardín, se mete por una calle llena de autos estacionados y de cuida coches arreando sus franelas; sigue hasta una esquina donde hay una gasolinera; qué lugares estos tan diferentes a su Barrio; la ñora cruza la calle y toma otra arbolada, vacía, de pechito se ha puesto la pinche ruca; Maracas se cruza y la sigue desde la otra acera, Golmán atrás, acelera el paso, calcula el golpe para atropellar a la mujer sin derribarla, Fer vigila, silba en señal de todo libre, Golmán abraza a la señora, le palpa el cuerpo sin que sus manos sientan otra clase de gusto, le jala la bolsa de mano, no grites hija de la chingada, un solo puñetazo en el estómago y la mujer se va al suelo, los atómicos con paso rápido pero sin correr regresan al hervidero de gente que es el parque de Coyoacán, al llegar a la esquina tiran la bolsa vacía, toman rumbo contrario, van por una calle de un solo sentido en el tránsito de autos, hacen una seña al ver a un taxi pequeño, le indican la parada y lo abordan.

—A la Nápoles —dice Maracas al hombre que maneja el taxi—, ái le decimos cuando lleguemos a Insurgentes y San Antonio.

Golmán no ha podido contar el dinero del portamonedas de la mujer, con precaución lo saca, usando la luz de los arbotantes repasa los billetes, Maracas de reojo observa, menos de trescientos pesos, de refilón pulsa el gesto del ejecutor, a ese paso van a necesitar los billullos de una tropa de cabrones pa juntar algo que sea sustancioso, y es necesario porque cada peso significa alargar el momento en que el Amacupa les pegue la tarascada; del taxista apenas se le ve la nuca, es moreno, por la posición Maracas alcanza a ver una parte de la cara, de media edad, usa bigote, el tipo tranquilo, van a dar las ocho de la noche, Fer reacciona cuando el otro atómico saca el fogón de entre el chaleco, levanta la Mágnum y la aplasta contra esa nuca prieta y le dice que se meta a una calle lateral y no la haga de pex, cállate cabrón, le dice al oír que el hombre quiere argumentar algo, el auto pequeño gira hacia la oscuridad de una calle sin gente, párate ái, con un frenazo el auto se detiene bajo unos árboles enramados y anchos, una larga barda y edificios enfrente, apenas estoy comenzando, mai, no llego ni pa la cuenta, se escucha la voz del taxista, Golmán le pega un rozón con la cacha de la pistola, el taxista se dobla, Fer ya está revisando debajo de los tapetes, en el cenicero, en los bolsillos del hombre, este ojete anda más frío que Drácula, y muestra unos pesos, saca lo demás, pinche güey, le grita Maracas, no te hagas pendejo, el tipo sin dejar de sobarse la oreja les dice que apenas está empezando, le tocó el turno de noche y acaba de subirse al auto, es todo lo que traigo, me cáe, qué gano con echarles mentiras, Fer abre la puerta, sale, atrás va Golmán que al pisar la calle gira el rostro y la pistola, ve los ojos del taxista, manso el güey, el hombre muestra lo vacío de las manos aceptando que le tocó la de malas y le tumbaran el poquito dinero, Golmán ya está bien plantado en el suelo, Fer rodea el autito cuando se escucha seco el disparo, nada pregunta, el otro ruido es cuando Golmán cierra la puerta del taxi; los atómicos avanzan hacia la calle transversal por donde dieron vuelta, al llegar a la esquina toman otro taxi, le dicen al chofer que los lleve a Insurgentes y San Antonio, sin frenar la temblorina en las manos, Fer ve cómo el otro atómico se faja el tubo en la cintura, sabe que si Golmán ya guardó la Mágnum el pinche taxista nuevo puede darle gracias a la Señora del Tepeyac porque por lo menos esta raya ya la brincó, y van por esas calles sin perros, sin teporochos tirados en las aceras, hasta llegar a la Avenida Insurgentes, brillosa, con autos nuevos, con amplios restaurantes, se bajan en la esquina, en el asiento del taxi Golmán echa unos pesos, dice que se quede con la vuelta, los dos saben que es el mismo dinero que minutos antes le habían quitado al primer taxista, que de seguro aún sigue bajo las ramas de los árboles grandes.

Veintidós

Laila Noreña tampoco puede, ¿quién es capaz de aparentar frialdad ante tanta fe corriendo en el torrente de devoción reflejada en cada capilla, iglesia, altar y por supuesto magnificada en los sitios cercanos a la Basílica, amoroso altar desde donde la Patrona se yergue? ¿Quién?

Laila no, porque ¿quién puede ser el apóstata que lo ponga en duda? Nadie, por eso los grafiteros lo han relatado a lo largo del viento, disfrazado de retablo lo han clavado en las paredes de la Basílica para mostrarlo en los dibujos y letras sin orden, repetido año con año en un ritual, en la admiración de ese hormiguero de fieles que no se termina.

Desde la noche anterior, el tumulto de creyentes camina con la seguridad de que la Patrona los está esperando; que los mirará desde la dulzura de sus ojos y los ceñirá en sus brazos como lo ha hecho desde hace siglos para después significarlos en grafitis pintados en los retablos con que se disfrazan las leyendas, eso bien que lo sabe Laila.

Con sueño combatido por la fe, la viuda de Callagua puede ver que conforme el día se va aclarando, el rumor de la gente trepa con la fuerza marcada en los rostros de los peregrinos, que en gajos y rodelas van unos tras otros sin guardar orden ni filas.

Laila Noreña, un pequeñito trozo de nada ante la magnitud del festejo, se sacude el cansancio que trata de abatirla; había llegado desde la tarde del 11 y sin tomar respiro organizó los centros de ayuda colocados a lo largo de la Calzada de los Misterios, que por presión del Jitomate fueron encargados a su vigilancia,

—Te tienes que poner muy lista, mi chata, luego no vayan a decir que nos salió mal el santo de la Patrona.

Chata, como desde hace semanas le viene diciendo el Jitomate, sólo él así le dice; Eutimio le llama Lailita; otros la doñita; Rabadán le dice amiga; es ella, la misma mujer que ha escalado peldaños pero no se le quitan las negruras porque esas no se arrebatan aunque le alisen el lomo y la llenen de favores,

—¿A cambio de qué? —con malicia le hubiera preguntado Linda Stefanie.

A cambio de nada,

…porque el Jitomate bebe y a veces llora, la desnuda, la acuesta en la cama y se la pasa hablando de cómo era su familia en Veracruz; nada más; no la toca, no hace que ella lo compadezca con algo diferente que abrazarla y él hablar como si no tuviera quien lo escuchara; ella se siente segura, lo acepta como un esfuerzo adicional que no tiene factura y así, cuando Eutimio la visita, de nada tiene que avergonzarse porque no es pecado ni engaño escuchar los dolores de un hombre, aunque sea el criminal que tanto daño le ha hecho.

Por las noches, cuando su hija la visita, comenta con ella que la mejor prueba de que entre el Jitomate y ella hay una relación sin maldad es que a la señora Laila Noreña se le haya encargado la organización de todos los puestos de comida que, sin costo alguno, el Barrio ofrece a los peregrinos.

—Ni un solo centavo se les cobra, ni uno solo, ¿entendiste bien, chata?

Por supuesto, ahora lo entiende; antes, cuando con su marido y los demás vecinos trabajaba llenando los platos de los peregrinos, no sabía que la colecta para pagar el bastimento a los fieles que asisten el día 12 de diciembre a la Villa de Guadalupe era un disfraz, porque el grueso de los billullos salía de la bolsa de los jefes, jamás se enteró de que era el dinero del Zalacatán, del Jitomate, de los hermanos Alonso, de los otros jefes lo que compraba tal cantidad de comida.

—La caridad no tiene precio, chata, hay que pagarle los favores a la Patrona.

Con aire de orgullo piadoso, el Jitomate le explicó que los puestos son atendidos por las señoras del Barrio que trabajan sin cobrar, como Laila lo hizo acompañada de Rito y Linda Stefanie, que pronto se aburría de servir de mesera a una turba amontonada, primero pidiendo y después exigiendo que se les diera más tamales o litros de atole que vaciaban en recipientes de plástico como parte de un botín.

—La Patrona lo sabe, nosotros nomás cumplimos —dice el Jitomate como si estuviera leyendo el pensamiento de la viuda a la que llama chata.

Por amor son voluntarios; se le ha dicho que ayudar trae buenos comentarios de los Boses: el esfuerzo tiene su valor ante los ojos de la Virgen; trabajar desde la tarde del 11 de diciembre hasta la madrugada del 13, dar alimento a los que van llegando desde todos los puntos del país y se acercan por el enredo de las calles, llenan el atrio, danzan adornados de plumas y por las pantallas gigantes asisten a las mañanitas que los artistas entonan con el llanto como bandera acompañados de los fervorosos mariachis que despiertan a la Patrona:

…hoy que es día de tu santo te venimos a felicitar, morenita mía,

—Y eso, chata, aunque las mujeres de los puestos no lo vean, lo saben; las comisionadas tienen una responsabilidad muy grande, imagínate…

…servir y recibir las cargas que cada hora refaccionan los kilos de tamales, preparar las ollas para el atole, los vitroleros para el agua fresca, y así darle fuerza y ánimo a los que van de rodillas, a los que caminan cargando piedras en los brazos extendidos, a los que han marchado kilómetros muchos desde

—Chata, pa esos romeros el dolor y el cansancio son como prueba de amor a la Patrona.

Repite el Jitomate en extrañas parrafadas porque el hombre acostumbra hablar sobre su propia vida y no de asuntos religiosos; el Bos se nota lleno de amor, casi llora cuando menciona los actos de fe; Laila desnuda y él tapado con un sarape a cuadros, le va relatando que la gente del Barrio no puede ser menos…

—Por eso ponemos el dinero, chata, no importa el costo si el año dejó buenos dividendos…

…esperan que la Patrona los tenga en su regazo y que el siguiente sea mejor, y el que sigue del siguiente haya más ventas de todo, incluyendo todo.

Eso ahora Laila Noreña lo sabe, cuando tiene el encargo de revisar que nada falle, las voluntarias no se duerman, no coman en demasía, las mujeres del Barrio muestren cariño al servir los platos, no se enfaden al liberarse de las manos que se entercan en conseguir más alimento, no se alteren ni con los gritos ni con la bulla de los chamacos que se meten por todos lados y quieren servirse ellos mismos…

…los sufrimientos compartidos son la razón del trabajo, chata, eso debe saberlo Laila que corre, va de puesto en puesto, alienta, reza y por momentos se refugia en su Centro atenta a los problemas que pueden surgir; ve cómo la noche va aclarando y los peregrinos aumentan, la demanda sube y los torrentes de bastimento se hacen gotitas; la Calzada de los Misterios es un hervidero que no permite siquiera ver el suelo, las marejadas de gente avanzan en medio de cantos y llantos, y cuando el sol es línea del lado de los volcanes, la ciudad huele a devoción y sudor, las ropas gruesas para cubrir el frío nocturno empiezan a ser estorbos para los que apenas van llegando al inicio de la Calzada sabiendo que les falta menos para desfilar frente a la imagen de la Patrona, hacer largas filas y recibir su bendición, y ya con la fe henchida salir al atrio, esperar que los organizadores les indiquen qué hacer, cómo guardar el tiempo antes de subir a los autobuses que los esperan para regresarlos a sus pueblos, a sus colonias, a sus barrios, a sus otros sitios a donde retornarán con la fe redoblada por haber estado en el mero santo de la Patrona postrados a sus pies de nube.

Laila se deja caer en una silla plegable atrás de los mostradores, no le importa lo corrido del maquillaje, el haber orinado en los improvisados retretes, que apenas haya comido del mismo alimento que se sigue repartiendo sin cesar, la cantidad de gente no disminuye; por entre los dedos que se estiran pidiendo ve la figura alta y gruesa de Eutimio Olascoaga que tímido busca llegar hasta la mujer.

—Ay Lailita, se ve usted cansada.

Cómo no ha de estarlo, quiere decirle, pero sólo lo mira, le ve las manos relucientes, siente que el olor no agrede a nadie porque es parte de los humores de la zona; el hombre no sabe qué hacer ahí, y como si adivinara las dudas de la mujer, le dice que vino a ayudar; no dijo a ayudarla sino a ayudar, quizá en un acto solidario con la gente del Barrio que suda de cansancio y no se da abasto con los peregrinos que se agolpan en ese puesto como se han agolpado en los otros que los jefes han mandado colocar.

—Pa qué se fue a molestar, Eutimio.

—Cómo va a creer, Lailita, si es doble gusto, venir a darle sus mañanitas a la Patrona y verla a usted.

—Siempre tan amable, don Eutimio.

—Eutimio a secas, Lailita, como quedamos.

—Como quedamos, Timo, ¿así le gusta?

—Me encanta, pero ya no trabaje tanto, Lailita.

—Cómo no, definitivamente llegan con harto apetito, o sea.

—Le digo, si ustedes hacen el esfuerzo, pos yo no me puedo quedar menos.

—De hecho, como a las diez voy a darle su rezo a la Patrona, o sea, pero mientras hay que seguir con la chamba.

—Pos usted nomás dice, Lailita.

Qué le va a decir, pero la gente no espera, sigue pidiendo, al buzo le entrega un delantal con la imagen de la patrona, con un gesto le señala a los peregrinos amontonados detrás de las tablas que dividen la zona de los que están sirviendo y los que están pidiendo.

El juego del enamoramiento le agrada, Olascoaga no la acosa, es discreto, salvo en esta ocasión en que ha llegado de improviso, el buzo ha sido prudente en sus visitas; cuando la cena en que le preparó el pato a la Iztacalco, el hombre no intentó pasarse de listo, un beso en la mejilla al despedirse en la puerta; al acostarse la señora lo comentó con Linda Stefanie,

…madre e hija hablaron como si la chavita estuviera ahí mismo y la señora le fuera informando de los detalles de su vida; charlar con la hija se le hizo costumbre; le contaba cada uno de sus pasos y por supuesto cada una de las palabras del buzo. La niña hace su aparición cuando Laila ya está bajo las cobijas y platican de las veces en que ella y el buzo salieron al cine, a cenar unos tacos en el puesto de Carmelucha, cuando fueron al Zócalo a ver un espectáculo musical y Eutimio cantaba en voz baja, como si las canciones fueran dirigidas a ellos, juntaba su cuerpo al de la señora más por el vaivén de la gente que por iniciativa propia, a ella le gustaba sentir que un cuerpo alto y robusto la protegiera, como sucedió cuando unos chavos con cara de no haber dormido ni un segundo trataron de toquetearle las asentaderas y ante el respingo molesto de la señora el buzo alcanzó a darle un manotón a uno de los chavos y con voz que Laila Noreña jamás había oído le dijo:

—No te pases porque te mueres, hijo de…

Ahí cortó la frase para decirle a Lailita que lo disculpara por usar palabrotas, pero a veces estos gandallas se pasan de lanzas.

—Gandallas hay en todos lados, Lailita.

—Por eso le digo que no se me despegue —respondió la señora con voz bajita, como si le estuviera contando un secreto.

Lo dijo así pa que el buzo sintiera que ella dependía de su cuidado, sí, pero al parecer también con el otro sentido que no sabe si el hombre captara, piensa mientras avanzan por los Misterios rumbo a la Basílica después de que Luis Rabadán le dijo que se tomara un par de horas de descanso.

—Si quieres ir a tu casa o ir a ver a la Patrona, ái lo que tú digas, amiga.

De la vigilancia de los puestos se iba a encargar la señora Burelito, que desde que Laila Noreña está en el ánimo del jefe Jitomate se ha vuelto más refunfuñona; Laila finge no darse cuenta, no le cuesta trabajo fingir, lo ha venido haciendo las últimas semanas, no afilar la mirada cuando escucha cómo se hacen los negocios, no mirar de frente a los visitantes que llegan a proponer acuerdos, aceptar que a solas el Bos le cuente de su vida, la mire desnuda, de pie delante de la luz de las velas negras que rodean a la Santa

Guapa, pa escuchar que al hombre le gustan las hembras que no andan por ahí de chismosas, acostarse junto a ella, beber de la misma botella, indiferente a los pechos de la mujer que se ven en claroscuro por la luz móvil de las flamas, y contar de lo mucho que le ha costado llegar hasta donde ahora él está situado en el Barrio.

Desde la tarde del 11 no ha visto al Jitomate, aunque ella nada sea del buzo no le agradaría que los dos hombres se encontraran: uno es parte de la vida que apenas va construyendo y el otro es la ración que traga sin saborearla, al contrario, le entra la náusea, pero cuando tiene ganas de escapar recuerda a su chavita en la plancha de la morgue y la muina se le enrosca en los pechos, se la oculta al Jitomate que la observa decorada con la luz que despide la Santa Muerte; el Bos bebe, le cuenta y se duerme roncando sin siquiera dejar que ella le toque el miembro, como lo intentó la primera vez suponiendo timidez en el gordo y que alguien debía dar un primer paso, un primer agarrón, pero el Jitomate le quitó la mano diciendo: es más bonito su calor a las caricias.

—No te enojes, chata, pero así es esto.

Qué era esto; hasta dónde el gordo la usaba, hasta dónde la había subido a nivel de mamá; a qué límites llegaba la soledad de un tipo que tenía negocios de toda clase menos el de la droga, al parecer exclusividad del Zalacatán, aunque el gordo a veces, sin precisar la razón, aclarara:

—Aquí hay terrenos, chata, no exclusividades.

¿Hasta dónde podía fingir y mantener esa especie de amasiato con el Jitomate y a su vez enrocarlo con el enmielado romance de Eutimio Olascoaga? Nadie lo sabe, ni siquiera su hija se lo podría aclarar en las noches solitarias cuando la visita; Linda Stefanie la mira sonriente, la anima a seguir en el juego del amor y la revancha, ¿cuál iba a ser el que Laila se llevara en el alma?; la hija nada le dice, sólo ríe como si la señora se enfrentara a lo que la chava se enfrentó muchas veces, y al no llegar la respuesta echa afuera la pregunta y junto a ésta los enredos; de nuevo ve la reacción del buzo, quien descubre que, como mitin político, entre otras decenas de mantas una anuncia que el Barrio está presente en medio del alboroto del atrio de la Basílica.

Alrededor del enorme letrero de letras rojas adornado con imágenes, Laila, sorprendida, mira a muchas personas que conoce, algunos de los que van a visitar al Jitomate, son los mismos pero diferentes, como si fueran personajes de los retablos de la Basílica, con otras ropas y distintas miradas, unos van llegando, como la Rorra, ¿quién se habrá quedado al frente de los puestos de comida?

De seguro la Burelito salió atrás de la pareja, aunque pareciera que nunca se hubiera movido del atrio; la Rorra se encuentra de rodillas, así avanza, con los brazos en cruz, unos chavos, sus hijos supone Laila, sus sobrinos, sus ahijados, no lo asegura pero son muy jóvenes, llevan los cabellos teñidos de verde, le van poniendo mantas en el suelo pa proteger el avance de la Burelito, que hace muecas de dolor, tiene los ojos lagrimeados y puestos en las nubes, desde donde la Patrona estará viendo a la doña y a los chavos que a su alrededor se van juntando, los chicos llevan unas velas prendidas que mueven como si fueran olas.

Laila trata de seguir hacia la entrada al templo pero la gente del Barrio le llama:

—Por acá, vámonos juntos.

Juntos, juntos como va con el buzo a su lado; el hombre no habla, ¿irá rezando? Laila ve a Algeciro Simancas, que no luce sus camisas floreadas sino una camisetita untada al cuerpo, sus pechos como si fueran de jovencita, las axilas rasuradas, los brazos sin gota de sol, se golpea con un látigo corto; al volverse, las líneas sangradas marcan en la

espalda la prenda oscura, va sin mirar a nadie, compene-
trado en el dolor y los gritos y rezos de otros chavitos que
lo animan a seguir, le dan agua, le limpian el sudor, algo
le dicen al oído, Simancas resopla, se golpea de nuevo, los
azotes no son agresivos, van cayendo con el puro giro de
la muñeca, uno tras otro tras uno más agotan la carne, la
desfloran, la hacen surco por donde escurre sangre marcada
en la camisetita.

—Hoy es una fecha gloriosa, ¿verdá Lailita?

La viuda escucha las palabras del Domador, no, ese
apodo ni siquiera pensarlo, las palabras de Eutimio, de
Timo, del señor Olascoaga; este es un día glorioso que quizá
no lo sea para el Niño del Diamante quien surge al fondo
de los peregrinos del Barrio; con la mirada Laila sigue los
movimientos de Avelino Meléndez, lo ve orar cerrando
los ojos, un listón blanco en el brazo izquierdo, en la mano
derecha, la del anillo lucidor, una veladora inmensa.

Laila no puede menos que pensar en las sesiones del
hotel Marsella, a donde Timo jamás la ha invitado, ¿tendrá ella que tomar la iniciativa?, ¿y si el buzo se espanta?,
¿o sea, y si de verdá este señor busca una relación seria?,
definitivamente esto es complicado, es más fácil entender
el juego de las cartas japonesas que entrar a la sesera de
los hombres.

No los entiende, tampoco se imaginaba descubrir a
un secote Luis Rabadán, lo está viendo, golpea el suelo
con los pies, hace brincar a unas pequeñas esferas oscuras,
al parecer huecas, amarradas a los pantalones del hombre
que sigue los pasos de un grupo de danzantes indígenas,
los cascabeles suenan al redoble del baile, Rabadán tan
serio, incapaz de decir lo que los ojos del tipo le dijeron:
que Laila le gustaba y sin embargo, sin chistar, dejó que
el Jitomate se hiciera de la prenda aunque Rabadán ni
se imagine lo que a solas hace la pareja, quizá sí lo sepa

porque conozca las soledades del gordo, y ahí está Luis, sin quitarse la ropa, sin usar taparrabos ni penachos de plumas, es un indígena más pero vestido con ropa de calle, con los conchos sobre el pantalón haciendo ruido y los cantos en lengua quizá náhuatl.

—No cabe duda que la Patrona une, ¿verdá Lailita? —el buzo roza su mano en la de ella.

Eso es lo que la viuda busca, la unión con los altos mandos, que los jefes le tengan harta confianza, ir cada vez más lejos para que el golpe sea terrible, de los que no se olvidan nunca, y las consecuencias se repitan en todo el Barrio.

Enlaza su brazo al de Eutimio, le junta un poco, sólo un poquito los pechos al antebrazo del hombre, no le importa el olor que se esconde entre el gentío, el tufo del buzo es nada a comparación con lo que ella ha tenido que oler viendo las transas en que vive tanta gente en el Barrio, cuántos habrá que como ella viven en la ignorancia, que no saben que el Zalacatán es el que maneja la droga y los repartidores son gandallas sin importancia, o sea, que la ley conoce a los insignificantes y se hace ciega con los grandes.

La Patrona lo tiene que saber, por eso el Zalacatán encabeza a un grupo que con velas y palmas e imágenes, hincados rezan golpeándose el pecho, unas mujeres de ropa brillante los envuelven, hacen segunda a sus rezos, reparten vasos de plástico.

—Si quiere la espero hasta que termine, Lailita —el buzo aguarda respuesta, Laila lo mira, sonríe.

La jornada va a estar larga, la gente estará ahí hasta pasadas las doce de la noche, y aún no dan las doce pero del día; el sol pica; los grupos musicales se desparraman por todas partes; tiene que regresar a vigilar los puestos, la gente sigue llegando o volverá a donde hay comida gratis; los fotógrafos no se dan tregua, hacen su trabajo con parejitas melosas, con señoras devotas, o grupos que con letreros hacen destacar el nombre del pueblo o del barrio desde donde han viajado; las ollas con elotes y esquites; dulces cubiertos de moscas y abejas; mesas donde se venden imágenes religiosas, San Juan Dieguito con su barba semi rubia; niños disfrazados de inditos, globos y serpentinas; a Laila le gustan los globos, quisiera golpearlos para hacerlos volar muy lejos.

Quizá la presencia del buzo no resulte molesta en el gentío, pero no es conveniente que le pongan la etiqueta de pareja, o sea, que lo mejor es que no la acompañe todo el tiempo, definitivamente los chismes se hacen de la nada y aquí hay algo entre ellos, la mujer lo siente, sabe que él también lo camela, y los sentimientos se descubren más si hay gente que sabe de qué manera escarbarlos, como aseguran que trabaja el comandante al que le dicen Amacupa.

El mismo que llega al frente de un grupo de hombrones de cara seca y guayaberas ajustadas, Amacupa sostiene un estandarte con una imagen enorme de la Patrona, los tipos que lo cuidan andan como idos, en su rostro está la fe y el orgullo de acompañar al jefe en esa diligencia tan especial, así lo muestran, así lo ve Laila Noreña; el grupo camina confundido entre la gente del Barrio, juntos, en ese momento no hay rivales ni poderes, no existen órdenes de aprehensión ni ajustes de cuentas.

—Bueno, si quiere mejor lo dejamos pa otro día, ¿no cree, Lailita?

Quizá pasado mañana, y no es que a la mujer le desagrade la idea de estar un rato con el buzo, pero hoy tiene demasiadas cargas: vigilar los puestos, hablar con los segundos del Jitomate, rezar si tiene la oportunidad de estar cerca de la Patrona, pedirle que no la abandone en este tránsito, o sea, que definitivamente le de fuerza pa no desmayar en su encargo, en lo que Linda Stefanie desde el cielo le está pidiendo y se lo confirma cada noche en que juntas platican, y el buzo no entra en esa maraña, quizá quepa en la soledad de su vida casera, pero no en la otra, en la que debe usar una máscara cuando está rodeada de gente que no se chupa el dedo, son cabrones, o sea, gandallas que no se tientan el corazón.

Como el Capote, que va y viene desde la puerta de la Basílica hasta donde el enorme grupo del Barrio va caminando, regresa, por momentos se pierde y ya está de vuelta, un explorador de las rutas de la Patrona, el viejo ese, torero le llaman, al que saludan con afecto pero le hacen gestos cuando da la espalda, que canta al parecer algo que suena a español, saetas por ahí alguien aclara, lloroso el hombre, ardiente en su fervor según dice a gritos, el día más grande pa la Patrona que los ilumina, repite y canta como si se le fuera la vida, lo hace con una voz agarrosa, destemplada, y da otra vuelta, que el cuerpo sienta el cansancio, anuncia al pasar frente a la gente del Barrio que poco a poco, abajo de la pancarta para no desperdigarse, va rumbo a la entrada de la Basílica.

—Si quiere la puedo visitar pasado mañana cuando esté más tranquilita —escucha al Domador.

Estará tranquilita cuando su niña esté tranquilita; tiene que andar con la cabeza muy fría, con un tropezón se acaba todo, la jugada se complica conforme se está más alto en la escalera y ella no es de las que pisan el suelo, no, el Jitomate le ha dado los vuelos a cambio de escucharlo y dejarse mirar desnuda, lo que no le avergüenza, si Linda Stefanie no se lo ha echado en cara por más que la mamá lo haya repetido cada noche, y la chavita hablando de otros asuntos, sobre todo los relacionados con Eutimio Olascoaga, Laila lo sabe como también entiende que en el momento de perder el paso se va pabajo y la caída no la para nadie, definitivamente el gordo es inquinoso, matrero, y tratando de echar fuera la imagen del Jitomate, sabedora de que tiene que regresar pa seguir regalando alimento, que debe ser cuidadosa en todo momento; con los ojos, un gesto, unas palabras suaves le dice a Eutimio que con mucho gusto se ven pasado mañana, le soba la mano, lisita como de niño.

La gente los rodea, los separa, los lleva por otros rumbos, la música y los rezos y los cantos y los olores y los penachos y los concheros y las veladoras se estremecen, Laila Noreña ya no lleva el brazo de Timo junto a su brazo, conforme se acercan a la entrada de la Basílica la gente se estrecha más, se arrebata, deshace cualquier unión o barrera, separa o acerca cuerpos,

…tanto que ella percibe insistente el aliento de alguien a su espalda, el cuerpo junto al suyo, las palabras en voz baja, gira la cabeza y lo ve, gordo, rojizo, se limpia el sudor con un pañuelo de colores, lleva una gorra con la imagen de la Patrona.

—Eso mi chata, que no decaiga la fe.

Igual que aparición el Jitomate está ahí y de pronto se aleja, se envuelve entre los del Barrio, ya no está junto a la viuda porque es imposible seguir con una lógica desbordada por los fieles; en ese momento, dentro de la Basílica, ella supo que el gordo la estuvo vigilando y se dio cuenta de que el buzo la acompañaba; en los ojos del Bos no miró la ira, al contrario, como si disfrutara que ella se hiciera acompañar de otro hombre.

Los olores la envuelven a tal grado que se deja ir sin atinar la razón del comportamiento del gordo; el impulso de los peregrinos la separa, la jala, la lleva rumbo a la imagen de la Patrona que se ve al fondo, iluminada, rodeada de flores, alta, colocada en su lugar que es el cielo aunque hoy haya tenido la gracia de bajar para que en el día de su festejo los millones de fieles tengan la oportunidad de recibir sus bendiciones, las que sin duda acompañaron a Laila Noreña en su regreso al Centro de Control, desde donde reinició el trabajo dando órdenes con una voz trazada en el aire igual que cilicio en manos de peregrino.

Veintitrés

Antes de tomar otro taxi, que sólo los novatos van dejando huellas como chorreadero de baba, caminan sobre Insurgentes rumbo al norte,

…han oído hablar de lo efectivo que es Amacupa, güey, va a seguirles la pista, ya debe andar buscando a dos gandallas que circulan en autos de alquiler y cargan con el nuevo manchón del taxista que se fue pabajo en la colonia Del Valle.

Casi al llegar a la Avenida Baja California con una seña detienen a otro auto, Golmán se muestra tranquilo, quién sabe si en verdad lo está, pero así lo percibe Maracas, el balazo al hombre le debe haber bajado la nerviosidad.

Al subirse, Fer dice que agarre pa la colonia Obrera, Lorenzo Boturini esquina con Calzada de Tlalpan, Fer bromea con el chofer, le hace preguntas, ¿cuántas veces te han asaltado, mai?, no, si andar de chafirete en esta pinche ciudad es peor que ir a la guerra; el hombre por el espejo los va midiendo, les habla suavecito, dice que la noche pinta muy rala y apenas con ellos va comenzando, parece que estuviera a punto de detener el auto y salir corriendo; Fer deja que las palabras se ondulen, se divierte, no quiere parecerse a Golmán…

…que va enfurruñado como gato, harto de andar por esta ciudad que a su vez es otra y otra ciudad que lo aplasta porque aborrece las luces de los bares y restaurantes por donde pasaron en su caminata, va subiendo de humor conforme el taxi se interna en otras zonas, alza la cara, se toca la cacha del fogón, con la Mágnum se siente completo, olfatea la calle, le llegan los humores del aceite hirviendo en que se fríen las quesadillas, mira los locales donde la grasa de las carnitas brilla por el foco que las ilumina, igual al que le ponen a los detenidos en los separos.

¿En la mera esquina con Tlalpan?, tensa se oye la voz del taxista; Maracas le contesta que ái merito; las muchachas están en la calle de Cuéllar, amigos, ¿eh?; ah, pos entonces ái déjanos; el taxista se prende de ese hilo, recoge lo que él supone la calentura de dos cabrones que van a la cogida sin importar que sea de machito el hoyo; si quieren trasves, en Juan Mateos, quieren chavas en Cuéllar; ¿pos de qué nos viste la cara pinche güey?; los nervios del taxista se elevan de nuevo, la brisa parece que se estanca; no pos yo nomás trato de informar, amigos; ái cada quien agarra sus asegunes; no le saques cabrón, contéstame, güey, ¿de qué nos viste cara?; pos de unos compas que quieren pasarla bien, no es pa otra cosa, mis amigos; el hombre respira hondo, mira para todos lados, huele el sudor de los pasajeros.

Golmán le dice que los deje en Cuéllar; el taxista apenas contesta, como si estuviera midiendo muy bien las palabras que si una brinca en demasía no llega ni a Cuéllar ni a ninguna parte, mala suerte de haber subido a estos tipos que train la mala vibra en el cuerpo; ¿qué hotel nos recomiendas, güey?; no, pos eso es al gusto, calcula la respuesta, la sopesa; ¿tú conoces alguno?; pa mí el bueno es el Maga, se los digo con conocimiento mis amigos, ¿eh?; el taxi va por Isabel la Católica, ¿y si frena y se baja?, está difícil que lo agarren; el hotel Maga es el efectivo, mai, dentro del taxi las palabras del conductor suenan lisitas, sin movimientos bruscos, baja un poco el cristal de la ventanilla, el aire frío le pisa el sudor, gira hacia la derecha, al frente se ven los autos que corren por la Calzada de Tlalpan, unas calles más y se van a bajar los dos tipos;

¿No nos estarás dando de vueltas, güey?, Fer se ha incorporado, acerca su rostro a la mejilla del taxista; qué pasó mis amigos si me vine lo más directito que pude; pa que nosotros nos vengamos igualito, ¿no mai?; con la broma el chofer respira, pero no retira la guardia, todavía no se han bajado los gandallas; llegan a Cuéllar, el chofer les señala el sitio y a las mujeres apostadas cerca de las esquinas de la calzada; ái están las chavas, por el espejo interior le mira los ojos a los dos pasajeros, traen mirada de camposanto, el aire vuelve a refrescarle las mejillas, muy despacio pega el auto a la acera; ¿quieren que me espere pa que se arreglen con ellas?, no tiene respuesta; una voz va saliendo de la oscuridad de la parte trasera del taxi, Golmán por segunda vez vuelve a hablar: no, aquí déjanos, mai, ve el costo del viaje en el taxímetro, deja un billete de a cincuenta, el resto es pa ti, güey; el taxista ruega que no se arrepientan, que se alejen del auto, no han cerrado la puerta como no queriendo abandonar el taxi, el del chaleco se afianza el pantalón, parece que quiere sacar algo de la cintura, la mala suerte anda pegando de riatazos, con la mano izquierda el del chaleco por fin cierra la puerta, el chofer jala aire, muy lento hace avanzar el auto, los ve parados en la calle, uno es gordo y lleva ropas holgadas y oscuras, el otro es alto, delgado, de mechas pintadas, siente que por las venas la sangre le comienza a caminar de nuevo, los sigue viendo por el espejo retrovisor, los dos chavos, jovencitos los carajos, se acercan a un grupo de mujeres, por el espejo los sigue viendo hasta que dobla a la derecha, después a la izquierda, se mete a las calles de la colonia Obrera pensando que esa noche no está pa seguir trabajando, que se va a ir a casa a ver la tele hasta que la nerviosidad le baje y lo deje agarrar el sueño.

Fer ve a las cinco mujeres, su caminado es firme, luciendo el tipo, alguna de estas ha de ser hombre, la rubia de tacones inmensos o la de pelos crenchos, la de los pantalones tan ajustados que se le incrustan en la raya de las nalgas.

Golmán se detiene junto a un auto estacionado, a propósito se echa para atrás, deja que el primer contacto lo haga Fer,

…al cabrón le gusta sentirse importante, toca el dinero en el bolsillo, siente que las imágenes le van sobando el lomo,

con lentitud, Fer gira la cara para verlo, busca su aprobación, mejor sería que cada quien agarrara por su cuenta, el taxista muerto les viene a mega complicar la huida, ¿pero para dónde carajos se están fugando?, parece que nomás jugaran a las escondidas con unos sapos que les brincan por todos lados.

Golmán se va acercando, le hace una seña y caminan hacia la esquina, no vuelve la cara pero sabe que Fer va a su espalda, al emparejarse escucha que el atómico le dice que primero se van a tomar un trago al bar Progreso,

—Aí mero,

…le señala un sitio de dos pisos, paredes de vidrio, una escalinata al frente.

—Las viejas saben mejor con unos tragos en la panza, mai,

…se sientan en una de las mesas del fondo, lejos de la gente que apenas llena la mitad del Progreso,

—Bienvenidos los señores —el mesero, con la mano izquierda en la espalda, espera a un lado.

…antes del primer sorbo de vodka con Del Valle, Golmán le dice a Fer que andan como cucarachas dando vueltas en la misma cocina.

—Nos van a echar insecticida y ni la vamos a contar —necesitan hablar con el Jitomate, insiste.

—No agarra el teléfono, güey.

—Ái está lo cabrón, que no quiera hablar conmigo, tú háblale.

Fer va al teléfono público,

Golmán lo espera en la mesa, de un par de tragos termina con la bebida amarillosa; es la primera vez que se siente tan acorralado pero no quiere que Maracas se dé cuenta, ve como Fer toma el teléfono, marca y de improviso gira el cuerpo, le da la espalda, por el sube y baja de la respiración trata de darse cuenta si el chofer está hablando o esperando, Golmán juega con los colgajos del brazo, siente al fogón entre el cinto y la panza, de algo se han de morir los gandallas.

Maracas cuelga, se acerca,

—No está el ojete —le murmura y los dos se miran, Fer mueve los hielos del vaso, bebe, con una seña ordena otra ronda; las viejas saben mejor con unos tragos en el buche; mueve los tenis, los mira, no sube los ojos, Golmán pide un tercer trago y la cuenta,

la música rompe la lentitud del bar, las meseras mueven las nalgas, los hombres de seguridad caminan discretos, se notan incómodos dentro del trajecito apretado, atrás de los cristales se ven los autos que siguen rápidos en la Calzada de Tlalpan; pagan la cuenta y caminan de regreso.

Ahora Golmán es quien lleva la voz con las mujeres, seco abraza a una por la cintura, algo le dice, se ríen y señalan a la otra: que ahí está su amigo, sin más avanzan hacia el hotel San Lorenzo,

Fer Maracas va serio, con suavidad acaricia las letras de su ropa deportiva, mira como si la hembra que le tocara no fuera de su agrado,

—¿Qué, no te gustó la chava, güey? —Golmán acerca su rostro, clava los ojos en los de Maracas, parece que quisiera espulgarle los secretos.

—Chida, güey, quién la está haciendo de purrum,
No es el hotel Maga el que se alza al frente, Maracas
lee el anuncio, Gladiola, dice la luz neón, se frena un tanto,
parece que algo quiere preguntar pero la mirada de Golmán
lo hace callar; pinche Golmán, no se le escapa nada; Fer
espera que su socio se registre, el atómico delgado pide
dos habitaciones, saca los billetes, algo de esos billullos fue
contribución de las pasadas horas; Golmán estira el cuerpo
pa meter en el entallado pantalón el resto del dinero.

Fer le dice al otro atómico que mande pedir unos
tragos, se los van a beber en un cuarto, una de las mujeres
reniega de los que pa todo quieren hacer orgías por el
mismo precio; de nuevo Golmán algo dice en voz baja; la
mujer deja de hablar; entran al cuarto de Fer y se sirven de
la botella que les ha llevado el mesero del hotel, vodka con
jugo de piña; las mujeres riéndose cuchichean; Fer sirve
fajazos como si el trago le fuera a aplacar las inquietudes,
no mira al otro atómico que sin jugar con el colgaderío de
los brazos aguarda moviendo de arriba a abajo lo lodoso
de los botines.

—¿No habló contigo, verdá?

—No, mai, Simancas dijo que le habláramos mañana
como a las diez.

—¿No le dijiste dónde estábamos, verdá?,

—Nel güey, si no pude hablar, nomás me mandó el
recado,

…de nuevo se sirven, las mujeres se ríen, ellos apresuran los tragos, ellas apenas rozan el borde del vaso, se
miran entre sí, se hacen señas, como muñecas gemelas
manosean a los hombres; a mí se me hace que son puñales,
dice la rubia que no puede acabar la broma porque Golmán
la escudriña como si fuera la última vez que alguien la mirara; la botella va más allá de la mitad cuando Fer se deja ir
en los besos y las agarradas de tetas, Golmán se levanta:

—Ya es hora de irse —le dice a la rubia pero mirando a Maracas—, nos vemos en la mornin,

oye a Fer: simón, en la mañana,

…salen al pasillo, entran a su habitación, la güera trata de abrazarlo; espérate, tenemos mucho tiempo, alza una silla, la coloca junto a la puerta y ahí se sienta; la güera trata de quitarle el chaleco de cuero y el hombre le dice que se tumbe en la cama y no la haga de pedo; ella escucha una voz que no sale de los testículos sino de la rabia, prende la tele y se acuesta; Golmán pega la oreja a la puerta, en la ciudad, el espacio cada vez más se le está haciendo chiquito, después de la llamada en el bar Progreso los ojos de Fer no están claros, le nota lo inseguro, la mentira se huele en sus movimientos, sigue escuchando a través de la puerta, nada se oye y entonces la abre, revisa el pasillo iluminado con un foco desnudo, se acerca al cuarto de Maracas, otra vez, pero en diferente puerta, pega su oreja a la madera, regresa al suyo, la güera, tumbada en la cama, está casi desnuda; ya ven papacito estamos perdiendo el tiempo; orita; cómo te haces del rogar, mi rey; Golmán huele la habitación, se mete al baño, orina, se lava la cara con agua fría, revisa el tubo, la Mágnum está limpia, brillosa como verga de garañón, voy por otra botella; no me chingues, ese es un pinche choro ya muy sobado; el hombre le deja unos billetes en la mesa pa calmar tu desconfianza, no hay purrum, orita regreso, chavita, nomás no te me vayas a pirar porque doy pura madre de acomplete; ay mi rey, pos con quién has tratado, aquí voy a estar encueradita.

Golmán sale a la calle, al parecer las putas de falditas cortas y los trasvestis con sus peinados altísimos no lo han visto, camina hacia Tlalpan, siente el frío del aire y el run run de los tragos, detiene un taxi, no se fija en el rostro del chofer, Golmán lleva la tensión mansa pero no perdida, está calmado pero con las antenas bien filosas, acaricia el fogón bajo las ropas, piensa en Maracas, ese ya agarró otro vericueto; a Tacubaya, por ái le digo pa dónde jalamos; se recuesta en el asiento, el Maracas ya valió madre, los mecates lo van apretando porque el Jitomate le pegó tal embarrada de mierda que el Amacupa, donde sea que se encuentre, anda oliendo la noche pa buscar los rastros.

Veinticuatro

Como lanzas, los aerógrafos, rotuladores y unis salieron a la calle con una desuniformidad sin tacha; los trazos dibujaron los motivos, el transcurrir y el cierre; la historia fue pintada con la sazón que emerge de cada mano pero leída de manera conjunta; se desdobló en cada trecho libre y fue repetida por los grafiteros que a vuelo de aerosol lo pintarrajearon en los siguientes años:

El relato fue que el Niño del Diamante al llegar a su casa en Nezahualcóyotl, como todas las noches que dormía ahí, estacionó la Fantom R3 después de mirar el desoladero de las calles, pensando que el aliento se lo daba el dinero pagado por la gente del Amacupa, pero sobre todo la posibilidad de volver a sentir las caricias de la señora Laila pues ella, al cambiarlo por el Jitomate, se colocaba en un sitio en que para alcanzarla era necesario contar con el guato de billullos que le picaba en la bolsa, lo contrario significaría perderla.

Estaba seguro, los billetes le darían el salvoconducto para evitar que su nombre, el Niño del Diamante, y no el de Avelino Meléndez, fuera grabado en la Cruz de la Esquina de los Ojos; si es que lo grababan, porque podría ser que ni siquiera encontraran su cuerpo para convertirse en un número más de los cientos que cada semana desaparecen en el Barrio.

Los grafiteros contaron que el Niño, antes de guardar el dinero, lo acarició sabiendo que en unas horas más iría a proponerle a la señora que lo acompañara en la huida que tanto ha ensueñado desde que recibiera el pago.

Al igual que noches antes, saca el envoltorio y de ahí los sobrecillos con el precioso espidbol, terso, limpio, del bueno, de esos que suavecito hamacan las pasiones; lo necesita más ahora en que la tristeza lo acorrala como animal sin dueño y los ladridos de los perros le llenan el alma de sinsabores; cómo aplastan los ladridos que nunca se acaban, anuncios de batallas hechas eco en cada esquina de Nezayork obligándolo a repensar en el cuerpo de la señora Laila, en la forma que ella tenía de abrazarlo y sentirla tan dulce como si un familiar cercano lo estuviera arrullando, para de improviso, como gruñido del alma, cambiarse en ese desamparo que lo machuca al sentir que el dinero del Amacupa se puede convertir en veneno,

…ya ni siquiera las caricias a su azulina lo consuelan, cada vez más le urgen las rayas del espidbol para que los patinazos en la sesera se atemperen y se le salga de la mente la idea de largarse a Saltillo, se le borren los ojos del Coyuca, se le limpien las memorias de la maldad de Chafino, lo demás se lave con ácido y se vea tumbado en una cama de otro hotel que no sea el Marsella, abrazado de la señora Noreña que en los últimos días, cuando lo mira, lo hace como si fuera su hijo, o un tipo que para nada cuenta en su repaso. ¿Ella sabrá algo de lo que el Niño le fue a contar al Amacupa?

Así son las mujeres con experiencia, se lo dijeron cuando anduvo presumiendo de su conquista; claro, había que ostentarla, no siempre se tiene esa clase de nalguitas a flor de mano; terco vociferó cuando le dijeron que andar contando lo que contaba, además de decir que él se tiraba a la mamá de la Callagüita, era muy peligroso; ahora la señora es de otra propiedad, y tratar de retenerla diciendo quién había organizado el purrum para matar a la hija, quién era el que se disfrazó de albañil, pero sobre todo, quién era el Bos que mandó al ejecutor, era una soberana pendejez que le iba a costar caro, pero ¿qué tan gravoso le iba a costar?

—En el Barrio no hay gandalla ajeno a lo que ya todos saben —le contestó al Bogavante, al Marruecos, al Patotas, con quienes discutía recargado en su azulina, bebiendo una chela de bote, fría la cervecita pa bajarse el sabor de un par de pastas metidas un poco antes; al Niño le hervían las ganas de salpicar enojos, de justificarse y justificar el por qué la señora Laila había sido tan gandalla pa darle gud bay por el vejete ese que ni se le ha de parar,

…el Bogavante le dijo que la paz llega con el silencio, mejor hablaran de otra cosa; el Marruecos comentó que ya era tarde y tenía que marcharse; el Patotas que él no estaba pa andar de oreja de purrunes ajenos y propuso que se fueran a dar una vuelta a Las Águilas a ver cómo iba el juego de frontón,

…pero el Niño andaba con la rienda a media carrera, siguió con que los ojetes han de tener cabida en el infierno, la pinche señora Laila era una cuzca que se metió con el Bos porque la aluzaron con un guato de billullos, que si en su pecho el chamuco se le levantaba en armas, la señora se iba a enterar del nombre de cada uno de los que le jodieron el alma a la pinche chava esa de la Callagüita.

—Y más que eso, mai, porque de saber, mucho sé.

…ahí fue donde el Marruecos dijo: el sol quema mucho, arrancó su moto, sin volver la cara se metió entre los puestos del mercado; el Bogavante, que estaba medio pálido, sin tomar aire largó una parrafada de leperadas para terminar diciendo que el pinche Niño era muy pendejo, arrancó su moto y por debajo de las lonas mugrosas también se fue entre los senderos del mercado.

La Fantom R3 está lejos de las manos del Niño del Diamante, la piedra que tanto ha querido tampoco es acariciada, las rayas de espidbol no calman los rafagazos de imágenes y palabras que se tuestan frente a las paredes de su cuarto, sin nada que sea tan de él como su misma tristeza, el bote de aerosol sigue tirado cerca de la puerta y él no le hace caso al olor que desde el baño sale y se aferra al colchón en el piso, se amaciza en las ropas desordenadas sobre la silla, invade a la ciudad de Saltillo, a su familia atrincherada a su lado; que ningún ladrido de perro, olor de Jitomate, sabor a coño alguno es más poderoso que el cariño por su azulina, tan sola que se ve adentro del cuarto vacío como él trae el desamparo en las tripas, la zozobra de saber que sus habladas se doraron en comales rabiosos, los murmullos de la gente se lo echaron en cara, la manera en que desde hace unos días Rabadán lo mira, el silencio de las anteriores bromas de Simancas, lo grosero en las palabras de la Rorra; en el Barrio hay muchos hoyos por donde se pueden colar las manos de la Santa Señora, maravillosa por las buenas pero que encanijada no hay quien se le ponga enfrente.

Avelino Meléndez quiere que el Niño del Diamante se esfume de esa habitación, pero es el Niño quien sube el volumen del guólcman, desea seguir el ritmo pero el cuerpo le pesa como noche oscura, la música tiene que ponerlo en otros rumbos, el sueño está tan lejos como lo debe estar Saltillo; él necesita romper esa pesadez que le llena los ojos pero que no los cansa ni siquiera pensando en las playas de Acapulco porque entre las olas salen los gringos invitándolo a nadar juntos, la música se enturbia con la mirada de un chavo tumbado cerca de una hamaca, se enturbia con los ruidos de un motor de tráiler; él sabe que la gente del Barrio ya no lo mira igual, hay algo en las voces cuando lo saludan, nota las señas que se cruzan los otros chavos y cuando se encuentra con la señora Laila ella traspasa la mirada sin detenerse en él por más que el Niño haga muecas de sonrisa ida, muestre el casco con las iniciales END que Laila tanto festejaba diciendo que ese su niño era tan feliz como escolapio estrenando zapatos. Cuánto le gustaría escuchar de nuevo esas palabras, cuánto.

Se jala tres rayas más que como disparo le pegan en las sienes y se enrabia de sentirse tan solo, piensa en los hoyos fonkis de ahí mismo, de Neza, en las putas de la Merced, en las nalguitas gandallas de la estación Pantitlán, en que alguna de esas debería estar aquí pa quitarle los temblores, se rasca las piernas, sobre el pantalón se soba la pichula pa que se le amotine y lo haga recolarse en tetas y chochos olorosos, pero él mismo, por dentro, está tan aguado como los ruidos que van entrando, arrastrados ruidos, igual que si se subieran unos en los otros y cabalgaran por el piso, treparan por las llantas de la azulina, escalaran el colchón en el piso, entraran por el diamante en el dedo y llegaran a sus orejas, picaran, elevaran su tono para convertirse en toquidos en la puerta, no agresivos sino lentos, débil el golpetear como si algún trasnochado vecino fuera a pedirle una tacita de arrepentimiento.

Después, cuando le quitaron el trapo que le cubría la cara y desde el suelo miró hacia las nubes tapando a medias a una luna cobriza, supo que los errores tienen costo, que su primera equivocación, la peor, había sido tener tratos con el comandante y después desbocarse en las habladas, que el estar tumbado y friolento con los tipos que lo rodean se hubiera evitado quedándose callado, pero no, ganó lo joven de la sangre cocteleada con la rabia, y luego haberse quedado en el Barrio pese a las señales que le estaban mandando; si al anochecer de ese mismo día, en lugar de irse a meter a su cuarto se hubiera largado a cualquier parte: Acapulco con todo y la saliva que se le escurre quizá de recordar a los gringos y al gandalla del Coyuca; Saltillo para meterse en las historias arenosas de su padre; por lo menos a Pachuca, que tampoco conoce pero sabe de su cercanía; en alguno de esos sitios podría estar a salvo por algunas semanas, pero la tristeza cachetea la razón, la morriña acuchilla las precauciones, por eso se levantó y sin preguntar abrió la puerta, que al fin le daba lo mismo que fuera una vecina o un limosnero, sin imaginarse que no bien había abierto un cachito cuando un golpe lo echara patrás y la sombra de varios gandallas se mete, lo patean poniéndole una capucha y amarrándolo con unos mecates que él supuso por lo rasposo del cordaje, unas manos le cerraron la boca, lo levantaron y así, en medio de la sorpresa, pudo sentir el aire frío arañando el cuerpo; debía estar en la calle, por esos rumbos nadie se atreve a sacar la cara por más que se le tenga cariño al que está sufriendo, como él siente que su aflicción anda apenitas en el primer raun; tiempo después aceptó que tenía razón, la salida de su cuarto y el meterlo al auto que no pudo ver pero era obvio que lo zambullían en un coche fue apenas una nada comparado a lo que siguió durante un transcurrir que el Niño del Diamante creyó contar por horas, aunque pudieron haber sido apenas unos minutos.

No le era posible hablar ni siquiera una palabra pero sus movimientos de culebra atrapada estaban diciendo lo que no podía con la boca, entonces varios puñetazos le bajaron el aire junto con las amenazas: si seguía jodiendo le iban a meter de plomazos; la piedra del dedo lo tiene que proteger para brincar este mega purrum, si no puede sobarse el diamante debe rezar a la Guadalupana sin olvidar a San Juditas, menos a la Santa Muerte, a quien le manda sus plegarias, y al rezo y rezo se aquieta, se enrosca en el piso del auto que va brincando por las calles hoyancosas, no se dirigen hacia la carretera a Puebla, seguro se están metiendo en las hondonadas hacia los terregales del Lago de Texcoco, lo presiente por el bamboleo del auto y eso suena tan mal como una aventura donde se sabe que el peligro le va a ganar a las precauciones.

Horas o minutos después, cuando le quitaron la ropa y lo embadurnaron de algo que al principio el Niño del Diamante no supo qué era, aceptó que lo sucedido dentro del auto desde el momento en que lo sacaron de su cuarto hasta bajarlo fue lo menos malo, que por más golpes que le dieron y lo aturdieron con leperadas, fue juego de niños deslizándose por las arenas del desierto que su padre le mostraba en las fotografías; cuando le quitaron la capucha vio que cinco eran los tipos que lo aprisionaban, gente desconocida, hombres secos que vestían trajes oscuros de calle, corbatas y zapatos de oficinista, no chamarras ni camisetas, eran gandallas eléctricos, no mostraban ira, ni siquiera prisa, como si el operativo lo llevaran bien cuadradito; que la nerviolera no le gane, estos tipos tienen órdenes y las van a cumplir a raja güevo, las preguntas son ¿hasta dónde se extiende la orden?, ¿él tendrá los coyoles bien plantados pa soportar lo que sabe que está por llegar?, en ese momento, lo recordaría con precisión inclusive al instante de oír el primer ladrido, el pánico se hizo agua, los sucesos se transformaron en juegos...

...unos chiquillos malcriados se entretienen en hacer llorar al más pequeño, el más desvalido saca valor de la nada, muestra cara de bravo por más que traiga el llanto al filo de las pestañas, su gesto implica una angustia contenida, aun así no llora, se aguanta, no quiere que los grandes de la pandilla se burlen de él, que en las vecindades se corra el chisme: el niñito ese se puso a chillar como mariquita sin calzones te los quitas y te los comes, sabe también que los grandotes están midiendo hasta dónde llega el coraje de ese chiquillo, se ve en medio de los juegos en la calle de afuera de su casa, metido en los lodazales de la lluvia del verano, y su mamá gritando que no se portara mal, que cuidara los zapatos, ¿qué es portarse mal, cómo puede cuidar unos zapatos rotos que son los únicos?...

...por abajo de la capucha mira sus pies, ya no tiene los tenis sino los zapatos rotos; los grandotes de la pandilla no lo van a hacer que chille aunque le pongan los madrazos del mundo, le escarben todas las amenazas, lo traten de enloquecer de miedo al sentir que el auto se ha detenido, los grandotes se bajan, puede oír sus voces y sus pisadas, por segundos se queda en el suelo: niño olvidado durante el juego de las escondidas, quiere cantar alguna de las tonadas de aquel tiempo que a su vez es este el mismo de la soledad en las calles, cuando las manos lo jalan, lo estrujan, desde chiquito odió que lo jalaran, siente las manos del Coyuca, las de Termineitor, las manos de todos los que a lo largo de los años lo han jalado, y al quitarle la capucha el golpe de aire le hizo respirar hondo, abrir y cerrar los párpados buscando enfocar los bultos de enfrente, de refilón percatarse del auto pegadito a su cuerpo, el terreno lleno de basura, el olor que entra, las casuchas cercanas, el ruido de un avión que por allá flota en el tallado de las nubes, el ladrido de los perros a los lados de las chozas donde no hay luces, sólo su perfil contra la línea del cielo confundido en las lomas de basura blancuzca; a jalones, otra vez los malditos jaloneos, le quitan la ropa del tórax, le rasgan los pantalones y el Niño quiere llorar, ahora si le está ganado el llanto, no entiende lo que sucede, que lo dejen encuerado de arriba y medio desnudo de abajo, eso no tiene sentido, menos cuando de un bote sacan una especie de atole rojizo, quiere gritarles que le digan qué carajos es eso, pa qué lo usan, pinches gandallas, y se lo comienzan a echar en los brazos, en el pecho, en los hombros, en los trozos de las piernas que no tienen ropa, el Niño del Diamante huele, no puede tocarse, las manos siguen atadas a la espalda donde también le han empapado el líquido que mancha y de pronto se da cuenta de que eso es rojo porque la sangre siempre es roja, el olfato se lo confirma, se le mete en el miedo que ya no se detiene por nada, sangre que se le adhiere a todo lo que es el largo del cuerpo de un niñito que chilletea, ya ha dejado el gesto rabioso para cambiarlo por uno desvalido, que devuelve el dinero, que odia al Amacupa, que la señora Laila nada le importa, ruega para que su mamá le ordene meterse a la casa y lo salve de los grandullones; este juego no sólo no le gusta, le aterra, y agacha la cabeza esperando oír la voz de la mamá que vive en Saltillo y él, antes que otra cosa, la necesita tanto, la quiere a su lado.

Segundos o minutos después, cuando el gruñir de los perros se iba acercando, el tajarrazo de cuchillo le tumbó el dedo a Avelino Meléndez, al lanzar el grito y sentir que la mano se dormía, supo que el arma le había mochado el dedo del anillo con el falso diamante capaz de atraer a una buena suerte ahora fugada hacia las casuchas semienterradas en las lomas del vertedero de basura; le tumbó el dedo y dos más porque el corte se hizo sin medir espacios, eso él no lo supo pero sí los perros que olfateaban el suelo, el aire, el sudor del chavo que estaba semi doblado contra la defensa del auto, los perros ya estaban alrededor de los hombres, gruñendo y ladrando mostraban su desconfianza sin dejarle el campo a nadie.

Por un momento los animales rompieron el círculo cuando dos balazos sonaron, Avelino Meléndez sintió los golpazos en cada una de las piernas, cayó de espaldas con las manos atadas y la cara hacia las nubes, las luces del auto iluminaron la extensión de la basura,

…Avelino Meléndez, al que en un Barrio de la ciudad se le conocía como el Niño del Diamante, vio que otro avión se elevaba, ¿iría a Saltillo?, ¿a las costas de Acapulco?, las luces rojas del aparato se pringaron en sus ojos acompañando al ruido de las puertas del automóvil que se movió hacia un lado.

Al alejarse los faros, las sombras empezaron a ganar terreno por donde los perros avanzaron primero con la precaución del gruñido que después se hizo aullido, crujir de carne, de gritos que se hundieron en cada uno de los papeles sucios, en los desperdicios amontonados, en los trebejos desflorados, en unos zapatos rotos, en la noche quieta porque los perros, al morder, dejaron de lanzar ladridos.

Veinticinco

Quizá la respuesta sorprendiera tanto a Eutimio Olascoaga que se le quedó mirando sin poder echar mano de las argumentaciones que por la mañana practicara al ducharse.

Como si estuviera al borde de una inmersión al drenaje, se fue preparando para rebatir cualquier pretexto que Lailita le pusiera enfrente; desde el duelo por la hija hasta el qué van a decir los vecinos; desde qué iban a hacer con dos departamentos en un mismo edificio hasta el trabajo de ambos, más el de ella porque no tiene horarios definidos como los del buzo.

El asombro de Eutimio brincó en varias etapas, la final en el instante mismo de su llegada al departamento de Laila Noreña, porque la primera se dio el día anterior, cuando él caminaba rumbo al Metro Pantitlán; al saludarse, ella le dijo que si tanto le había gustado el pato a la Iztacalco, era tiempo de dejar las comidas en restaurantes, carísimos que son, y se fuera mañana viernes a comerse el patito que tanto le deleita.

A partir de ese instante, el miedo, la buceada en la mierda y las bromas de los amigos se le hicieron cortas, pues en medio de la oscuridad del túnel 5H, donde trabajan esa semana, sin que lo vacío del tacto lo alterara, tomó una decisión sabiendo que al pensarla aceptaba lo que ya sabía: durante la comida del día siguiente, antes de tomarse un trago que lo pudiera poner más nervioso, le iba a pedir a la señora Laila Noreña que fuera su esposa; así de claro, que se convirtiera en su señora esposa.

Por supuesto que con voz acorde a la seriedad de la solicitud, iba a agregar que la magnitud de su amor le daba la fuerza para atreverse a pedir su mano, y si ella dudaba de sus buenas intenciones, por favor lo pusiera a prueba.

La sorpresa fue que el acontecimiento no se dio de esta manera porque al buzo, Eutimio Olascoaga, carraspeando se le atoraron las palabras ensayadas; tartamudeó, apenas dijo que la quería mucho y arrastró:

—Lailita, ¿tendré los merecimientos?

...las ideas se le hacían engrudo en los labios,

—¿Cómo decirte Lailita...?

...esperó que la señora algo le respondiera y dijo: su familia está de acuerdo, sabiendo que sólo una vez al año se visitaban, algo sobre su sueldo, en ninguna parte dejaba hijos regados, en ninguna,

...la mujer sonrió moviendo la cabeza de arriba a abajo.

—¿Eso significa un sí?

—Pensé que nunca te ibas a animar, Timo.

Antes que el buzo saliera de la sorpresa, Laila sirvió dos copas de tequila, ofreció una, ella sostuvo la otra para formar un cruzado, enredaron los brazos bebiendo hasta el fondo, que es sinónimo del inicio de un buen arreglo; ella le dijo que primero iban a comer, después, con toda tranquilidad se sentarían a dejar en claro el asunto porque una decisión de ese tamaño la debían planear en cada detalle.

—¿Entonces me aceptas de esposo, Lailita?

—¿Cuántas veces tengo que decir sí pa que me creas? O sea.

Algún avisito molestoso se le debe haber colgado de las tripas al buzo, pero pensó que no era más que la emoción de darle cara a un anhelo que le había quitado el sueño desde el momento en que inmerso en la bazofia decidió pedir la mano de Laila Noreña; cierto, no fue de golpe y porrazo, la idea germinaba desde hacía meses, eso lo sabe, pero el momento de la decisión iluminada se llevó a cabo en medio de la negrura del 5H, donde decidió que no podía pasar una mañana más atisbando las ventanas de la señora; de no pedirle la mano, las malpasadas lo iban a dejar en los huesos y deshidratado por el calor de tantísimos baños; eso lo tiene presente, entonces, ¿por qué al momento en que la señora le dio el sí y no le puso ningún reparo o aplicó alguna negativa, por discreta que fuera, a Eutimio Olascoaga algo se le pegó en el estómago? Lo sabría meses después, pero en aquel momento de la comida y la petición de mano, el buzo se lo atribuyó a la sorpresa que le quitara todas las argumentaciones, similar al esfuerzo vano que se hace cuando usa toda la presión de su cuerpo para remover algún estorbo en las aguas y resulta irse en vacío porque el tal escollo no es más que algo que sólo se ha imaginado sin tener cuerpo de nada; así creyó que sucedería la tarde de la solicitud de mano, que después de una comida llena de nervios, por lo menos para él porque la señora se comportó como siempre, terminara con un orondo paseo por el Barrio y por supuesto que a entregar sus oraciones a tres de las muchas capillas: primero a la de la Santa Señora que tanto los había unido; después a la Esquina de los Ojos Rojos donde la edificada en honor a la Señora de Guadalupe se ve tan bonita; por último, al señor San Juditas, al que nunca hay que hacer de menos.

Pero eso fue más tarde; mientras comían el pato que en esta ocasión pasó a segundo término, había puntos más importantes que tratar, la viuda y futura esposa fue armando un plan que ella llamó ruta de vida.

Primero, debían pensar en el sitio donde vivirían; ella propuso su departamento y usar el de Eutimio como una especie de oficina donde se trataran los asuntos de los puestos a los que ella les llamaba tiendas; el régimen matrimonial debía ser por bienes separados; después habló de fecha y lugar de la boda y por último del respeto que cada quien debía tener por cada cual, lo que en ese momento Eutimio no midió hasta dónde significaba tener bien delimitadas las acciones de cada miembro de la pareja, y qué implicaba eso de no meterse en los asuntos de cada uno de ellos.

—O sea, tú lo tuyo, y yo lo mío.

—Yo tengo mi trabajo, algunos ahorros, el departamento y nada más, Lailita, pero no gano mal y la jubilación es buena, mi amor.

Ahí fue, en el preciso momento en que Eutimio Olascoaga usó esas palabras: mi amor, Laila Noreña supo que ese era el matrimonio que estaba esperando, tener en casa a un hombre con fama de valiente pero no de buscapleitos le daría la altura de una señora en toda la extensión de la palabra; su esposo, por supuesto, su futuro esposo, no sería estorbo para los planes; nadie, ni siquiera el Jitomate, iba a echar en cara el matrimoniarse; ella le explicaría al Bos que una mujer no puede andar sola por el mundo y si hasta el momento nadie, definitivamente nadie, ¿eh?, se había atrevido a pedir su mano, no ve la razón por la cual no pueda aceptar que un hombre de bien y sin cargas familiares le dé su apellido, sin que esto cambie para nada la relación tan bonita que tienen ella y el jefe,

...esa misma noche se lo platicó a Linda Stefanie diciendo que en verdá, o sea, ella, doña Laila Noreña, futura señora de Olascoaga, suena bien, verdá, Laila Noreña de Olascoaga, se oye bonito, definitivamente le iba a ser fiel al futuro marido, pero eso no tenía nada que ver con la misión que su hija le ha encomendado, más bien, o sea, lo que la misma señora le prometió a la hija, quien se ríe y se ríe diciendo que atole con el dedo le pueden dar a media humanidad, pero no a ella que es su doble y una misma a la vez; la fidelidad tiene sus asegunes y será valedera mientras Timo el buzo, nada de Eutimio el Domador, no se meta en sus bisnes y menos en la encomienda que se propuso desde el momento de saber que el Jitomate, sin duda, era el culpable de la desgracia de su hijita.

Por supuesto que con una nueva visión las formas cambian, después de probar el pato a la Iztacalco y de la larga charla aclaratoria, ella acompañó a Timo hasta la puerta del edificio; de manera natural le dio un beso, no fue largo, más bien se besaron como si el hombre en lugar de irse a su casa se marchara al trabajo, ya no importaban los rumores, que al fin y al cabo, estaba segura, horas más tarde la noticia de la próxima boda estaría en boca de todo el vecindario, inclusive con la fecha y el lugar, la iglesia, la fiesta que los dos, quizá un par de horas antes, habían diseñando porque el acontecimiento lo merecía.

…nada era escondible, Eutimio Olascoaga Velásquez, soltero, mayor de edad, sin ningún impedimento ni alguien que pusiera una traba, con trabajo estable, y la señora Laila Noreña Cifuentes, viuda, comerciante, mayor de edad, que por propia voluntad han decidido contraer nupcias con los derechos y obligaciones que esto conlleva.

Del registro civil se fueron a la iglesia adornada con flores a todo lo largo del atrio, ella con un vestido gris perla, sencillo, nada de ostentaciones, los familiares de largo y algunas señoras con sombrero; más nutrido el número en la familia del novio que el de la señora, uh, todos felices; así lo relataron las pintas en las paredes de las bardas del Barrio, dibujaron cada uno de los detalles de la ceremonia y del festín que se inició a eso de las tres de la tarde y se terminó cuando los últimos invitados salieron cerca de las cuatro de la mañana; bonita boda, sin broncas, sin que algún colado tratara de echar a perder el festejo, se dijo durante días; también se comentó la presencia de los meros gallos, el Jitomate, el Zalacatán, el comandante Amacupa, la señora Burelito, en fin, que nadie estuvo ausente, ni siquiera faltaron Rabadán y Simancas, casi todos le dieron a la bailada, se pegaron sus buenos tragos, brandy español, tequila, ron pa las cubitas y vino de mesa pa acompañar la comida.

Los grafiteros no registraron detalles que tuvieron que ver con los sucesos de más delante; no lo hicieron porque en apariencia todo se desarrolló sin mayores problemas; quién se iba a imaginar que en un momento, cuando el novio era atendido por un grupo de sus amigos, sobre todo dos que eran los más alharaquientos presumiendo de la cercana amistad con el recién desposado, el Jitomate se sentara a la mesa de honor para entregar en mano el obsequio de bodas para tan feliz pareja; cerca se encontraban sus segundos en el mando, quienes con rostro alegre miraron cómo el Bos sacó un paquetito y se lo entregó a la ahora señora de Olascoaga.

¿Quién puede catalogar de oscura una acción vista por la mayoría de los invitados que atentos nunca dejaron de seguir los movimientos del Jitomate?, pues nadie, ni siquiera el ojo insomne de los grafiteros que todo lo puede menos lo que parece sin importancia, y esto sí la tuvo aunque no se hiciera festiva: el mejor regalo de bodas que entregó el jefe a nombre de los amigos no era la pulsera de oro macizo, era la oferta dicha en susurro pero de seguro ya sabida por los cercanos, para que doña Laila Noreña de Olascoaga fuera la encargada del control de la mitad de los vendedores en el área norte del mercado del Barrio.

Sin comentarlo con el recién casado, esa idea le pesó durante el viaje para celebrar la boda; Eutimio había comprado dos boletos de avión para Acapulco, el primer vuelo para ambos, que se mostraron nerviosos durante la espera en la sala del aeropuerto, haciendo planes para pasarla muy bien, en el puerto iban a usar taxis porque ninguno de los dos sabía manejar.

—Sí, definitivamente, creo que es tiempo que aprendas, ¿no crees, Timo?, o sea.

Claro que iba a aprender y después a comprar un coche, en realidad la preocupación de la señora de Olascoaga era el compromiso del encargo del Bos, trato al que aún no le veía la grandeza que después habría de calar, cuando apreció el tamaño de la encomienda del jefe.

Con esa idea se hospedaron en el hotel Elcano que está más o menos céntrico y las playas mero enfrente; para ir a la Quebrada o a Caleta no es mucha la distancia y taxis hay bastantes; Laila una mañana quiso ir a tomar sol a la Condesa porque desde la desaparición del Niño del Diamante el rostro del chavo se le colocaba enfrente de las charlas con Linda Stefanie; la recién casada supo que de no agarrar cartas en el asunto, cada noche iba a estar de anfitriona de una bola de desaparecidos, ya con la hija era suficiente,

…la primera noche, la más importante de la luna de miel, antes de acostarse, Laila le rogó a la Santa Señora que por esa vez entretuviera a la hija, porque no era justo que mirara lo que el buzo le iba a hacer, como lo hizo, con un calibre jamás visto, con una soltura que la dejó sin habla, con caricias tímidas, tan tiernas que ella sintió la vida retorcerse en los adentros y por primera ocasión, pero no la única, porque a partir de ese momento cada que el buzo le hacía el amor ella retozaba en delicias que no se le iban de la imaginación ni siquiera al llegar a la playa Condesa para ver las arenas donde el Niño había pasado tantas aventuras y que no le hicieron sentir ni nostalgia ni vergüenza, sino una curiosidad como la que se da al ver de cerca alguna tumba de un conocido que apenas se recuerda.

Los recién casados alquilaron una palapa con sillas y mesa, pidieron almejas, picadas con salsa y cerveza Pacífico, no se metieron al mar porque las olas estaban agresivas pero pudieron ver a los jovencitos porteños hacer migas con los gringos, que con desenfado propio de quien se siente dueño del terreno acariciaban a los chavos de pelo rayoneado de dorado, los incitaban a bailar retorciendo el cuerpo, festejando lo minúsculo de las tangas, donde como sello de distinción el bulto del sexo apenas era cubierto por la tela, observando la piel brillante por el aceite de coco, los colgajos en el cuello, la mirada entre alegre y agresiva, y Laila Noreña sintió que pese a la lejanía de las distancias, esos chavitos morenos y flacos eran una repetición de los chiquillos del Barrio, la misma actitud insolente, la terca necedad por ganar dinero, chicos diferentes y al mismo tiempo iguales, lo que no le comentó a Timo porque el buzo no juzgó la actitud de los muchachos, se dedicó a maldecir a los gringos que se aprovechan de la necesidad de ellos.

—Muchos ni han de ser jotitos, las mañas que enseñan estos desgraciados gringos, uh, y la de enfermedades que anden regando los güeros —dijo en voz ronca, le dio un trago a su cerveza y le pidió a la señora que si no le molestaba mejor se fueran a otra playa porque—: esto es prostitución infantil, los gringos son una plaga.

En ese momento, la señora de Olascoaga pensó en la niñez de Avelino Meléndez, sin querer recordar lo sucedido en sus encuentros en el hotel Marsella, le entró una especie de compasión a la que debía echar fuera nomás regresando a la ciudad para llevarle unas flores a la Santa Señora y pedirle que cuidara al pobre Avelino allá donde la Santa de Blanco hubiera dispuesto que estuviera; lo que hizo la siguiente semana y con ello, sin que Laila así lo pensara sino como un acto de fe, a partir de que la Santa Guapa recibiera las flores, Avelino Meléndez jamás se volvió a aparecer por las noches ni a ninguna hora de día, lo que le permitió a Laila Noreña de Olascoaga charlar en privado con Linda Stefanie, quien también aprendió a esconderse cuando las dos escuchaban el ruido de la puerta y el buzo, sin saludar, se metía al baño a quitarse los rastros del olorón del trabajo, después salir, usar el atomizador para perfumar el ambiente, sentarse a comer, y mientras dormía la siesta,

...es la costumbre de la costa,

...la esposa se iba a dar una vuelta a sus negocios que caminaban como relojito suizo, no de esos chafas que venden los Catarinos o doña Tota, a vigilar que los comerciantes a su cargo cumplieran con el pago de sus cuotas, a escuchar sus propuestas porque eso, según el Bos, era escape a una olla de presión, servir de árbitro en algunos pleitos internos, pero sobre todo, a visitar las oficinas del Jitomate.

Recorrer de un lado a otro el sin fin de callejuelas armadas dentro de las calles del Barrio para después recibir de forma personal las consignas del Bos, arreglar que los comerciantes ajustaran los pagos por sus participaciones en la compra de la mercancía en los Estados Unidos y el reparto de los artículos sin factura.

Eso sería una semana después a los días pasados en Acapulco, que para Laila fueron como si hubiera asistido a una escuela de sensaciones, así lo calificó; a un colegio donde como única materia se impartiera la nueva forma de ver la vida, de por las mañanas sentir la textura de las sábanas, con los dedos palpar la tersura de los vellos en los brazos del hombre; el olor del buzo no le era desagradable y la brisa del mar quitaba lo penetrante de los humores; Eutimio era un hombre con ideas fijas sobre la honradez y la manera de comportarse con la señora, discreto, cortés sin llegar a lo empalagoso de la miel en exceso, capaz de sorprenderse con la puesta de sol y el volar de las gaviotas, pero sobre todo la forma de hacerle el amor, donde por más atrevidas que fueran las poses, por más calientes los encuentros, por más excesivos los reclamos, siempre se dieron con un encanto y una efectividad que hizo que Laila Noreña, por primera vez, largara un explosivo quejido, aullido, y con el corazón batido por la sorpresa declarara, aún él dentro de ella, que si eso era un orgasmo, entonces ya podía decir haber conocido el cielo.

Eso jamás lo comentó en las cada vez menos frecuentes pláticas con Linda Stefanie; el señor Eutimio tardaba en dormirse, sólo cuando al marido le llegaba primero el sueño, Laila aprovechaba para contarle a su hija los sucesos de la calle, sus encuentros con los comerciantes que a todo le querían poner escollos y ella, su mamá, estaba ahí para regularlos, que sin orden el caos se apoderaría del Barrio; jamás tuvo la osadía de contarle que en las tardes, al visitar al Jitomate, el hombre le pedía que se desnudara para admirar su cuerpo, qué tan bien le había sentado el matrimonio; que la señora Laila, su mamá, disfrutaba viéndole la cara al tipo rojizo porque quizá las enseñanzas del buzo, sin éste quererlo, le habían metido en las venas unas ventoleras que antes le eran tan ajenas como lo habían sido los problemas del Barrio.

A partir de la boda y del regreso de Acapulco, las sesiones nocturnas con el Bos fueron canceladas, no las vespertinas si el marido, don Eutimio, jamás llega después de las cinco de la tarde; el Jitomate siempre dijo: jamás por culpa suya una pareja de esposos tendrá problemas, menos echar a perder una relación laboral, Laila Noreña, ahora de Olascoaga, resultó muy buena pa lidiar con los cabrones comerciantes que nunca están conformes con sus ganancias, por nadita del mundo el Bos la cambiaría por otra, porque otra tampoco le llenaría los espacios en esas noches en que pese, al tequila, el mar de su infancia se le recolaba en las venas.

Veintiséis

Lo sabes, cada día brincado es otro muletazo a la existencia, mi Capote, lo sabes, la intuición es el producto de la experiencia, y traer los ojos avizores a la embestida del toro significa que los años no te han calado como esperas así continúe antes que te pegue una cornada algún burel de dos patas, ese es el destino de todo torero que se precie de serlo, como tú, mi Capote, que de guía tienes a Manolete, a Balderas, los señorones mudos en el ruedo y no tumbados de viejos en alguna residencia para ancianos,

…hay que saber medir los terrenos, salir airoso en cada lance, sí señor, como ha sucedido a lo largo del tiempo en que has llevado muy toreado al Amacupa por un lado, al Jitomate por el otro, a los hermanos Godínez, sin olvidar al Zalacatán pa que no se pase de la cuota; si en el Barrio se le quitan los diques a la droga, la ciudad se inunda de chochos o de yerba o de la dulce espidbol; si el precio se desploma, joder, la ciudad va a tener carnaval día y noche con la rebatinga de los vendedores, y la escandalera te va a rebasar, mi figura, no lo pierdas de vista; con el mercado en descontrol completo, las huestes de la antinarcóticos, por más que afecte a sus intereses, van a tener que llevarse entre las patas a todos, incluyendo al Amacupa y a los que se sienten que están apoderados por gachós que se saben poderosos, mi Capote; en este mundo por más poder que se atesore, en un segundo se puede escapar a otras manos, ¿o será que la prepotencia tiene tantos rostros que no hay quien le pueda colgar un par de banderillas que dure para siempre, señor de los ruedos?...

...siempre tienes que pensar en eso: si algo se sale del escenario que has fabricado, mi torero, se te viene abajo y te decretan el retiro, o lo peor, mandan a poner tu nombre en la Esquina de los Ojos, y ahí nadie va a decir que eras lidiador sino un retazo de olvido en medio de los apelativos, mi matador, por eso necesitas tiempo y pensamiento sin fin, estar con los oídos bien puestos en los rumores del Barrio, tener en la mente la ficha de los sucesos, conocer los varios planos,

...¿ya sabes cuál es el papel que la señora Laila está ejerciendo en el búnker del Jitomate?, ah, porque la llegada de esa gachí como que le ha dado giros al orden de la lidia,

...¿tienes a flor de muletazo los nombres de los que pusieron en el tiradero de basura al chavo ese que le decían el Niño del Diamante?, vaya nombrecito que se fue a colocar ese malandrín, como si fuera torero antiguo, no hay que ser mago pa conocer el nombre del que lo mandó ejecutar, que eso lo saben hasta los tenderos, por supuesto, tú te refieres a la identidad de los cinco o seis guaruras que lo pusieron de festín a los chuchos,

...no lo olvides, hay que tener toda clase de datos pa comerciarlos en el momento justo, jamás aceptar que algo no se sabe, eso te pone a la altura de cualquiera, lo tuyo es afirmar, no dudar, como no es posible dudar en la cara de un bicho en medio del redondel, porque eso sí, torerazo, al que duda se le atora la gloria,

...la información vale tanto como un contrato en Las Ventas, mi torero, la habilidad tiene sustancia de lotería ganada, así que no se te canse el talento ni la muñeca, que esa es la del muletazo, que no se te arrugue el trapo, si el toro te mira te pega la cornada y en las plazas de esta parte de la ciudad los percances son directos a la femoral, y no hay enfermería lo suficientemente grande ni buena, aquí te vas y te vas y ni quien te haga un funeral a modo,

...sigue haciendo el paseíllo por donde ahora caminas, que el Barrio entero no dude quién encabeza los carteles de las ferias de postín, alísate la cabellera, que las canas son parte de la estirpe, luce tus zapatos bien boleados, figura, eso eres, figura de la torería más arriesgada, con ese ademán cumplimenta a los vecinos, sonríe a los que te saludan aunque conozcas las cuchufletas que se mandan a tu espalda, así es esto y bien lo sabes: desde la inmemoria, las figuras siempre han sido motivo de envidia y a nadie sorprende eso,

...sin perder el aire majo llegarás a ver al Jitomate, frente a frente, que andova sienta el peso de tu presencia, que su cuadrilla se imagine los vienes a puyar y trais más ganas que novillero con hambre, mira, por muchas vueltas que le den al asunto te tienen que decir los nombres de los guaruras asesinos nada más porque entre calés no vale remanguillé, nomás por eso, y como una pruebita, a cambio de conocer los apelativos de los ejecutores del Niño tú tienes la información fresca que sale de las cuerdas bucales del Amacupa y sus segundos,

...también tienes que ver al Zalacatán para arreglar el asunto de los chavales que les dieron cárcel por descaradamente andar comerciando la droga, ahí está el arreglo, tú hablas con los de arriba en la Judicial y te sueltan a las presas chicas que se convierten en la prueba de tu efectividad, eso es mi torero, pa luego por debajo del agua meter el estoque en los arreglos grandes,

...tú ya no sueñas con torear cada domingo, no mi Capote, tú toreas diario, a todas horas porque este Barrio no duerme, no tiene reposo, las mil chácharas que se venden en el día, los ejecutores que trepados en sus motonetas andan olfateando presas a toda hora, los contrabandos que en la noche parecen desfiles de semana santa, los coreanos que cargan más secretos que gitanos en sus chabolas, los gandallas que matan nomás porque otro más gandalla les aflojó el guato de billullos, el dinero de la droga que enloquece de poder, no a los que se la meten, sino a los que la venden, mi torero,

...tú eres el centro de la información, la luz de un diestro solitario en medio de un enorme redondel, igualito que el de Acho, Perú, donde los burladeros y los peones están tan lejos que ya no son de ninguna confianza, si te trinca el burel tardarán siglos en sacarte con vida,

...sigue, detente sólo para saludar a la afición pero no te abandones al palique, escoge las calles adecuadas, las adecuadas, porque si te vas por otras rutas vas a causar revuelo y las preguntas caerán como mal fario en aguacero: ¿qué andará haciendo el torero en la vecindad donde esconden la cocaína?, ¿qué faena trata de hacer el Capote de Oro en la calle donde se almacena la mercancía de fin de año?, ¿qué ruedo quiere pisar la figura si anda haciendo el paseo en las cercanías donde se acumulan los guatos de yerba y de espidbol?, ¿qué toro quiere pasaportar el maestro si lo han visto en los burladeros alrededor de donde se venden las armas?, y tú, maestro, por ningún motivo puedes ser el detonador de esas preguntas que espolvorean tan malos augurios,

...no debes olvidar detalle alguno, mi torero, aquí todos exigen, desde los policías hasta los más jodidos cargadores, los capos y los que ejecutan, los viciosos y los que la venden, todos se sienten dueños de la mejor barrera de primera fila demandando que el espectáculo esté a la altura de sus dineros y que el torero, tú, con creces desquite por el boleto pagado en la taquilla, más cuando hay que correrle la mano a enemigos como el Amacupa, como el

Jitomate, el Zalacatán o los hermanos Godínez, que en una impronta cualquiera de ellos te manda a la enfermería con un cornadón de caballo, de esos como el que mató a Paquirri, como el que se llevó a Joselito,

…está bien, reza, acaricia la figura plateada de la Santa Señora que con tanto amor portas en el saco, a la que muy pronto verás, la que está allá, a media calle y ya hueles las flores que la rodean, mi torero chipén, con qué garbo llegas, has de cuenta que estás en la capilla de la Plaza México, te vas a hincar, sientes que portas el traje de luces, te imaginas que afuera está tu cuadrilla esperando que el maestro, tú, termine sus oraciones, como lo haces, le pides a la Santa Señora que no te abandone hoy ni nunca, que el Barrio agarre su orden natural y a cambio les vas a decir que el operativo grande va a llegar dentro de dos días, que la información te la hicieron llegar los altos mandos para que el Zalacatán saque la droga, el Jitomate calme sus negocios, los chavos de las motos atemperen las ejecutadas, y los Godínez escondan el arsenal…

Yo te suplico encarecidamente protección, así como te formó Dios inmortal con tu gran poder sobre todos los mortales hasta ponerlos en la esfera celeste donde gozaremos gloriosos días y noches por toda la eternidad.

Reza, mi maestro de los ruedos, la fe no es vergüenza menos si se trata de orarle a la Santa Guapa, nadie debe olvidar los rezos, menos tú que a cada hora toreas jugándote la vida, más que cualquier torero, por muy majos que hayan sido Belmonte y el Gallo juntos, ellos, con todo y su maestría, jamás lidiaron en varias plazas a la vez y tú, figura, capoteas en una y das muletazos en la otra, pones banderillas en ésta y haces quites en otra diferente, eres doble, triple, te trasmutas en varios toreros que brillan en ruedos disímbolos sin poner reparos en la clase de bureles que salen por la puerta de chiqueros, eso tienes que tenerlo en mente,

…con ese pensamiento te debes levantar después de terminar la plegaria, acariciar a la Santa que llevas cerca del corazón, pide que tu nombre jamás aparezca en los reportajes de la televisión, ni que los chismosos periodistas te agarren como noticia, pasar como sombra si los dueños de los almacenes de los millonarios no quieren que el mercado del Barrio se lleve a los clientes buenos, sabes de los que aceptan que los gallones extranjeros los compensen con harto parné y regalitos, a los capos capos de mero mero arriba les encanta la escandalera, el corredero de gente, los chavos que enjaulan, la tremolina es apenitas una prueba de los toros que te tienes que zumbar en los siguientes días, cuando debas resolver las dudas,

…no puedes dejar de lado lo de la gachí Laila Noreña, ¿cuál será su papel en el coso jitomatero?, te preguntas y te preguntará el Amacupa, a lo mejor ya le echó el ojo a la manola esa,

¿qué poderes le habrá robado al Jitomate?, para saberlo tienes que torear en esos terrenos,

¿será posible que la buñí le haya dado al Bos algún bebedizo sin nombre?, no olvides que en estas superficies nada debe causarte extrañeza,

¿qué tiene que ver el buzo Eutimio con el papel que la mujer juega entre los comerciantes?, petardo es dejar hilo alguno metido en agujas desconocidas, recuerda eso,

…Golmán se le ha hecho ojo de novillo al comandante, parece que lo estás oyendo cuando te insiste en que los altos comisionados de la ley quieren dar un escarmiento a los gandallas del Barrio pa que la opinión pública, la afición, se oye mejor, la afición se entretenga con el petardo de los detenidos, y te pide le entregues los datos que lo aproximen a Golmán,

…uh, mi Capote, el Amacupa no te hará caso por más que le asegures que Golmán debe andar de toro lunero en los olivares de quién sabe qué lugar del país, ahí está el chiste: saber dar un buen ayudado de pecho, que el Amacupa te crea, acepte que estás metido en la averiguación, una buena faena sólo se hace después de haber estudiado la embestida del morito y no antes, necesitas tiempo pa armar la estructura de tu trasteo, sonsacar la información, hacerles ver a los capos que el nombre de Golmán es historia que se ha de tragar la Cruz en la Esquina de los Ojos, que a cambio, después que te digan el lugar donde está el chiquero secreto de Golmán, tú, mi torero, les vas a informar la fecha del siguiente operativo,

...saluda a la gente, no niegues las cortesías, muchos ojos te van calando hasta en la manera que tienes de pisar el ruedo, sonríe, los comerciantes saben que eres triunfador y no desecho, los gandallas de las motos afirmen que eres cabeza de cartel, los coreanos conozcan la clase de toreros que tiene este país, los teporochos se alejen de tu paso, a los agentes encubiertos no se les haga bolas el engrudo, figurísima, que cuando se lo vayan a decir, el Amacupa sepa que pa ti no hay burel sin faena,

...detente un momento, entra a la tienda, aliviana tu sed, sonríe y charla, goza del sol ahora que los aguaceros se han ido, haz palique con los dueños de la miscelánea pero sin dejar de pensar en lo que sabes que te va a decir el Jitomate, los reparos que te va a poner en la negociación hasta que entienda que tú, mi Capote, aparte de ser torero puedes ser el cambiador de suertes en el palco de juez, y si la faena sale como la tienes planeada, si el Jito acepta conceder las orejas al plan Golmán, entonces esa faena ya la tienes en la bolsa, sin dejar de lado que el gordo rojizo te quiera poner banderillas negras y te salga con que si detienen a Golmán no habrá nadie que le ponga freno a lo que la prensa va a decir del Barrio,

…ya sé, figurísima, jamás los triunfos han sido sencillos, el Zalacatán tiene tantos o más resabios que el Jito, así que cuando llegues a la Cuevatán deberás torear con el pico de la pañosa, pintarás el panorama tan tremolinoso que se mire pequeñito en comparación a una bronca de Curro Romero, el amigo Zalacatán tiene que entender que pa ayudarlo necesitas darle buenas noticias al Amacupa, ay, ya sabes lo que te va a preguntar,

…¿y cuáles buenas nuevas se le pueden dar a ese gandalla que se siente el rey?, y ahí es donde entra tu oficio de lidiador poderoso, le vas a decir que si por lo menos durante un par de semanas amansa la venta de la droga y así los altos tiras se tranquilizan, tú estás en condiciones de asegurarle que la fecha de la próxima redada, con la discreción del caso, le será dada a conocer por lo menos doce horas antes,

…sí, mi torero torerazo, como dice el paso doble del maestro Agustín Lara, cántalo, que en tus labios se sienta el gusto,

…"torear a Silverio me ha salido de muy hondo lo gitano de un cantar, con la garganta sequita, muy sequita la garganta, seca de tanto gritar, Silverio Pérez, monarca del redondel"…

…así, como lo eres tú, a cada instante, a cada hora en que tienes que hacerle faena a estos endiablados bureles que ni el maestro Manolo Martínez, bueno, ni siquiera el inventor de la muleta, el insigne don Pedro Romero, se las hubiera podido cuajar, sí señor,

…pero mientras saluda a la gente, que no se note que vas rumiando la razón de tus preocupaciones, que te vean, sí, como lo que eres, jarifo, bien plantao, la primerísima figura que domina los tres tercios de la lidia, el amo de la torería chipén,

…allá vas, gustándote en tu paso torero, desfilando hacia estos ruedos donde los mal farios se asoman en cada recodo, haz alarde del valor que la existencia te ha deparado para ser alguien en este Barrio que tú sabes tiene más mañas que cebú en redondeles de tierra lejos, lo sabes.

Veintisiete

Le fascina que le digan Amacupa; el rejuego de las letras suena a corazón de caudillo tepaneca; el sobrenombre impone a la gandallería, que de sólo oírlo, tembeleque se agacha; el fragor de un apodo debe tener la fuerza necesaria para cumplimentar su trabajo que, de tan incomprendido y complicado, a toda hora mantiene prendido lo avizor de su alma en la imposibilidad de hacerlo congruente con una agenda conformada al puro giro de la violencia, chingao,

...¿pos qué horario se puede armar en una ciudad donde el crimen se revuelca a cada segundo?, pregunta, los guaruras cara cuadrada callan, el comandante bebe, los tragos le aflojan el ánimo, tiene ganas de echar fuera las presiones, dejarse ir dentro de cada pedacito de la cantina, darle de palmadas a los cantantes del trío:

..."te tuve una vez muy cerca de mi corazón, y no sé por qué me fui alejando de ti"...

...una de las debilidades del Amacupa es el fuego del querer y el canto atiza la quemadera; esas brechas le parten la coraza que muy pocas veces se quita pa que la caterva de gandallas no le conozcan sus puntos endebles; quizá hoy necesite que el nombre de Amacupa se guarde en el cajón del buró junto a la pistola, tan cerca de su sueño que la pueda tomar tan sólo de abrir los ojos,

como máscara de guerrero maya pesa el apodo; soldado mexica dispuesto a quebrar las lanzas contra el invasor rubio sabiendo que representar de manera invariable en el papel de combatiente la tristeza pasa facturas,

…supone Amacupa, tararea, alza la copa pa decir salú, bebe de un solo golpe la copa de brandy porque hoy el tequila quedó de lado, si los bramidos se hacen más potentes cuando bebe algo diferente al jugo del agave.

Mi comandante, no se nos ponga triste, en el corazón nos pega su tiricia; él, emocionado —me cáe que a veces las palabras tienen la bondad de un remedio casero— abraza al Pelochas, le tiende la mano al Cilindro, que en los ojos carga al retintín de las lágrimas, carajo, se le atora la saliva de ver así al jefe:

…bien despeinado, con lo presumido que es, las manchas de la birria en la pechera de la Armani fuera del cinto, y el Cilindro le hace señas al sub Camacho pa que haga algo; el sub nada dice, bebe oyendo al trío, la noche anda cerca, casi no hay clientes en La Polar, donde los meseros se estacionan junto a la barra sin apresurar a clientes tan conocidos: los agentes federales que llegaron a eso de las tres de la tarde y no han dejado de beber y tragar birria como si fuera la última vez que les dieran permiso.

¿Quién es el guapo que le va a poner trancas a los gustos del comandante Amacupa?, a ver, ¿que se escuche una voz?

…no se escucha ninguna subida de tono, los guaruras despatarrados en varias mesas, con discreción pa no hacer encabronar al comandante, uno habla por el celular, este se pica los dientes con un palillo, otro ve la tele, entre indolentes y suspicaces esperan órdenes que se pueden dar con el diminutivo del guardaespaldas:

…Coronita, Contreritas, Bigotoncito,

o seco el ladrido:

…Corona, Contreras, pinche Bigotón, Guerra en lugar de Guerrita, y con eso medirle el humor al jefe, calibrar el agua a la bronca con sólo escuchar el tono en el nombre de los que forman el segundo círculo,

...los cercanos como el Cilindro, el sub Camacho y el Pelochas tienen otro trato, se pueden meter al tono de la tristeza, piden canciones y escuchan lo que el jefe está diciendo:

—Cabrones, ustedes son como mis hijos —les dice como les dijo por la mañana antes de iniciar el rondín en el Barrio, lo dice sin saber que horas más tarde lo volvería a decir, sólo que en La Polar y con los tragos a bordo...

...mientras la camioneta avanza despacio, muy cerca de los linderos del Barrio, el comandante piensa en días anteriores, en diversas personas sin tener idea clara de que horas después, poco a poco, se le iba a tensar esa especie de morriña que sin medir recetas le entra de vez en cuando.

Dentro de la camioneta blindada desecha algo que se le acerque al remordimiento, ya parece que se iba compungir por lo de la noche anterior en que tuvo que usar la mano firme pa sacarle la verdá a Conrado Altamira, que se había reventado quién sabe cuántos secuestros y asesinatos; el maldito Altamira cargaba fama de ser más duro que las paredes de concreto, terror de las policías de Morelos, de Tultitlán, Ecatepec y Tlalnepantla, y ni madres, señoras y señores, aquí la puerca torció el rumbo, les dijo el comandante, sin inmutarse por la aparición de Conrado, que con gesto perverso de película gringa entrara a la sala de conferencias pa dar la cara a la prensa, revolviéndose en la camisa de fuerza, amenazando a los custodios, puta, ese mismo lebrón más delantito, ya a solas, los lugartenientes del comandante lo agarraron por su cuenta, al octavo toque eléctrico en los güevos al pantera del Conrado se le trastocó el rostro, como conejo se vino pabajo el muy gandalla, de nuevo le pusieron las picanas frente a los ojos y de corridito soltó toda la información; ese asunto no le pesa al comandante que viaja con la mano fuera de la ventanilla, luce el anillo de oro puro y los rubíes en la pulsera marcando el nombre que tanta fama le ha dado.

¿Y si no era lo de Conrado, sería la mortal calentada que le dieron al estudiante Lauro Carrillo? Piensa, trata de valorar el hecho y no, nada de eso, Amacupa odia a los estudiantes, se ensaña cuando los tiene enfrente, sin duda son los peores, alborotosos, quejumbreros, verborrientos, pero bien chilletines cuando sienten el primer planazo, eso sí, pederos en los mítines, muy de acá cuando los entrevistan en la tele, hablantines en las reuniones, no, tampoco podía ser ese recuerdo cercano que de tan repetido le aburre.

¿Pudiera ser que le anduvieran pesando los retobos malgeniosos de su esposa, la madre de sus hijos, doña Ana Laura, como siempre le dice?, ¿pos qué quiere la esposa, no entenderá el trabajo de su marido?, ¿o serían las ínfulas de su hija mayor?, ¿la desidia de su Amando Cudberto Junior?, no quiere pensar que algún tema hogareño estuviera en medio de su chamba; los asuntos caseros en el hogar, nunca en el territorio de sus labores.

¿Será que se está haciendo anciano? Se mira en el espejo interior de la camioneta, revisa lo hinchado de los ojos, se nota igual que ayer, que hace un mes, se toca lo tenso de los bíceps, entonces no halla la razón de su tristeza; tampoco lo debe afectar el mal humor que siempre carga el superintendente Mendiolea, altanero y gruñón, porque el tipo es fácil de camandulear, si se pasa más horas en la oficina del Procurador haciendo grilla que oliendo los asuntos que deja en manos de sus subalternos, uno de ellos el comandante Amacupa, pa servir a Dios y a usté mientras usté no tenga la mala fortuna de pasarse de listo con su servidor.

Tampoco pueden ser los asuntos que se cocinan en el Barrio, por donde transita como triunfador, aquí las papas se cocinan solas, él tiene que mantener el fuego a tono pa que no se le pase de tueste, dar un carajazo y una sobada de lomo, un arresto y una ayudada, un muertito y una entrada de mercancía sin factura, una aprehensión y un silencio cobijante, un coreano deportado y una decena pa dentro del país, un alijo de chochos que se incauta y otro más grande que pasa por la puerta trasera, diez kilos de espidbol que se festinan en los noticieros y mil que no pagan reflectores, así es esto.

De lo que el comandante está seguro es que a espaldas de él, a lo mejor sin conocerle la cara, por ái viene ya caminando su relevo: alguno de esos muchachitos malas vergas que han subido de cargo nomás por olerle las flatulencias a los jefazos, un día le van a salir con que los métodos del comandante Amacupa ya tienen vaho de naftalina y lo van a dar de baja, pero eso lo ha sabido siempre, unos suben y otros desaparecen y a nadie le oprime el alma lo que es parte del negocio.

Revisa de nuevo su rostro, no es sencillo que lo engañen, conoce la historia, no en vano lleva añales en la corporación, el juego de escenarios que se dan en las oficinas centrales, unos van parriba y otros ruedan en la pendiente de la nada, en el precipicio de la cárcel, en la suave inclinación de la tumba.

Cruz y Jerusalén, que se vaya el mefisto y venga el Crío del Belén, nunca se debe ni siquiera pensar en la muerte, eso hay que dejárselo a la disposición de la Santa Señora, mueve la cabeza para desechar la idea, se mete otro trago hasta ver el fondo del vaso:

—Arrieros somos —dice el comandante,

—… "y en el camino andamos" —cantando acompleta el Cilindro.

El trío se lanza con la de Cuco Sánchez:

…"y cada quien tendrá su merecido",

…repite el comandante que trae unas malditas ganas de llorar sin saber la razón, a las lágrimas no hay que negarles la salida, es algo natural por más que a él no le cuadre que lo vean así, pero qué jijos, los guardaespaldas tienen que entenderlo, el poder a veces se convierte en cárcel, a más responsabilidades que le entregan al comandante, mayores las tensiones y los chacaleos de los gandallas, más número de asuntos que no se pueden dejar de lado, lo peor es nadar de a muertito esperando que las olas lo lleven a buen cobijo, y aunque se le nublan las razones y la cabeza la trai como badajo, sabe que esa tarde o noche, o madrugada, a quién carajos le importan los horarios cuando el alma llora, tendrá que echar fuera la tristeza, de plano ponerla en otra dimensión, y si pa eso se necesitan dos litros de lo que sea él le dará tres, que no haya miseria a la hora de aplicar las recetas, mil rayas de lo que se pueda y esnifará dos mil, ni miserias, ni medidas ni tiempo pa aplacar este mal bicho que desde hace días lo acosa por dentro,

…qué vale un segundo, qué valor puede tener una hora, una noche, pal comandante nada, qué diablos, eso hay que dejarlo pa los que están jodidos en los separos y miden la posibilidad de su condena contra lo que han vivido afuera,

…cada quien es dueño de la manera de contar sus días, repite, el sub Camacho lo asegunda, Amando Cudberto Palomares abraza al Cilindro, ordena otra melodía de las que remueven las punzadas del alma, las voces dentro de La Polar dicen que el comandante es como su padre, la cantina es un cuadrado de tristeza quejándose en el trío,

…Guerrita, el Bigotoncito, Contreritas y los demás guardaespaldas hablan a cuchicheos, los meseros leen el periódico, una mujer hace cuentas tras la barra, el Pelochas pide otra ronda pa todos, pero rapidito, cabrones.

—¿Y si nos vamos al Bombay, mi comandante?

...sin asegurar algo, Amando Cudberto Palomares mueve la cabeza, el sub y el Cilindro se miran, con las manos el Pelochas forma el cuerpo de una mujer, en el aire dibuja unas caderas, se oye la voz del comandante que le habla a alguien, entre las palabras se escucha el nombre de Ana Laura,

—Su señora esposa es una gran dama, mi comandante.

...pos claro que sí, una es la esposa y otra es la de las pasiones, jamás ha creído algo distinto, con la señora de uno ni pensar en marranadas, pa eso Dios hizo a las güilas que saben cómo sacar jugo de los más escondidos secretos, la esposa no provoca llanto, esa está ahí en la casa administrando lo que el hombre gana en la calle, esas jaladas de la igualdad son peores que un alto jefe con inquina, hasta los más duros criminales que le ha tocado aprehender aman a su señora madrecita por más asesinos que sean los gandallas, si señores, la santa madre de uno, que se oiga recio: santa madre; la del comandante ya no vive en este mundo, no le tocó la suerte de ver a su hijo en el lugar que orita tiene en la corporación, ¿de eso vendrá la tristeza que se mueve dentro de La Polar?: a la madrecita de uno no se le puede tocar ni con la brisa más limpia, menos con los retobos y los insultos.

Le dijo a Gerardo Segura, después de detenerlo muy cerca de la Plaza de la Constitución, ¿qué andas haciendo por aquí, pinche rata?; Segura, metido a empujones en la patrulla, alzó la cara diciendo que estaba limpio mi comandante, usté lo sabe; aparte de ratero ora andas de mentiroso, jálele cabrón, dijo el Cilindro y le atizó un puñetazo en el estómago, una patada que le dio Corona; chingue a su madre, se quejó Segura, un chingue a su madre dicho al aire o quizá a la mala fortuna de encontrarse con los judiciales; el comandante Amacupa sintió que la electricidad se le montaba en el pecho, ya pa qué buscarle más al tipejo ese, ordenó a Contreras, que estaba más cerca: vámonos pa Cuernavaca, por la carretera vieja que tiene muchos árboles y antes de llegar a Santa María ya con el valle bien lleno de sol más abajo de los pinos, ordenó que se metieran en un camino de terracería, que Corona y el Bigotón vigilaran la carretera y pa fuera jalaron a un muy sorprendido Gerardo Segura, junto a unos oyameles olorosos le quitaron las vendas de los ojos y pusieron unos sobres de cocaína dentro de los bolsillos del muy espantado Gerardo, y el comandante Amacupa, que por regla general deja que sean sus subordinados los que actúen, antes de atizarle el plomazo en medio de los ojos le dijo al muy triste Gerardo Segura que una mentada de madre no se le permitía a nadie, a nadie, ¿me oyes?, ni al mismo presidente de la República, y le soltó el tiro, en el suelo le pegó dos más, jaló aire ante de darle el otro en la sien pa que cuando la judicial local lo encontrara se fueran con la finta pensando que se trataba de una vendetta entre narcotraficantes,

—¿Si quiere le avisamos a Rosella pa que nos esté esperando, mi comandante?

…Amacupa de nuevo mueve la cabeza, quizá esté diciendo que sí, a lo mejor ni ha oído lo que le está sugiriendo el sub Camacho, que Rosella junte a unas cinco o seis damas y les aparten una mesa grande de pista en el Bombay, usa el celular pa armar la fiesta, pero el comandante les hace señas pa que esperen otro rato, y a media voz entona

…"la negra noche tendió su manto"…, que de inmediato el trío acompleta: "surgió la niebla, murió la luz"…

…así debe sentirse el jefe, sin una luz en el alma, dice que a veces hay necesidad de rajarse el pecho pa lavar las heridas, pinches mujeres tan traidoras, el Cilindro afirma que son unas malas perras y el sub que nadie las entiende cuando el comandante se levanta porque se está meando, nomás regresa del baño y se van al Bombay, a ver si Rosella le quita la ausencia que lo está jodiendo sin saber por qué,

—Me cáe de madre,

…repite mientras a bandazos camina hacia los servicios, Guerra y Contreras lo acompañan pa ver que en el baño no haya nadie y el jefe pueda hacer sus necesidades sin que otros lo estén fiscalizando, si además tienen órdenes de nunca dejarlo solo, hasta en los retretes le pueden dar en la madre los enemigos, uh esos cabrones nomás están vigilando que los cuidadores cierren los ojos pa ponerle un cuatro a nuestro jefe,

—¿Ya le hablaron a las chavas?

…el sub dice que a la hora en que el jefe ordene, nomás fue a mear y vayan pagando la cuenta, el Bigotón, Contreras y Corona salen a disponer los vehículos pa que todo esté listo a la hora que el jefe precise, el comandante se tarda, quizá esté haciendo del cuerpo y no es así porque Amando Cudberto Palomares está en el retrete pero hincado, sobre la tapa corta unas rayas de espidbol pa que no decaiga la nait, ya no quiere pensar el motivo de su abatimiento, no halla las razones, no es por la investigación que Asuntos Internos está llevando a cabo, si eso es retintín de todos los años en que anuncian medidas contra la corrupción, cabrones si son cínicos, por un lado dan de palos y por el otro cobran a manos llenas, eso bien lo sabe el comandante, al que nada en este mundo le causa espanto, menos le sorprende, jala las rayas, en la boca del estómago siente el calorcito, los ojos se llenan de más visión y la luz entra borrando esas malas sombras que lo han acompañado desde la noche anterior en que tuvo una pelea con su esposa, con la señora Ana Laura como le dicen él y sus subordinados, caraja señora Ana Laura que no tiene medida, boca de cura, insaciable, no entiende que hay que guardar algo pa la hora de la retirada, que aunque lo niegue siempre está a la vuelta de la esquina, a la pura decisión de cualquiera de los altos jefes que se pongan roñosos antes de tiempo, y la esposa echó en la cama el altero de vauchers de su último viaje a San Francisco acompañando a la esposa del señor subprocurador, y al comandante nomás se le quebraron los ojos cuando sumó la totalidad de los talones y le dijo a la señora Ana Laura que esa cantidad la debía pagar su anciana suegra que le enseñó mañas de manirrota y le pegó un bofetón tumbándola de la cama,

—Todo listo, mi comandante, en la boat ya lo están aguardando —el mamón del sub Camacho se esmera en los términos.

Amacupa sale del baño, el Cilindro le ha entregado la camisa limpia, se medio arregla el atuendo —diría Camacho—, el divino polvito blanco le ha subido el tono, ya no quiere pensar en los chillidos de la esposa y en la amenaza de irse con su mamá, en el reclamo en los ojos de Roberta, tan soberbia que le ha salido como toda hija mayor que recibe atenciones, carajo, desde antes de nacer; por dentro anda bajo de presión, lo que menos le gusta son las peleas en la casa, eso no lo deja trabajar a ritmo, sentirse libre y no andar cargando el peso de las broncas caseras, pero en verdad ¿ese es el asunto que lo tiene tan como desguanzado?, o será algo que ni él mismo sabe, quién carajos es capaz de echarse un clavado a la mente del jefe Amacupa, nadie, ni siquiera él mismo porque no le gustan las noches sin sueño en que se pone a darle de vueltas a tantos asuntos, a ese ánimo es a quien se le debe romper la sustancia, los que piensan mucho se vuelven tarados, se rayan el cerebro pa siempre, se mira en el espejo, de refilón observa que los meseros lo observan con envidia, el jefe ya está bien padrotón, oliendo a lavanda que Corona y Contreras le rociaron por todas partes, con la boca fresca por los buches de astringosol, la mirada brillante, ganosa de hartas lujurias, los autos de la escolta listos en la calle, cerradas las esquinas pa que no se atraviese ningún estorbo, la camioneta blindada en la mera puerta, la cuenta pagada con el lógico descuento que el dueño de La Polar le hizo a tan distinguida clientela,

...Amacupa se despide de mano de los meseros, el dueño de La Polar está en la salida, listo pa acompañar al Señor hasta la portezuela de la blindada blanca donde ya el jefe se ha sentado junto al chofer, hace señas pa que el convoy avance, con la punta de los dedos acaricia los adornos colgados en el espejo interior: el zapatito de un niño, una balanza que pocos saben qué significa, un rosario y un portarretratos con la imagen de San Judas, las santas figuras cuidan al jefe, que antes de iniciar el trayecto pregunta si está arreglada la cuenta, los guaruras trazan miradas léperas para todos lados, el sub Camacho se le acerca a decirle algo al oído, el comandante Amacupa se echa de carcajadas, los ayudantes y guardaespaldas se ríen también, felices de que las malas sombras se hayan ido de la cabeza del jefe, que la noche se vaya haciendo carnaval, nomás entren a la oscuridad cachonda del Bombay, su club nocturno que se engalana con la presencia del comandante Amacupa, a quien se le dedica la siguiente tanda de melodías interpretadas por la orquesta de Pablo Arredondo.

El sol hace que se coloque los lentes oscuros, en alguna parte de su cuerpo lleva los sones de la música que esa misma noche, si hay tiempo, va a escuchar en el Bombay después de los tragos y las birrias y los tragos en La Polar; con el rabillo del ojo va mirando a la gente del Barrio, quiere ver que alguien se atragante, muestre los nervios de quien esconde algo, trae la desazón metida en las venas y presiente que no tiene otro camino más que irse a La Polar y de ahí la noche será larga, pero eso será más delante, ahora tiene la necesidad de arreglar otro tipo de asuntos, Golmán tarde o temprano se va a enredar en sus propias babas, al pensarlo el comandante hace brillar las alhajas de la mano, quiere cerrar el vidrio pa que el aire acondicionado calme el calor y el olor que a bombazos le llega de las aceras, quién sabe qué mal bicho se le ha metido en las venas, pudiera ser la auditoría que unos esmirriados gandallas hacen en la Jefatura, pudiera ser eso, o los tironeos que a diario se da con Mendiolea, tampoco puede olvidar lo pérfido que le ha resultado el nuevo superintendente, que hasta que no entre al redil, el comandante Amacupa lo va a tener que soportar, agacharse lisito pa que no le vea los ojos rabiosos porque luego esos politiquillos agarran venganzas necias y ninguno puede detenerlos, quitarlos del peldaño que han conquistado, así ha sucedido por años, cada vez que llegan nuevos a ocupar los altos mandos entran con una fe que comienza decorando sus oficinas, ya después, el vaivén de los asuntos los hace penetrar a la jugada, o lo peor, que ya desde el principio traen las garras listas y sólo hacen como si no lo supieran, el comandante Amacupa no puede frenar su trabajo por unos chacales disfrazados de diosa justicia.

Antes de irse a La Polar y de ahí a donde el destino disponga pa ver si los tragos le quitan esa como chorreadura de espíritu que le sale de la tiricia, por qué no, quizá al Bombay, tiene que hablar primero con el Capote, el torerillo, aparte de servirle de espárring a la ventolera que trae dentro, le va a poner al descubierto lo de Golmán, y lo principal: le va a decir del nuevo embarque de droga y de las próximas entregas de mercancía pirata, eso es lo valedero.

Después le dará un vistazo al Zalacatán, que es chucha cuerera y le va a poner piedritas a la información, pero Amacupa sabe qué darle a cambio, y así va ir subiendo de tono y de enjundia, echar un cambalache: por dos semanas Zalacatán baje la venta de droga al menudeo, a cambio el comandante le avisará la fecha de la siguiente redada en el Barrio quesque pa darle un bajón al narcotráfico.

Por último, ya con el pie en el acelerador de la adrenalina, se va a presentar en las meras oficinas del Jitomate, le aceptará un caballito de tequila, hablarán del clima, de las playas del Golfo de México y otras pendejadas, va a jugar un poco, charlar sobre el futbol y los programas de tele, así paso a pasito hasta ver si el Jito da color sobre el por qué de la influencia de la tal Laila y después meterse hasta dejar arreglado todo el entuerto, averiguar dónde puede encontrar a Golmán y el comandante a su vez le va a fijar el momento en que la policía fiscal les vaya a catear los almacenes de mercancía sin factura.

Ya pa entonces espera que los jalones en el espíritu se le hayan amansado, y si no, pos en La Polar, a base de riatazos alcohólicos, les va a dar una tunda pa que no se atrevan nunca más a echarle rayas de tristezas, un torrente de canciones de esas que aprietan los cariños idos, como tantos ha tenido el comandante Amacupa que al llegar al Bombay huele los vapores del sitio, mira que los guaruras se desparramen por las mesas cercanas pa hacer una especie de triángulo de seguridad, se fije que el pinche Guerra ya se anda durmiendo, Contreras se alisa la panza, el Bigotón pide un trago, y el comandante, rodeado por su primer círculo: Camacho, el Cilindro y el Pelochas, se deja caer en el asiento dando el pecho a la variedad del Bombay, pide botellas de brandy pa todos, Rosella empuja a las otras chicas a que se acomoden aquí con los señores, echa de grititos por el gusto de ver al comandante y a tantos amigos reunidos en esta casa de la diversión,

—Mi amor, que lindo que llegaste.

El comandante Amacupa sintió que las manos de la vedet argentina al sobarle las ingles, por primera vez en el día le daban una pequeña paz que se extendió junto al trago que al derramarse manchaba la Armani recién puesta.

Veintiocho

Así que cuando se apareció el auto de la judicial en la esquina, Golmán supo que la huida, remansada en las horas de una discutible tranquilidad a salto de hoteluchos y duermevelas, estaba por terminar; pese a saberlo, trató de virar hacia el lado contrario y el otro vehículo, haciendo chillar las llantas, cerraba la calle.

Por ambas aceras avanzaron los agentes, aún en ropa común el chavo los podría distinguir desde un helicóptero en caso que algún día se pudiera subir en uno, sabiendo que en lugar de un aparato de esos, a donde lo iban a subir era a una de las patrullas disfrazadas de civil que sellaban cualquier intento de fuga; se quedó parado, sin hacer gestos bravíos y movimientos bruscos, no era tan torpe pa regalarles el pretexto y le atizaran de plomazos; sin hacerlo ostensible apenas movió los hombros pa recordarle a la Señora Blanca que ora sí su destino estaba en la gracia que Ella quisiera regalarle.

¿Qué tiempo podrían usar los agentes para que se le echaran encima desde todos lados? Pos nada, quizá unos segundos, así que alzó los brazos pa no tener la tentación de sacar la Mágnum y ahí mismo rifarse el cuero a sabiendas que lo iban a dejar peor que zalea de burro, pero en esos segundos que se le hicieron densos, le dio de vueltas a los días pasados buscando la clave de los candados, oliendo cuartos diferentes, pensando que no debía salir a las calles extrañas a las del Barrio porque de buscar dinero en estos

momentos le podría salir más caro el caldo que las albóndi-
gas, las inútiles llamadas telefónicas al Jitomate, las oscuras
aburridas que se daba tumbado en las camas guangas de los
hoteles, medio durmiendo, aluzado con el reflejo de tele y
nomás pensando en qué momento el Jitomate lo señalara
con el dedo de la inquina; carajo, a veces la tiznada llega
sin uno buscarla, y supuso así, a nariz de buen olfateador
de espidbol, que tal despliegue de gandallas tiras, tensos y
malévolos, era la consecuencia de un purrum más gruexo
que haberle dado pabajo al Yube, eso sin duda.

Y si no tiene caso hacerle miedo a los gritos que le
echan como si estuviera sordo, qué objeto tiene ponerse
de machito, los tipos lo rodean con las armas en la mano,
pelando unos ojos que le están diciendo que haga algo,
que se atreva siquiera a resollar pa que le floreen el cuerpo
a tiros mientras inmovilizándolo lo despojan del arma.

—Te mueves, te mueres —cerca de la oreja oye que
alguien le dice.

Como pantano, una tranquilidad se le ha metido en
las venas, fue entrando mientras lo empujaban y lo hacían
agachar la cabeza, fue sintiendo que la calma se asemejaba
a la sentida hace años cuando se le murió su mamá, esa
falta de aire enroscada con un dolor nunca sentido que le
estrujaba la cabeza, y dentro de ese estallamiento también
le entró una suavidad en el alma de saber que ya por fin
su madrecita no se retorcía por los dolores,

…iguales a los que por los golpes siente, reza escon-
diendo la plegaria, nadie humano debe escucharla si sólo
es propiedad de la Señora Guapa, por muy hombres que
sean los hombres, la voz de Ella, sin remedio, los hace ser
más hombres,

…¿la suavidad en su espíritu fue porque su mamacita
dejó de sufrir, o porque Golmán ya no iba a tener la mon-
serga diaria de darle de comer a su madrecita?, ¿cuál fue la

causa de sentir aquella paz luminosa?, ¿por qué la siente igual al cuestionarse en este momento en que está abandonado por los humanos pero no por sus recuerdos?

…se pregunta ahora en que lo tienen pegado a la pared, con los ojos casi aplastados contra un anuncio colorido invitando a una tocada con Los Tucanes en el lienzo charro de Actopan, nunca le gustaron Los Tucanes, pinches tocadores de segunda, él nunca ha ido a Actopan, fuera del Barrio todos son pinches pueblos de tercera,

…¿importa ahora ese detalle?, ¿cuál detalle?, ¿el de los Tucanes tocando en Actopan?, ¿el de la mamá?

…¿por qué se pone a pensar esas cuestiones en este momento en que los agentes le han quitado el chaleco de cuero, el cinturón con hebilla de plata, le arrancaron el arete de la oreja y lo insultan, lo retan a que se ponga bravo?

Días después, cuando ya la escandalera andaba en pleno auge, Golmán, al rezarle a la Santa Blanca, insistentemente volvería a pensar en su mamá y en Los Tucanes, el grupo musical anunciado en enormes letreros pegados a las paredes como si fuera obra de grafiteros industriales, a donde le restregaron la cara antes de meterlo a una camioneta panel y tumbarlo en el piso soportando los kilos de los agentes que estaban sobre él como si fuera capaz de escaparse de toda esa bola de gandallas que lo detuvieron, a él, a Golmán que se mostró tranquilo aun con las amenazas de rajarle el cogote e irlo a tirar al canal del desagüe:

…pa que te mueras tragando mierda, hijo de la chingada,

…pero no le preguntaban qué, no le hacían cargos, no le recordaban delitos, eran sólo golpes, amenazas de muerte, y en medio de la palabrería Golmán supo que esos güeyes eran pájaros nalgones; aparte de la madriza debían tener instrucciones de llevarlo vivito a los separos, de otro modo ni le dicen nada y le dan pabajo en cualquier lugar, en alguna calle de la Venustiano Carranza, un tiradero de basura de Iztapalapa, una zanja de la subida al Ajusco, en cualquier lado lo matan, pa qué perder el tiempo en irlo a tirar el canal del desagüe, si pa morir el lugar que sea da hospedaje.

¿Sería que los poderes de la Santa impiden a los tiras sacudirlo a plomazos?, no puede sobarse el lomo y por medio de las caricias pedirle a la Santa Bella que lo ayude, no pa escapar, que eso es imposible hasta pa la Señora de Blanco, pa que la madriza baje de tono, si los golpes se le meten en los huesos sin sentir que ningún líquido corra, las trompadas van hacia el estómago, hacia las piernas, hacia los sitios donde no se note el espantajo de la sangre; estos güeyes son cábulas a los que no les puede ver las facciones ni por dónde va la camioneta de vidrios oscuros, tan amplia por dentro que caben todos los madrazos del mundo y los silencios del universo,

…de parte de ellos no hay preguntas ni amenazas; de parte de él un resquemor se le atora en los ojos; entonces les grita que lo dejen, pa qué le siguen dando; la voz de Golmán se convierte en clarín de órdenes: se redoblan los puñetazos que lo marean y deja de trompetear alicientes y se calla, se traga hasta los suspiros, cambia los quejidos por un silencioso rezo pa que esos gandallas no le noten la plegaria dirigida a una sola persona, a la que pareada trae en la espalda, Señora Guapa, la que nunca jamás lo ha dejado en la estacada sabiendo que quizá los rezos le hagan más veloz el camino que será largo, no el de la camioneta que por más extenso en algún momento deberá detenerse, sino el del trayecto de su vida hacia las siguientes horas desde el momento en que salió del cine mañanero y vio a los policías de civil y supo que el tramo de fuga estaba clausurado para abrir un nuevo destino tan oscuro como los vidrios de la camioneta.

Un codazo en las tripas fue el último golpe antes de levantarlo del piso y sacarlo; la temperatura del aire era diferente, más fría, los ruidos de la calle se percibían mansos, los pies tocaron suelo planito, los dolores se escapaban ante una nueva situación; por el eco supuso estar en un estacionamiento subterráneo, lo que no pudo comprobar pero sintió entrar a un elevador y cuando le quitaron la banda que cubría los ojos, estaba en una oficina oscura, de paredes de madera marrón y una mesa larga junto a donde lo sentaron y entre la gente, con la cara sin mueca, lo vio vestido de traje azul; el comandante se despegó de los agentes, se fue directo contra Golmán, quien apretó los labios esperando el primer carajazo, pero no, el comandante caminó a su alrededor mirando al chavo como si fuera la primera vez.

—A toda capilla le llega su jolgorio.

...capillas las del Barrio, todas tienen su fiesta y son cientos, varias en cada calle, pero la más hermosa es la de la Señora Bella, la misma que siente en la espalda, y aún así Golmán se nota pequeño entre tanta gente.

No es lógico que él sea el centro de tanta atención, de la curiosidad brillosa que nota en los que lo miran, algo extraño sucede, pa qué tanto purrum por un pinche muertito como el Yube, ¿o será por lo de Sombrerito?, piensa, le da de vueltas a los otros que se ha echado, aquel al que le decían Silverado, o esa otra vieja que tantos chillidos daba en la estación Pantitlán, y entre esos rostros aparece alguien que está aquí mismo y no en el revolvedero de los muertos, es un tipo pequeño, de bigotito recortado, casi línea sobre el labio, con voz suave le dice que ya los demás han cantado, que no tiene agarraderas, que no haga las cosas más difíciles de como están,

—Pos no sé de qué me habla, jefe.

—Ah cabrón, conque tardadito, ¿eh?

—No jefe, pus qué quiere que le diga.

—La verdá, cabroncito.

—Uh, mi jefe, pos que quiere que le diga.

—Y dale con la misma, cabroncito.

…alza los hombros, siente que mientras las figuras en la espalda le den ánimo lo demás es gargajo de perico, puras palabras de estos gandallas, agarra aire, pulsa el pálpito, no han de tener nada que colgarle, pero son tantos hombres ahí reunidos que de seguro algo le quieren achacar; la saliva se aplasta en los dientes, tan lejano el momento en que lo apañaron, las horas no tienen validez, como si alguna otra medida de tiempo anduviera dando de machincuepas en la habitación cerrada,

—¿A poco me vas a decir que no conoces al Chuchín?

—No pos sí, pero qué quiere que le diga jefe.

—¿Y al Bogavante?

—Pos chavos del Barrio, jefe.

—Pélele las orejas, ¿qué me dices del Marruecos?, ¿nomás chavo del Barrio?

—Compas, mi jefe, pos qué quiere que…

—Ya cámbiale, güey.

…¿qué es lo que puede cambiar?, esos nombres sólo le dicen de una parte de la gandallería que trabaja en el Barrio, chavos que conoce de lejos, de girarse un saludo y hasta ái, con ellos no ha pastoreado asuntos gruexos,

…el comandante Amacupa en voz baja habla con otro tipo, uno de campera de cuero amarilloso que conforme habla se le va acercando, mete la voz:

—Soy el licenciado Arévalo de Derechos Humanos, aquí estoy pa cuidar, no pa pichonear tus canalladas, no le busques, mejor diles aquí a los señores lo que te están solicitando.

—Pero qué quiere que les diga, jefe.

—Usté es testigo, licenciado —se oye tranquilo al hombre del bigote recortado—: el indiciado se niega a contestar el interrogatorio.

¿Qué es lo que les puede decir?, cómo les puede contar que el Jitomate es el que manda, de qué manera les platica que el Yube era uno de tantos más que tantos son los muchos, que ni conocía al Sombrerito, qué carajos les dice si nada le dicen, si no hay preguntas, nomás las puras netas que le echan en cara:

—Mira, vámonos tendidos, ¿quiénes componen tu banda?, confirma el número de asaltos en que participaron —a Golmán se le borran las demás palabras.

¿Banda?, qué puta banda va a existir si nomás son él y el Maracas, que debe estar igual de jodido, ¿estará?, a ver, ¿por qué ni lo mencionan?, pinche Maracas, ese fue el ganón, seguro que el muy ojete es el vencedor.

—Dinos el número de asesinatos que han cometido, ¿de dónde obtienen la droga y sus redes de distribución? Ya tus cómplices lo dijeron, así que no le busques, cabroncito, nomás estamos cruzando datos que ya tenemos confirmados, cabroncito.

—Uh, mi jefe, pos ora sí que me están dando puras novedades.

—Que conste, licenciado Arévalo, el indiciado se niega a responder.

Chale, pos qué asaltos, a cuántos les ha dado pabajo, nomás echan toros sin nombre, pos cuántos están metidos en la venta de espidbol, nomás le están calando la mollera y siente que la Santa Señora se le está yendo de la espalda, la gente lo rodea como si fuera animal encerrado, lo miran con susto, igualito que si fuera perro del mal, con asco, igual a rata destripada, tiene ganas de estar en uno de los hoteles, tumbado viendo la tele, tragando tacos de suadero, caminando en las calles, por qué nada dicen del taxista de la Del Valle, por qué no dicen de otras cosas y le andan con chismes de gandallas que no conoce.

—Tampoco has de saber del robo del transporte de carga cometido en las inmediaciones de la ciudad, verdá?

—Uh, mi jefe, pos cuál tráiler.

—Nadie mencionó a un tráiler.

—Uh jefe, pos usté me quiere torcer.

—Vamos pa largo, licenciado —se oye la voz del Amacupa cuando se acerca al hombre de Derechos Humanos.

Largo sabe Golmán que el tiempo habrá de correr, ya va entendiendo, le quieren adelantar la colgada en la cruz y el pinche de los derechos no va a estar ahí todo el tiempo, habrá ratitos que hasta a propósito se haga güey este güey, y jala aire, a ver si por los pulmones le entra la garra de la fuerza, hasta dónde puede llegar la pujanza, porque está seguro de que la bronca es mega y la nostalgia le pica los ojos,

—Muy cabroncito, ¿verdá?

—No jefe, es que pos…

Aquí nadie es bala aceitada, los más lebrones se rajan, si nomás le dieran una lucecita pa saber por dónde andan los reclamos, que le mencionaran lo del Sombrerito, Tello, sí, Tello algo, Manuel, Miguel, no tiene el nombre en la cabeza, el cerebro lo trai congestionado de trampas que le están colgando, que le van a colgar nomás se descuide el de derechos, o lo del Yube, lo de los chavos de la colonia Pensil, ¿el taxista de la Del Valle?, el pago de los comerciantes pa la protección, ¿y qué pinta Fer Maracas en todo este mega pex?, no quiere ni acordarse de otros a los que les dio pabajo porque capaz que el pensamiento se le salga por los ojos y la tira se dé cuenta; antes de sacarlo de la habitación sube la mirada pa verle los ojos al Amacupa, que está tranquilo, como si estuviera viendo tele en su casa.

¿A ver qué gandalla, por más salidor que sea, puede aguantar horas y horas sin dormir, brincando de continuo cada que un tira entre a lo que parece ser una celda y le haga preguntas que suenan como a chúntaro rayado? Golmán no sabe quién pueda seguir de gallón bravero después de ese chubasco de palabras, de esta inseguridad que no se alisa pese a las oraciones que sonaron inútiles desde el momento en que lo levantaron del asiento y comenzaron a tomarle fotografías de frente, de perfil, de cerca, del otro extremo, pero las que le dolieron como lumbre en el corazón fueron las de la Santa Señora, porque aparte de desnudarlo de la cintura parriba, las expresiones de los fotógrafos y demás que rodeaban a Golmán le hicieron sentir que ninguno de esos gandallas le tenía el menor respeto a la Dama Guapa, que los tatuajes en ambos lados de la espalda causaban más sorpresa que adoración y que al verse descubierta, la Señora pudiera haber menguado hasta la nada sus poderes.

—Como alas de angelito trae este carajo,

…se oyó, se le fueron enroscando las palabras.

Clarito lo entendió, a partir de ese momento su doble protección se despeñaba en sueños; Golmán sintió que los enredos a donde a güevo querían meterlo iban a cerrarse hasta la ceguera si la luz que le lamía la espalda y le daba fulgores a su todo yo, incluido el fogón que era parte de su cuerpo, se había escurrido en alguna de las esquinas de la celda sin cama, en algún cajón de los escritorios de los cuartos donde lo acosaban a gritos y amenazas, en alguna humareda de los cigarrillos de los que lo presionaban a que firmara sobre unos papeles con tantísimas palabras que no pudo leerlas.

—Ya tus compinches cantaron, güey, pa qué la quieres hacer de héroe, cabroncito.

—Pos cuáles demás, mi jefe.

El del bigotillo se le figura rayón de mole sobre el labio va perdiendo la voz, Golmán sólo le ve el mover de la boca, suenan palabras que no corresponden al movimiento de los labios, igual que película doblada.

La última tarde que estuvieron juntos él y Maracas, la noche en que lo abandonó en el hotel de la colonia Obrera, la comida con las güilas en la Merced, qué lejos quedan esos momentos, ¿dónde estará Fer?, deja de mirar a Maracas cuando los sonidos en arpegios lentos regresan y los tiras le dicen que sus compinches ya han cantado, no cree recordar el nombre del güey ese del bigote de risa, a ese mismo al que ya se le oye la voz, va saliendo como de una cueva con eco, que el licenciado Arévalo tome nota de la nula cooperación del indiciado.

Fue entonces cuando el comandante Amacupa, como aburrido, tomó aire y llamó aparte al señor de Derechos Humanos.

Golmán, desde lo mansito de los ojos,

...hay que saber dónde y con quién embroncar la mirada,

...vio que el grupo de hombres que llenaba el cuarto, sin cuadros, ni adornos, una mesa y dos sillas, con ruidos opacos llegados a través de una ventanilla enrejada y casi a la altura del techo, hizo un círculo para dejar que el licenciado Arévalo y el comandante Amacupa hablaran juntando boca a oídos, frases a movimientos de manos, asentimientos o negativas en las cabezas sin siquiera una sola vez mirarlo a él que seguía parado, desnudo de la cintura parriba pese a que ya nadie tomara fotografías.

—Pero con mucho cuidado, mi comandante...

...de refilón se escucharon las voces como si el sonido quisiera burlarse de los rostros serios de los demás, que fingieron no haber oído, así lo percibió Golmán y quizá así lo sintieron los señores esos tan pomposos que se hacían disimulados dentro del cuarto,

…con cuidado, nadie hace algo con cuidado, ¿quién va a tener precauciones con un chavo que apenas hace unos meses cumplió la mayoría de edad?, ¿quién va a meterle la cuchara a un caldo que de tan frío se le puede hundir un cuchillo en la grasa blancuzca?, por gusto nadie come mierda aunque haya que tragarla a diario, ¿lo piensa?, ¿alguien lo ha dicho?, ¿el del bigotito molero, Amacupa, el de los Derechos, alguno de los otros gandallas que fingen demencia?

—Fírmale y hasta te vas a sentir contento, hijo de la chingada.

…qué pueden valer unas rayas arriba de un papel cuando la Señora ha dejado de darle calorcito al espíritu, el papel es una pared pintarrajeada por los grafiteros de la ciudad, ellos deberían estar aquí pa contar los sucesos, pa desparramarlos en todas partes, pero aquí ya no hay gente viéndolo como si fuera tlacuache en gallinero ajeno, mira al del bigotito y al otro que escucha, al que le dicen Camacho, alto el ojete, bien mamey, y lo demuestra con la camiseta negra pegadita al cuerpo pa que se le note la mameyura, ojos que calan, y ese, el tal Camacho, con movimientos bruscos, bravos, le vuelve a poner al papel enfrente:

—Una pinche firma y ya, mai.

—Uh mi jefe, yo qué.

—Por última vez, cabrón, una firma.

…nada contesta, qué podía contestar, como a las anteriores mismas preguntas, nada, como el par tampoco dijo algo al dejarlo solo un momento, ¿de cuánto se hace un momento?, siglos de respiradas, viajes alrededor de una mesa, miradas hasta una ventana que marca territorios tan distintos y tan distantes como la distancia de un muro y una calle, numeración en lo erizado de la piel y Golmán supo que de ahí, siendo una misma película, iba a cambiar porque era diferente lo que estaba sucediendo: la entrada de otras personas que sin decir algo lo jalaron rumbo al pasillo que Golmán ha recorrido en idas y vueltas de las oficinas pelonas hasta su celda sin cama, con una silla, un cagadero a ras del suelo y un lavabo a donde le metieron la cara, otra vez sus ojos se apretaron contra algo, ahora en lo frío del recipiente sin que pudiera ver el anuncio del grupo de Los Tucanes que alguna vez también vio en la tele, sueños relatando que los tucanes son pájaros de colores y con un picote así de grande, por ahí están echando de chillidos en el cuarto, amenazándolo con sacarle los ojos, con meterle el pico en las nalgas sin pantalón que a tirones le han sacado, la trusa también, y siente que la punta dura de algo, ¿la pichula de uno de los gandallas?, ¿el tolete de uno de estos cabrones?, ¿el pico de los pinches Tucanes?, le da un afloje al fundillo y un chavo de dieciocho años recién cumplidos aprieta el ano, siente que por ahí se le puede escapar el aliento de la vida, entonces patalea, se alebresta, tira coces como las mulas del circo Atayde que alguna vez vio con su tío Romualdo, nunca piensa en la familia y ahora piensa, mueve la cabeza, bufa, eso no, que lo madreen hasta matarlo, le rompan los güevos, le tumben la pichula, le sofrían los ojos, pero eso no, y brinca, que le encajen mil picahielos en el pecho, que ahí mismo le abran la cabeza, le peguen cien plomazos en la nuca pero eso no, y logra quitar la boca del lavamanos, les grita que firma lo que les pegue su chingada gana, mai, ningún hombre puede dejar de ser hombre, eso no puede ni pensarlo, pero Golmán sabe que debajo de su rabia más fuerte está la terrible vergüenza de saber que desde arriba de donde le está llegando la quemadera sin nombre, la Santa Señora Guapa es testigo, mire lo que quieren hacerle, y a Golmán le entra una horrible vergüenza que Ella vea eso y no diga ni media palabra y aceptó echar las firmas en los papeles porque ¿quién admite que frente a una Dama lo hagan mujer de un instante a otro?

…nadie lo aprobaría sabiendo lo imposible de olvidar, Golmán está saturado de una sensación de desamparo como si al dejarlo solo en el cuarto la Santa Guapa también se hubiera llevado algo de su varonía después que firmó cada uno de los papeles que le pasaron sintiendo ese fragor que no se puede quitar del culo por más que cierre los ojos tratando de borrar los sucesos que se entercaron en darle sacudidas en todo momento, sí, en todo momento,

…hasta horas más tarde cuando le dijeron se lavara la cara, se peinara con los dedos, se abriera la camisa y así lo hicieron avanzar por unos pasillos hasta una sala donde vio a los otros cuatro chavos trepados en un templete de esos que se usan en las fiestas, y allá, al otro lado de la habitación llena de gente como si fueran a regalar comida en el día de la Patrona, la batería de fotógrafos, de cámaras, de luces, de preguntas, gritos y estallidos en los flashes, y tras de él las manos de los custodios colocándolo en medio de los compas que de refilón lo miran como Golmán también, a su izquierda el Bogavante con la cara hacia el suelo, el Chuchín mostrando unos golpes en los pómulos, Patotas con cara de sueño, el Marruecos con cara ausente, tratando de mostrar lo ajeno que le resulta todo esto,

…inclusive que a Golmán se le ordene levantarse la camisa, enseñe la espalda, muestre el tatuaje doble; otra vez sin ver, está contra la pared de una oficina pero puede estar frente a cualquier barda, lámina, muro, letrero de Los Tucanes, lavabo sin agua, y no puede ver a su espalda, el garrote buscando las cerdas del ano, cierra las piernas, no puede ver a la gente pero sabe que las luces y los estallidos son de las cámaras y las fotografías y la voz del micrófono ordenando, relatando, informando,

...gracias a los esfuerzos conjuntos de diferentes cuerpos de seguridad del Estado, se ha podido capturar a la peligrosa banda conocida como Los Golmanes, dedicada al tráfico de drogas, al asesinato, al robo, al secuestro y la extorsión,

¿todo eso, jefe?, no lo dice pero debió decirlo, interrumpir al del micrófono, corregirle sus mentiras, ¿qué tiene que ver con un gandalla como el Bogavante?, ni madres, Golmán apenas lo conoce, ya parece que iba a andar de pareja con un güey como el Chuchín que lo único que hace es peinarse la melena, ni madres, con el Marruecos o el Patotas que son de segunda división, chale, mala onda que lo pusieran como Cristo entre los ojetes,

...peligrosísima banda comandada por Ranferi Ordaz Trejo, alias Golmán,

...los agentes le alzan la cara, lo adelantan de la fila de detenidos, de nuevo lo vuelven de espalda, le quitan la camisa, otra vez muestran los tatuajes de la Santa Muerte,

...peligrosísimo capo del crimen organizado cuya captura, sin duda, se constituye como un duro golpe a las bandas de esta parte de la ciudad.

Ranferi Ordaz Trejo, carajo que si resulta extraño escuchar su nombre,

...crimen organizado, Bos de los Golmanes, mi jefe, no se la jale,

...pero no dicen ni una palabra del Yube, del Sombrerito, de Fer Maracas, de nada que conozca,

...puros inventos de estos ojetes tiras que no se miden, que le cuelgan catorce asesinatos, venta de protección en toda la zona oriente, tráfico de drogas y de armas, asaltantes de transportes de carga, líder de sicarios,

…las preguntas de los periodistas, las fotos, las cámaras, el revolvedero de gente, Amacupa desde lejos mira, Golmán alza los hombros, que de nuevo muestre los tatuajes en la espalda y el chavo sabe que aunque los tenga, los tatuajes ya no van a brillar en la sala.

Ranferi Ordaz Trejo, criminal de largo historial, buscado por varios cuerpos de seguridad, Golmán como se le conoce, capo de la organización criminal más buscada en la zona metropolitana, pero nada dicen del Jitomate o del Zalacatán, mi jefe, esos son los Boses, los que mandan, no mamen, nada dicen de los hermanos Godínez, lo quieren crucificar a él solo con esta bola de güeyes, si jamás de los jamases han trabajado juntos, ya pa qué contradecir algo, ni siquiera reírse, ni mirar a los otros chavos firmes como si estuvieran frente a un paredón de fusilamiento,

…cuya figura principal era Ranferi Ordaz Trejo, alias Golmán, que supo, porque le entró un pálpito de esos que son definitivos, que ora si se iba a tardar un buen de años pa volver a bailar al ritmo de cualquier banda, inclusive con la de Los Tucanes, y que la doble Santa Bella de su espalda se le iba convirtiendo en tizones hondos metidos en la carne.

Veintinueve

Aunque los rencores nunca son nuevos, las tonalidades cambian conforme a los protagonistas se les llena la sangre de malos modos; los grafiteros así lo pintan en las bardas de la ciudad: dibujan el rostro de Fer Maracas, comanda a doce chavos, algunos nativos de aquí mismo, eso se sabe en el Barrio, y otros recién desempacados de la costa chica de Guerrero, de la huasteca potosina, de las más lejanas zonas de Iztapalapa: los doce y él se disponen a rajarle el alma a unos gandallas conocidos como los Xochiaca que tratan de raspar el negocio del Zalacatán, quien con voz carajienta azuza y reconviene, habla a susurros o a gritos, amenaza con la disminución del ingreso de todos, no nada más de él, de todos, si...

—La competencia nos quita clientes, ¿lo estás oyendo?

Por eso deben estar listos, identificar a los que ajenos a las organizaciones del Barrio mandan a sus dílers pa enganchar a los compradores del espidbol divino, de las tachitas bellas, de la hierba sagrada, de los chochos milagreros, de las pastas supremas.

—Sacar billullos a nuestras costillas.

Insiste el Zalacatán harto de soportar a la competencia, que surge como si fueran bolsas de plástico en los basurales de las esquinas; gandallas que se sienten con los coyoles bien puestos pa convertirse en los ganones del negocio y mandan a una caterva de vendedores a ofrecer mercancía chafa y así bajar los precios pa cimbrar la estructura de un negocio donde el dinero corre como lluvia de agosto, negocio que es de él, nomás del Zalacatán, sí señores; Fer Maracas escucha al Bos quejarse y lanzar insultos rabiosos.

Ya el chavo tiene carta abierta pa entrar a la Cuevatán, mira de nuevo la foto de Hugo Sánchez, la de Marilyn Monroe desnuda sobre una tela roja, el equipo del Guadalajara, los calendarios manchados con cagadas de mosca, las luces que cobijan a la Santa Señora.

—Si les damos cancha, nos barren.

Fer acepta, lo sabe, todos quieren meter la mano a la olla de oro, por eso está ahí, listo a recibir la orden y pasarla a los doce chavos que esperan afuera,

—Partirle su madre a los intrusos, no hay de otra.

Maracas así lo intuyó desde el momento de recibir la orden: cuanto antes presentarse en la Cuevatán, se apresuró a tragar el coctel de camarones y aguacate con mucha salsa Valentina; así lo relataron los grafiteros construyendo el rostro de Fer Maracas desde el momento de recibir el mensaje y sin palabras devorar los mariscos,

…los aerosoles dibujaron los preparativos con colores débiles sin prenderse en los oscuros, porque los rojos intensos, los amarillos fuertes se darían en el momento del enfrentamiento con los Xochiaca, no antes, pa qué desperdiciar los tonos cuando apenas Fer, después de entrar a la Cueva, está recibiendo las consignas y escucha al Zalacatán, iracundo, harto hasta los cojones de que una bola de cabrones ajenos a su organización se traten de meter en su territorio.

—El sapo pide pedrada.

A los sapos gandallas hay que darles de rocazos en la mitad de la madre, no uno, mil, los que se necesiten pa quitar de en medio a los zorros que se comen las frutas ajenas, que no haya dulzuras ni manitas blandas, que sepan quién lleva el ritmo del güiro en esto de espolvorear a la ciudad;

el Zalacatán, en parrafadas brinconas menciona códigos, las reglas que debe tener todo negocio, porque si...

—La gente pide, uno cumple, no es mal obra, al contrario.

¿A quién quiere convencer el Bos? A Fer se le van de lado los recovecos que el Zalacatán va diciendo en una charla que parece no estar dirigida a nadie, no registra los nombres de los cabecillas que según el Bos andan detrás de todo: los malalmas de Tijuana, sombrerudos acostumbrados a ponerle el pie en el cuello a moros y cristianos; los lebrones de la frontera de Tamaulipas que reparten dólares como dulces en la feria; los capos de Sinaloa que le cortan los coyoles al que se les atraviese; Maracas va a cumplir sin averiguar razones, las órdenes se cumplimentan a güevo, a él le toca rajarles el cogote a los vendedores de a pie, claro que lo va a llevar a cabo, a los que se pasan de listos también los agarran a pedradas, los convierten en sapos gandallas, los aplastan como dice el jefe que hay que hacer mientras patea el suelo, gira los tacones apachurrando una terca colilla que no está ahí pero igual estuviera, y Fer se siente abajo de las suelas pero habla, repite que ya los tienen en la mira, los intrusos están comandados por un par de chavos que vienen del bordo de Xochiaca, a uno de ellos, al más lebrón lo conocen como el Papayo, está grandote, dicen que a puños se come las espinas, y tiene a su segundo, costeño él, Lebrija de apelativo, uh, los dos son cabrones, mai, no se les puede dar ventajas.

—Por lo menos contamos otros seis de ellos, pero los efectivos son los dos jefes.

Contesta a la pregunta de cuántos componen esa pinche bandita nueva que anda vendiendo en el Barrio, los tienen bien cubiertos.

—No me vayas a salir con una jalada porque te la comes entera, pinche Fer.

—Claro que no, jefe —Maracas habla en voz alta, al salir lo repite; de un chiflido da la orden: con mucho cuidado lo sigan, nada de ir en grupo; uno por allá, dos por ese lado, otros dos en la acera de enfrente, tres retrasados, así, como si fuera un día normalito.

—La onda está en la sorpresa, güey, los cabrones ni se la imaginan.

Los chavos lo miran, Fer también los va calando, sentados cerca del estacionamiento del deportivo Las Águilas, estatuas enormes y rotas que les echan el ojo al grupo de jovencitos, escuchan a un tipo de camiseta de los Jets de Nueva York que les va señalando cómo van a pisotear a las pinches cucarachas que se quieren meter en el Barrio.

—Al que se raje le parto la madre, güey.

Fer no duda pero nada deja de lado, tiene las suficientes horas de vuelo pa no sentarse en la cama y dejar que las cosas caminen por su propio pie, ni madres; cada uno de los de su banda le entra a lo que sea pa trepar en las escaleras del gane y por eso debe medirlos y mediarlos; los conoce desde que eran unos pinches chavitos de este tamañito; ahí está el Piculey, flaquito, de melena lacia; el Bufas Vil, moreno, alto, como ajeno a todo pero con los ojos bien atentos; el Tacuas Salcedo que se rasca las axilas; gandallitas que apenas si saben limpiarse los mocos y ora se sienten más eléctricos que el mismo Fer, uh, les falta harto camino y ya se creen Supermán, ni hacerla de pex, las clases se aprenden en la calle y no en la escuela, donde van los güeyes que quieren ganar billullos con la sesera, y nel, la dolariza se gana con los güevos, no con remordimientos de niña; los conoce desde que formaban la banda de los Pingüinos, los vio crecer en el Barrio, al Tacuas le urgían las ganas de ser chofer y se trepaba en las motonetas cuando apenas le alcanzaban las patas para detenerla en el suelo; ahí están, bajo el sol que no lo amansan las nubes ni las negruras del aire;

Fer sabe que en estos asuntos no hay horario, hay que colgarse de la rifa al momento de cantar el número y no estar esperando a que se les adelante el destino; mira de frente a Bufas Vil, que sin hacer ninguna mueca respira tranquilo; los nervios tienen que estar adentro, que salgan en el sudor, en el picor de la saliva, en las manos endurecidas; así las tiene el Maracas, a él la güeva no lo arrulla, siempre hay que estar en movimiento pa no ver su nombre en la Cruz de la Esquina, que está allá a unas tres calles, pasando el estacionamiento de los hermanos Berna, al que no puede ver por la posición en que se encuentra frente a los ojos de los chavos que sin hablar lo miran: el Piculey, tan pedacito de carne y tan chido que es con los puños, listo a meterse los guatos que sea sin hacer gestos desde que era un niñito de la mano de su mamá; el Tacuas Salcedo que presume de muy pantera y no le pone reparos a lo que tope enfrente; Fer lo conoce desde que con su familia llegó a vivir cerca de la estación del Metro, jugaba las cartas japonesas y a un chispazo se enredaba en tromperíos interminables; Fer calcula unos años de diferencia entre los dos, el Tacuas anduvo con la banda de los Pingüinos antes de entrar a las órdenes del Zalacatán, que es el Bos ahora representado por Fer, sí, ahora, cuando ya no están los primos Sotero que se escaparon a Sonora, eso dicen porque sus nombres no aparecen en la Cruz de la Esquina, han de estar en Sonora, y mientras no regresen Fer tiene la encomienda de poner al tiro a los gandallitas chicos que andan buscando nuevos apoyos pa subirse a la escalera de la subsistencia…

…la que los Pingüinos se pusieron como meta cuando los niños no alzaban ni el metro de altura, de plano chiquitos los gandallitas y ya andaban en la calle desvalijando coches, unos ratoncitos flacos armados con cuchillos, fieros los gandallitas, siempre enfurecidos por que algunos güeyes los querían rebajar de verlos de plano niñatos, nadie daba cuartilla por los chiquitos, y puta que se llevaban sorpresas cuando entre todos le daban en la madre a los que no se cuadraban frente a la pandilla esa de los Pingüinos…

…al Tacuas le dirige la palabra, lo obliga a contestar, que nadie se duerma, que tres de los chavos se vayan a la estación del Metro y desde lejos cuenten cuando los de Xochiaca se junten, que se descuiden los cabrones, y les van a dar pa dentro, insiste Fer, uno a uno les va mirando los ojos, quiere meterse al miedo, más miedo da cuando no hay miedo, alguien alguna vez le dijo, él se lo repite, en el Barrio se repiten las consignas y dio la orden de buscar lo que necesitaran sabiendo que cada uno de los doce lleva herramientas pero nada de fogones, las pistolas no caben en este momento, fierros o guanteletes, tubos pequeños, cinturones con hebilla grande.

—No la hagan de pex nomás porque sí, mai, que el purrum sea suavecito, pero muy efectivo, güey.

Aspira, le llega el olor de las cacas de los caballos que usan los tiras de la montada, pinches gendarmes que llegan con sus cuacos muy acá sintiéndose Pancho Villa, los pinches tiras andan luciendo la barriga y ponen a los caballos a descansar cerca del estacionamiento de Las Águilas, atrasito de donde están sentados como si fueran unos chavos planeando el juego de futbol del domingo en los llanos del oriente, y no, estos chavos andan en otros pensamientos, respiran el olor a mierda de los caballos que hoy no han llegado porque esta tarde la policía bajó la vigilancia, el escuadrón montado ni se mira, sólo las bostas de los animales rellenan parte del jardín de pasto amarillo crujiente, de arbolitos tuberculosos, con montones de basura; Fer Maracas hace la seña, los chavos, doce, se levantan para ir a encontrarse con lo que han venido platicando desde la mañana en que Fer los mandó a llamar pa que estuvieron listos.

—Como pichula de recién casado, cabrones.

Estar casado es de rucos ya rucos, la pichula anda levantada sin siquiera casarse, se levanta a todas horas, cuando le mira las blusas ombligueras a las chavitas que paran las nalgas y las menean, qué rico, mamacita, bate como bates chocolate, se levanta mientras baila en los dancings de Peralvillo, en los reventones del Calipso, en sus fajes con las putas de la Merced, se levanta cuando está a punto de meterse en una bronca, como que la pichula también se quiere poner a tiro, y se la acomoda sin hacerle caso a la mirada de risa de uno de los chavos que también se acomoda el miembro y ya van los tres hacia la zona del mercado, otros ñeros rumbo a la vigilancia, unos más acechan en las esquinas, aquellos se desparraman vigilantes, saben que las señas se darán con los chiflidos, la contraseña que indica peligro, o ataque, o repliegue, a veces hay que esconderse, esperar el mejor momento.

Para Fer hoy no es día de fugas ni retenes, hoy va a subir un escalón más entre la gente del Barrio, porque la madriza será contada por muchos años: eso supone sin saber que los grafiteros en las paredes la iban a relatar dibujando, a placer de aerosol y pilot, todo aquello que Fer Maracas no sabía aunque creyera saberlo en el pálpito que le hace sudar las manos.

Treinta

Afuera, en las calles, las hadas rondan sus maleficios; usted puede formar parte de ellos pero prefiere observar que en las aceras y con movimientos recurrentes la basura se agrieta, se abre y de ella afloran manos y cuerpos que se extienden en plenitud buscando los restos del alcohol en el confín ilimitado de sus ansias.

Aunque ya lo sabe, usted aguarda a que el Escuadrón del Finamiento abra su cripta de basura, despliegue sus harapos y sus olores antes de corear cantos que invocan a los ángeles de la inmundicia.

No es sencillo distinguir el instante en que los teporochos emergen de los volcanes de desechos porque todo es parte de una oscura escenografía; en la opacidad, usted también mira a los grafiteros portando pilots, unis, rotuladores: armas para describir la vida; ellos y usted intentan descubrir algún trazo de brillo en los ojos de los teporochos, algo vital en medio de las costras de mugre que enmascaran la soledad de la noche.

Han salido, los que conocen los ruidos secretos del Barrio saben hacia dónde se dirigen como si llevaran una onda transmitida en silencio sin tiempo; pero usted, que se enturbia entre fachadas de las vecindades, que se cubre tras los postes de luz, no sabe qué está sucediendo, no tiene el conocimiento del suceso, ni del momento en que las filas de teporochos avanzarán rumbo a la benigna cruz sin adornos que marca la contra a la otra que engreída barniza la bitácora de los asesinatos.

Los teporochos avanzarán hilando las esquinas, plegándose como torzal que busca su hilvanado en una red sin tiempo en la multitudinaria cita no acordada pero tan justa como su mismo horario.

Pero esta noche será diferente, eso no lo intuyeron ni siquiera los relatantes del sitio, los oidores de la nada, los pintores de frescos sin imagen, menos usted que es una penumbra barrida por el viento y que desde la luz de las farolas de tímido resplandor, escondido entre lo gris de las paredes, los va mirando; usted puede detectar cómo las hebras de suciedad se enredan para formar un nudo que grueso, hecho carne, trastocado en pulpo que se congestiona de ojos, de ayes, de quejidos cambiados conforme el cordón se hace ancho; el Escuadrón se transforma en guerrilla retando a la noche, carga la basura de sus nichos, la desperdiga por las calles, destruye los aguaceros y los veranos, insulta a las estrellas y a las nubes, escupe al esmog y a los cables de teléfono.

Es el mismo Escuadrón de siempre y a su vez otro distinto; si bien se ha reunido frente al Santuario de la Esquina de los Ojos Rojos, usted y los pintores de aerosoles y pilots del invierno se sorprenden al ver que no hay plegarias sumisas ni abandonos mansos, la ira se ha desdoblado en colmillos de mandril; los gritos roncos, salidos de pechos gorgoteantes de bebida, iluminan la rabia del tiempo sin horas, de la angustia de ser siempre uno mismo repetido por cientos que nada poseen más que la cólera del que sabe que la Muerte, en la figura de la capilla de la Santa Guapa, le es tan ajena a la otra muerte de la otra cruz, a la que sólo ellos le imploran y está pegada tras el goloso recipiente de las botellas.

Con la rapidez del momento, usted puede mirar a cada una de las figuras del Escuadrón al mismo tiempo que los botes de aerosol y los aerógrafos lo van dibujan-

do en los perfiles del cielo, en las estatuas de los héroes
patrios, en los museos de las luminarias, en las flores de
los bulevares, en los edificios rasca estratos: todo eso que
está tan lejos y tan cerca de este Barrio que sólo tiene un
monumento perdido, una glorieta sin arbustos, una refac-
cionaria sin título, una lonchería rota, un aplastamiento
de caca de caballo, un héroe sin placa, un estacionamiento desvalido, una calle repetida y repetida, millones de
toldos iguales, mil motocicletas duplicadas, una llaga en
los pies de los teporochos que se rebelan, buscan tomar la
plaza, la guarnición, la trinchera, para que su sed sea cal-
mada por las estrellas, para que la basura guisada en aceites
alcohólicos se extienda sin más límites que su imaginación
oscura.

Se apresuran, la guía no proviene de una voz o de un
lamento, llega desde el fondo de la greda, de los tiempos
idos, de las vivencias sin nombre; el señalamiento se aferra
a las oraciones que no imploran sino insultan, plegarias
que no buscan la piedad sino la confrontación, y el Barrio,
conocedor de todo, se estremece, se apagan las luces en
las vecindades, se agotan los foquitos en las puertas de
las construcciones sin acabar, cesa el viento en las azoteas
refugio de niñas y sueños, remolonea en los charcos de
junto a las aceras que tersos reflejan a los miembros del
Escuadrón del Finamiento que, primero desde sus tumbas
y después caminando por las calles, se apoderan de los espacios, amenazan a los que se atreven a reclamar, agreden
a los perros ajenos y a los hombres que se han rezagado
en las aceras.

Los del Escuadrón existen ahora como los dueños
del espacio, los amos de la noche; ellos desenfundan las
botellas y como homenaje a la tierra que cobija a los idos,
antes de zamparse el gorjeo líquido, riegan parte de su
contenido sobre las aceras sin pasto, orinan ante postes

sin alambres, se pasan el alcohol de mano a boca, prenden fogatas, bailan meneando los ropajes, besan a sus perros que aúllan de contentos, se abrazan a través de los harapos, incendian los restos de la basura de la basura de la basura, atrapan el fuego con las manos, y pintan con los carbones sobre el arroyo una inmensa cruz que oscura luce como si millones de focos iluminaran un espacio tan grande como los cientos de sus cuerpos.

El rumor se escucha batiendo alas sobre el Barrio; murmullos que retan a que alguien, quizá un matón, una esposa, algún ratero o vendedor de drogas, policía sin placa o contrabandista, buzo de oscuridades o comerciante, cielos polvosos o un sin fin de motonetas, cualquiera, retan al que quiera ser más poderoso que el Escuadrón del Finamiento y le arrebate la propiedad de este terreno que por esta noche será solamente suyo: territorio pintado por grafiteros lejanos, y que a usted se le ha escapado de los ojos.

Treinta y uno

Ninguno quiso disfrazarse de animal y menos de pingüino, ellos se sentían mucho más que un pajarraco que no sabe volar y camina queriendo llegar a nada; no se disfrazaron pero no pudieron ni quisieron quitarse el apodito de los Pingüinos porque el Tacuas Salcedo explicó que cada quien debía tener un nombre que le diera color en el Barrio, y llamarse los Pingüinos se oía chido sobre todo que ya iban agarrando callo y su nombre alzaba gestos, muecas de sorpresa que a Fer Maracas se le confundían con una especie de calambre antes de entrarle a cualquier asunto a donde se metieran los chavos,

…apenas tienes doce, le decía su mamá, eres un niño y ya quieres sentirte hombre, escuincle de porra,

…la mamá le pedía al cielo que su niño no se le fuera a torcer por esos caminos del mal y juntarse con esa banda de vagos era el principio, Dios mío.

Jamás podría imaginarse doña Márgara que unos pocos años después su niño iba a apoltronarse en los cuidados muebles de la oficina del Zalacatán; quién se imaginaría las broncas en que se iba a meter ese niño gordito, con cara de bueno, que soñaba con ser tacle en algún equipo de futbol americano; ese mismo, años después, una noche encabezaría a un grupo de albañiles para torcerle la vida a la chava del Yube, a la hija de la señora Laila, la misma que se ha convertido en la mano derecha del Jitomate.

En la época de los Pingüinos nadie era capaz de imaginarlo, quizá doña Márgara, sin tener nada en claro, ya trajera el pálpito de lo inevitable y por eso andaba aterrada gritándole a cada momento pa que el niño Fernando no agarrara calle, a reunirse con los vagos esos que se identificaban con el nombre de unas aves sin vuelo; caray, doña Márgara, pero si no era con los Pingüinos, su Fer podía estar con los Dorados, con los Calacos, con los Gorra Negra, con cualquiera de las bandas; unos chavitos que no alzan así del suelo y ya manejan el filo del cuchillo metido en las costillas ajenas.

Dios mío, reza doña Márgara, ya le fue a poner sus velas a la Santa Guapa pa que proteja a su Fernandito del alma y lo aparte del mal sendero que se va dibujando por más que ore y lo acuse con su esposo, el hombre no se quiere meter con un chavo que no es su hijo y si Márgara quiere corregirlo que lo haga, el señor se casó con una mujer, no con el escuincle ese que tiene fama de desalmado, uno de los Pingüinos, Fer Maracas como ya le dicen, el que se tiene que apurar pa ganar lo suficiente y comprarse una motoneta porque con una de buen jale se tienen los agarres pa subirse a los billullos, a los nikes de colores, las camisetas polo, los liváis gringos, tener a la mano lo necesario pa no regatearle nada a los que manejan el espidbol del bueno, no del chafa que compran los novatos, así tiene que ser un Pingüino, que no se le arrugue el cuero ante nada, cagándose de la risa en la jeta de la tira, sea o no comandante o sub de algo, a un Pingüino no se le cuadra la vida con los llantos de la mamacita, las jefecitas son chillonas, argüenderas, Fer no quiere ver los ojos de doña Márgara porque le podrían aguar la tarde cuando están a puntito de bloquear la calle Aztecas y darle una tarascada a unos gandallas que están poniendo un puesto de ropa fuera del control de la señora Burelito,

...frente a la camioneta azul de redilas están los Pingüinos, ponen las piedras y los tubos en la calle, detienen el tráfico, quién le va a decir algo a un montonal de chiquillos prietos y pequeñitos que brincan como si estuvieran jugando, se ríen a carcajadas, festejan, corren entre los autos, diablurillas de niños malcriados, es difícil pensar que de entre sus ropas esos niñitos saquen cuchillos, guanteletes de acero, dos fogones plateados, rodeen la camioneta azul, rompan los cristales, a jalones destruyan las redilas de madera, jugando a los indios y soldados trepen con el cimbrar de las ardillas, sin mediar palabra se echen encima de los que arriba viajan cuidando la mercancía y se ven sorprendidos, igual a los que en la calle se esconden y miran cómo unos niños golpean a los gulliveres, patean a los que van cayendo al suelo, a tubazos rompen la cabina, abren el cofre del transporte y jalan cables, arrancan piezas, y así, como si fuera parte de un juego, desaparecen en donde nadie puede entrar: los puestos del mercado; los Pingüinos, alguien los señala en voz baja, quizá la pandilla de niños ya sea parte de los grafitis de las calles, quizá no porque son tantas las pandillas de niños que los grafiteros esperan que subsistan antes de hacerlos parte de su historia, a veces no es posible gastar tinta y pilots en personajes que van a desaparecer; los que se verán reflejados en las leyendas de las paredes tienen que subsistir al tiempo, quizá mimetizarse para renacer en personajes que siendo los mismos tomen otras características.

Fer ha reunido a doce, algunos pertenecen a los antiguos Pingüinos, espían a la gente del bordo de Xochiaca; al igual que Fer, los antes niños han sobrevivido, su nombre aún no se marca en la Cruz de la Esquina de los Ojos, en el camino han dejado a gandallas bravos: el Yube, el Niño, historias dibujadas en la cruz; en la tele, Golmán ha sido transformado en capo, qué capo va a ser ese gandalla, lo único que hizo fue seguir órdenes, Maracas lo sabe como lo saben los del Barrio, secreto que todos aceptan, pero la vida no se detiene, el que se cayó se cayó, Fer no se va a caer, al contrario, va a subir hasta ser como el Jitomate o como el Zalacatán, quien le dio la orden y él va a cumplirla, los de Xochiaca van a servir de escalón, él va a subir acompañado de algunos de los que fueron aquellos Pingüinos que tanta fama tuvieron, chale que si la tuvieron sin hacerle caso a los gritos de doña Márgara que un día se largó del Barrio porque su esposo le dijo que tenía que escoger entre él o quedarse con el hijo que ni siquiera como mamá la ha de querer el muy gandalla,

…a los sapos gandallas hay que darles de rocazos en la mitad de la madre, había dicho el Zalacatán y esa idea se le metía en la cabezota, miraba sapos aplastados en los basurales donde duermen los del Escuadrón del Finamiento, sapos junto a los charcos de las calles; la figura de un enorme sapo camina por la acera, cruza la avenida, va rumbo a la zona del mercado, él es un sapo, todos lo son, el Bufas Vil es una rana enferma, el Tacuas Salcedo un sapito brincón, el Piculey un sapo enano, los del bordo de Xochiaca unos sapos verdes, de ojos saltones, de esos que envenenan con la saliva, él un sapo sin motoneta, caminando, con los pies en el suelo extraño, sin el ruido de su Yamaha gris, quiere sentirse como un jugador de los Jets de Nueva York, como uno de los hermanos Bichir que en la pantalla nada se les atora, bravos que son los hermanos, terribles los del equipo de los Jets, y él es un sapo gris, manchado, con los ojos pelados buscando a unos tipos que desde el bordo de Xochiaca vienen a quitarles parte de lo que es de ellos, de lo que Fer ha buscado desde los tiempos de los Pingüinos, y eso no se va a poder, la sorpresa les dará ganancia, nadie le puede quitar lo que es de él, de ellos; el sapo brinca, se sube a una azotea, le mira la cara a una chava con los pelos buscando los pretiles de la noche, a un tipo de sombrerito que se cae junto a un estacionamiento, a una mujer llamada Márgara que le reza a la Santa Señora de Blanco, la misma a la que su hijo, Fernandito, Fer Maracas también le reza: que lo cuide, sabe, siente que ya es la hora, que a partir de ese momento todo puede suceder, y ve que los ñeros a su manera cada quien demuestra el instante: Bufas Vil alza los hombros y la tarde está mansa, no hay aires de lluvia, el Piculey se seca las manos en el pantalón y él, Fer, a quien le dicen Maracas porque camina llevando ritmo en el estómago, mueve la cabeza, afirma, ordena, señala que es la hora de la hora y que la Señora Guapa está de su lado, las lonas de los negocios apenas mueven la mugre que las oprime, el Tacuas Salcedo sopla y resopla, los demás se hacen parte de la gente pero Fer los puede distinguir por las camisetas con letreros en inglés de equipos de futbol americano, de San Francisco, de Dallas, de los de Acereros, están ahí para demostrar que los chavos del Maracas jamás se agandallan, la música se estremece en cada parte de las aceras, ya no hay pingüinos pero los hay, los pingüinos son como las ratas, están en todas partes, corren como ardillas, muerden como perros, se mueven como serpientes, pican como águilas, la mercancía cuelga en los aparadores, en los anaqueles callejeros, los pingüinos se han hecho grandes, están más arriba del metro de altura, visten con otras ropas, Fer no deja de verlos, espera que el Piculey inicie el ataque, las trompetas del cielo, los clarines del universo, los timbales que se hacen caracolas y teponaxtles, los guerreros del valle, los mexicas que esperan dar el zarpazo de jaguar, las piedras de las pirámides hechas eco en las bocinas que cantan cumbias y chúntaros, que se mueven como banderas sin patria, eso es, que nadie hable de patrias sino de barrios, los Pingüinos son de aquí y aquí está el centro del planeta,

…que se estremece al mirar la batalla desdoblada en apenas unos metros, donde se ha concentrado el rencor que a gritos le habla a los comerciantes escondidos tras sus puestos, a los del bordo de Xochiaca que reciben la sorpresa y los puñetazos y tratan de hacer frente a la caterva de chavos corriendo por las aceras y nadie puede ayudar a los que se doblan por los carajazos de los guanteletes y las peleas se dan entre grupitos, entre varios de los niños pingüinos que son los mismos actuales subalternos de Fer Maracas, de quien nadie jamás ha sabido su apellido, los apellidos para nada sirven mientras los cojones no sean los que den la estirpe; los sorprendidos Xochiaca tratan de huir quizá porque los contratantes nunca les advirtieron que se estaban metiendo en tierras ajenas, territorios que tienen dueño, que llevan la marca de los propietarios y los Xochiaca tratan de hacer una línea pero no pueden, los cazan en las esquinas, los patean en el suelo, y de la nada, quizá de un puesto de ropa multicolor, de otro congestionado de DVD y casetes, de aquel que vende juguetes mecánicos, de este otro lleno de zapatos y tenis, de ahí, de alguno de esos puestos afloran dos tipos, uno delgadito y cara curtida, como si alguien le tratara de colocar más años en cada una de las arrugas discrepantes en un rostro que es tan joven como un chavo de diecisiete años, con los ojos en llamas, con un cuchillo en la mano derecha que como lanza clava en el costado de un Xochiaca que ha caído y el metal se mete en la carne, ahonda en medio de los gritos de dolor, y el otro que ha saltado de entre los puestos es un chavo grueso, de ropa holgada, con una camiseta verdosa de jugador de futbol americano, lleva un tubo no largo pero de grosor igual al puño cerrado que levanta, eleva hacia el cielo de una ciudad inútil, muestra contra las nubes quizá en concordancia con unas ropas de mujer que alguna noche hace quién sabe cuánto se habían levantado en lo alto de la oscuridad, que ahora es luminosidad atardecida en el tubo plateado, como si alguien se hubiera dado a la tarea de pulirlo y repulirlo, asemejarlo a una estrella, a un cilindro de viajes espaciales que desciende de lo alto y se hace diáspora contra el pómulo de quien ni siquiera grita porque los ayes de dolor se los han llevado las plegarias de la Santa Guapa que protege a los Pingüinos, que cuida a los dobles de éstos, que amaciza la mano al caer adornada del tubo plateado que abre la carne y estira el dolor mientras en la acera contraria otro Xochiaca es sacudido por las patadas que granean, suda, grita, se acojona, endurece la carne y nadie del Barrio detiene la masacre, la gente se esconde tras los puestos, la música sigue saliendo sin detenerse ante la puñalada que uno de los ajenos recibe en el brazo, una ponzoñez que corre desde la axila hasta la muñeca, corta músculos y carne y venas y sangre tanta como la que se despeña en la acera bajo los tacones de alguien a quien le gritan Tacuas y éste arrasa la mano que está abajo de su pie, apachurra los dedos, los chanca con el peso del cuerpo en el tacón y los gritos se pierden en la calle, en la tarde, bajo los alambres de luz, bajo el rostro de otro ajeno que se desfigura con el golpe de una macana corta, se transforma en inmenso dolor que al no cesar se duplica, se derrama entre los que aún siguen de pie apenas sostenidos por los brazos de los que los hieren para que el piso no sirva de refugio a algún trozo del cuerpo de aquellos que desde el bordo de Xochiaca se atrevieron a buscar algún resquicio donde meter la mano a unas ganancias que son tesoro intocable.

Los tiempos nada son, ahora están los Pingüinos niños que juegan a descubrir los tesoros, ocultan una bola de papel de aluminio, plateado como reliquia; el Tacuas Salcedo, cortito de piernas, con gesto de rabia por haber perdido al inicio del juego, casi a punto de echar el chilladero, tiene que esconder el papel de aluminio y tratar de que en los siguientes cinco minutos nadie sea capaz de descubrirlo, no está permitido hacerlo más allá de los límites fijados dentro de la calle, no se vale meterlo a una casa, tiene que ser en la calle, usar la imaginación para ocultar una pelota de papel reluciente como la plata, la misma que van a ganar cuando los chavos mayores les dejen meter las manos en los asuntos grandes, mientras tanto esperan, juegan, corren y echan de gritos con un ojo a las órdenes de la mamá, de cualquier mamá de alguno de ellos, si todas las mamás del Barrio son iguales, gritonas, rezadoras, asustadizas, y los Pingüinos se divierten, esconden la pelota plateada y sueñan que algún día tendrán plata de a de veras, no ese feik que el Bufas Vil ha escondido y todos se aprestan a encontrarlo antes que pasen los tres minutos que marcan las reglas del juego armado en medio de los olores de fritangas y pólvora de los cohetes de alguna fiesta de la iglesia, bajo la luz de una tarde que se hace oscura, en esas calles,

…no tan lejanas en distancia pero en otro tiempo, el Zalacatán los espera, ya sabe de qué tamaño fue la golpiza a los de Xochiaca, el número de heridos, de qué manera se comportó cada uno de los chavos a las órdenes de Fer Maracas, quién fue el más rudo, a cuál de ellos la mansedumbre le quitó fuerza en los golpes, el chavo que usó con más garra el arma, esto ya no es un juego, nadie esconde papelitos plateados, los Pingüinos son parte de una época apenitas de años antes pero con los días suficientes pa ser de otro planeta donde las ropas son más anchas, los tenis más grandes, los gustos más retobosos, las armas llenan las manos y el espidbol ocupa lugares donde antes la mariguana era la que rifaba.

—Por unos días no los quiero ver en grupito —dice el Bos—. Los billullos se los da Maracas, él ya sabe cómo.

Los chavos miran a Fer que asiente, despliega los ropajes oscuros y holgados, luce la camiseta de los Jets; que los demás vayan a tomar unos tragos al Giovanni, ahí los alcanzará más tarde; abraza al Tacuas Salcedo, los acompañe Bufas Vil y el Piculey, los cuatro se dejan ver, con risa valoran las miradas de los que en ese momento trabajan en el mercado, caminan rumbo al parque de Las Águilas:

Entonces los ven, ahí están, son cinco, seis chavitos muy jóvenes, están detenidos antes de cruzar la avenida, recargados, indolentes, olfatean el aire, retan al cielo; Fer y sus segundos los miran, se dan cuenta que son ellos mismos con rostros diferentes, una copia de su vida, un doblaje con menos años, van vestidos como si fueran nuevos Pingüinos, retratos altivos, los ojos broncos, un espejo donde el tiempo se ha duplicado:

…los cinco o seis chavitos con mucho cuidado miran a Fer Maracas, sin recato observan al Piculey, calan al Bufas Vil, miran entre malajes y con rabia, cínicos, revisan al Tacuas Salcedo:

…todos se miden: los chavitos con ojos de envidia, los de Fer traen el brillo de los héroes que cansados y felices regresan a casa después de la batalla sabiendo que cuando pierdan, o sus nombres se inscriban en la Cruz de la Esquina, ahí mismo, está su relevo.

Treinta y dos

Sin saber la causa por la doble reflexión, Laila Noreña ahora de Olascoaga al salir de su departamento de ella porque el de Eutimio su marido ya estaba dispuesto a servir de oficina habría de pensar que de una vez por todas era necesario delimitar las visitas de Linda Stefanie, así como de enfrentar a la revoltosa de Rosalba, al mismo tiempo que desde los nombres de ambas, la hija y la comerciante, el recuerdo entrara similar al sonido de un enorme cristal roto.

Pensó en ello sin escuchar algún ruido que alterara su rutina, la doble evocación se le vino a la cabeza sólo de ver a su esposo Timo caminar hacia la estación del Metro rumbo a sus labores en los drenajes de la ciudad, y sin escuchar algo que se asemejara al sonido de una rotura pensó en las ocasiones importantes en que lo había oído: una, antes de la muerte de Linda Stefanie, y otra, al momento de desvestirse en la noche junto a Timo, aquella de Acapulco, la de la luna de miel, la misma noche en que ella, la señora Laila, descubriera que las maneras para hacer el amor de su actual esposo la llevaban a ensueños que ni en insomnios había tenido.

Con el recuerdo del sonido, Laila está segura de que algo diferente llegará durante ese día, ya aprendió que cuando el ruido del cristal se escucha, o siente escucharlo, es que la Santa Señora algo le quiere decir, de eso está cierta aunque nunca haya sido seguidora de fantasías, al contrario, fue de realidades duras, de fastidios enormes que de vez en vez irrumpen cuando algo, una frase, una pieza musical, un color, le recuerdan los años que vivió al lado de un tipo como Rito Callagua, hundida en la nada, atenida a los temores del marido mirando desde la ventana cómo se doraban los brincos de la vida, dándose cuenta que su hija se le iba yendo por los caminos malos hasta que, maldita sea, sucedió lo que pasó y a partir de aquella noche, como hueso de chabacano, Laila lleva atravesada la desgracia en el alma; por más feliz que pueda ser al lado de su Timo, los ojos de su hijita, la Santa Guapa la tenga a su lado, le recuerdan la vida anterior, y que ambas, madre y Linda Stefanie, sufren la penitencia buscando la llegada de un día ajustador para encontrar la quietud que las dos se merecen.

Por eso tiene que usar las máscaras, varias, no sólo la que utiliza frente al Jitomate, no, esa es apenas una, quizá la que menos le cuesta trabajo; las otras las lleva a la mano para usarlas cuando sea preciso, las caretas son como la ropa del diario, cambia constantemente:

…está la careta que usa con los comerciantes y que a su vez tiene varias facetas: la de ángel guardián o de mefisto administrador, de obsequiosa regenta o de cobradora implacable, y con esa facilidad de cambio puede usar muchas más:

…la que se pone frente a la Señora Blanca y que de acuerdo al momento también tiene variados antifaces, ya sea por la mañana, o es la oscuridad quien cobija la visita, si le lleva manzanas o veladoras negras,

…y qué decir de los otros embozos: los que se coloca en las noches al charlar con su hija asegurándole que no existirá paz afuera mientras las dos no la tengan en el interior,

…a la mano dispone de otros disfraces, uno más que bello: cuando con el buzo se desliza por túneles acuosos de orgasmos sin paradero, y si en esos momentos maravillosos Laila esconde el rostro rogando que en ese instante no se le vaya a presentar su hija, sin duda deberá hacer lo mismo en otros casos; así tiene que ser, debe fingir, tapar el odio y amansar el amor, maquillar el semblante y el vibrar de los ojos, no conviene andar por la vida desnuda del rostro, esto, sin saberlo, lo fue aprendiendo desde la ida de Rito y el momento en que regaló toda la ropa del difunto, incluyendo el cinturón con que a veces ella castigaba a Linda Stefanie, y lo consolidó por medio de otras tristezas: su soledad, la ausencia de su hijita, y cuando se dio cuenta que era indispensable usar máscaras, también aceptó que era mentira decir que el artilugio decorativo le era desconocido, más bien, creía no saberlo cuando en realidad desde siempre estuvo enterada, sólo que al estar hundida en el silencio de la quietud, otra máscara le cubría la aventura de las ansias,

…diferente con lo que ahora vive y que queriendo o no, tuvo su primer trazo cuando se decidió a romper con esos miedos, ¿es capaz de puntuar el momento?; piensa en el hotel Marsella, en un chavo angustiado al que le decían el Niño del Diamante, siente que fue hace mucho cuando en realidad han pasado apenas unos meses que han cambiado su vida desde que su hija se fue, o sea, la ausencia de la niña le pegó tal jalón que le permite hacer lo que nunca tuvo oportunidad: por las noches, y en contadas ocasiones por las tardes, Linda Stefanie llega a la habitación de la señora y platica sin gritos y tormentas; la niña le dice de sus anhelos y sus sueños; Laila le expone sus avances en el Barrio y así las dos juntas pueden nochear las calles, beber lunas negras, escuchar el chúntaro estáil, oler el humo de las motocicletas, pero sobre eso, que la chica escuche lo que va sucediendo en la vida de Laila Noreña, que Linda sepa que su mamá ya no es la tímida dueña de unos puestos de mercancía, no, además de propietaria, es la delegada del Jitomate en la zona norte del mercado, la doña que se encarga de tener en paz a los comerciantes, de cobrarles las cuotas, de ponerlos en su lugar:

—A quien sea, Rosalba, porque aquí no se pueden hacer valonas.

Laila siente la boca torcida, claro que no se pueden hacer distingos, valonas le dice a esta mujer que a todo le pone peros, porque si permite que uno solo de los agremiados se crea influyente o se salga de las normas, al rato vamos a estar invadidos por los infiltrados del gobierno, o lo peor, Rosalbita, de la competencia desleal, le hace ver que si no mantienen la unión se les cae el negocio,

…Rosalba, brincona, con las manos amolinadas, no entiende razones, rasposa se queja de las cuotas: la misma gente del Jitomate les cobra protección por trabajar, son pagos dobles, Lailita, y ya estamos hasta el gorro,

…Laila sabe que a veces hay que enmascarar la rabia, por eso la réplica sale silbando, como si quisiera que la mujer se cansara echando pa fuera las inquinas, o bien, si le estuviera dado alas pa que soltara todo;

…somos libres de trabajar y pagamos reteharto, no nos alcanza, a veces no sacamos ni pal chivo, no es justo, y no crea que es mi opinión solita, es la de varios afectados, ya nos estamos juntando; Rosalba gira los ojos, mira a quienes desde lejos observan a las dos mujeres, el sol cala y los ruidos del mercado se meten entre las bardas donde los grafiteros pintan y pintan,

…pos sí, pero más vale el cincuenta por ciento de algo que el cien por ciento de nada, Rosalbita, nomás véalo por ese lado, mi amiga; medio sonríe, Laila usa un tono bajo, no se altera, en los gestos de la otra mide sus palabras que parecen no amansar a la mujer de pantalones ajustados, qué va a ser su amiga, en esto no hay amigos, son piezas que el Jitomate revisa como joyas en alhajero, fichas en el ordenado amasijo de una alcancía como caverna, cada uno de los nombres de los agremiados arroja superávit, tapete de billullos más ganancioso cuanto más extenso, los amigos no dan intereses, traicionan, en cambio los enemigos no dan sorpresas; Rosalbita le anda metiendo las manos al pozole caliente y se va a quemar, refunfuñando por un lado y por el otro soliviantado a los inconformes, que no se le olvide, la unión hace la fuerza y aquellos que quieran agrietar la nave van a tener de qué arrepentirse; Laila la mira sin parpadear, por los ojos le quiere transmitir la negrura de la amenaza, pero la doña esa como que está en otro mundo porque sigue retobando, terca, gritona,

...no es justo pagar la cuota cada semana y además lo del seguro contra accidentes, y asistir a los mítines, formar grupos contra la policía, no es ella sola quien lo dice, Lailita, ya son hartos los quejosos,

...doña Laila mueve las manos y antes de dar la media vuelta, en voz baja le dice que con la cuota se cubren los gastos, el pago a la autoridad, el uso de suelo, la papelería, pero sobre todo su tranquilidad, Rosalbita, y lo otro es pa que los negocios no vayan a sufrir algún accidente, Rosalbita: suelta una a una las palabras, las va dejando caer letra a letra, quiere que la ñora esa capte las consecuencias, y sin despedirse de mano, que la mano se le debe entregar a los fieles no a los robaleros, sonríe.

Como si nada hubiera sucedido, Laila toma rumbo a sus negocios, sabe que desde todos lados la observan, por eso la seña es cuidadosa, el chavo moreno, regordete, que usa una camiseta con adornos verdes, indolente está recargado sobre una motoneta gris; con un leve tocar en la frente ella sabe que Fer lo sabe, aun así repite el movimiento antes de alzar la cara y meterse bajo el toldaje que cubre las aceras.

Un solo desbalagado es capaz de atizar incendios, con un comerciante que meta bulla la desconfianza trepa hasta el infinito, y más cuando Rosalba anda echando baba en muchos de los comercios; Laila es la responsable en la sección que está a su cuidado, si aceptó no puede hacerse la dormida, hasta que no acabe el encargo la Noreña va a cumplirlo al pie de la letra, o sea, tiene que trabajar doble o triple,

...o como dice el Jitomate: a veces se trabaja más pa no trabajar tanto, chata, en esto no hay descansos, y el hombre ha dejado de lado los papeles, el ruiderajal de la calle parece amansarse en la oficina, han salido ya Burelito, Luis Rabadán y Simancas,

...Laila siente la morriña del Jitomate, que sirve otras copas de tequila, el Bos bebe y recalca que ellos no pueden tomar vacaciones, las tendrán muy largas cuando se retiren pero no antes, chata, se levanta, va hacia la puerta, la cierra, Laila Noreña conoce los movimientos del hombre, no es el momento de decirle que en la sección a su cargo hay bronca en veremos, porque si ella le va a pedir consejo en todo pues para qué la tiene de responsable en esa posición, Fer Maracas y sus antiguos Pingüinos conocen bien el negocio, sabrán cómo bajarle los humos a la tarada de Rosalbita, ya después el Bos se enterará de las medidas; al soltarle las riendas el Jitomate le dijo que en esto hay que saber improvisar, y los que improvisan no avisan, lo hacen; para eso está Fer, pa apoyarla en los momentos necesarios, porque las quemaderas se hacen grandes si no se les echa agua al mero principio,

...el Bos la toma de la mano, la lleva frente a la imagen de la Santa de Blanco, él se hace hacia atrás, iluminada por la luz móvil de las veladoras Laila se va desnudando con lentitud, con los ojos apenas hechos línea, por entre las pestañas ve cómo goza el hombre, ella no quiere sentir pero siente, le agrada que el jefe se tumbe una de las máscaras que todos llevan, saber que dentro de un momento ella estará sin ropa y él sin armadura; no importa que Laila se quite toda la ropa, se quede con la piel hecha poros y enchinada, hay otro ropaje que nadie ve y ella siente cubrirla, debe ser igual lo que le sucede al hombre porque nadie se desnuda por completo aunque se vea sin ropaje alguno,

...alza los brazos para sacarse la camiseta untada al cuerpo, cuando se agacha para quitarse los zapatos de tacón alto, sin verlo sabe que el jefe le está mirando el borde de los pechos que se mueven debajo del sostén, dentro de unos segundos los verá completos, al Jitomate le encanta repasar los pechos antes de verlos sin nada, por ello detiene el momento, baja los brazos y mueve el cuerpo, cree escuchar un leve quejido, le mira los ojos, el hombre está pendiente de los pechos cortados por el borde del brasier, ella yergue el cuerpo, mueve los brazos hacia su espalda, los pechos suben, la respiración de los dos aumenta, en ese momento, sólo en ése, Laila empieza a revolverse en Timo Olascoaga, le puede ver el rostro y las manos, el cuerpo al desnudarse, huele los perfumes que el buzo se restriega en la piel, los mismos que ella le untó la primera vez que estuvieron en Acapulco, y se quita la falda, se ha quedado en pantaletas y sostén, la luz de la Señora Blanca le da marco a los ojos del Bos que sigue extático, en voz baja le dice que no se detenga y goce como él está sintiendo, y Laila Noreña de Olascoaga siente, claro que siente, si son las manos del buzo quienes le están quitando el brasier, son los dedos de Timo quienes arrancan la pantaleta, son las palmas de quien en su trabajo le dicen Sireno las que con dulzura le soban el vientre, le repasan el ombligo donde un dedo entra como si fuera un pene pequeño que gira, entra y sale en la redonda cavidad en medio del cuerpo de una mujer que aprieta las piernas como invitando a los dedos a bajar a meterse en esa otra madriguera oscura, pelambre esponjoso, sin rasurar porque Timo la alaba, a él no le gustan las mujeres que se afeitan el sexo, es ponerle máscara ajena, ella sabe que las máscaras están en todas partes, como lo están en los ojos del jefe que se acerca, se hinca y sin tocarla pega sus ojos al sexo de ella que abre más las piernas para que el hombre meta la mirada a lo más profundo, ella usa los dedos para abrir la vulva, estira los labios del sexo, que las miradas entren como rayo sin luz, como flechas sin arco, y de los ojos el hombre cambie a la nariz que huele, aspira, hace que los humores se recojan en un solo sentido hacia los huecos de la nariz que conjunta orificios y olores,

...de la mano la lleva hacia la cama, ella ayuda a quitarle la ropa al hombre oscurecido por las sombras de la habitación que huele a pegamento, a veladoras quemadas, y ella, Laila Noreña de Olascoaga, jala aire, lo va cambiando por otro de drenaje oscuro y tangos de Julito Sosa, se tiende junto al cuerpo del gordo rojizo que se enconcha para desde el fondo de la voz ir contando de sus días en un puerto de marejadas de sal, la mujer recuerda una bahía, la del Pacífico, con las manos hecha algas busca los recovecos del cuerpo y él se las quita y por primera vez en el tiempo de estar así, a la vera de la Señora Guapa, el hombre al que ella no quiere decirle Jitomate le pide que ella misma se sostenga un pecho, como si fuera a darle de mamar a su hijo, lo ponga en el borde de los labios de él, quien no succiona ni lame ni aprieta ni chupa, sólo finge beber de una leche antigua mientras lloriquea en el último segundo de calmar el hambre; la señora escucha, él le dice mamá, le pide que no lo deje solito, que lo lleve al mar, le permita jugar en la arena, lo cuide de las toninas y los tritones, y junta los labios para hacer ruidos con la boca, ella le dice mi niño, mi pequeñito, tan bonito que es, le pregunta si quiere mucho a su mami, él mueve la cabeza, dice sí varias veces y con el ritmo del movimiento va cerrando los ojos, dobla aún más el cuerpo como si quisiera con esa posición recorrer el camino de regreso,

…que quizá haya cruzado porque el jefe habla, ya no está ahí el recuerdo de nadie, los olores del buzo se han ido, la mujer sabe que a partir de ese momento escuchará añosas vivencias en Veracruz o quizá, por qué no, algo del momento en el Barrio, cómo fue, porque el Jitomate, sin prevenirle o hacer algún columpio en la charla, le dijo: Rosalba anda revolviendo problemas, ahí está Fer para que la ponga en su sitio; Laila no se inmuta al enterarse que el Jitomate ya sabe lo que creía que sólo ella y Fer sabían, el Jitomate todo lo sabe, siempre está ahí, y el jefe repite: los ejércitos son fuertes no por su número sino por su lealtad, las peores derrotas se dan cuando la traición se levanta en armas, lo dice con los ojos sin abrir, como si se lo estuviera diciendo a otra persona,

…el Jitomate habla, la mujer, encorvado el cuerpo por tener atrapado al otro cuerpo que también está doblado en la cama pequeña, los olores han regresado, adoban la plática, de nuevo escucha: el jefe no quiere problemas con marido alguno, menos con el buzo que con nadie se mete en el Barrio donde es famoso con el nombre del Domador, cómo no va a ser famoso si los chuchos y las ratas le huyen, eso le impresiona, se lo ha dicho a la mujer, no a cualquiera le huyen los perros de por aquí que son más bravos que los que acompañan a los pescadores cuando se van de borrachera, mi chata, el control es lo básico, que sepan quién manda, un solo gesto de compasión y cunde el desorden, aquí los remordimientos estorban, fueron hechos pa los de abajo, no pa quienes son los amos del Barrio que vibra afuera de la habitación olorosa de nuevo a pegamento, y los dos saben que Laila ya lanzó las redes, el Maracas va a cumplir a rajatabla, ya está funcionando para aplacar a los robaleros:

Sí, ahí, afuera, trepado en la Yamaha gris estacionada sobre la acera, está Fer Maracas, tiene cerca al Piculey y al Bufas Vil, los tres esperan que la pinche vieja esa de la Rosalba se descuide; Fer le coloca el candado a la Yamaha y la encarga con el Tacuas Salcedo, después los tres con discreción se mueven entre los puestos, los tres son indios de las películas que mimetizados aguardan...

—Ni modo, chata, pero aquí todo es necesario, si a ti como dirigente te ganan una, pos qué hacerle, el encargo te quedó grande.

...el Piculey da el aviso, Rosalba ha salido de su negocio, camina rumbo al Metro, los otros dos la siguen, los indios pegados a la tierra avanzan contra el campamento de los soldados azules,

—Todavía tienes tiempo, chata, no mires la hora, tu señor siempre llega más tarde de las cuatro.

...atrás de Rosalba va el Bufas, sólo tres operan esa tarde, no necesitan más, indios sin plumas pa no llamar la atención, se esconden detrás de los ralos arbustos del desierto que se agobia por el calor de la tarde.

El Jitomate le mira el cuerpo, ella se levanta, avanza hacia la mesita de centro, se agacha, despacio sirve otro trago de tequila, deja que el hombre meta los ojos en la raya peluda del ano, aun con las copas llenas, sigue inclinada,

...y Fer se adelanta, se detiene en la boca de la entrada al túnel, finge esperar a alguien que saldrá de la estación, los indios huelen la cercanía de la presa,

Laila se acuesta de nuevo, aún falta para que el buzo regrese del trabajo, siente el calor del cuerpo gordo, el aliento buscando la cercanía,

...ahora Rosalba camina hacia el Metro, con cuidado cruza la avenida, evita el traqueteo de las peseras verdes, como si fuera sirena retiene el aire pa que el olor a combustible no le agarre los pulmones,

—Los problemas tienen sus niveles, el chiste es mocharles la cabeza antes que se hagan grandotes, tú no te inquietes, chata, pero tampoco te agüeves.

…antes de bajar la escalera Rosalba siente sobre su hombro la mano de alguien, gira el cuerpo, lo ve, es un chavo delgado, de algún lugar lo conoce, es de los que andan en el Barrio, de eso está segura, para saludarlo mueve un poco la cabeza,

—Olvídate de lo pasado, chata, de todo, de lo que sea, sumándole a eso las tristezas, pero olvidar no significa que lo pasado no sirva pa darle pespuntes a las experiencias.

…enfrente de Rosalba está otro chavo, también lo conoce de vista, algo le dice que hay problemas, el pálpito se le enrosca en el intento de sonrisa,

—Los robaleros no sirven, son estorbos, y los que estorban son mala pesca y la mala pesca se bota de la barca, mi chata.

…de momento Rosalba no comprendió las palabras pero poco a poco como luz fue entendiendo mientras olía el aliento del gordo que le tapaba el paso,

—Las vacaciones son regalo de allá arriba, ¿cuándo has visto que yo las ande poniendo en el calendario?, no mi chata, los güevones nunca pasan de perico perro.

…como tela de vestido lujoso, Rosalba siente que el cuerpo del chavo gordo se le pega, oye sus palabras lamidas en la oreja, le dicen que si grita se muere,

—Primero caen los peces más hambrientos, chata, que no se te olvide, los que empacan con juicio yantan más y por más tiempo.

…la punta filosa entra de un golpe en el muslo de Rosalba, la mancha de sangre va haciendo rondas sobre la tela del pantalón ajustado,

—Control sobre tu gente, esa es la base, chata, que ningún lebrón se atreva a sacar la cabeza porque las redes son muy grandes y los pescadores nunca duermen.

...el cuerpo se apachurra contra Rosalba y contra la pared del túnel que sigue echando gente, la mujer siente que el gordo no sólo la está aplastado, que la sangre también mancha la ropa holgada del chavo, que respira agitado.

—Hoy es hoy, mañana habrá otras chambas, no se puede vivir de lo pasado, tampoco dejarlo de lado porque marca los caminos que hay que evitar pa no ahogarse en las marismas de la vida, chata.

...antes de oírlo lo supo, casi pudo adivinar las palabras pero no el tono, es un aviso, doña Rosalbita, mañana será una esquela con su nombre, y el chavo gordo, con una camiseta verde, deportiva, mueve el cuerpo restregándolo contra el de ella,

—Aquí no se puede tener el lujo de los remordimientos, chata, cargamos una responsabilidad, hay que aguantar lo propio y lo ajeno.

...aunque ya nadie la aplasta contra la pared, sigue con la impresión de tener untado al cuerpo gordo, no grita ni se queja, la gente pasa a su lado sin verla, Rosalba camina de regreso, siente el dolor en la pierna y el terror en las manos,

—Mañana toda tu gente va a estar como manta mojada, mi chata, vas a verlo, y tú como si nada, ¿entiendes?

Sin correr, los tres chavos regresan a la zona del mercado, comen camarones con aguacate en vasos grandes, harta salsa de tomate y chile de la Valentina, con la cucharada ante los dientes el Piculey le hace una seña a Fer, los tres ven a la señora Laila que camina hacia su casa, desde lejos ella también los mira, mueve la mano, ellos la cabeza, Laila no vuelve la vista, sabe lo que ha sucedido con Rosalbita, mira el reloj, son casi las cuatro y media, Timo está por regresar del trabajo, puntual que es el hombre,

...y el olorcillo que ella ha aceptado, Laila prende la estufa, calienta la comida, saca los platos, la jarra con agua de limón, entre giro y giro mira por la ventana; el ladrido de los perros le va acercando el momento que llegará cuando se hagan aullidos; el buzo está por aparecer en la esquina, y ya tiene la mesa puesta; olfatea el aire, el olor aún no se mete a las habitaciones; frente al espejo se arregla, se retoca el maquillaje de los ojos que pudieran descubrir las miradas del Jitomate; no necesita atisbar de nuevo por la ventana porque de avanzada el aroma va subiendo por la escalera y entra un poco antes de escuchar el sonido de la puerta y la voz del marido que saluda alegre; desde el día en que se casaron el buzo está alegre; antes de abrazarlo por completo mira a...

...Eutimio Olascoaga, quien desde la puerta también la ve, le agrada la forma de la mujer, esa risa entre los labios abultados, los ojos que le están diciendo las mismas palabras que ella susurra en las noches cuando Timo siente que el calor no se le quitará nunca de encima.

—Y no es la novedad —dice Crisanto Flores.

...ni tampoco que la esposa lo incite sólo por incitarlo, como Marcelo dijo una noche de esas en medio de las copas que Eutimio no bebió porque se le hacía tarde para regresar a casa,

...es algo más hondo, por supuesto que la pasión existe, no puede negarlo, pero no es sólo eso,

—Las más rabiosas encoñadas que parecen durar cien años se fumigan antes de completar siquiera dos enteros —le repite Crisanto.

...sin decirlo, Timo lo acepta, por ahora no tiene por qué huir de la cachondería, ya cuando se atemperen los piquetes en las ingles, que la pichula a punto se convierta en tranquilidad, entonces sabrá darle su tiempo al momento.

—No, señores —les dijo a los Sirenos—, el amor tiene más secretos que las cañerías.

...lo que hizo que la charla tomara los rumbos del drenaje, se repitieran hazañas y terrores, hasta que Olascoaga dijo que era tarde y se marchó a casa,

...la misma que lo cubre, Julito Sosa canta, desde la silla en el comedor Timo engulle la sopa de fideos, la mujer también lo hace, los dos mirándose, esperando quizá que alguien dé la señal del tiempo para levantarse sin probar el guisado, pegarse uno al otro, quitarse la ropa, los dos por segunda vez en el día, él para bajar a los túneles de la mierda y ella para cubrir la mirada del Jitomate,

...que mira a su chata tomar rumbo a la calle, extraña las horas en que puede hablar con alguien que no le busque cuatro pies a las palabras, le resulta triste verla partir aun sabiendo que al día siguiente ella estará ahí, no se puede dar el lujo de tener a una dama de planta, la experiencia le dice que resultará un fracaso, si las mujeres agarran cama se trepan a la yugular, se quieren enterar de todo y el Barrio tiene oscuridades que pocos conocen; por el momento la bola de humo que se armó por la detención del Golmán ha frenado las razias y los cateos, no puede permitir que una pinche vendedora como Rosalba le descomponga el engrudo; bebe un tequila más, dormirá hasta las ocho de la noche en que pasan el fut por la tele, recibirá a Simancas y Rabadán, después a Maracas pero no a la Burelito, algo le anda molestando de esa mujer, es mejor que por el momento sea Maracas quien lleve los asuntos de la Rorra, tiene que pensar sobre el siguiente tráiler que ya se está armando en la frontera de Laredo; sigue desnudo, oliendo el aliento de su chata, suya aunque se la permite al buzo, Laila, su chata que tanto lo entiende, nada le pide a cambio, no olvida el papel de esposa y no le pone candados a la relación con él, el jefe y ella, la señora que tiene la ambición metida en el desnudaje,

…como se encuentran, Laila mete las manos en los trazos del cuerpo del buzo que corresponde con los dedos temblorosos, con un miedo diferente al que se da cuando a ciegas recorre los pasillos del desagüe; con Laila ha encontrado las ganas que siempre escondió tras la escafandra, por cada poro se le escurren las ganas que le traslada a la mujer, quien gime y se hinca para chupar el miembro del hombre estremecido porque la lengua de Laila tartajea entre suspiros y notas tangueras y él siente que como en los peligros hondos de la cañería profunda, su cuerpo se está escapando hacia sitios nunca visitados en donde jamás se escuchará el me copias, me copias, con una mano le acaricia los cabellos, con la otra se aferra al borde de la espalda,

…la que Fer Maracas se revisa contra el espejo, mira los dos tatuajes de la Santa Blanca, nuevos, bellos, punteados en cada uno de sus trazos, las figuras son exactas entre sí, describen lo que los grafiteros nunca han podido pintar en ningún muro de ninguna parte, menos en su espalda que parece brillar con las figuras; de un vistazo, rápido que la Señora del Rubor Helado es muy celosa, mira a Cinthia Carballo tendida en la cama del cuarto del hotel Marsella; la Carballita no se mueve, quizá con el mismo placer admire lo que otra vez Maracas mira unido a ese gesto de triunfo por saberse protegido doblemente; ¿quién es el gandalla que le puede quitar el gusto de saberse en los primeros planos junto a los jefes, y con la Señora Pálida como duplicado guardaespalda? Las imágenes de la Señora, pareadas en los omóplatos, son mucho más importantes que los chacaleos del Piculey, las iras del Bufas Vil, las inquinas del Tacuas Salcedo, el pataleo de los Pingüinos vale tanto como la propia vida de Fer Maracas que no se retira del espejo por más que la Carballita lo ronde mostrando los pechos, tan chidas que tiene las pichis la chavita,

…su chavita, Laila Noreña lo afirma, Linda Stefanie tiene que entenderlo: no se puede pasar la vida tragando rencores, le pide que en este momento se salga del departamento, que la deje sola con el buzo que ya sin ropa le besa el sexo peludo como a él le gusta, le lame los muslos, le levanta las piernas y despacio, como si fuera contando cada milímetro, le va encajando la pichula que huele a lo mismo que el hombre ha olido desde su llegada al departamento; la señora se va hundiendo en ese placer que le quita el respiro; hace un último esfuerzo y antes de abandonarse al reguero que le bulle adentro le ruega, le pide, le ordena a su hija que no regrese, que la deje en paz, se vaya a donde quiera, que la mamá, ella, tiene su vida, la chavita no la puede seguir atosigando con inquinas, que salga de la casa, se vaya del Barrio, se junte con los de su mundo, Laila tiene el suyo, y siente el repiqueteo del orgasmo y lo deja escapar, clava las uñas, cruza una frontera más allá del Jitomate porque no existe ser humano que no cargue ambiciones junto a los propios pesares, como los de la hija, iguales a los…

…que cargan cada uno de los del Barrio y quienes llegan a buscar fortuna, de esos debe cuidarse, el Jitomate lo sabe y tan lo sabe que sigue trepado en el carro de los triunfadores, pa ser ganón no se pude tentar el alma con los llantitos de los comerciantes, mai, con los quejidos de los que traen la mercancía desde el norte, jamás doblar la cabeza frente a la tira, a esa hay que saber manejarla, nunca dar la espalda a los coreanos, ni un solo momento bajar la guardia aunque los ejecutores se hagan rollito y los choferes moneditas de plata, ni madres, todos son gandallas a todo gandallar, las viejas de los puestos de ropa, los dílers de la droga, los verbosos que venden zapatos y tenis y ropa y discos y películas y perfumes y trapos y calcetines y aparatos eléctricos, los traficantes de armas, el mismo Zalacatán que está, como los demás, esperando a que algo le falle pa caerle encima; él no puede dormir ni quedarse metido en la red donde sólo caen los peces que nadan entre dos aguas, la chata es de ley pero él sabe que siempre, a alguna hora, tendrá que ir a sobarle los pies a él mismo, o en un momento dado, al marido,

...que no tiene máscaras, Eutimio Olascoaga es un buzo, se mimetiza con la escafandra y dentro del desagüe está más limpio que los torrentes del pico del Popocatépetl que es vigilante de todos y cada uno de los que como el Sireno llegaron de las costas,

...de las polvaredas, de los desiertos, las serranías y de la selva, de barrios amargos,

...a sumergirse en una ciudad que grita y acaricia a una niña en el hotel Marsella, se pinta dual en la espalda de un chavo con la imagen de la Santa Bella, se grafitea en una cruz de caoba, se arrastra en los andrajos de los teporochos oradores, se desvela en los operativos de la tira, bosteza con los asesinatos, festina la venta de drogas, se alboroza con el comercio de armas, se tropieza con los datos cruzados de los toreros viejos, se aterra con los marrazos del comandante, se enrosca en los ojos de una mujer que supervisa odios, camela intrigas, aguarda para subir un escalón más y otro después,

...se duerme en las tardes tequileras con un hombre gordo y rojizo que, desnudo y solo, recuenta sus ganancias.

Trazo

Sin olvidar recoveco alguno, la Santa Señora del Rubor Helado recorrió las calles haciendo suyas las bardas.

Bendijo los trazos multicolores que cuentan las historias.

Acarició los botes de aerosol, de unis, de pilots y de rotuladores.

Avanzó por los montones de basura y le fue otorgando su bendición a cada uno de los teporochos que tumbados junto a sus perros reciban la gracia suprema.

Con el perfil de los huesos de sus manos, santiguó a los sicarios y a los comerciantes, a los choferes y a las motonetas, a los Boses, los visitantes y traileros.

Se paseó junto al borde del mercado cuando ya la gente salía de sus casas porque el rumor es parte del Barrio y en las aceras se acumulan las velas negras, las flores y las frutas.

De las ventanas cuelgan estandartes con la imagen de la Santa Señora y la música de los puestos de mercancías se unió para entonar salmos cantando las bondades de la Patrona Guapa.

A su paso se elevan los enigmas, eso lo siente Laila, que hincada junto a su esposo Eutimio abraza también a su hija vestida de blanco,

a su alrededor se van juntando personas:

El Yube colocado a la espalda de la Callagüita,

el Niño del Diamante, del dedo se quita la piedra para ponerla enfrente de la señora Noreña,

Zalacatán por el suelo desparrama polvos y pastillas,

Saulo de Rodes Garma tiende un capote para que la luz de la Dama Bella lo haga más rojo,

Golmán y Fer Maracas muestran las imágenes en la espalda de cada uno en que se refleja la misma Dama multiplicada a lo largo de los charcos de las calles por donde avanzan los gendarmes siguiendo las huellas del comandante Amacupa que llora y se persigna,

junto a la Cruz de la Esquina de los Ojos Rojos, el Jitomate va armando nombres para ponerlos sobre la madera,

el Escuadrón del Finamiento muestra su cercanía a la Señora Blanca, la rodea siguiéndola por todas partes, las botellas de alcohol pasan por las bocas de la gente que bebe con la misma pasión que los teporochos ya custodios del Misterio convertido en Dolor.

Es la visión de un Barrio que no duerme y se estremece al sentir que La Más Hermosa de Todas está sobre ellos como querube que custodia a sus devotos,

como aquel joven de ropa holgada y camiseta verde, que disfrazado de pingüino desparrama hortensias en las aceras bajo los edificios de tres o cuatro pisos,

la Santa Dama tiende su manto encima de patrullas y coches celulares que decoran las esquinas,

arriba de los agentes de la ley que catean las casas, y del revolvedero de cajas extraen mercancías que ponen de ofrenda al vuelo de la Señora Helada,

sobre los corceles que defecan en el pasto ralo de un jardincillo sin árboles,

entre los perros que aúllan

y aquellos visitantes que al llegar reciben el impacto de unos gritos hechos canción y los obliga a hincarse cerca de los pequeños autobuses públicos que también están estáticos,

como el toldaje que no se mueve sobre las aceras;
los mercaderes callan sus ofertas,
los coreanos hunden más los ojos en lo que miran
y desde arriba, más allá de los humos pardos, la Santa
Muerte lanza un rayo de luz que con su resplandor ilumina
un nuevo Belén donde la Criatura son todos, y las estrellas
van grafiteando el territorio de las nubes.

La Esquina de los Ojos Rojos se terminó de imprimir en febrero de 2006, en Litográfica Ingramex, S.A. de C.V. Centeno 162, Col. Granjas Esmeralda, C.P. 09810, México, D.F. Composición tipográfica: Angélica Alva Robledo. Cuidado de la edición: Ramón Córdoba. Corrección: Lilia Granados y Mayra González.